DEEL EEN

Stemmen in het duister

Van Nicci French verscheen eveneens
bij Ambo|Anthos *uitgevers*

Het geheugenspel
Het veilige huis
Bezeten van mij
Onderhuids
De rode kamer
De bewoonde wereld
Verlies
De mensen die weggingen
De verborgen glimlach
Vang me als ik val
Verloren
Tot het voorbij is
Wat te doen als iemand sterft
Medeplichtig
Huis vol leugens
In hechtenis
Wie niet horen wil
De gunst
Heeft iemand Charlotte Salter gezien?

In de Frieda Klein-reeks:
Blauwe maandag
Dinsdag is voorbij
Wachten op woensdag
Donderdagskinderen
Denken aan vrijdag
Als het zaterdag wordt
Zondagochtend breekt aan
De dag van de doden

Nicci French

Stemmen in het duister

Vertaald uit het Engels door
Lidwien Biekmann en Koos Mebius

Ambo|Anthos
Amsterdam

MIX
Papier | Ondersteunt verantwoord bosbeheer
FSC® C014496
FSC www.fsc.org

Eerste druk april 2024
Tweede druk april 2024
Derde druk april 2024

ISBN 978 90 263 6886 8

Oorspronkelijke titel *The Last Days of Kira Mullen*
Oorspronkelijke uitgever Simon & Schuster
Omslagontwerp Buro Blikgoed
Omslagillustratie © Silas Manhood (trap) en Unsplash (achtergrond)
Foto auteur © Johnny Ring Photography

Verspreiding voor België:
Veen Bosch & Keuning uitgevers nv, Antwerpen

1

De reis naar het duister begon met de verhuizing, hoewel die verhuizing voor Nancy North meer voelde als een einde. De puinhopen van het verleden lagen achter haar en ze kon niet in de toekomst kijken, kon zich niet indenken wat er in het verschiet lag.

'We komen wel weer terug,' zei ze beslist. Ze was bezig glazen in krantenpapier te wikkelen en in een grote verhuisdoos in te pakken.

Felix glimlachte naar haar. 'Tuurlijk,' zei hij.

'Binnenkort.'

'Binnenkort,' stemde hij in, maar Nancy wist dat hij dat alleen maar zei om haar gerust te stellen.

Hij plakte zijn verhuisdoos dicht en schreef met een stift iets op het label. Nancy sloeg hem gade. Zij pakte haastig en slordig in, maar hij werkte kalm en systematisch.

Ze verhuisden van het appartement waar ze zo heerlijk woonde naar een kleinere en goedkopere woning die ze nog niet eens had gezien; ze gingen van het deel van Oost-Londen waar ze elke winkel en elke straat kende naar een wijk waar ze zelfs nog nooit was geweest. Ze had op de plattegrond opgezocht waar het was. West-Londen: alsof ze naar een andere wereld gingen.

'Hoe is die buurt nou eigenlijk, Harlesden?'

Felix kwam overeind en streek zijn blonde haar naar achteren.

Hij zag er moe uit. Dat kwam door haar, dacht Nancy. Ze voelde zich schuldig: het kwam allemaal door haar, en toch had hij niet één keer geklaagd.

'Heel interessant,' antwoordde hij. 'En divers. Ik denk dat je het er wel leuk gaat vinden.'

Interessant en divers klonk als iets uit een reisgidsje. En ze hoorde iets zorgelijks, iets smekends in zijn stem. Ze liep door de kamer en omhelsde hem.

'We moeten het gewoon zien als een soort avontuur. Tot we hebben bedacht wat we daarna gaan doen.'

Een avontuur. Als ze erover nadacht – en dat probeerde ze heel erg niet te doen – leek het meer op een mislukking, een vernederende aftocht. Elf maanden geleden had ze een klein restaurant geopend in Stoke Newington, waarmee de droom die ze al sinds haar tienerjaren had was uitgekomen. Ze had er vanaf haar twintigste voor gespaard, had allerlei flutbaantjes gehad terwijl haar vrienden studeerden voor advocaat, docent, management consultant of wat dan ook, en maanden achtereen op reis waren, selfies postten op het strand of in de jungle. Tot ze eindelijk een lening had losgepeuterd bij de bank, met beangstigende voorwaarden, en op zoek was gegaan naar een geschikt pand, naar de juiste apparatuur, en naar een goede ober en barkeeper. Anderhalf jaar geleden, vlak voor haar tweeëndertigste verjaardag, had ze haar restaurant geopend. Ze had nog nooit zo hard gewerkt, zo intensief: ze begon 's ochtends vroeg in de keuken, als andere mensen nog op één oor lagen, kwam 's avonds laat thuis, en zelfs dan lag ze in bed te denken aan dingen die nog moesten gebeuren, dingen die beter hadden gekund. Het was alsof ze zowel boekhouder als kunstenaar was. Ze droomde zelfs over de menu's. In die koortsachtig drukke maanden zag ze Felix bijna nooit, ze zag haar vrienden ook nauwelijks, behalve als die in haar restaurant kwamen eten. Ze nam nooit een vrije dag, ging niet op vakantie. Maar ze was wel gelukkig, als je volledig onderdompelen in het werk de definitie was van geluk. Ze was ook, realiseerde ze zich nu het te laat was, bang geweest dat het allemaal te mooi was om waar te zijn, dat het zo niet kon blijven voortduren.

En dat kon het ook niet.

Vier maanden geleden, op een bloedhete zondagmiddag in juli, had ze frambozenijs staan draaien toen een stem haar influisterde: 'Het komt.'

Ze keek achterom. Er was verder niemand in de keuken.

Ze duwde een losgeraakte haarlok terug in haar haarnetje en ging verder.

'Het komt,' zei de stem weer; gemeen, dreigend. Ze kreeg er hartkloppingen van.

Toch was er echt niemand in de keuken. Misschien had ze in zichzelf gepraat. Dat deed ze wel vaker, dan gaf ze zichzelf instructies, of een tik op de vingers. 'Ga uit bad, Nancy North,' zei ze dan, of ze zei hardop waar ze haar sleutels neerlegde zodat ze dat niet zou vergeten. Ze praatte ook weleens in haar slaap. Dan maakte Felix haar voorzichtig wakker en zei dat ze het had uitgeschreeuwd, om hulp had geroepen.

Die sinistere stem in de keuken was het laatste wat ze zich kon herinneren. Alles wat daarna kwam gebeurde in een waas: geschreeuw en gegil, opdringerige blikken en priemende vingers, een overweldigend gevoel van doodsangst; ze moest zien weg te komen, maar ze kon zich nergens verstoppen, het was nergens veilig. Een paar beschamende dingen stonden haar nog bij. Ze had haar vriendin Bridie bij de arm gepakt en haar meegetrokken, weg van het gevaar, geschreeuwd dat ze moest rennen. Toen ze eindelijk hijgend bleven staan, had Bridie haar zó geschokt aangekeken dat Nancy zich op de grond had laten zakken en haar handen voor haar gezicht had geslagen. Het andere wat ze nog wist was dat Felix moest huilen, met zijn mond wijd open, er biggelden dikke tranen over zijn stoppelige wangen. Ze had hem nog nooit zien huilen, niet ervoor en sindsdien ook niet meer. Ze nam zich heilig voor dat ze hem nooit meer zo verdrietig zou maken.

Ze was in een psychiatrische kliniek opgenomen, kreeg medicijnen toegediend, werd toegesproken alsof ze een klein kind was, en werd gedwongen te eten. In die kliniek was ze elk besef van tijd kwijtgeraakt. Ze had geleerd om wat haar was overkomen te benoemen als een psychose, het gevolg van te hard werken, te hard en met een koortsachtige passie. De stemmen die ze hoorde waren een externalisatie: het zelf dat het zelf waarschuwde voor gevaar. Ze was gaan inzien dat ze diezelfde stemmen al vaker had gehoord, ook al hadden ze nooit zo agressief en dreigend geklonken.

Toen ze uit de kliniek was ontslagen, terugkeerde in een wereld waarin het licht te fel was en de lucht ongezond blauw leek, had ze bijna alles waar ze om gaf verloren: haar restaurantje waar ze zoveel van hield, verschillende vriendinnen, die ontzet en gegeneerd waren door hoe ze zich in die heftige weken had gedragen, haar zelfrespect, haar zelfvertrouwen, haar levensvreugde. Ze schaamde zich verschrikkelijk: er waren dagen dat ze niet eens de moed kon opbrengen om mensen aan te kijken. Ze wilde zich verstoppen, haar ogen afwenden, opgaan in duisternis en vergetelheid.

Felix had haar gered. Hij was kalm gebleven, trouw, lief, en hoewel ze zich niet graag door iemand liet verzorgen, had ze zich dat toch laten aanleunen. Felix had alle rompslomp die haar ziekte met zich meebracht afgehandeld, had ingezien dat ze hun appartement niet meer konden betalen, had een andere woning geregeld waar een vriend van hem toevallig uit vertrok en die hij kende omdat hij er vaak op bezoek was geweest, hij had verhuizers geregeld en het leeuwendeel van het inpakken op zich genomen.

'Felix?'

'Ja?'

'Deze theepot is gebarsten. Houden of wegdoen?'

Hij pakte het ding met zijn grote, vaardige handen aan en inspecteerde de barst. 'Houden, tot we een nieuwe hebben.'

'En Felix?'

Hij keek op.

'Heb ik weleens tegen je gezegd hoe fantastisch je bent?'

Hij grinnikte. 'Nogal vaak, de laatste tijd.'

Toen ze begin twintig was, zou ze nooit iets in iemand als Felix hebben gezien, ze zou hem saai hebben gevonden. Hij was niet roekeloos, niet charismatisch, niet onbetrouwbaar en onvoorspelbaar of zelfdestructief, niet mager met een weekendbaardje en nonchalant gekleed. Geen scherpe kaaklijn of tatoeages en piercings. Hij gebruikte geen drugs, afgezien van een joint zo nu en dan, en hij betaalde zijn rekeningen op tijd. Hij was stevig, blond, verstandig, en knap op een onopvallende manier. Hij was maar twee jaar ouder dan Nancy, maar soms, zo leek het, was het alsof ze van een andere generatie waren.

'Weet je nog toen we elkaar voor het eerst ontmoetten?'

Hij was met een wederzijdse vriend gaan eten in het restaurant waar ze werkte voordat ze haar eigen zaak opende. Het was wat haar betrof geen liefde op het eerste gezicht, maar hij had wel indruk op haar gemaakt: zoals hij eruitzag, zoals hij kon luisteren, zijn bescheidenheid, zijn houding, de manier waarop hij at, langzaam en bedachtzaam, met volle aandacht. Hij was niet neurotisch of getroebleerd, deed niet ironisch. Hij was gewoon áárdig. En hij aanbad haar. Het was bijna bizar zoals hij haar aanbad.

'Weet je nog wat je toen at?'

Hij pakte de messen van de magneetstrip en wikkelde ze in een theedoek. 'Nee, maar ik zie jou nog zo uit de keuken komen, je had een witte broek aan en een gek kapje op je hoofd waar wat lokken haar onderuit kwamen en je had sproetjes op je neus. Ik vond je heel bekoorlijk.'

'Bekoorlijk?'

'Ja.'

'Je at tagliatelle met paddenstoelen en parmezaan en heel veel zwarte peper.'

'Klinkt lekker.'

'Zullen we dat ook eten als we trouwen?'

'Goed plan.'

Hij haalde de pannen uit het keukenkastje.

'Binnenkort ga ik weer eens koken.'

'Maar pas als je eraan toe bent.'

'Ik mis het zo.'

'Vergeet niet wat de psychiater heeft gezegd. Stapje voor stapje.'

Het ergerde haar dat hij dat zei. Ze wilde zeggen dat ze dat heus niet vergat, en dat Felix haar daar dus niet steeds aan hoefde te herinneren: hij was niet haar arts of haar verzorger, hij was haar vriend. Maar ze hield haar mond.

In plaats daarvan zei ze: 'Het is maar drie stappen naar de slaapkamer. Zullen we even vrijen, als afscheid?'

'We moeten alles nog inpakken, Nancy, we hebben nog bijna niks gedaan.'

Maar hij lachte en liep naar haar toe, met de koekenpan nog in zijn hand. Ze sloeg haar armen om hem heen en hij streek haar lange donkerblonde haar uit haar gezicht voordat hij haar kuste.

Alles komt goed, zei Nancy tegen zichzelf. Ze streelde zijn zachte haar, de stoppeltjes op zijn wang streken langs haar gezicht. Ze zou haar medicijnen innemen, naar de afspraken met haar therapeut gaan, en alles stapje voor stapje doen. Maar er kriebelde iets sinisters in haar achterhoofd, een vreemd, tintelend gevoel. De dingen in de kamer leken telkens eventjes te vervagen en dan kneep ze haar ogen dicht om de wereld te laten ophouden met wankelen. Ze vermande zich. Ik zal zorgen dat het goed komt, dacht ze.

Aan de andere kant van Londen, in een klein appartement in Harlesden, nam de drieëntwintigjarige Kira Mullan afscheid van de man met wie ze die middag in bed had doorgebracht. Ollie heette hij, en hij was leuk, vond ze. Heel erg leuk zelfs. Het was lang geleden dat ze voor iemand als hij was gevallen; misschien was het zelfs niet meer gebeurd sinds haar eerste echte vriendje toen ze zestien was en dacht dat die liefde voor altijd zou duren. Maar toen had hij het uitgemaakt en was iets begonnen met een van de krengerige meiden uit haar klas. Ze wist nog precies hoe hartverscheurend dat was geweest, ze had dagenlang gehuild, tot haar ogen rood waren en haar gezicht helemaal opgezet was.

Maar Davey dan, met wie ze had gedatet toen ze negentien was? Of Serge, die gedeeltelijk overlapte met Davey, wat niet haar gewoonte was; of Angus met zijn mooie stem en zijn drugsverslaving die uit de hand liep? Sinds ze in Londen was komen wonen had ze alleen een paar teleurstellende dates gehad die veel minder leuk waren dan ze zichzelf had geprobeerd wijs te maken. Een paar waren eng geweest en een paar waren in een benevelde mist verlopen. Soms vroeg ze zich af of het een vergissing was geweest om hierheen te gaan. Londen was spannend, maar ook krankzinnig groot en uitgestrekt – ze snapte niet hoe ze zich hier ooit thuis zou kunnen voelen, hoe ze mensen moest leren kennen die vrienden met haar wilden worden. Ze deed haar best om sprankelend en leuk te zijn en zich van haar beste kant te laten zien, maar er waren dagen dat de eenzaamheid haar natuurlijke opgewektheid en optimisme de kop indrukte. Maar vandaag niet. Vandaag stroomde ze over van hoop.

Ollie trok zijn jas aan. Kira droeg alleen een dunne badjas en haar haar zat in de war. Haar jonge gezicht gloeide van geluk, en van het vrijen.

'Ik heb geen zin om te gaan,' zei hij. 'Maar ik moet naar m'n werk. Ik ben nu al laat.'

Hij streelde met zijn duim over haar mond, drukte zijn lippen op haar wang. 'Ik verlangde al weken naar je,' zei hij. 'Al sinds ik je zag in de kroeg.'

'Echt?'

'Je bent zo mooi,' zei hij, met zijn mond in haar haar, zijn handen op haar onderrug. 'Adembenemend.'

Ze drukte zich tegen hem aan, tegen zijn warme lijf. 'Je ziet er zelf ook niet slecht uit.'

'Ik bel je als ik terug ben.'
'Wanneer is dat?'
'Over zes dagen.'
'Ik wacht op je.'
Maar het zou de laatste keer zijn dat hij haar zag.

2

De volgende ochtend ging Felix al vroeg van huis om het verhuisbusje op te halen dat hij had gehuurd. Het was zaterdag, half november, een koude, grijze ochtend en het dreigde te gaan regenen. Nancy bleef alleen achter en liep door de kamers, die vol stonden met dozen en uitpuilende kratten. Ze nam afscheid van het huis en bereidde zich voor op de volgende fase.

Ze controleerde haar schoudertas. Haar paspoort zat erin, haar make-uptasje, de medicijnen die haar psychiater, dokter Lowe, had voorgeschreven en die ze dagelijks op vaste tijden moest innemen, maar waar ze een erg droge mond van kreeg. Soms voelde het alsof er allerlei randjes van haar werden uitgegumd, scherpe en onverwachte kanten van haar persoonlijkheid. Maar ze had zich voorgenomen om die medicijnen gewoon te blijven innemen en om naar haar afspraken met haar therapeute, Helena, te blijven gaan.

'Nooit meer,' zei ze hardop in de kamer.

'Wat zei je?' riep iemand.

'Dat was snel!'

Felix kwam de kamer in en rammelde met een sleutelbos. 'Ik begin vast met de zware spullen.'

Wat bezaten ze veel, en toch ook weinig, dacht Nancy terwijl het busje steeds voller werd. Ze droegen de brokstukken van een heel leven het huis uit: de borden, de kopjes en de glazen, het beddengoed en de handdoeken, de laptops en de opladers, dozen vol kleding en openscheurende vuilniszakken vol schoenen, dingen die ze eigenlijk niet meer wilden maar waarvan ze het ook niet over hun hart konden verkrijgen om ze weg te doen – maar ze bezaten nauwelijks meubels en ze hadden geen enkel vooruitzicht op een eigen huis.

Ze zette een grote kamerplant achter in het busje en sloot de deur.

'Klaar?' vroeg Felix.

Ze knikte.

'Wil je niet nog een laatste keer rondkijken?'

'Doe jij dat maar.' Ze had haar sleutels al achtergelaten op tafel. Ze wilde weg.

Londen gleed voorbij, eerst bekend, daarna vreemd. De lucht was zo bruin als een theezakje en het begon te regenen. De ruitenwissers zwiepten heen en weer, met sliertjes loszittend rubber, wat een piepend geluid maakte. Het was een lange rit. Nancy's hoofd bonkte.

'Gaat het?' vroeg Felix.

'Prima.'

'Echt? Je bent zo stil.'

'Nee, het gaat prima.'

'Wel zeggen als het niet zo is, hè!'

'Doe ik. Vertel eens over de andere mensen in dat huis. Ken je die allemaal?'

'Eigenlijk alleen de jongens in het souterrain. Barney en Seamus.'

'Hoe zijn die?'

'Gewoon, niks mis mee.'

'Wat doen ze voor werk?'

'Seamus is fitnesscoach of zoiets. Van Barney weet ik het niet precies.'

'Oud? Jong?'

'Ik denk van onze leeftijd of misschien wat jonger. In elk geval begin dertig.'

'Zijn ze sociaal? Of op zichzelf?'

'Barney is wel een beetje op zichzelf, ja.'

Nancy vroeg niet door. Maar even later deed ze dat toch: 'Die andere mensen ken je niet?'

'Ik weet niet wie er naast ons woont. En de buurvrouw van de begane grond ben ik alleen een keer tegengekomen op de gang.'

'Hoe is zij?'

'Ze lijkt me wel aardig.' Felix sloeg links af. Ze reden over een weg met woonhuizen aan de ene kant en een wirwar van treinsporen aan de andere. Daarachter hijskranen, industriële gebouwen, opslagtanks. Een goederentrein ratelde voorbij, in de tegenovergestelde richting. 'Maak je maar geen zorgen,' zei hij.

'Ik maak me geen zorgen. Ik vroeg het me gewoon af. Ik ben benieuwd naar het huis.'

'Het is nogal klein,' zei hij voorzichtig. 'Maar we zijn er bijna.'

Het huis aan Fielding Road was gebouwd in de jaren dertig. Een paar stappen over een grindpaadje leidden naar de gemeenschappelijke buitendeur met aan de linkerkant vier deurbellen. Er was een metalen trap naar het souterrain.

Felix haalde de sleutels uit zijn broekzak en deed de deur open. Nancy liep een donkere hal in, met gebarsten tegels op de vloer en een kaal peertje aan het plafond. Rechts was een deur en daartegenover een trap met een versleten loper.

'Eerste verdieping,' zei Felix, en ze liepen zwijgend de trap op.

Toen ze hoger kwamen, hoorden ze een hoog, gierend geluid. Een alarm, meende Nancy eerst, maar ze realiseerde zich al snel dat het een huilende baby was.

Felix opende de deur van hun woning, liet haar binnen en deed de deur dicht, maar zelfs toen was het geluid nog steeds heel doordringend.

'Geeft niet,' zei Nancy toen ze zijn geschrokken gezicht zag. 'Dat houdt zo vast wel op.'

Ze keek rond. Felix had gelijk, het was erg klein. Hun voordeur kwam meteen uit op een vierkante woonkamer waarin wat eenvoudige grenen meubels stonden; aan de ene kant was een open keukentje met daarachter een gammel trapje naar een smal, lagergelegen verwaarloosd tuintje. Rechts van de woonkamer was een slaapkamer waar net een tweepersoonsbed, een kledingkast en een ladekast in pasten. Links was de badkamer.

'Wat vind je ervan?'

De muren waren groezelig en het behang bladderde hier en daar af. De kamer rook vochtig en de ramen waren klein en lieten niet veel licht binnen – al zou dat misschien meevallen als het buiten niet zo grijs en nat was. Ze dacht aan het ruime, lichte appartement dat ze net hadden verlaten. Ze dacht aan haar bescheiden maar fijne restaurantje met de wit gestuukte muren en de robuuste houten tafels. Ze glimlachte geforceerd. 'We maken er wel wat van,' zei ze. 'Als onze spullen er eenmaal staan en we wat dingen hebben opgehangen, en dan met een paar dekentjes op de bank.'

Felix knikte dankbaar. 'Ik ga uitladen. En daarna moet ik het busje terugbrengen.'

Kira hoorde mensen de trap op en af lopen. Ze waren spullen aan het sjouwen. Ze overwoog om te vragen of ze kon helpen, maar ze was nog in pyjama, hoewel het al vroeg in de middag was. Ze was vandaag vrij en ze had de hele ochtend in bed gelegen met koffie en geroosterd brood met honing; af en toe keek ze op haar telefoon, dan soesde ze weer weg en werd ze na een tijdje weer heerlijk lui en doezelig wakker. Ze voelde zich als een kat die opgekruld in een warm nest lag te slapen.

Maar ze moest eruit. Vanavond had ze een feest en ze had in de stad een jurk gezien die ze wilde kopen. Een prachtige groene strakke jurk met lovertjes. Ze zag al helemaal voor zich hoe goed die haar zou staan.

Toen ze wegging, kwam ze op de gang Olga van boven tegen.

Olga was klein en mager en ze hield haar kind in haar armen, een enorme baby met een rood hoofd en een grote open mond waar afgrijselijk geschreeuw uit kwam.

'Sorry voor het lawaai.'

'Wat zie je er moe uit.'

'Dat ben ik ook. Ik snap niet hoe andere moeders dit volhouden. Of misschien,' voegde ze eraan toe, 'krijgen die meer hulp van hun man.'

Kira dacht aan haar eigen moeder, die alles in haar eentje had gedaan. Als ze gehaast thuiskwam van haar werk, begon ze al met eten koken terwijl ze haar jas nog niet eens had uitgedaan. Kira's vader was kort na de geboorte van haar zusje weggegaan. Haar mond verstrakte: ze vond het naar om aan hem te denken. Haar vader was een magere, ruziezoekende en klagende man die zijn gezin in de steek had gelaten en zichzelf daarna enorm zielig vond. Soms belde hij haar midden in de nacht op, dan had hij te veel gedronken, en zei hij tegen haar dat niemand hem begreep en dat het leven hem had belazerd.

'Zal ik een keer oppassen?' vroeg ze in een opwelling aan Olga. 'Dan kunnen Harry en jij eens een avondje weg.'

'Zou je dat willen?'

'Natuurlijk. Juist leuk.'

Toen Felix was vertrokken, zakte Nancy op een verhuisdoos neer en keek aandachtig om zich heen. De baby was nog steeds aan het gillen. Harder dan eerst zelfs. Ze had zin in een kop thee, maar in welke doos zat de thee, en in welke de kopjes? Ze trok de tape van de eerste de beste doos en keek erin. Potten en pannen. Ze pakte er een uit, een zware gietijzeren pan die ze had gekocht omdat ze hem onweerstaanbaar had gevonden. Ze zette hem op haar schoot en begon te huilen. Alles liep mis.

De jurk was er nog. Kira ging ermee naar de paskamer, trok haar spijkerbroek en haar trui uit en hees zichzelf in de jurk. Het zijdezachte materiaal met de glittertjes voelde koel op haar huid. Ze bekeek zichzelf in de spiegel, draaide eerst de ene en dan de andere kant op en keek over haar schouder. Ze trok haar sokken met de kale, versleten hielen uit en ging op haar tenen staan. De jurk maakte haar slank en wulps tegelijk, vond ze: de stof spande om haar heupen en borsten, en ze stelde zich voor dat ze hem aan zou hebben als Ollie terugkwam. Ze lachte naar haar spiegelbeeld. Ik ben mooi, dacht ze; ik ben sexy. Nog maar vijf dagen.

Kira kocht de jurk, al kon ze die eigenlijk niet betalen. Bijna al haar geld ging op aan de huur van haar akelige woninkje, waar het vochtig rook en het in de badkamer stikte van de zilvervisjes. Ze moest iets anders zoeken, met een huisgenoot, zodat ze 's ochtends bij een kop thee met iemand kon kletsen en ze 's avonds niet in een leeg huis kwam waar de goederentreinen voorbij denderden en de ruiten lieten rinkelen.

Ze liep terug door de stromende regen. Onderweg kwam ze Michelle Strauss tegen, de buurvrouw. Michelle was van middelbare leeftijd, een forse vrouw met een ronde bril waarmee ze een beetje op een uil leek en een glimlach die altijd iets ironisch had. Meestal droeg ze zakkerige linnen kleding. Ze was altijd vriendelijk tegen Kira en ze had haar een keer uitgenodigd voor het eten, maar Kira kreeg een ongemakkelijk gevoel van haar onderzoekende nieuwsgierigheid, en ze kreeg de kriebels van de manier waarop haar man, Dylan, naar haar keek.

'Hallo, Kira,' zei Michelle. Ze keek naar de tas die Kira tegen zich aan drukte. 'Heb je geshopt?'

'Ik heb een jurk gekocht. Dat had ik beter niet kunnen doen, hij was belachelijk duur. Maar ik kon het niet laten.'

'Laat eens zien.'

Kira haalde de soepele, glinsterende jurk uit de tas en hield hem, hoewel het regende, even voor haar lichaam.

'Wow,' zei Michelle.

'Ik trek hem vanavond aan, naar het feestje van Seamus en Barney.'

'Veel plezier.'

'Seamus vroeg of ik vanavond op hun feestje kom,' zei Felix toen hij terugkwam van het wegbrengen van het busje.

'Feestje?'

'Beneden, in het souterrain. Hij zei dat het een beetje last minute was. Zullen we erheen?'

Nancy's hartslag ging omhoog, werd onregelmatig. Ze voelde zich niet goed. 'Ga jij maar,' zei ze.

'Wil je niet mee? Ook niet eventjes?'

'Ik ben een beetje moe.'

'Dan ga ik ook niet. Het is onze eerste avond hier.'

'Nee joh. Het is toch leuk als je even gaat? Het zijn tenslotte onze nieuwe buren.'

'Anders ga ik na het eten wel heel eventjes. Zullen we iets bestellen?'

'Blijf gewoon zo lang als je wilt.'

Kira at langzaam een zakje chips leeg en likte het zout van haar vingers. Haar haar was geföhnd en losjes in een lage staart gebonden. Ze had haar nagels gelakt, een halsketting omgedaan en oorbellen uitgekozen: ronde, zilveren hangers. Zorgvuldig had ze zich opgemaakt: dramatische ogen en rode lippen. Tot slot trok ze haar nieuwe groene jurk aan. Hij zat als gegoten. Ze glimlachte, en haar spiegelbeeld lachte terug. Haar ogen glansden.

Nancy lag in bed en luisterde naar het feestgedruis. Het was duidelijk te horen, ook al was het twee verdiepingen lager. De vloeren waren dun en het hele huis leek te trillen door het kabaal. Goeie muziek, dacht ze. Ze hield van dansen, maar wanneer ze voor het laatst had gedanst kon ze zich met geen mogelijkheid herinneren.

Ze was blij dat Felix naar het feest was gegaan. Sinds ze uit de kliniek was ontslagen was ze maar zelden alleen geweest. Het was alsof hij haar nog niet helemaal vertrouwde, alsof hij dacht dat ze misschien weer zou instorten als hij haar niet in de gaten hield. Maar zij lag liever hier in bed, met die bonkende muziek beneden en de voorbijratelende treinen daarbuiten. Ze liet haar gedachten eens rustig de vrije loop. Alles kwam haar nog zo vreemd voor: haar psychose, de verhuizing, deze woning, haar toekomst. Ze voelde zich klein en naakt in de wereld.

Ze werd heel even wakker toen Felix naast haar in bed stapte. 'Was het leuk?' mompelde ze.

'Ik wilde je niet wakker maken.'

Zijn adem rook naar bier. 'Hoe laat is het?'

'Ga maar weer slapen.'

3

Nancy's angst stak de volgende dag pas goed de kop op toen ze een vochtplek op de muur zag. Het behang was van dat grove, goedkope soort waarmee huiseigenaren scheuren maskeren. Er zaten kleine bobbeltjes in waardoor het een beetje op kippenvel leek. Ze duwde haar hand tegen de vochtplek. Het behang was losgeraakt van de muur. In haar verbeelding sijpelde het vocht uit het lichaam van het huis.

Ze keek om zich heen en dacht aan het oude principe van rust, reinheid en regelmaat. Hier, in deze nieuwe woning, was er geen rust en geen reinheid, geen regelmaat maar chaos. De muren waren kaal, je zag aan de lichte rechthoeken waar schilderijtjes hadden gehangen. Aan het plafond hing een fitting, zonder peertje. De vorige bewoner had de wandversieringen en alle peertjes meegenomen.

Overal stonden dozen op de vloer. Een ervan was opengescheurd en daar waren wat pockets uit gevallen. Hun hele leven stond hier opgestapeld. In Stoke Newington had alles nog zo hoopvol geleken, maar nu, in Harlesden, vijftien kilometer naar het westen in een totaal andere wereld, leek alles verloren en mislukt.

In de komende dagen zouden die dozen uitgepakt worden en zou alles worden neergezet, opgehangen, opgeborgen, en zou het hier misschien bijna weer een soort thuis lijken.

Maar die vochtplek zou er nog steeds zijn, zelfs al hingen ze er iets voor.

Terwijl ze naar de plek staarde kreeg ze plotseling het gevoel dat het gebouw leefde, dat het gewond was en dat het bloed of een ander soort afschuwelijk vocht afscheidde. Dat de muur had geprobeerd om het tegen te houden, maar dat het er nu toch doorheen drong.

Ze hoorde gerommel, en ze voelde het ook, onder haar voeten. Er stroomde water door buizen onder de vloerplanken. Waarschijnlijk ging de verwarming aan of uit, of misschien liet een van de buren de gootsteen leeglopen. Ze voelde dat het gebouw leefde en dat die buizen de aderen waren. Het huis probeerde haar iets te vertellen. Het fluisterde naar haar, al kon ze de woorden niet verstaan.

Ze had haar pillen ingenomen, maar ze herkende de signalen, en ze wist dat ze naar buiten moest, de frisse lucht in, en niet langer naar die donkere, vochtige plek moest kijken. Ze pakte haar versleten leren jack – net zo troostrijk als een oude teddybeer – en trok het aan. Instinctief keek ze in de spiegel hoe ze eruitzag, of haar lange donkerblonde haar niet te warrig zat, maar er hing geen spiegel. Nog niet.

Felix was uit het zicht in het keukentje bezig. Hij was zeker iets aan het installeren, iets praktisch aan het doen.

'Ik ga weg,' riep ze. 'Ik moet even...' Zo snel kon ze niets geloofwaardigs verzinnen, maar ze hoopte dat het zo genoeg was en Felix verder geen vragen zou stellen.

'Kun je iets voor me halen?'

Ze wilde niets meer zeggen en ook niet iets moeten onthouden. Ze had het gevoel dat ze door een overweldigende kracht onder water werd geduwd en dat ze water in zou ademen en zou verdrinken als ze haar mond opendeed. Het gemurmel en gemompel om haar heen werd luider, maar ze probeerde er niet op te letten. Misschien ging het dan vanzelf weg.

Maar toen hoorde ze een vreselijk geluid; ze wist niet waar het vandaan kwam of wat het was, of het ergens vanuit het huis of van buiten kwam. Ze deed de voordeur open en het geluid werd meteen harder en duidelijker. Het was natuurlijk die huilende baby aan de overkant van de gemeenschappelijke gang. Ze wist dat dat gehuil niets te betekenen had, behalve dat die baby honger had of moe was, maar het klonk als een boor, een boor in haar schedel.

Haastig liep ze de trap af en ging naar buiten, en na een paar onzekere stappen stond ze op de stoep. Daar bleef ze staan en ze snoof de koude lucht diep in zich op. Ze had het gehaald.

Het was zondagmiddag, half november, en de dag leek zich nu alweer voor te bereiden op de avond. De ramen van de huizen aan de ene kant van Fielding Road waren al verlicht. Om de minuut denderde er een trein als een verlichte duizendpoot voorbij en verdween in de verte. Ze kende deze buurt niet en ze had geen idee welke kant ze op moest, ze wilde alleen zo ver mogelijk weg van deze plek, dus begon ze maar te lopen.

Ooit zou deze straat haar vertrouwd zijn, de straat waarin ze woonde, maar nu was het alsof ze hier zomaar was gedropt en vervolgens in de steek was gelaten. Een jongen in een dik jack en met een wollen muts op zijn hoofd liep op haar af. Ze meed zijn blik, maar in het voorbijgaan zei hij iets tegen haar. Ze kon het niet verstaan, maar het klonk dreigend. *Je komt niet van me af.* Ze begon sneller te lopen. Het was belangrijk om niet te reageren, geen contact te maken.

Plotseling zag ze overal mensen en waren er geen huizen meer maar winkels: meubelzaken met op de stoep in dik plastic gewikkelde banken, discountwinkels, fish-and-chipszaakjes, kappers, kringloopwinkels. Een buurt voor mensen zoals zij, bannelingen uit een ander deel van Londen, of een ander deel van de wereld. Ze waren hier omdat ze geen geld hadden om ergens anders te wonen. Ze kwam langs een etalage met een bonte mengelmoes van emmers, bezems, plastic bloemen en energiedrankjes en liep ineens op een markt. Wortels en pastinaken, nog vlekkerig van de aarde waar ze uit getrokken waren. Kramen waar vlees aan haken hing, glinsterend roze en met een geur die in haar neus bleef hangen. Een piramide overrijpe mango's, het vruchtvlees barstte uit de gescheurde schil. Een rij kerstbomen. Maar met Kerstmis zouden ze allang dood zijn.

Iets maakte dat ze zich bliksemsnel omdraaide. Een vrouw schreeuwde. Een vinger porde in haar zij. Ze hoorde hatelijk gelach. Waar kwam dat vandaan? Het geluid leek overal om haar heen op te borrelen.

Vlak voor haar een gezicht, hangwangen, spuug op de onderkin. Stank van sigaretten en knoflook. Zoveel geuren, zoveel geluiden, het was alsof ze die allemaal kon ruiken en allemaal kon horen.

'Huilebalk.'

'Wat?' Nancy deed een stap naar achteren.

'Ontsnap,' zei een andere stem, ergens vlakbij. 'Maak dat je wegkomt.'

Overal om haar heen kwamen lichamen dichterbij, ze zat in de val, een val vol stemmen die haar iets bevalen, iets tegen haar zeiden, alleen kon ze niet verstaan wat. Er kwam iemand op haar af wankelen, een gestalte met een vlekkerig, verkleurd gezicht en starende ogen, een wandelend lijk. De angst en de paniek welden in haar op.

Nancy wreef haar ogen uit, drukte haar hand tegen haar mond. Haar huid prikte en jeukte, alsof er een leger mieren over haar heen marcheerde.

'Het is niet erg,' zei ze hardop, want soms hielp het als ze zichzelf toesprak.

Ze gleed bijna uit over natte, slijmerige bladeren. Het was geen goed idee geweest om naar buiten te gaan. Het was hier minder veilig dan binnen. Ze moest terug naar huis. Haar hart ging tekeer, ze drukte haar hand tegen haar borst en voelde het bonken.

Nancy draaide zich om. Iemand spuugde naar haar. Nee, geen spuug, regen. Dikke, vette regendruppels op haar gloeiende gezicht.

Langzaam liep ze terug, zette telkens de ene voet voor de andere. Hoe ging dat versje van vroeger ook alweer? Een twee drie vier vijf zes zeven, zo gaat-ie goed...

Plotseling was de mensenmassa verdwenen. Een fietslamp zweefde op haar af, het licht glom op het natte wegdek, tot de fiets haar passeerde.

Het huis was maar een klein stukje verder. Ze kon het wel.

4

Toen ze het paadje bereikte doemde er iets op uit het donker dat tegen haar schouder aan botste, een tas vloog door de lucht en de inhoud viel eruit. De schorre stem van een vrouw. Nancy kreeg kippenvel van de schrik. De vrouw was erg jong, een meisje eigenlijk nog. Haar gezicht lichtte bleek op in het duister, omringd door een rommelige bos krullen, een mond die was vertrokken tot een grimas en grote grijze ogen die schitterden. Strepen uitgelopen mascara op de wangen. Ze rook naar alcohol, wiet, zweet, angst.

'Het is niet erg,' fluisterde Nancy.

Ze praatte in zichzelf. Ze praatte tegen dat meisje. Misschien was er geen verschil. Ze wist alleen dat dat angstige meisje haar iets vroeg, of iets tegen haar zei. Deze hele dag vol chaos leek te hebben toegewerkt naar dit ene moment van contact.

Het meisje lachte schor, een geluid dat klonk als scheurende stof en dat overging in een snik. 'Het is wél erg. Help me.' Haar stem brak.

Nancy kon haar niet goed meer verstaan. 'Het moet ophouden,' meende ze te horen. En: 'Weg. Nee.'

'Ja, ik help je wel even,' zei Nancy. Want als ze haar zou helpen, al was het maar met zoiets kleins, dan zou ze daarmee ook zichzelf helpen: ze zou de chaos een halt toeroepen. Er was een draad die haar dit labyrint uit kon leiden, dacht ze. Die hoefde ze alleen maar te volgen, zodat ze voorzichtig op de tast uit het duister het licht kon bereiken.

Ze bukte en begon onhandig de dingen op te rapen die over de grond verspreid lagen. Een portemonnnee, een tandenborstel en tandpasta, deodorant, wat ondergoed.

Het meisje stond erbij, met haar groene leren schoenen met gele veters. 'Wees voorzichtig,' zei ze opeens.

Ze kwam overeind en staarde het meisje aan. 'Jij ook.'

Nancy stommelde de trap op, stak met een trillende hand de sleutel in het slot, glipte naar binnen en sloeg de deur achter zich dicht. Ze leunde er hijgend tegenaan en legde haar handen om haar gezicht, dat heet aanvoelde. Haar hartslag werd wat rustiger. Ze spitste haar oren. Het was stil in huis, ze hoorde alleen de onregelmatig druppende kraan in de keuken. 'Hallo?' riep ze. 'Felix? Ik ben er weer.'

Geen antwoord. Ze was blij dat hij niet thuis was en haar dus niet in deze toestand zag. Ze liep naar de slaapkamer, die vol stond met verhuisdozen en vuilniszakken met handdoeken en truien. Er lag een kluwen elektriciteitssnoer op de grond, tegen de muur stonden een paar ingelijste reproducties. Het bed was gelukkig opgemaakt. Ze trok haar jack uit en liet het op de grond vallen, schopte haar schoenen uit, kroop in bed en trok het dekbed over zich heen. Stil, donker, warm, als het nest van een gewond dier dat wachtte tot het beter was.

In de woning onder haar ging Kira Mullan dood.

Ze probeerde om hulp te roepen, maar het touw om haar hals zat te strak. Ze probeerde haar armen op te tillen, maar die waren vastgepind; ze probeerde zich los te wurmen, maar het gewicht dat haar neerdrukte was te groot, bewegen ging niet meer. Ze probeerde te vechten, te smeken om genade, maar ze wist alleen een zacht gekreun uit te brengen.

Buiten reed een trein ratelend voorbij.

Ik ben nog zo jong, dacht Kira. Het was niet eerlijk. Ze werd overspoeld door een donkere golf. Haar hele lijf was één schreeuw van angst en pijn.

Er kwam een herinnering in haar op, licht en schitterend als een edelsteen. Ze was elf of twaalf jaar, op de drempel van de puberteit, haar lichaam veranderde al, en ze droeg een nieuwe spijkerrok en een witte blouse met een motief van kleine groene veertjes, haar nagels waren parelroze gelakt en ze was heel tevreden met zichzelf. Ze voelde de zon op haar gezicht, het leven stroomde volop door haar lichaam. Ze zou kunnen vliegen, zo fijn voelde ze zich. Wat een broos geschenk was het leven. Waarom had ze dat niet begrepen? Ze zag haar voeten met haar groene schoenen met die gele veters, ze schopten machteloos, maar steeds minder heftig. Een bloeddonker waas overspoelde haar. Het touw kraakte. Ze wilde haar moeder. Ze wilde...

5

Nancy schoot wakker uit een droom waarin iemand schreeuwde. Ze wist even niet meer waar ze was. Heel even meende ze nog in hun oude huis te zijn, maar toen ze ging zitten, nog helemaal aangekleed en verward door haar middagslaap, en ze de troep om zich heen zag, wist ze het allemaal weer. De stemmen, de gezichten, het akelige gevoel. Maar dat leek een boze droom en die was nu voorbij: ze voelde zich opgeknapt, helderder.

Ze keek op haar horloge: na vijven al. Ze had bijna twee uur geslapen.

Ze stapte uit bed en liep tussen alle dozen en vuilniszakken door naar de deur. De rolgordijnen in de woonkamer waren naar beneden getrokken en op een van de verhuisdozen lag een armzalig bosje paarse chrysanten. Haar oude groene bank, het enige meubelstuk dat ze hadden meegenomen, was naar de zijkant van de kamer geschoven, Ze rook de geur van gebakken knoflook en er klonk muziek, van die jazzmuziek waar Felix naar luisterde als zij niet thuis was. Door de open deur zag Nancy hem achter het fornuis staan, kalm, gespierd, onverstoorbaar. Hij stond peinzend in een pan te roeren. Op een houten krat naast hem zat een man met een grote baard, hij dronk bier uit een blikje en keek op zijn telefoon.

Toen ze binnenkwam, keken ze allebei op. Felix stak bij wijze van groet zijn pollepel omhoog. 'We wilden je niet wakker maken.'

'Dat hebben jullie ook niet gedaan, hoor.'

'Je kent Gary nog wel, hè?'

Was dat zo? Ze stak haar hand uit. 'Volgens mij hebben we elkaar nooit ontmoet.'

Hij stond op en gaf haar een hand, die koud en zacht aanvoelde. 'Jawel hoor,' zei hij. 'Al een paar keer.'

'Echt?'

'We hebben net even iets gedronken verderop in de straat,' zei Felix.

'Leuk.'

'Ik moet weer eens gaan.' Gary pakte zijn houtje-touwtjejas. Hij leek haast te hebben.

Felix liet hem uit. Toen hij terugkwam, legde hij zijn hand op haar schouder. 'Je lijkt een beetje... je weet wel.'

'Het gaat prima, hoor.'

'Want anders...'

'Het gaat príma! Wat maak je?'

'Een pittige tomatensaus. Ik dacht dat we wel pasta konden eten als ze weer weg zijn.' Hij gebaarde naar de dozen in de kamer. 'Ik heb zelfs de peper- en zoutmolens gevonden.'

'Als wie weg zijn?'

'Dat had ik toch gezegd? Seamus en Barney; toen ik gisteren even op hun feestje was, heb ik gevraagd of ze vandaag iets komen drinken.'

'Dat feestje weet ik nog wel,' zei Nancy. 'Ik werd om zes uur wakker, toen was het nog niet afgelopen. Was het leuk? Vanmorgen vergeten te vragen.'

'Het was heel druk. Ik denk dat jij het leuker zou hebben gevonden dan ik.'

'Ben je lang gebleven?' vroeg ze.

'Ik was te moe. Ik wilde alleen even mijn gezicht laten zien.'

'Oké.'

'Ik heb de buren van hiernaast ook gevraagd. Ik kwam die buurvrouw beneden in de hal tegen en ik heb haar even geholpen om haar buggy de trap op te dragen. Volgens mij heet ze Olga, of misschien heet haar kind zo. Grappig ding, wel. Dat kind, bedoel ik. En ik heb bij Kira aangeklopt, de buurvrouw van de begane grond, maar die deed niet open.'

'Hebben we wel iets te drinken in huis?'

'Ik heb bier en wijn gehaald en wat chips. Wil je niet nog even in bad voordat ze komen?'

'In bad?'

'Je lijkt een beetje...' Hij krabde zich op zijn hoofd.

Ze kreeg het benauwd door zijn bezorgde blik. 'Ik wil niet in bad, Felix. Ik ga wel even snel douchen.'

Hij kwam naar haar toe, tussen de dozen door, en sloeg zijn armen om haar heen. Ze moest haar uiterste best doen om hem niet van zich af te duwen.

'Het komt allemaal goed,' zei hij.

Seamus Tyrell kwam als eerste. Hij was lang en gespierd, had donkere krullen, lichte ogen, en een kuiltje in zijn wang; hij was op een grappige manier knap, als een cartoon van een knappe man. Hij was midden dertig, maar hij kreeg al een beetje een buikje. Hij gaf Felix een klap op zijn schouder en kuste Nancy op de ene en toen op de andere wang, iets te dicht bij haar mond. Ze rook zijn aftershave en zijn zweet.

'Jij bent een stuk beter,' zei hij.

'Beter dan wat?'

Hij deed een stap naar achteren en bekeek haar goedkeurend. Ze had haar haar gewassen en haar mosgroene kasjmieren trui aangetrokken; er zaten wat mottengaatjes in de mouwen, maar hij voelde heerlijk zacht op haar huid.

'Dan die vent die hier eerst woonde.'

'Iets drinken?' vroeg Felix. 'Wijn? Pilsje?'

'Een pilsje. Tegen de kater. Het was erg laat vannacht,' zei hij grinnikend. En tegen Nancy: 'Jammer dat jij er niet was!'

'De volgende keer.'

Er werd op de deur geklopt, een roffel, als een aankondiging.

'Ben ik te vroeg of te laat?' zei de jongen die bijna binnen kwam vallen toen Felix opendeed. Hij was vrij klein, met blauwe ogen in een wat pafferig gezicht, een pluizig baardje, bruin haar met al wat grijze plukjes, ook al was hij zo te zien amper dertig. Zijn kleren zagen eruit alsof hij erin geslapen had. 'Mijn telefoon is leeg en ik ben de oplader kwijt. Toen ik wakker werd, was het donker en toen was Seamus al weg.' Hij trok een gekweld gezicht.

'Dit is mijn huisgenoot, Barney,' zei Seamus. 'Die voelt zich vandaag een beetje brak. Barney, dit is Nancy. Felix z'n...' Hij aarzelde. 'Wat is het juiste woord?'

'Vriendin,' zei Felix, precies tegelijk met Nancy, die 'partner' zei.

Barney liet zich met een kreun naast de bank op de grond zakken en begon chips in zijn mond te proppen.

Er werd weer aangeklopt, met nu maar één, besliste klop. Een man met rossig haar en sproeten kwam binnen met een fles wijn.

'Ik ben Harry, van hiernaast,' zei hij, en hij gaf de wijn aan Felix. 'Olga zei dat jullie ons hebben uitgenodigd. Maar ik kom helaas alleen, de kleine moet naar bed.'

Alsof het een afgesproken teken was, klonk er een lange, hoge jammerkreet. Harry's gezicht betrok.

'Jullie zullen ons wel vervloeken,' zei hij.

'Nee joh, geen probleem,' zei Felix.

'Voor jullie is het erger,' zei Nancy. 'Huilt-ie altijd zo hard?'

'Ze.'

'Wat?'

'Het is een ze. Op het consultatiebureau zeiden ze dat sommige baby's gewoon veel huilen en dat het over een maand of negen meestal wel over is.'

'Hoe oud is ze nu?'

'Drie maanden.'

'Baby's,' zei Barney met zijn mond vol chips. 'Wie wil die nou?'

Harry wierp hem een boze blik toe. Zijn gezicht was heel bleek, alsof hij in geen weken buiten was geweest, en hij had donkere wallen onder zijn ogen.

'Jullie maakten met dat feestje meer kabaal dan ons kind. We hebben nauwelijks geslapen. En ik heb komende week ook nog nachtdienst.'

Seamus stak verontschuldigend zijn handen omhoog. Alles aan hem was een beetje overdreven, vond Nancy, een beetje onecht. 'Sorry, man. Maar ja, niks aan te doen, met die dunne rotmuren hier.'

'Wat doe je voor werk?' vroeg Nancy, die zich nog steeds een beetje duf voelde.

'Ik ben arts. Je weet wel, zo'n overwerkte onderbetaalde basisarts die je weleens op tv ziet,' zei Harry. Hij voegde eraan toe: 'Maar dan met een huilende baby. En een lekkend dak.'

'Ik zou ook wel arts willen zijn,' zei Barney, die nog onderuitgezakt op de bank lag, zijn ogen halfdicht en een blikje bier gevaarlijk schuin in zijn hand. 'Lijkt me leuker dan wat ik doe.'

Het bleef even stil, totdat duidelijk werd dat iemand geacht werd te vragen wat hij zelf voor werk deed.

'En wat doe jij?' vroeg Felix.

'Consumentenonderzoek,' zei hij. 'Maar dat klinkt cooler dan het is. En ik heb een nulurencontract.'

'Onze boiler is ook nog kapot,' zei Seamus. 'Dus ik zou jouw lekke dak best willen ruilen voor onze boiler.'

'Als dat zou kunnen,' zei Barney, die weer overeind kwam.

'Ik kan er wel even naar kijken als je wilt,' zei Felix.

'Ben je loodgieter?' vroeg Barney.

'Nee, verzekeringsagent.'

'Wow, dat klinkt volwassen. Hoe word je zoiets?'

'Ik hou van cijfers. En van mensen helpen.'

'Is dat niet saai?'

'Soms wel,' gaf Felix toe. 'Maar soms ook heel interessant.'

'De huisbaas moet het maar fiksen,' zei Harry koppig, nog steeds over de boiler. 'Dat staat in het huurcontract.' Hij nam een flinke teug bier. Op zijn bleke gezicht waren wat rode vlekken verschenen. 'Maar William Goddard is een klootzak, dus doet hij dat? Vergeet het maar. Ik heb gemeld dat het dak lekt: geen reactie. Ik heb die gebarsten ruit gemeld: geen reactie. Ik heb gemeld dat de kranen lekken. Drup drup drup. De baby huilt en de kraan drupt.'

Hij leek van plan om zichzelf eens goed op te fokken.

'Die vriend van je die hier woonde heeft zeker niet verteld dat er muizen in dit huis zitten?'

'Zolang het maar geen ratten zijn,' zei Nancy.

'Ik ken iemand die een keer op de wc zat toen er een rat uit kwam,' zei Barney. 'Terwijl hij erop zat dus!'

'Voordat je het vraagt,' zei Seamus, die wat verder opschoof naar Nancy terwijl Felix in de keuken nog een zak chips openmaakte, 'ik ben fitnesscoach.'

'Dat klinkt goed,' zei Nancy.

Harry wees omhoog.

'Dat plafond is pas gewit om de vochtplekken weg te werken.'

'Ik kan je wel een paar privélessen geven als je dat leuk vindt,' ging Seamus verder.

Nancy probeerde te bedenken hoe ze op een beleefde manier duidelijk kon maken dat ze nog liever doodging.

'Nancy houdt meer van buiten bewegen,' zei Felix, die weer de kamer binnenkwam. 'Toch, Nancy?'

'En wat doe jij voor werk, Nancy?' vroeg Seamus. Hij sprak haar naam traag uit, alsof hij ervan proefde.

'Op dit moment help ik een kennis.'

'Waarmee?'

'Ik schrijf tekstjes voor haar webshop.'

'Cool.'

'Nou nee. Maar binnenkort ga ik weer doen wat ik hiervoor deed.'

'Wie wil er nog chips?' vroeg Felix. 'Bier? Wijn?' Toen er geen reactie kwam, ging hij tussen Seamus en Nancy op de bank zitten.

'Wat deed je dan?' vroeg Seamus.

'Nancy is nog aan het bedenken wat ze hierna wil gaan doen, hè Nancy?'

'Ik had een restaurantje,' zei Nancy.

'Maar daar moest ze mee stoppen.'

Felix sloeg zijn arm om haar schouder en gaf haar een geruststellend kneepje.

'Ik wil er weer mee verder,' vervolgde Nancy.

'Maar dat heeft helemaal geen haast,' zei Felix. Het was niet duidelijk of hij het tegen Seamus of tegen Nancy zelf had.

'Ik zou een moord doen voor een lekkere curry,' zei Barney, die weer onderuit was gezakt. 'Wat was jouw specialiteit?'

Voordat ze antwoord kon geven werd er op de deur geklopt.

'Misschien is dat Kira wel,' zei Felix.

Maar in plaats van Kira stond er een ouder echtpaar voor de deur. Zij had een grote bos bloemen in bruin papier bij zich, hij een fles champagne. De vrouw was klein en gedrongen, met kort grijs haar en een ronde bril, en ze droeg een flodderige linnen broek met een jasje. Haar man, een lange, potige kerel die zijn hoofd als een stier vooruitstak, had haar tot op zijn schouders en een verse schram op zijn neus, die hij af en toe met een vingertop aanraakte.

'Wij zijn de buren van 101,' zei de vrouw. 'We wisten niet dat jullie al bezoek hadden.'

'Dylan,' zei de man. 'Dylan Strauss.'

'En ik ben Michelle.'

'Hoi, ik ben Nancy. Wat een prachtige bloemen, dankjewel!'

'Welkom bij ons in de straat, Nancy. Ik hoop dat je hier heel gelukkig wordt.'

Een uur later waren ze allemaal weg. Felix maakte pasta en Nancy ging in de dozen op zoek naar borden en bestek. De gebeurtenissen van eerder die dag waren voor haar naar de achtergrond verdwenen. Het leek allemaal een nare, wazige koortsdroom te zijn geweest.

'Even recapituleren,' zei ze. 'Seamus is fitnesstrainer en hij vindt zichzelf een godsgeschenk.'

'Ik vind Seamus best oké,' zei Felix.

'Ja, maar jij bent een man. En Barney heeft een nulurencontract, maar wat doet hij ook alweer?'

'Consumentenonderzoek.'

'Jij hebt tenminste opgelet. En Harry van hiertegenover is arts en heeft al maanden niet geslapen en kijkt glazig uit zijn ogen. Bozig. Hoe heet zijn vrouw ook alweer?'

'Olga.'

'O ja, Olga. Die thuis moest blijven bij de huilbaby. En dan heb je nog Michelle van dat grote huis hiernaast en haar man, Dylan, met die brede kaken, wat voor werk doet hij?'

'Hij is met pensioen,' zei Felix. 'Maar Seamus vertelde dat dat niet vrijwillig was. Hij zat geloof ik in de detailhandel.'

'Had je ze weleens eerder ontmoet?'

'Niet echt, alleen in het voorbijgaan.'

'En verder is er alleen nog Kira, die er niet was maar die volgens jou aardig is.'

'Kittig type.'

'Echt iets voor een man, dat woord, hè?' zei ze terwijl ze bij een van de dozen neerhurkte.

Hij glimlachte naar haar. 'Zo te zien gaat het alweer een stuk beter met je.'

'Ik voelde me vandaag helemaal niet slecht, hoor.'

'Jawel. Dat merk ik altijd meteen.'

'Wil je niet steeds bepalen hoe ik me voel?'

'Dat doe ik ook niet. Het viel me gewoon op.'

'Hoe ziet ze eruit?'

'Kira?'

'Ja.'

'Daar heb ik nooit zo op gelet. Kom, de pasta is klaar.'

Door de dunne muren hoorden ze de baby weer huilen. In het souterrain werd muziek aangezet, de bastonen dreunden door het hele huis.

Een paar meter onder hen bungelde Kira aan een touw, met starende ogen die niets meer zagen.

6

'Wil je één schep? Of twee?'

Nancy keek naar de glanzende havermout in de pan. Felix had de pap op een heel lage temperatuur een nacht in de oven gezet. Volgens hem maakte dat een wereld van verschil. De lepel in zijn hand zweefde boven de pap. Geen gewone lepel, maar hun grote soeplepel. Nul, wilde Nancy zeggen: ik hoef niet.

'Een is genoeg.'

Hij schepte een volle lepel dikke pap in de kom die ze vasthield.

'Wil je er melk of room over, of wat bruine suiker?'

'Vandaag niet, zo is het wel genoeg. Ik heb niet zo'n trek.'

'Ik sterf van de honger,' zei Felix. Hij schepte de rest van de pap in zijn eigen kom en deed er wat bruine suiker en melk bij. Hij roerde de pap door, waarbij de suiker een bruine spiraal vormde, en nam een hap. Hij wilde iets zeggen, maar at eerst zijn mond leeg.

Nancy nam een klein hapje. De pap voelde slijmerig, als kikkerdril. Felix stond op om de koffie uit de cafetière in te schenken. Hij zette een beker voor haar op tafel.

'Wil je ook jus d'orange, of liever een halve grapefruit?'

Nancy keek naar haar beker. Vanmorgen, de ochtend na haar inzinking op de markt, was het alsof ze alles veel te scherp zag. En alle geluiden waren zo schel en hard dat het bijna pijn aan haar oren deed.

'Alleen koffie is prima,' zei ze.

Hij zat tegenover haar. Ze staarde naar haar pap, maar ze voelde dat Felix naar haar keek.

'Je weet dat ik het niet leuk vind om te zeggen...' begon hij.

'Zeg het dan niet.'

'Je moet niet denken dat ik je betuttel of zo. Maar als je gestrest bent eet je zo weinig en daar maak ik me zorgen over. En je eet echt weinig.'

Nancy knikte naar haar pap. 'Ik zit net aan een stevig ontbijt.'

'Dat is maar een muizenhapje. Bovendien zit je er alleen maar in te roeren. Maar ik had beter niks kunnen zeggen.'

Nancy nam een hap, een flinke hap, en slikte die met veel moeite door.

'Je weet dat ik niet zo'n ontbijtmens ben. Mijn ideale ontbijt is een kop koffie.'

'Ik maak me gewoon zorgen, begrijp je. Over alles.'

Nancy begreep het wel, en ze wist ook hoe vervelend en gênant Felix het vond om dat te zeggen. Ze zouden daar op een normale manier over moeten kunnen praten, maar dat leek nu totaal onmogelijk.

'Heb je veel werk vandaag?' vroeg Felix. Hij stond op en trok zijn dikke winterjas aan.

Nancy schoof de kom van zich af en leunde achterover. 'Vandaag moet ik over allerlei paasartikelen schrijven. Hoeveel bijvoeglijke naamwoorden kun jij bedenken voor melkchocolade?' Ze telde op haar vingers. 'Fluweelzacht. Romig. Zijdezacht. Delicieus. Onweerstaanbaar.'

'Die vriend van me heeft enorm zijn best gedaan om dat baantje voor je te regelen,' zei Felix stijfjes.

'Daar ben ik ook blij mee. Heel blij.' Ze stond op en omhelsde hem. Boterzacht, dacht ze. Smelt op de tong. Romig, verslavend, warm, aards. 'Kijk niet zo bezorgd. Ik voel me prima. Ga maar naar je werk.'

Hij glimlachte en ze kuste hem op zijn mond.

'Als je zeker weet dat je echt...'

'Felix.' Ze legde zijn handen op zijn heupen en gaf hem een duwtje. 'Sst.'

Toen Felix vertrok, luisterde ze naar zijn voetstappen op de trap en naar de buitendeur die open- en weer dichtging. Ze zuchtte opgelucht. De rust en de stilte zouden genoeg moeten zijn, hield ze zichzelf voor. Maar ze wist dat dat niet zo was.

Ze pakte haar mobiel en toetste een nummer in. 'Kan ik vanmorgen nog langskomen? Nu meteen, kan dat?'

Ze wachtte geduldig tot de receptioniste had overlegd. Ja, het kon.

Ze zou het liefst op de fiets willen gaan, maar ze fietste niet meer. Ze zou ook graag gaan lopen, maar dat duurde te lang en na gisteren wist ze niet of lopen wel een goed idee was. De ondergrondse was geen optie, door al dat lawaai en de hitte en de drukte en het gebrek aan ruimte, en vooral door het idee om in een metalen buis onder de grond te zitten. Toch had dit nieuwe, vreemde deel van Londen wel een voordeel, en daar werd ze aan herinnerd toen er weer een trein langs kwam denderen. De trein. Ze keek op haar horloge. Met de trein kwam ze nog wel op tijd.

De muren van de spreekkamer van dokter Roland Lowe waren spierwit, als in een laboratorium. Er hingen alleen een paar ingelijste diploma's, en er lag een blauw kleed op de vloer, zo'n praktisch, makkelijk schoon te maken kleed.

Dokter Lowe keek haar onderzoekend aan. Het was een magere, hoekige man, kaal, met alleen nog wat grijs haar aan de zijkant van zijn hoofd. Nancy had altijd het gevoel dat ze voor hem niet zozeer een patiënt was als wel een probleem dat moest worden opgelost.

'U zei dat het dringend was,' zei hij.

'Ik denk dat ik misschien anders moet worden ingesteld.'

'Hebt u last van bijwerkingen?'

'Ja, er gebeurt iets raars in mijn hoofd. Ik denk dat ik de dosis een beetje moet verhogen.'

'Is er iets gebeurd?'

'Gisteren had ik een soort... nou ja, een soort terugval, denk ik.'

Dokter Lowe leek hier even over na te denken. Het was alsof Nancy bij de garage was en tegen de monteur zei dat haar auto een ratelend geluid maakte. Ze vond dat wel prettig, het voelde praktisch.

'Goed,' zei dokter Lowe. Hij pakte zijn blocnote en een pen en schreef iets op wat Nancy niet kon lezen. 'U weet inmiddels wel hoe het gaat, mevrouw North,' zei hij.

'Nancy. Zeg alstublieft Nancy. Anders krijg ik het gevoel dat ik een lijk op een onderzoekstafel ben.'

In maar vijf minuten vertelde Nancy wat er de vorige dag was voorgevallen, en wat een lichte versie had geleken van haar eerste psychose. Dokter Lowe reageerde niet. Hij trok een bureaula open en haalde er een receptenblok uit. Hij schreef er iets op en scheurde het vel eraf.

'Ik verhoog de dosis met een milligram. Mocht het na een paar dagen niet beter gaan dan kunt u terugkomen, dan proberen we nog een milligram.' Hij gaf haar het recept. 'Dit gaat zeker helpen.'

Een uur na haar afspraak met dokter Lowe zat Nancy in een kamer op de tweede verdieping van een victoriaans huis. De muren waren grijsgroen geverfd en in het midden van de ruimte stonden twee grote, comfortabele leunstoelen tegenover elkaar. De ene was mosterdgeel, de andere was bekleed met verweerd bruin leer.

Nancy zat in de gele stoel, zoals altijd. Ze keek naar de bomen op de prent aan de muur tegenover haar. Alles was nog precies hetzelfde als de vorige keer dat ze hier was, twee maanden geleden. Dezelfde vaas met een enkele tak rozemarijn, hetzelfde kleed op de vloer, hetzelfde uitzicht – alleen was de boom de vorige keer nog groen en hingen er nu alleen nog wat bruine blaadjes aan de zacht wiegende takken.

Ze kon wel huilen van opluchting.

'Hallo, Nancy,' zei de vrouw die tegenover haar in de leren stoel zat. Ze had zacht grijs haar en opmerkzame bruine ogen, haar handen hield ze gevouwen op de plooien van haar grijze rok. 'Hoe gaat het?'

'Je zei dat ik altijd mocht bellen als ik daar behoefte aan had.'

'Is er iets gebeurd?'

Nancy keek weer uit het raam, naar een paar vogels op de takken, en naar de grijze lucht erachter. Ze verzamelde moed.

'Ja... Ik heb gisteren weer stemmen gehoord, ik wist natuurlijk wel dat die niet echt waren, maar ze leken wel griezelig echt. Terwijl ik alles heb gedaan wat ik moest doen. Ik heb mijn medicijnen ingenomen, ik heb heel rustig en regelmatig geleefd, ook al is dat niks voor mij. Ik ben heel voorzichtig geweest. Vandaag gaat het wel weer goed. Het duurde maar even, maar ik weet dat ik het serieus moet nemen en dat ik er iets aan moet doen. In de kiem moet smoren. Ik ben bij dokter Lowe geweest, hij heeft de dosering verhoogd, maar ik dacht dat het wel goed zou zijn om ook even met jou te praten. Ik wil het liever niet tegen Felix zeggen. Ik wil graag dat hij me blijft zien als de vrouw op wie hij verliefd is geworden. Niet als een patiënt, niet als een lastig probleem.'

Vijftig minuten later liep Nancy door de brede straat met aan weerszijden bomen terug richting Harlesden. Ze was tevreden over wat ze die ochtend had gedaan. Ze moest alles op de juiste manier aanpakken. En niemand zou daar iets over hoeven te weten.

7

Het schemerde al en het was stil in huis. Geen huilende baby, geen blèrende tv, geen bonkende muziek. Alleen wat getril van voorbijrijdende treinen. Nancy vond die treinen bijna rustgevend, zoals het gekabbel van een rivier. Door het raam zag ze een vos in de tuin van Dylan en Michelle, een oase van terracotta potten met kruiden, gesnoeide bomen en aangeharkt grind. Heel anders dan het verwilderde lapje grond van haar en Felix, waar je met een metalen trapje kon komen, of het tuintje ernaast dat bij de woningen van Seamus en Barney en Kira hoorde.

Ze zag Dylan voor zijn verlichte keukenraam staan, hij at iets, een bagel zo te zien. Hij had geen shirt aan, zijn bovenlichaam was akelig fors en bleek. Hij keek op, hun blikken kruisten elkaar ongemakkelijk lang. Hij stak bij wijze van groet zijn halve bagel omhoog en toen stak zij even haar hand op.

Ze zette nog een beker koffie, sloeg een dekentje om en ging met haar laptop op de bank zitten. De afgelopen drie maanden, sinds ze na haar zenuwinzinking weer terug was in de puinhoop van haar oude leventje, had ze een halve baan als copywriter voor een webshop: ze schreef opgewekte tekstjes om mensen te bewegen een kookwekker aan te schaffen, of zingende verjaardagskaarsjes, goedkope medailles, zijden bloemen, notenkrakers met een lachend gezichtje, gepersonaliseerde bekers. In de zomer was ze bezig geweest met de kerstcatalogus. Vorige maand was het thema Valentijnsdag, en nu schreef ze voor Pasen. Ze staarde vol afkeer naar wat ze al had opgeschreven. *Haal het voorjaar in je tuin!* Haar vingers bleven boven de toetsen hangen. Wat kon ze nog meer bedenken?

Ze stond op, liep naar de keuken, sneed een stukje schimmelkaas af en at het langzaam op. Het was zout en kruimelig, troostrijk.

Beneden klonken geluiden, voetstappen, stemmen. Ze probeerde er niet op te letten. Deuren gingen open en dicht. Een schreeuw. Was dat de stem van Felix?

Nancy deed de deur open. De stemmen klonken luider. Ze rende met twee treden tegelijk de trap af. Onderaan bleef ze staan. Bij de deur van de benedenbuurvrouw stonden een paar mensen. Ze zag Michelle, Seamus. En Felix was er ook. Hij keek haar geschrokken aan.

'Blijf daar.'

Ze negeerde hem en liep door, duwde hem opzij en keek door de halfopen deur naar binnen.

Een paar schoenen. Maar die hingen in de lucht.

Groene schoenen met gele veters.

Iemand schreeuwde iets. Handen trokken haar weg.

'Kom mee!' zei Felix dwingend.

Nancy zag alleen de onderste helft van het lichaam. Ze moest het gezicht ook zien, en ze probeerde dichterbij te komen.

'Niet doen,' zei Felix, en hij hield haar tegen.

'Laat me los,' beet Nancy hem toe. 'Ik moet het zien.'

'Nee, niet doen!'

Felix hield haar ene arm vast en iemand anders de andere; samen trokken ze haar mee, een stukje de smalle trap op.

'Ze is niet in orde,' zei Felix tegen de andere man; dat was Dylan, zag ze nu, zijn vingers drongen als pincetten in haar arm. 'Ze mag zich niet opwinden.'

'Ik heb haar gezien!' zei Nancy. 'Ze heeft me nog gewaarschuwd!'
'Rustig nou maar,' zei Dylan, alsof ze een bokkend paard was.
'Ze is ziek geweest,' zei Felix, 'ze is niet helemaal zichzelf.'
Nancy gaf hem een harde schop tegen zijn scheenbeen.
'Schatje toch,' zei hij.

8

Inspecteur Maud O'Connor was nog erg laat aan het werk. Het was maandagavond en de cellen in de kelder van het politiebureau zaten al vol. Overvol zelfs. Er was een jongen die had gedreigd om op straat zelfmoord te plegen. Hij zou eigenlijk naar het ziekenhuis moeten, maar hij was hierheen gebracht. Er was een man die vandaag voorgeleid zou worden, maar dat was op het allerlaatste moment uitgesteld. Vier mensen die in voorlopige hechtenis zaten en die eigenlijk naar het huis van bewaring moesten. En nu waren er drie jonge bendeleden die betrokken waren geweest bij ernstige ongeregeldheden en die kon ze nergens kwijt; Maud was al een uur aan het bellen om plekken te vinden waarnaar ze al die mensen door kon schuiven: een ziekenhuis, het huis van bewaring, een ander politiebureau.

Daar kwam nog bij dat de zaak waar ze aan werkte op een fiasco dreigde uit te lopen. De jonge vrouw die vorige week zwaar mishandeld was door haar vriend en met opgezwollen en gebarsten lippen op het bureau was gekomen, wilde haar aangifte nu weer intrekken. Ze had een gebroken rib, een gebroken neus, blauwe plekken op haar gezicht, maar ze beweerde dat ze zich had vergist. Ze was van de trap gevallen.

Maud trok haar leren jack aan en pakte haar rugzak. Toen ze de deur van haar kamer opende, hoorde ze een man en een vrouw op de gang praten.

'Zo jong nog,' zei de vrouw.

'Ja,' reageerde de man. 'Meestal zijn het mannen, geen vrouwen die zichzelf van kant maken.'

'Schrijf jij een rapport voor Kemp of zal ik het doen?'

'Doe jij maar. Het is simpel zat. Ze heeft dat touw over die balk gegooid, er een strop in gelegd en toen heeft ze die kruk weggeschopt. Einde verhaal.'

'Maar waarom zou ze het gedaan hebben?'

'Daar komen we nooit achter.'

'Zullen we straks wat gaan drinken?'

'Ja, daar ben ik dan wel aan toe.'

De stemmen vervaagden en Maud liep haar kamer uit, deed haar wollen muts op en duwde er wat losse krullen van haar blonde haar in.

Een jonge vrouw had zichzelf van het leven beroofd. Die mannelijke agent had waarschijnlijk gelijk toen hij zei dat ze de reden nooit zouden weten. Die vrouw met haar persoonlijke tragedie zou een mysterie blijven, een kleine noot in de geschiedenis. Zoals zo vaak kwamen haar collega's en zij nooit verder dan wat uit een eerste voorlopig onderzoek naar voren kwam. Als ze geluk hadden, vonden ze wel het antwoord waar ze naar op zoek waren: ze volgden de juiste procedure, schreven rapporten in drievoud, zetten keurig de puntjes op de i, waardoor gruwelijke, onsamenhangende en onbegrijpelijke gebeurtenissen als om door een ringetje te halen zo overzichtelijk leken. Waarna ze zich over de volgende zaak bogen.

Misschien was dat wel de enige manier waarop je dit werk kon volhouden, dacht Maud, al was het niet haar manier. Je kon je verstand verliezen als je je blind bleef staren op wat er misschien onder het oppervlak schuilging. Er was een jonge vrouw gestorven. Zoals die agent al zei: einde verhaal.

9

De volgende ochtend had Felix een vergadering aan de andere kant van Londen en vertrok hij al vroeg. Bij het weggaan bleef hij nog even in de deuropening staan om nog maar weer eens tegen haar te zeggen dat ze goed op zichzelf moest passen en dat ze hem meteen moest bellen als ze zich niet goed voelde. Eindelijk vertrok hij, Nancy hoorde hem de trap af lopen en de buitendeur dichtslaan.

Ze had bijna niet geslapen maar naast Felix wakker gelegen, naar de voorbijrijdende treinen geluisterd, naar de huilende baby, en steeds weer zag ze dat aan de balk hangende lichaam voor zich, met die groene schoenen die een eindje boven de vloer bungelden. Ze was erg moe, haar hoofd zat vol beelden die ze niet kwijt kon raken, vol angst die als een vieze geur aan haar bleef kleven.

Ze moest in beweging komen. Ze keek naar de rommel in de woonkamer. Wat was het leven toch fragiel: je denkt dat je alles op orde hebt, maar dan wordt het in een oogwenk overhoopgehaald, in dozen gestopt, en dan lijkt alles alleen nog maar rommel, afval. Makkelijk om overhoop te halen, moeilijk om weer op orde te krijgen. Konden die halfopen dozen, die stapels boeken en dit allegaartje aan meubels ooit weer worden samengevoegd tot een thuis, een leven?

Ze haalde een mes uit de keuken en sneed het brede plakband van een van de dozen door. 'Diversen' stond er op het label in het handschrift van Felix, en dat was inderdaad wat erin zat. Een zeef, een in een theedoek gewikkelde glazen vaas, een kookboek, een bandenplakset, een paar houten pollepels, en een spuitbus met insectenspray. Ze ging moedeloos op haar hurken zitten: waar moest ze dat allemaal laten? Tot haar opluchting werd er op de deur geklopt.

Toen ze opendeed zag ze een vrouw die ze niet kende. Ze was een jaar of vijfenvijftig en ze had halflang haar dat al wat grijs werd. Ze droeg een donkere broek en een donkere trui, en er was iets vreemds met haar gezicht. Het leek gebleekt, alsof de kleur eruit geknepen was. Rond haar ogen en mondhoeken zaten fijne lijntjes.

'Ik ben Ruth Mullan.'

Nancy keek de vrouw niet-begrijpend aan.

'Kira's moeder. Ik kom net uit haar huis.'

Nancy voelde een golf van paniek en medelijden opkomen. 'O... ik vind het zo vreselijk,' stamelde ze. 'Zo verschrikkelijk.'

De vrouw bracht haar beide handen omhoog alsof ze een klap wilde afweren. Ze schudde traag haar hoofd. Haar lippen waren op elkaar geperst. Nancy zag aan haar dat ze geen woord kon uitbrengen. Ze vouwde haar handen samen, alsof ze ging bidden, en drukte ze tegen haar mond en neus.

'Kom maar verder,' zei Nancy. Ze pakte de vrouw bij haar arm en nam haar mee naar binnen. Ze vroeg of ze een kopje koffie of thee wilde, waarop de vrouw alleen maar knikte en ging zitten. Nancy liep naar het keukentje. Koffie zou het snelste gaan. Ze zette water op, maalde de bonen, deed een paar schepjes in de cafetière en goot er heet water op. Ze roerde de koffie een paar keer flink door, duwde de filter naar beneden en schonk twee bekers in.

'Wilt u ook melk en suiker?' vroeg ze toen ze een van de bekers aan Ruth had gegeven, maar die leek de vraag niet te horen. Ze hield de beker met beide handen vast, alsof ze zich eraan wilde warmen. Nancy trok een stoel bij en ging zitten, schuin tegenover de vrouw. Ruth staarde voor zich uit, maar Nancy had het gevoel dat ze dwars door haar heen keek. Na een kort moment werd haar blik gefocust en keek ze naar haar beker koffie en daarna naar Nancy.

'Wil je die beker misschien even aanpakken?' vroeg ze. 'Want ik kan hem nergens neerzetten en ik ben bang dat ik hem laat vallen.'

Nancy stond op en pakte de beker van haar aan.

Ruth haalde een paar keer diep adem; toen welde er vanuit haar binnenste een geluid op. Het leek niet op huilen, maar meer op een enorme, langgerekte en dierlijke kreet van pijn. De tranen stroomden over haar wangen, vermengden zich met snot, en het gekreun ging door, alsof het geluid uit haar longen werd geperst.

Nancy bleef geschrokken staan, met in elke hand een beker koffie. Toen liep ze naar de keuken, zette de bekers in de gootsteen en pakte de rol keukenpapier. Ze scheurde er twee stukken af en gaf ze aan Ruth, die haar gezicht erin verborg, waardoor het dierlijke geluid wat werd gedempt. Ze snoot luidruchtig haar neus, droogde haar gezicht, verfrommelde het papier en stopte het in haar jaszak.

Toen begon ze te praten. Ze vertelde zacht en monotoon wat er was gebeurd sinds ze het telefoontje had gekregen, ze was de hond aan het uitlaten, de vrouwelijke agent had het verteld, ze had de hond naar de buren gebracht, ze was het hele eind vanuit Derbyshire naar Londen gereden, het was heel druk geweest op de weg – ze zei het alsof het om een gewone autorit ging – en toen had ze het lichaam van haar dochter moeten identificeren. Haar dochter, van wie ze zoveel hield, de liefste dochter die er bestond, die altijd zo openhartig was, zo enthousiast, wat moest ze nu beginnen, hoe moest ze nu verder? Het was een nachtmerrie en ze zou vast wakker worden, maar ze wist wel dat ze niet droomde, ze had het lichaam gezien, de hals met die afschuwelijke rode striem.

Nancy voelde zich machteloos. Ze knikte en mompelde iets meelevends, maakte zachte troostende geluiden. Na een poosje hield Ruth op met praten, ze haalde het keukenpapier uit haar zak en snoot haar neus weer. En ze schudde langzaam haar hoofd.

'Ze was op zoek naar een nieuwe baan, daar was ze zo enthousiast over. Ze zou met Kerstmis thuiskomen. Vriendinnen opzoeken.'

Nancy dacht aan haar eigen ouders en aan hoe die hadden gereageerd – of eigenlijk niet hadden gereageerd – toen ze een psychose kreeg. Zelfs nu nog deden ze alsof het niet echt was gebeurd.

'Ik vind het verschrikkelijk voor u,' zei ze. 'Soms weet je niet wat mensen doormaken, zelfs als je heel close met ze bent.'

Ruths natte, rode gezicht vertrok weer van verdriet, waardoor ze veel ouder leek dan ze was.

'Ik ben haar moeder, ik had het moeten weten. Ze zei altijd dat ze gelukkig was. Dat ik me geen zorgen hoefde te maken, dat alles goed ging. Ik wilde haar zo graag geloven, daarom geloofde ik haar.'

'Onvoorstelbaar wat u moet doormaken,' zei Nancy zacht.

'Misschien wilde ze me beschermen. Maar ik ben haar móéder. Ik had háár moeten beschermen.'

Haar schouders schokten weer. Nancy legde voorzichtig een hand op Ruths arm en wachtte tot ze tot bedaren kwam. De nieuwe huilbui werd langzaam wat minder heftig, Ruth veegde de tranen en het snot weg en ging meer rechtop zitten.

'Ik moet van alles doen,' zei ze. 'Dingen die een moeder nooit zou moeten doen...' Ze zweeg een tijdje, haalde nog een paar keer diep adem en deed duidelijk veel moeite om niet opnieuw in tranen uit te barsten. 'Allerlei papierwerk, en haar spullen opruimen. Ik vind het maar een akelig flatje. Ze zei dat het prima was, maar dat is het niet. Het is een bouwval. En ik wil heel graag met mensen praten die mijn dochter hebben gekend: haar buren, de mensen die haar dagelijks zagen. Ik weet wel dat het nu te laat is, maar misschien ga ik het dan iets beter begrijpen.'

Hier had Nancy op gewacht. Bij al dat verdriet van Ruth had ze een heel ongemakkelijk gevoel: ze had haar meteen moeten vertellen wat ze wist, maar ze kon het juiste moment niet vinden.

'Ruth,' begon ze. 'Mag ik Ruth zeggen?'

De vrouw knikte.

Nancy gebaarde om zich heen. 'Zoals je ziet zijn we net verhuisd. We zijn nog aan het uitpakken. Dus aan mij heb je niet veel, de andere buren wonen hier al veel langer.'

'Heb je mijn dochter nooit ontmoet?'

Nancy dacht terug aan die nare dag toen ze over de markt liep en weer stemmen had gehoord die haar achtervolgden, en aan de vreemde ontmoeting bij de voordeur. Ze dacht aan de groene schoenen met de gele veters die ze door de deuropening had gezien.

'Heb je een foto van haar?'

'Een foto?'

Ruth pakte haar mobiel en scrolde door de galerij.

'Deze is mooi,' zei ze, en haar stem brak weer.

Nancy keek naar het gezicht op het schermpje: een lichte huid met sproetjes, rossig haar, een lachende mond met volle lippen. Ze straalde helemaal.

'Wat ziet ze er prachtig uit,' zei ze.

'Ze was ook prachtig,' snikte Ruth Mullan, en ze begon opnieuw onbedaarlijk te huilen. 'Iedereen was dol op haar. Ze was zo'n goeie meid. Misschien is ze daardoor wel in de problemen geraakt. Ze was veel te goed van vertrouwen. Ik heb haar zo vaak op het hart gedrukt dat ze voorzichtig moest zijn, maar als je jong bent wil je dat natuurlijk niet horen.'

'Ik heb haar inderdaad een keer gezien,' zei Nancy langzaam. 'Eén keer maar, heel kort. Dat was eergisteren. Ik kwam haar tegen toen ik net naar binnen wilde gaan en toen hadden we een soort gesprekje.'

'Een soort gesprekje? Wat bedoel je?'

Nancy vond het moeilijk om daar een antwoord op te geven.

'Ik voelde me toen niet goed,' zei ze. 'Ik had een soort koorts.'

'Wat vervelend voor je,' zei Ruth stijfjes.

'Nee, nee,' zei Nancy snel. 'Dat was niet zo erg, daar gaat het niet om. Ik bedoel alleen dat ik het me daardoor niet zo goed herinner.'

'Maar jij hebt mijn dochter dus vlak voordat ze stierf nog gesproken?'

'Ja, toen ik naar binnen ging.'

'Dus zij heeft ook nog iets tegen jou gezegd?'

'Ik geloof het wel. Ik botste per ongeluk tegen haar op. Toen liet ze haar spullen vallen. Ik heb nog geholpen om ze op te rapen en toen hebben we een paar woorden gewisseld.'

'En hoe deed ze toen?'

Nancy probeerde het zich te herinneren. Het was alsof ze in een mist vol vage gestalten en verblindend licht tuurde. Ze vond het moeilijk om te bepalen wat echt was en wat niet. Ze keek Ruth aan. Moest ze wat ze zich herinnerde wat minder erg voorstellen om die moeder te beschermen tegen nog meer verdriet? Ze besloot dat ze dat niet kon doen: ze moest haar de waarheid vertellen, voor zover ze zich die nog kon herinneren.

'Ik weet natuurlijk niet hoe ze normaal was, maar volgens mij ging het niet zo goed met haar. Ik weet niet meer wat ze precies zei, maar het kwam erop neer dat er iets ergs aan de hand was en dat ze daar iets aan wilde doen.' Nancy pijnigde haar hersens en probeerde zich de exacte woorden te herinneren. 'Volgens mij heb ik aangeboden om haar te helpen... Het kan best zijn dat ze het alleen over de spullen had die ze had laten vallen, dat weet ik niet.'

Ruths gezicht werd nog bleker dan het al was.

'Dus jij hebt haar nog gesproken vlak voordat ze zelfmoord pleegde?'

'Dat weet ik niet, dat zou kunnen.'

'Misschien ben jij dan de laatste die haar heeft gezien.'

10

Aan het eind van de middag werd er opnieuw aangeklopt. Nancy zat met haar laptop op schoot nietszeggende beschrijvingen te tikken van dingen waarmee je knoflook kon schillen of een draad door een naald kon krijgen, en van bordjes voor bij de gezaaide plantjes in de tuin. Het was Seamus. Hij grijnsde breeduit naar haar en stak ter begroeting zijn hand op. Hij keek glazig uit zijn ogen. Nancy vroeg zich af wat hij wilde.

'Stoor ik? Ja dus. Ik zie dat je aan het werk bent.'

'Dat probeer ik.'

'Moeilijk om je te concentreren, hè? Ik geef vanavond pas weer training en ik zit maar te piekeren. Ik moet steeds aan die arme Kira denken.'

Arme Kira, zo heette ze vanaf nu, dacht Nancy. Arme Kira, en die naam werd dan met een treurig gezicht uitgesproken.

'Mag ik binnenkomen?' vroeg hij.

Nancy dacht aan het werk dat ze nog moest doen – Felix had gelijk toen hij zei dat die vriend van hem enorm zijn best had gedaan om dat baantje voor haar te regelen. Uit een soort liefdadigheid. Ze keek naar het verwachtingsvolle gezicht van Seamus. Knappe man toch... Ze zuchtte inwendig.

'Wil je een kopje thee of zo?'

Seamus lachte dankbaar zijn mooie witte tanden bloot en er

verscheen een charmant kuiltje in zijn wang.

'Dat klinkt lekker.'

Ze maakte een beker thee voor hem, maar zelf nam ze niet. Seamus ging schrijlings op een stoel zitten en nam een paar slokjes, bij elk slokje kreunde hij zacht en goedkeurend. Hij zette de beker op de salontafel.

'Je vraagt je zeker af waarom ik je kom lastigvallen.'

'Dat klopt.'

'Dat vind ik leuk aan je. Jij hebt het hart op de tong.' Niet iedereen kon dat waarderen, dacht Nancy. 'Maar je hebt wel een heel vriendelijk gezicht.'

Nancy wist niet hoe ze hierop moest reageren. Ze wachtte af.

'Volgens mij kan ik jou wel vertrouwen. Jij bent hier nieuw, een vreemde. Je hebt Kira nooit ontmoet. Dus ik kan wel dingen aan jou kwijt, dingen die ik niet aan Barney of aan iemand anders kan vertellen. En al helemaal niet aan de politie. Het was al erg genoeg dat die agenten bij ons aan de deur kwamen.'

'Is de politie bij jullie geweest?'

'Bij iedereen.'

'Niet bij ons.'

'Ze was zo fantastisch,' zei hij. 'Ze was overal voor in. Ze nam het leven niet zo serieus, niet zoals sommige vrouwen, als je begrijpt wat ik bedoel.'

Nancy huiverde even. Ze wilde dat hij erover ophield. Hij móést erover ophouden.

'We hebben iets met elkaar gehad. Een paar dagen maar, of een week of twee. Zoiets. Gewoon voor de lol, het was leuk. Fantastische seks.'

Begin daar alsjeblieft niet over, dacht Nancy.

'Maar verder stelde het niets voor,' ging Seamus verder. 'Ik heb het uitgemaakt, ik wilde niet meer. En op dat feest van ons kreeg ik iets met een andere vrouw.' Hij begon een beetje te zweten en hij bewoog zich onrustig. 'Ik dacht dat Kira dat niet erg vond. Maar de volgende dag pleegde ze zelfmoord.'

'Denk je dat ze het daarom heeft gedaan?' vroeg Nancy. Ze kreeg het benauwd en wilde het liefst weg, de deur uit, maar ze kon hem moeilijk hier achterlaten.

'Wat moet ik er anders van denken?' Seamus gaf niet de indruk dat hij een antwoord van haar verwachtte. Hij verborg zijn gezicht in zijn grote, sterke handen en begon te huilen. Nancy dacht eerst dat hij zich aanstelde, maar er stroomden echte tranen over zijn wangen.

'Sorry,' zei hij. 'Ik weet gewoon niet...'

Hij stond op en liet zich tegen haar aan vallen, drukte zijn gezicht tegen haar borst en sloeg zijn armen om haar heen, als een grote spin.

Ze bleef doodstil zitten terwijl hij snikkend tegen haar aan bleef liggen.

'Sorry,' zei hij, toen hij uitgehuild was. 'Sorry, Nancy, maar ik ben zo verdrietig.' Hij keek naar haar op. 'God, wat ben je toch mooi.'

Hij drukte zijn mond als een slak op de hare. Zijn zweetlucht drong haar neusgaten in. Zijn ene hand lag op haar borst en de andere schoof hij achter haar hoofd.

Nancy duwde hem van zich af en op hetzelfde moment ging de deur open.

'Hallo!' riep Felix. Toen zag hij hen, terwijl Seamus haar nog half vasthield. 'Hallo,' herhaalde Felix, maar nu op een heel andere toon.

'Ik was van streek,' zei Seamus. 'Nancy probeerde me te troosten.'

Nancy duwde hem weg en stond op. 'Oprotten jij!'

11

Toen hij weg was, staarden Felix en Nancy elkaar aan. Hij was de eerste die wegkeek.

'Die buurman hoef ik nooit meer te zien.'

'Wil je me vertellen wat hier is gebeurd?' Zijn stem klonk kil.

'Wat hier is gebeurd? Dat heb je toch gezien?'

'Ik bedoel... hij zei dat je hem troostte...' Hij zweeg.

'Wat bedoel je?' Ze zag hoe geschrokken hij keek en ze kreeg medelijden. 'Hij vertelde dat Kira en hij iets met elkaar hebben gehad en dat hij dacht dat ze daarom zelfmoord had gepleegd.' Nancy lachte schamper. 'Toen begon hij te huilen en stortte hij zich op me en werd ook nog handtastelijk.'

Felix trok zijn dikke, natgeregende jas uit en plofte neer op de bank. 'Het gaat niks worden hier, hè?'

'Je bedoelt omdat de buurvrouw zich van kant heeft gemaakt en de buurman me in bed probeert te krijgen?'

'Ik wilde je zo graag een veilige plek geven.'

'Je moet je niet overal verantwoordelijk voor voelen.' Ze ging naast hem op de bank zitten. 'We moeten meer dingen samen doen.'

'Natuurlijk.'

'Seamus zei dat de politie bij iedereen langs geweest is. Waarom niet bij ons?'

'Ze zijn die avond ook hier geweest.'

'Wat?'

'Nou ja, bij mij dan.'

'Maar ik was de hele avond thuis!'

'Ik ben naar ze toe gegaan, beneden. Ik heb gezegd dat ze jou beter niet lastig konden vallen, dat ik ook namens jou sprak. Dat snapten ze wel.'

Nancy was sprakeloos.

'Jij wist toch verder ook niks?' ging Felix verder.

'Hoe weet jij dat nou?'

'Wat bedoel je?'

'Misschien weet ik wél iets.'

'Iets wat je tegen de politie zou willen zeggen?' Hij vroeg het voorzichtig. 'Over Kira?'

'Ja.'

'En wat is dat dan, Nancy?'

Ze ergerde zich aan zijn overdreven beleefde toon.

'Ik heb zitten denken... Misschien is het allemaal veel minder duidelijk dan het lijkt.'

Felix staarde haar aan. 'Wat bedoel je daarmee?'

'Haar moeder heeft me verteld dat ze heel opgewekt was, dat ze zin had in de toekomst.'

'Heb jij Kira's moeder gesproken?'

'Ja, ze is hier geweest.'

'Maar je kende haar toch niet?'

'Ik heb haar een kopje koffie aangeboden. Ze heeft hier zitten huilen. Dat was heel heftig, ik heb nog nooit iemand zó horen huilen.'

'Wat erg.'

'Ze heeft haar dochter verloren.'

'Dat is afschuwelijk, maar waarom zou jij naar de politie willen gaan?'

'Haar moeder vertelde dus dat ze gelukkig was.'

'Dat kan die moeder dan toch zelf ook wel tegen de politie zeggen? Dat hoef jij niet te doen. Je hebt Kira zelfs nog nooit ontmoet.'

'Wel.'

'Heb jij Kira ontmoet? Wanneer dan?'

'De dag na de verhuizing. Zondag.'

'Dat heb je me helemaal niet verteld.'

Nancy haalde haar schouders op. 'Ik kwam haar die middag beneden tegen toen ik thuiskwam. Volgens mij was ze bang, of zat ze in de problemen.'

'Waarom heb je me dat niet eerder verteld?'

Nancy stond op en liep naar het raam. In het donker liepen mensen als schaduwen over een dikke laag natte herfstbladeren, en de voorbijrijdende auto's deden het water hoog opspatten.

'Ik nam het niet helemaal serieus,' zei ze.

'Zie je wel. Het is alleen maar heel begrijpelijk dat als je haar moeder zo hebt gezien, dat je dan...'

'Nee, wacht. Ik was die middag niet helemaal in orde.' Ze stond met haar rug naar hem toe, maar ze voelde dat hij verstijfde. 'Daarom ging ik een eind wandelen.'

'Hoe bedoel je dat precies, niet helemaal in orde?'

'Gewoon, zoals ik het zeg.'

'Bedoel je hetzelfde probleem als toen?'

'Nee, het stelde niks voor en het was ook heel snel weer over.'

Hij liep naar haar toe, pakte haar bij haar schouder vast en draaide haar om.

'Het is dus weer terug en jij vertelt me dat niet eens?'

'Ik heb het helemaal onder controle.'

'Hoe dan?'

'Ik ben gisteren naar de psychiater gegaan en hij heeft de dosis een klein beetje verhoogd. Hij zei dat zulke medicijnen heel precies moeten worden ingesteld, soms gaat het om een microdosering. Dus dat heeft hij gedaan.'

'Gisteren?'

'En mijn oude therapeute heeft meteen tijd vrijgemaakt voor een extra sessie.'

'Dat heb je gisteren allemaal gedaan?'

'Ja.'

'Ik weet niet wat ik moet zeggen.'

'Wees gewoon blij. Je zegt altijd dat ik het serieus moet nemen en dat heb ik dus gedaan.'

'Maar was je wel van plan om het me te vertellen?'

'Ik vertel het nu toch?'

'Alleen omdat je ineens een nieuw idee in je hoofd hebt gekregen en omdat je wilde vertellen dat je Kira bent tegengekomen.'

'Dat ik naar de psychiater ben geweest is toch niet een vreselijk geheim?'

'Maar jij doet alsof dat wel zo is.'

'Ik wilde je alleen niet ongerust maken,' zei ze afgemeten. 'Ik wilde niet dat het zo zou gaan als nu.'

'Het gaat alleen maar zo omdat je het achter mijn rug om hebt gedaan.'

'Het gaat nu even niet om jou, hè! Of om mij. Het gaat over die vrouw die dood is.'

'Heb je haar wel echt gezien of was dat tijdens die aanval? Daarom heb je het natuurlijk niet verteld. Omdat je niet wist of het wel echt was.'

Nancy aarzelde. Felix had gelijk. Ze had daar inderdaad aan getwijfeld, maar nu wist ze het zeker.

'Toen ik haar tegenkwam,' zei ze na een tijdje, 'was het inderdaad zo dat ik haar misschien verwarde met die andere stemmen en gezichten.'

'Precies. En toen Kira dood bleek te zijn, heb je allerlei verkeerde conclusies getrokken om iets wat alleen in je hoofd bestond een soort externe realiteit te geven.'

'Ik heb haar schoenen gezien.'

'Wat? Haar schoenen?'

'Dat weet ik heel zeker. Hoge schoenen, meer een soort laarsjes. Groen, met gele veters. Daarom schrok ik nog veel meer toen ik haar door de deuropening zag hangen. Het waren dezelfde groene schoenen. Dat weet ik zeker.'

'Maar snap je nou niet wat je aan het doen bent?'

'Ik heb aan Ruth – Kira's moeder – gevraagd om me een foto van haar te laten zien en ik wist meteen dat zij het was. Ze dacht dat ze in gevaar was. Of dat ik in gevaar was of zoiets.'

Ze stopte met praten toen ze de blik op zijn anders altijd zo kalme en vriendelijke gezicht zag.

'Even voor mijn begrip,' zei hij, hard en duidelijk articulerend alsof ze doof was, of de taal niet goed sprak. 'Je hebt een psychotische aanval. Je hoort stemmen. Onder andere de stem van een vrouw. Je gaat naar huis en je zegt er niets over. De volgende dag ga je naar je psychiater en ook nog naar je therapeute. Vervolgens zie je die arme Kira hangen, je ontmoet haar moeder, en dan wordt alles wat je twee dagen geleden hebt gezien en gehoord op één hoop gegooid en bedenk je dat de stem van die dode vrouw is en dat ze jou vertelde dat ze in gevaar was – of dat jij in gevaar was.'

'Dat is heel oneerlijk zoals jij dat samenvat,' zei ze, zo kalm mogelijk.

'En nu wil je daarmee naar de politie.'

'Ja.'

'Denk daar eerst nog maar eens heel goed over na, Nancy, heel goed.'

'Praat niet zo tegen me. Ik ben geen klein kind. Ik wil alleen maar aan de politie vertellen wat Kira tegen me zei, vlak voordat ze stierf.'

'Oké,' zei Felix. 'Als je dat per se wilt.' Hij beende de kamer uit.

Nancy liet zich op de bank zakken. De woede die ze had gevoeld vloeide uit haar weg, maar ze voelde zich rusteloos. Ze keek om zich heen. Misschien moesten ze een kat nemen. Een kat had altijd iets huiselijks. Hij zou op haar schoot komen liggen spinnen als ze gestrest was, en zo leuk zijn nagels in en uit doen.

'Zullen we een kat nemen?' vroeg ze toen Felix weer de kamer in kwam, nog steeds in hetzelfde tempo, alsof hij rondjes liep. Ze zag dat hij nog steeds razend was.

Hij bleef vlak voor haar staan. 'Ik heb ze gebeld,' zei hij.

'Wat?'

'Ik heb de politie gebeld.'

'Waarom?'

'Nou ja zeg, eerst moet ik ze bellen en als ik dat doe is het weer niet goed.'

'Ik wilde dat natuurlijk zelf doen.'

'Dat hoeft nu dus niet meer.'

'Daar gaat het toch niet om?'

'Er komt zo een agent langs.'

'Dat meen je niet.'

'Ben je van gedachten veranderd?'

'Ik had niet gedacht dat dat zo snel zou gaan.'

'Maar het is toch dringend?' zei hij. 'Het gaat om een dode vrouw.'

Hij klonk sarcastisch, bozig.

'Felix,' zei ze.

'Wat is er?'

'Dit is afschuwelijk.'

Hij knikte stijfjes.

'Het spijt me dat ik het je niet heb verteld. Dat was verkeerd van me.' Ze wachtte af.

Hij bolde zijn wangen op en liet de lucht ontsnappen. 'Ik had niet zo driftig moeten reageren.'

'Maar er zijn dingen die ik zelf moet doen. Jij kunt niet voor mij spreken. En ik ben niet verplicht om jou meteen op de hoogte te houden van elk klein dingetje dat in mijn hoofd gebeurt. Zo kan ik niet leven. Dat begrijp je toch wel?'

'Ja,' zei hij. 'Maar ik maak me gewoon zorgen.'

'Dat weet ik.'

12

De politieagente zat op de houten stoel en Nancy zat op de bank. Ze zat een stukje lager en dat voelde als een nadeel. Felix was in het keukentje en kon alles horen wat er werd gezegd, ook al probeerde Nancy zo zacht mogelijk te praten.

Nancy deed haar verhaal. Het duurde lang – niet omdat er veel te vertellen was, maar omdat de agente alles uitgebreid opschreef en haar steeds in de rede viel om te vragen of ze iets wilde herhalen of verduidelijken.

Toen ze uitverteld was, keek de agente naar haar aantekeningen en fronste. Ze leek niet erg op haar gemak.

'We beschouwen de dood van Kira Mullan niet als verdacht,' zei ze na een korte stilte.

'Ik vond dat jullie moesten weten wat ze tegen mij heeft gezegd.'

'We zijn u daar natuurlijk heel dankbaar voor,' zei de agente, die helemaal niet dankbaar klonk. 'Maar u zei dus...' Ze bladerde terug in haar notitieboekje. 'Dat ze van streek leek. En dan is het toch juist aannemelijk dat het suïcide was?'

'Ik zei dat ze bang leek. En als ze bang was, waar was ze dan bang voor? Daar moeten we achter zien te komen.'

'U hebt dit niet eerder verteld.'

'Ik vertel het nu. Ik heb gezien hoe ze er geestelijk aan toe was voordat ze stierf.'

De vrouw kuchte even.

'Ik begreep dat u zelf ook in een eh... bepaalde geestestoestand verkeerde.'

Nancy werd ijskoud vanbinnen. De lampen in de kamer leken plotseling heel fel.

'Wat heb je over mij gehoord?'

'Alleen een paar gezondheidsproblemen. Problemen die misschien van belang zijn voor uw verklaring.'

Nancy was sprakeloos. Ze keek naar de keuken. Ze hoorde Felix niet, maar hij stond natuurlijk te luisteren. Ze wist wel wie de politie had ingelicht over haar psychische problemen. Ze keek weer naar de agente.

'Ik heb gezien wat ik heb gezien.'

'Oké. Maar u begrijpt het probleem.'

Er viel een lange, gespannen stilte, die Nancy uiteindelijk verbrak.

'Het is waar dat ik zondag een moeilijke dag had.' Ze wierp een beschuldigende blik in de richting van het keukentje, en alsof het een reactie was klonk er ineens gerinkel van bestek. 'Maar hoewel sommige dingen die ik toen zag en hoorde niet echt waren, betekent dat nog niet dat wat ik vertel niet waar is, dat Kira niets tegen mij heeft gezegd.'

Ze wist dat het geen zin had. De agente keek verveeld en bijna minachtend geduldig. Ze liet Nancy wel uitpraten, maar het was duidelijk dat ze haar het toonbeeld van een onbetrouwbare getuige vond: een gestoorde vrouw die in de war was, stemmen hoorde, dingen zag die er niet waren, samenzweringen en gruwelen verzon vanuit de willekeurige chaos van het leven.

'Je gaat er dus niks mee doen?'

'We nemen alles mee.'

Ze ging staan.

'Ik wil iemand anders spreken,' zei Nancy. 'Je meerdere. Wie heeft de leiding over deze zaak?'

'Dat is inspecteur Kemp. Maar hij is ervan overtuigd dat Kira Mullan suïcide heeft gepleegd.'

'Wil je tegen inspecteur Kemp zeggen dat ik hem wil spreken?'

Felix kwam de keuken uit met een paar vorken in zijn hand.

'Nancy,' zei hij op waarschuwende toon.

'Hou je erbuiten,' zei Nancy. 'Jij hebt al genoeg gedaan.'

'Nancy is een beetje in de war, dat is ook begrijpelijk,' zei Felix tegen de agente. Ze knikte. Nancy voelde een steek van woede en balde haar vuisten.

'Ik ben niet in de war, ik ben heel kalm en rationeel en ik wil die inspecteur spreken.'

'Ik zal de boodschap doorgeven.'

'Dat is niet voldoende.'

'Hij is ook nogal druk. En hij is bijna weg, hij neemt een tijdje verlof.'

'Maar je zei dat hij over deze zaak ging!'

'Er is helemaal geen zaak meer. De zaak is gesloten.'

'Dan open je hem maar weer!'

Felix en de agente keken elkaar aan. Nancy moest haar uiterste best doen om niet te gaan schreeuwen.

'Mevrouw North,' zei de agente streng. 'Er is hier iets verschrikkelijks gebeurd en helaas hebt u daar iets van meegekregen. Maar er is een jonge vrouw overleden. Haar familie is er kapot van. Het helpt niet als u hun verdriet alleen maar vergroot met allerlei verdachtmakingen. De zaak is bij ons in goede handen.'

'O, en nu moet ik gerustgesteld zijn?'

'Nancy!'

'Goedenavond.'

De deur ging dicht. Nancy en Felix keken elkaar aan.

'Nou, dat was leuk,' zei Felix.

Hij plofte neer op de bank en deed zijn ogen dicht.

'Hier is het laatste woord nog niet over gezegd,' zei Nancy.

‘Natuurlijk wel. Je hebt gezegd wat je te zeggen had, of ze er nu iets mee doen of niet.’

‘Nee, daar heb jij wel voor gezorgd, hè, door ze in te lichten over mijn medische achtergrond.’

‘Jij was die zondag in de war. Wilde je dat dan geheimhouden?’

‘Iets niet zeggen is niet hetzelfde als iets geheimhouden.’

‘Dat valt te betwijfelen.’ Felix deed zijn ogen weer open en keek haar aan. ‘Laten we het gewoon vergeten. Ik wil geen ruzie, ik wil alleen maar dat het goed met je gaat.’

Nancy was het spuugzat dat iedereen dat de hele tijd tegen haar zei.

‘Beloof me dat je je er verder niet meer mee bemoeit.’

Ze aarzelde. Maar een woord kan verschillende betekenissen hebben.

‘Nancy?’

‘Ik zal me er niet mee bemoeien,’ zei ze.

‘Goed zo. Want om eerlijk te zijn, Nancy, als je zo doorgaat krijg je misschien geen tweede kans meer.’

13

Nancy kwam heel laat thuis van een avond uit met een groepje vriendinnen, van wie ze de meeste sinds haar psychose niet meer had gezien. Bridie was er ook bij, maar ze hadden elkaar niet echt gesproken. Het contact met haar verliep nu stroef, Nancy had het gevoel dat de vrolijkheid en hechtheid alleen maar gespeeld waren, overdreven, met net de verkeerde toon. Felix was nog op, hij was bezig om lijstjes op te hangen. Ze wist zeker dat hij voor haar was opgebleven, zoals haar vader vroeger ook altijd deed. Hij keek haar met een verwijtende blik aan, maar ze deed alsof ze dat niet zag.

Ze ging naar bed, en toen hij even later ook in bed stapte wist ze meteen dat hij wilde vrijen. Haar lichaam voelde koud en afwerend: ze wilde alleen maar wegkruipen onder het dekbed en in een droomloze slaap vallen. Ze wilde niet dat hij haar aanraakte, haar een fijn gevoel probeerde te geven, tegen haar aan ging liggen – niet vanavond, niet na alles wat er was gebeurd.

Ze dacht aan de gesprekken die ze de afgelopen jaren met vriendinnen had gehad over het verschil in verlangens, over dat verraderlijke grijze gebied tussen openlijk, krachtig verlangen en expliciete afwijzing, tussen willen en niet willen. Hij pakte het boek dat ze aan het lezen was van haar af en liet het op de grond vallen. Hij kuste haar ene borst, daarna de andere. Ze bedacht hoe trouw Felix was geweest in de nare tijd die achter hen lag; hij had zich niets aangetrokken van haar woede en frustraties, ze zag alleen heel soms een verdrietige blik in zijn ogen, maar dat duurde nooit lang. Hoe had hij dat volgehouden? Zo'n engelengeduld zou ze zelf nooit kunnen opbrengen. Toch was het juist dat geduld van hem waar ze zich vreselijk aan ergerde, omdat ze zich er betutteld en geïnfantiliseerd door voelde. Ze wilde geen eindeloze vergeving, ze wilde niet het gevoel hebben dat ze ontoerekeningsvatbaar was. Ze wilde voor vol worden aangezien.

'Felix,' zei ze. 'Het is niet echt...'

Precies op dat moment hoorden ze een langgerekte kreet, gevolgd door het ritmische gekreun van een man, dat steeds luider werd.

'O jezus,' fluisterde Felix. Hij liet Nancy los. 'Is dat...?'

Ze giechelde. 'Natuurlijk is het dat.'

'Maar dan kunnen zij ons dus ook horen.'

'Ja.'

'Godsamme.'

Hij ging op zijn rug liggen.

Ze lagen allebei een tijdje zwijgend naar het plafond te kijken. Er zat een sinistere barst in die Nancy nog niet eerder was opgevallen.

'Ik pak dingen soms verkeerd aan,' zei Felix. 'Dat weet ik wel. Het spijt me dat ik de politie heb gebeld zonder dat eerst tegen jou te zeggen.'

'Het geeft niet.'

'Ik wilde je alleen maar helpen, maar daar ga ik soms te ver in.'

'Ik snap best dat het moeilijk voor je is. Dus helemaal niet gek dat je kwaad werd.'

'Ik was niet kwaad.'

Nancy staarde naar het plafond en reageerde niet op wat hij zei.

'Het is voor jou veel moeilijker.'

'Ik wil sommige dingen gewoon alleen doen. Zoals naar de dokter gaan.'

'Dat snap ik,' zei Felix. Hij streelde haar heup.

Nancy kneep haar ogen dicht om die barst niet meer te hoeven zien.

'Het is net iets uit een droom,' zei ze. 'Ik heb die vrouw maar één keer gezien, heel kort, maar het was alsof we iets in elkaar herkenden. Ik heb het gevoel dat ik haar nu in de steek laat. Misschien moet ik nog een paar sessies met Helena afspreken.'

'Die medicatie lijkt me het belangrijkste.'

'Het is allebei belangrijk.'

'Heb jij ook het gevoel dat we hier weg moeten?' vroeg Felix.

'Weg moeten? We zijn net verhuisd!'

'Maar dit is niet iets permanents, toch? Zou je niet liever ergens buiten de stad willen wonen?'

'Buiten de stad? Hoezo?'

'Ergens met bomen en overal groen. Zonder al dat lawaai, al die mensen.'

'Ik hou van lawaai en van mensen. Ben je soms vergeten dat ik op het platteland ben geboren en dat ik daar bijna mijn hele jeugd weg wilde?'

Het bleef een tijdje stil.

'Denk je nooit dat al die drukte en chaos in de stad je misschien ziek hebben gemaakt?'

'Nee,' zei Nancy beslist. 'Absoluut niet.'

14

Maud liep naar het bureau. Hoe dichterbij ze kwam, hoe minder ze opschoot. Het was spitsuur. De wegen waren verstopt door het drukke verkeer en hele mensenmassa's haastten zich over de stoep naar hun werk, gebogen tegen de felle wind.

Dit deel van Londen kende ze niet, het zou net zo goed een stad in het buitenland kunnen zijn. Ze was in Londen geboren en getogen, maar ze was een echte East Ender. Ze was geboren in een huurhuis in Newham waar haar vader, een dakdekker, nog steeds woonde, samen met twee van haar vier broers. Nu woonde ze al acht jaar in Hackney, waar ze twee jaar geleden een klein appartementje had gekocht met Silas, haar vriend. Maar toen was Silas bij haar weggegaan. Ze hadden het appartement verkocht en Maud was naar dit bureau in het westen van Londen weggepromoveerd, een promotie die, wist ze, tegelijkertijd een straf en een waarschuwing was: doe wat je wordt opgedragen, ga niet met je superieuren in discussie, wees een teamspeler.

Ze zag het bureau al, een eindje verderop, en ze bleef heel even staan. Het victoriaanse gebouw was nodig aan renovatie toe. De bakstenen waren smerig, de goten lekten en het zag er bouwvallig en armoedig uit. Binnen was een balie met een metalen hek ervoor, omdat de dienstdoende agenten vaak werden lastiggevallen door dronken en agressieve lieden. Het bestrijden van geweld en drugsgebruik in de buurt had officieel de hoogste prioriteit, maar Maud wist dat dat voor het grootste deel een wassen neus was. Het personeel werd gestimuleerd om vooral zaken in behandeling te nemen die ze makkelijk konden oplossen.

'Goeiemorgen,' zei iemand achter haar. 'Geen zin om aan het werk te gaan, zo te zien?'

Ze draaide zich om en zag Danny Kemp. Hij lachte naar haar.

'Hoi,' zei ze koeltjes.

Ze had het niet zo op inspecteur Kemp. Het was een kleerkast van een vent met een dikke, ronde kop, bolle blauwe ogen en een arrogante manier van doen. Hij was getrouwd, maar daar gedroeg hij zich niet naar. Hij trok alle 'vrouwenzaken' die om huiselijk geweld draaiden naar zich toe. 'Goeie manier om vrouwen te leren kennen,' had hij een keer tegen haar gezegd. Maud wist dat hij de pest aan haar had, en dat hij haar altijd zwartmaakte bij de collega's en schunnige praatjes verspreidde. Tegelijkertijd zat hij wel altijd naar complimentjes te vissen en eindeloos tegen haar op te scheppen over succesvolle zaken en veroveringen. Hij baalde ervan dat ze promotie had gekregen, hij probeerde haar altijd te vernederen, haar een loer te draaien. En intussen deed hij op een licht spottende manier alsof ze vrienden waren.

'Hoe gaat-ie?'

'Niet zo goed,' zei ze. 'Die zaak is helemaal vastgelopen.'

'Balen,' zei hij, met een vaag lachje om zijn lippen. 'Vooral omdat je er zoveel tijd aan hebt besteed, en geen resultaat kunt laten zien.'

'En jij?' vroeg ze, toen hij geen aanstalten maakte om door te lopen.

'Prima,' zei hij. 'Heel goed. Snel resultaat, daar zal de baas wel blij mee zijn.'

'Ik hoorde over een suïcide, een jong meisje nog.'

'Klopt. Drieëntwintig. Ze heeft zich thuis verhangen. In zo'n zaak gaat niet veel tijd zitten. Maar een van de buren denkt dat er een luchtje aan zit.'

‘En dat is niet zo?’

‘Het is zo klaar als een klontje. Die buurvrouw heeft trouwens zelf problemen.’

Hij tikte op zijn voorhoofd. Maud keek hem aan en trok haar wenkbrauwen een beetje op.

‘Wat bedoel je precies?’

‘Ze hoort stemmen. Ze is een paar maanden geleden opgenomen geweest.’

‘Heb je haar gesproken?’

‘Nee, dat hoef ik niet. Ik ben inspecteur. Ik delegeer.’ Hij boog zich naar haar toe en trok vragend zijn wenkbrauwen op. ‘Weet je wat dat woord betekent?’

‘Maar als ze reden heeft om...’

Kemp keek haar aan, plotseling niet meer quasi-vriendelijk.

‘Dat mens is een fucking fantaste, O’Connor. En het is mijn zaak. Doe jij nou maar je eigen werk, voor zover je kunt, en bemoei je niet met mijn zaken.’

15

'Ik vind het belangrijk om de buren te leren kennen,' zei Michelle terwijl ze haar donkerblauwe voordeur opendeed en Nancy binnen liet. Ze had eerder bij Nancy aangebeld om haar op de koffie uit te nodigen, toen die net een goede omschrijving probeerde te bedenken voor een houten potlood dat je in de grond kon stoppen en waaruit dan een boom groeide.

Nancy keek om zich heen in het huis dat tegelijk bekend en onbekend voor haar was. Dit pand en dat waarin Felix en zij woonden waren identiek toen ze in de tweede helft van de negentiende eeuw werden gebouwd, maar hun pand, nummer 99, was opgesplitst in vier appartementen. Michelle en haar man woonden met z'n tweeën op nummer 101.

'Wat een groot huis hebben jullie,' zei Nancy verbaasd. 'Hiermee vergeleken wonen wij in een konijnenhol.'

'Ja, ik weet het,' zei Michelle. 'Het is niet eerlijk. Toen Dylan en ik dit huis dertig jaar geleden kochten, dachten we dat we eindelijk een stukje Londen hadden gevonden waar niemand wilde wonen, maar in de paar jaar daarna zijn de prijzen verdubbeld, en daarna nog eens verdubbeld. Ik moet weleens denken aan Harry en Olga en hun baby, in dat kleine hok van ze.'

Nancy liep door de grote voorkamer en keek naar de afbeeldingen aan de muren, de boekenkasten, de grote banken. Haar eigen leven stak daar maar chaotisch en provisorisch bij af. Ze dacht aan de verhuisdozen en aan het allegaartje aan spullen dat Felix en zij al hadden voordat ze elkaar leerden kennen. Alles hier leek aangeschaft met een bepaalde reden en precies op de perfecte plaats te zijn neergezet. Toen ze aan de tafel ging zitten, streelde ze met haar hand over het blad. Michelle kwam binnen met de koffie, twee bekers en een kannetje melk.

'Zo'n huis zou ik ook wel willen,' zei Nancy. 'Hier zou ik me heel rustig en veilig voelen.'

'Je mag altijd langskomen. Nu de kinderen het huis uit zijn, voelt het veel te groot voor Dylan en mij alleen.'

'Pas maar op, straks hou ik je eraan.'

Michelle schonk koffie in uit de cafetière en Nancy nam een voorzichtig slokje.

'Ik was trouwens benieuwd,' zei Michelle terloops, 'ik zag gisteren een politieauto bij jullie voor de deur staan. Weet je waar ze voor kwamen?'

'Wij hadden ze gebeld,' zei Nancy.

'Echt? Waarvoor?' Maar voordat Nancy antwoord kon geven stak ze haar hand op. 'Hoef je me natuurlijk niet te vertellen, hè, ik wil me er niet mee bemoeien. Maar als het over Kira ging...'

'Ze hadden al met alle buren gepraat, maar niet met mij. En ik wilde toch graag even mijn verhaal kwijt.'

Michelle trok haar keurig geëpileerde wenkbrauwen op. Nancy realiseerde zich dat dit kinderachtig klonk, alsof ze zich buitengesloten voelde.

'Ik heb gezegd dat ze er nog wat nader onderzoek naar moeten doen,' voegde ze eraan toe.

Het bleef even stil. Michelle fronste verbaasd. 'Waarom?' vroeg ze toen. 'Waarom denk je dat? Je hebt Kira toch nooit ontmoet?'

'Jawel. Kort voordat jullie bij ons kwamen om iets te drinken. Op straat. Ze heeft heel even met mij gepraat.'

'Wat zei ze dan?'

'Het leek alsof ze de problemen had. Of ergens mee zat.'

'Kijk.'

'Wat bedoel je?'

'Ze zat ergens mee en toen heeft ze zelfmoord gepleegd.'

'Nou, zo depressief kwam ze niet op mij over.'

'Mensen die zelfmoord plegen maken niet altijd een depressieve indruk. Soms zijn ze niet eens depressief.'

'Ben jij arts?'

'Niet zo'n arts. Ik heb psychologie gestudeerd. Niet dat soort psychologie trouwens. Maar ik snap nog steeds niet waarom je met de politie wilde praten.'

'Ik vond gewoon dat ze het moesten weten.' Nancy's koffie was lauw. Ze schoof de beker van zich af. 'Voor de zekerheid.'

'Hoe bedoel je?'

'Gewoon.' Nancy keek Michelle met hernieuwde belangstelling aan. 'Hoe goed kende jij Kira eigenlijk? Was ze een vriendin van je?'

'Een vriendin? Nee, dat niet. We groetten elkaar op straat en dan kletsten we weleens. En als ze hier kwam zat ze waar jij nu zit, en dronk ze uit die beker.'

'Wat was ze voor iemand?'

'Ze was een jonge meid die nog maar kort in Londen woonde en die plezier maakte. Misschien is het haar allemaal een beetje te veel geworden.'

'Had ze een vriend?'

'Zeg, Nancy,' zei Michelle. 'Is het wel goed voor je om het steeds over Kira te hebben?'

Ze hield haar beker tussen haar beide handen, en keek Nancy met een heldere, intelligente blik aan.

'Wat bedoel je?'

'Dylan vertelde me dat je er enorm door van slag was.'

Nancy herinnerde zich weer dat hij haar samen met Felix de trap op had getrokken.

'Ik had nog nooit een dood iemand gezien.' Er viel haar ineens iets op aan de manier waarop Michelle naar haar keek. 'Heeft Felix dingen over mij gezegd?'

'Wat bedoel je?'

Nancy voelde een bekende driftbui opwellen. Haar wangen gloeiden.

'Wat heeft hij over mij gezegd?'

'Niet zoveel, eigenlijk,' zei Michelle luchtig. 'Alleen dat je een moeilijke tijd doormaakt. Zo zei hij het volgens mij.'

'Ja,' zei een stem achter Nancy. Ze draaide zich geschrokken om en zag dat Dylan vlak achter haar stond. Hij bewoog zich opmerkelijk geruisloos voor zo'n grote man. 'Moeilijk, zo noemde hij het.'

Nancy stond op. 'Het gaat prima met mij,' zei ze. 'Helemaal prima.'

'Fijn,' zei Michelle geruststellend. 'Maar als we iets kunnen doen om je erdoorheen te helpen...'

'Tegen wie heeft hij dat allemaal nog meer gezegd?'

'Zo ging het helemaal niet. Hij heeft het beste met je voor.'

'Tegen iedereen hier?'

'Je hoeft niet zo pissig te worden,' zei Dylan opgewekt.

Nancy voelde een steek van pure haat.

Michelle keek hem verwijtend aan en legde haar hand op Nancy's arm. 'Let maar niet op mijn man.'

'Ik kom er zelf wel uit,' zei Nancy.

16

Toen ze terug naar huis liep, dook er vanaf de metalen trap naar het souterrain een hoofd op. Het was Barney.

'Hoi buuf,' zei hij. 'Hoe gaat-ie?'

Hij vroeg het zacht en bezorgd. Nancy huiverde even. 'Prima, hoor,' antwoordde ze.

Hij wilde nog iets zeggen, maar ze draaide zich om en deed de voordeur open.

Binnen hoorde ze lawaai van boven komen. Een tengere vrouw sjouwde een grote buggy de trap af naar de hal, haar gezicht in opperste concentratie. Dat moest Olga zijn, dacht Nancy.

'Kan ik je helpen?' vroeg ze.

De vrouw legde met overdreven nadruk haar vinger op haar lippen. Nancy liep met Barney, die achter haar aan mee naar binnen was gelopen, de trap op en ze pakten elk een kant van de buggy vast. Nancy zag een stukje van het hoofd van de baby onder het dekentje uit komen: twee grote oren, vaagblauwe gesloten oogleden, een mondje met nog wat aangekoekte melk.

Gedrieën manoeuvreerden ze de buggy naar de smalle hal beneden, waar ze hem voorzichtig op de grond zetten. De baby schrok wakker. Felblauwe ogen keken Nancy beschuldigend aan en het mondje verkrampte.

'O nee,' zei Olga.

Uit de buggy steeg gekrijs op.

'Nee, nee, Lydia,' zei Olga smekend, met een Oost-Europees accent, en tegen Barney en Nancy zei ze: 'Sorry, hoor.'

'Je hoeft tegen ons geen sorry te zeggen,' zei Barney. 'Jij hebt meer last van hem dan wij.'

'Haar,' zei Nancy.

'Ja, ze heet Lydia,' zei Olga. 'Ze huilt veel te veel. Harry zegt dat het van de honger is. Maar wat weet zo'n man er nou van?'

Ze schudde de buggy nogal heftig heen en weer; het gehuil hield even op, maar begon toen weer opnieuw.

'Precies,' stemde Barney in.

'Woon jij nu naast ons?' vroeg Olga.

'Ja, ik ben Nancy.'

'Kunnen jullie haar in jullie huis horen?'

'Valt best mee, jij hebt er denk ik meer last van.'

'Je man zei dat je rust nodig hebt.'

'O, zei hij dat?' vroeg Nancy. 'Het is trouwens mijn vriend.'

Ze boog zich over de buggy heen. Lydia's gezicht liep paars aan, haar mond vormde een grote O, ze balde haar vuistjes en ze was helemaal verkrampt. Een indrukwekkend vertoon van immense woede.

'Kun je weleens even alleen weg?' vroeg ze aan Olga.

'Harry past soms even op, dan ga ik koffiedrinken met een vriendin van thuis. Twee kopjes koffie en een stukje taart.'

Dat is in elk geval iets, dacht Nancy.

'Ik kan misschien weleens een keer...' begon ze, maar Olga onderbrak haar meteen.

'O, nee,' zei ze. 'Dat is heel aardig, maar ik zou niet durven, omdat jij die...' Ze aarzelde en zweeg.

O, fuck, dacht Nancy. Jij ook al.

Olga keek naar de deur van Kira's woning. 'Kira heeft dat ook nog aangeboden,' fluisterde Olga, alsof de doden konden horen. 'Die arme meid.'

'Wat aangeboden?'

'Om op Lydia te passen, zodat Harry en ik een keer een avondje uit konden.'

'Wat lief van haar.'

'Dat was de dag voordat ze stierf,' zei Olga, en ze keek met grote ogen naar de deur.

'De dag voordat ze stierf zei ze nog dat ze wilde oppassen?'

'Ja. En toen ging ze daar naar binnen.' Olga wees naar de deur. 'En toen heeft ze zich van het leven beroofd, God moge het haar vergeven.'

Olga ging met Lydia naar buiten, maar Barney leek geen haast te hebben om ergens heen te gaan, ook al had hij een donsjack aan en een schoudertas om.

'Arm mens,' zei hij.

'Olga?'

'Met die huilbaby en die man die tegen haar tekeergaat.'

'Doet hij dat?'

'Je hoort alles in dit huis, zelfs in het souterrain. En ik hoor hem weleens schreeuwen.'

'Hopelijk schreeuwt ze wel terug. Wat dacht jij toen ze vertelde dat Kira de dag voordat ze stierf nog heeft aangeboden om op te passen?'

'Wat ik dacht?'

'Vond je dat niet gek?'

'Typisch iets voor Kira. Ze was veel te goed voor iedereen. Ze dacht altijd zo positief over iedereen, mensen maakten daardoor weleens misbruik van haar.'

'Zoals Seamus, bedoel je zeker.'

'O, dat had je dus al gehoord?'

'Hij vertelde het zelf. Ik geloof dat hij bang is dat ze vanwege hem zelfmoord heeft gepleegd.'

'Maar Kira wilde zelf niet met hem verder.'

‘O, echt?’

‘Die indruk gaf hij jou zeker niet?’ Hij grinnikte. ‘Typisch Seamus.’

‘Zo te horen mag jij je huisgenoot niet erg.’

‘Hij is best oké. We wonen alleen al te lang bij elkaar in huis, ik ken hem te goed.’

‘Ik snap het,’ zei Nancy. ‘Nou, ik moet weer eens aan mijn werk.’

‘Ik heb melk en thee gekocht, ik ga weer terug naar de Elden Ring.’ Hij zag dat Nancy verward keek. ‘Dat is een computerspel. Weet je meteen wat ik op een doordeweekse dag doe.’

Hij glimlachte, maar zijn ogen lachten niet mee.

17

Helena was zichtbaar geschrokken.

'Ik weet gewoon niet wat ik moet zeggen. Wat verschrikkelijk. Die arme vrouw.'

'Je denkt zeker dat ik het me weer verbeeld,' zei Nancy. 'Je kunt het op internet nazoeken, als je wilt.'

'Maar hoe gaat het met jou? Red je het een beetje?'

'Het gaat niet om mij, maar om haar.'

Helena glimlachte.

'Tussen deze vier muren gaat het juist wel om jou. Heb je nog vaker een terugval gehad?'

Nancy dacht na. 'Soms denk ik dat ik vanuit een ooghoek iets zie, of meen ik iets te horen, ik weet niet goed hoe ik dat moet beschrijven. En dan ben ik bang dat het terugkomt. Maar ik zeg ook tegen mezelf dat als ik inderdaad iets hoor of zie, dat ik er dan gewoon voor kan weglopen.'

'Dat is ook zo.'

'Het hoort bij mij, zo ben ik, en dat zal wel niet overgaan,' vervolgde Nancy. 'Ik moet een manier vinden om ermee te leven en om goed te letten op wat de stemmen tegen me zeggen. Want dat zei jij toch een keer tegen me? Dat ik terug moest praten en proberen vrienden met ze te worden.'

'En lukt je dat al?'

'Niet echt. Ik was zo bang. En dat ben ik nog steeds wel. Ik moet eraan werken, daarom ben ik hier ook gekomen. En het helpt niet dat al onze buren het weten.'

'Wat weten?'

'Dat ik een psychose heb gehad, en een terugval. Ik weet niet of ze weten dat ik opgenomen ben geweest, waarschijnlijk wel.'

'En hoe voelt dat voor jou?'

'Ik ben boos. Ik schaam me. De schaamte is het ergst. Ik wil me het liefst verstoppen, of weglopen. Ik kan er niet tegen dat mensen zo naar me kijken.'

'Hoe kijken ze dan naar je?'

'Medelijdend. Nieuwsgierig. Felix had het ze niet moeten vertellen.'

'Waarom denk je dat hij dat heeft gedaan?'

'Om me te beschermen. Want hij geeft om me en hij maakt zich zorgen. Maar het was niet aan hem, het is niet zijn verhaal, het is mijn verhaal.'

Ze ging lopend terug naar Fielding Road, hoewel het koud en regenachtig was, en onderweg door de drukke straten die ze niet kende moest ze steeds op haar telefoon de route opzoeken. Toen ze in de hal kwam zag ze dat Kira's deur openstond; er kwam net een vrouw in een overall naar buiten met een emmer en een zwabber. Ze keek naar Nancy.

'Wij zijn de schoonmakers, we zijn net klaar.'

Nancy zag achter haar iemand met in haar ene hand een groezelige industriële stofzuiger en in de andere een grote, volle vuilniszak. Ze had het gevoel dat ze iets moest zeggen. 'O, en was het er erg vies?'

De vrouw schudde haar hoofd en lachte, ze klakte met haar tong waarmee ze leek te bedoelen dat het inderdaad erg vies was geweest. 'Maar het is weer schoon,' zei ze.

'Wacht, ik help je even,' zei Nancy, en ze hield de deur open; de tweede vrouw liep er met de stofzuiger en de vuilniszak door en mompelde dankjewel.

Beide schoonmaaksters liepen naar buiten en lieten de deur met een klap dichtvallen. Nancy bleef nog even peinzend staan, totdat ze zich tot haar verbazing realiseerde dat ze de deur van Kira's woning nog steeds openhield. Ze wilde hem dichtdoen, maar deed dat niet.

Ze hoorde haar hele leven al stemmen. Vriendelijke stemmen, onvriendelijke stemmen. Soms klonken ze dreigend en angstaanjagend, dan weer vriendelijk en aanmoedigend. Soms wat te aanmoedigend. Dan zeiden ze dat ze van die hoge duikplank moest springen. Dat ze naar dat feestje moest gaan terwijl ze geen zin had, dat ze ja moest zeggen tegen die jongen. En nu was er een stem – of die in haar hoofd klonk of van buiten kwam wist ze niet – die zei dat ze naar binnen moest gaan.

Ze liep de kamer in en deed de deur zachtjes achter zich dicht. Ze stond in Kira's huis, alleen.

18

Ze bleef even heel stil om zich heen staan kijken. Toen realiseerde ze zich ineens dat ze op de plek stond waar ze Kira's lichaam had zien hangen, een stukje boven de grond. Ze keek omhoog en zag een lange stalen balk. Aan de ene kant, bij het raam, hing er nog een windgong aan. Aarzelend liep ze wat verder de kamer in.

Het was koud. De verwarming was uit en het raam stond open. De woonkamer leek op die van haar en Felix, en er was net zo'n klein keukentje. Daarvandaan leidde een deur naar een verwaarloosd tuintje dat Kira deelde met de bewoners van het souterrain. Links waren twee deuren, waarschijnlijk van de slaapkamer en de badkamer. Er stonden wat eenvoudige meubels, een grenen tafel met een brandplek in het midden, een donkergrijze bank, een donkergrijze leunstoel en een kruk. Op de grond lag een versleten kleed. Kira's spullen waren bijna allemaal weggehaald, waarschijnlijk door haar familie.

Nancy liep naar het midden van de kamer. Ze wist eigenlijk niet goed wat ze hier deed of waarnaar ze op zoek was. Olga's woorden klonken nog steeds in haar hoofd na. Ze liep het keukentje in, dat identiek was aan dat van hen. De schoonmaaksters hadden het fornuis niet schoongemaakt, zag ze, de vensterbank niet afgestoft en de vloer niet goed gedweild. Op het afdruiprek stonden nog een paar bekers.

Ze hoorde een geluid: een sleutel in het slot van de buitendeur. De deur ging open en er klonken voetstappen. Daarna stemmen in de hal, duidelijk hoorbaar, alsof de tussenmuur van bordkarton was.

'Dank je, ik wilde net even naar de nieuwe bewoners boven.' Dat was de stem van Michelle. 'Die vrouw is er niet zo best aan toe, volgens mij. Ik bedoel in haar hoofd.'

Michelle had het over haar.

Een man bromde instemmend.

'Wat vreselijk dat dit in jouw pand is gebeurd.' Dat was Michelle weer. 'Wanneer ga je haar appartement weer verhuren?'

De huisbaas, concludeerde Nancy. William Goddard. Ze keek paniekerig om zich heen.

'Binnenkort,' zei hij. 'De familie komt over een paar dagen nog voor een laatste check. Ik hoop dat ze dat snel doen.'

'Nu je er toch bent, kan ik even de schaal pakken die Kira van me had geleend?'

Nancy verstijfde. Ze zag zichzelf staan in de grote spiegel aan de muur tegenover haar, klein en stiekem, met haar donkerblonde haar slordig opgestoken, haar ogen vol angst en schuldgevoel. Ze liep naar een van de deuren en trok die open. Dat was Kira's slaapkamer. Een bed met een sjofele lapjesdeken. Moest ze zich echt gaan verstoppen? Ze deed niets verkeerd, ze was alleen een beetje nieuwsgierig geweest. Maar terwijl ze daar nog over dacht, deed ze de slaapkamerdeur met een zachte maar besliste klik achter zich dicht.

'Hé, de deur was niet op slot,' zei Goddard. 'Stomme schoonmakers.'

'Hoorde jij ook iets?' Michelle klonk achterdochtig en verschrikkelijk dichtbij. Ze moesten nu binnen zijn, op een paar meter afstand van waar Nancy weggedoken stond. 'Misschien zijn ze er nog, het ziet er hier niet superschoon uit.'

'Nee, ze zijn weg. Er is hier niemand meer.'

'Toch weet ik zeker dat ik net een deur hoorde dichtgaan.'

Nancy stond bij het raam en overwoog om weg te kruipen achter het bed, of zelfs om zich in de kast te verstoppen. Maar ze had niet ingebroken en als ze haar dan alsnog vonden, zou het er veel verdachter uitzien. Ze haalde diep adem, liep door de slaapkamer en deed de deur open. Ze kon beter zelf tevoorschijn komen dan hier worden betrapt.

'Ik ben het maar!' zei ze opgewekt.

Ze staarden haar stomverbaasd aan.

'Nancy?' Michelle keek alsof het niet meteen tot haar doordrong dat het echt Nancy was die hier in levenden lijve voor haar stond.

'Hallo, Michelle,' zei ze, zo nonchalant en vriendelijk mogelijk. 'Hoe gaat het?'

'Wat doe jij in Kira's huis?'

'Ja, wat doe jij hier?' vroeg Goddard, een forse, kale man met een onvriendelijke blik.

'De deur stond open,' legde Nancy uit, 'dus ik dacht, ik ga even binnen kijken.'

'Je was in haar slaapkamer!'

Nancy reageerde niet, want dat was ontegenzeggelijk waar.

'Dit is privéterrein,' zei de huisbaas, die zich leek af te vragen hoe boos hij hierover moest worden.

'Ach, dat doet ze vast niet nog eens,' zei Michelle, alsof Nancy haar kind was.

'Ik was gewoon nieuwsgierig,' zei Nancy. Ze praatte nog steeds op een vrolijke toon die helemaal niet bij de situatie paste, maar ze wist niet hoe ze zich anders moest gedragen. Haar wangen gloeiden en haar knieën voelden slap.

'Ze is niet helemaal in orde,' zei Michelle tegen Goddard, en ze pakte Nancy bij haar bovenarm.

'Wat? Ik ben prima in orde.'

'Kom mee.'

'Hoezo?'

'We gaan weg. Zullen we bij jou koffie drinken?'

'Ik moet aan het werk,' zei Nancy terwijl Michelle haar meetrok, Kira's huis uit.

'O, echt? Maar je had het niet te druk om hier stiekem rond te neuzen.'

'Ik was niet stiekem aan het rondneuzen.'

'Weet jij wel wat voor man William Goddard is?'

'Nee.'

Michelle liep de trap op en Nancy kwam achter haar aan. Bij Nancy's voordeur zei Michelle: 'Pas op, Nancy, je wilt Goddard niet tegen je krijgen. Hij heeft dit jaar ook al ruzie gehad met Seamus en Barney en daar zijn zij niet zo goed vanaf gekomen.'

'Wat is er dan gebeurd?'

'Daar gaat het nu even niet om.'

Nancy deed de deur open. 'Let maar niet op de rommel,' zei ze. Ze trok haar jas uit, pakte een stapeltje papieren van Felix van de bank om ruimte te maken voor Michelle. Er gleed een glanzende brochure uit met een foto van een klein huis van rode baksteen, omringd door bomen. Ze staarde er vol ongeloof naar en duwde hem toen weer tussen de rest. Daar zou ze zich later nog wel over buigen.

'Dat geeft niks,' zei Michelle. 'Dylan is ook zo'n sloddervos. Toen hij nog werkte was hij veel netter, maar het lijkt wel alsof hij steeds slordiger wordt.'

'Is hij al met pensioen?'

Het was vreemd om ineens over koetjes en kalfjes te praten nadat Michelle haar in Kira's huis had zien rondneuzen – en dat was toch wel echt de juiste term.

'Zo noemt hij het liever niet. Hij zegt dat hij nadenkt over een volgende fase. Maar het komt er wel op neer. Het was niet echt zijn keuze, hij was manager in de hotellerie, en het is je vast niet ontgaan dat het in die branche niet zo goed gaat.'

'Wat vervelend,' zei Nancy plichtmatig.

Michelle haalde haar schouders op. 'Er zijn tegenwoordig zoveel mensen die het moeilijk hebben. Ik heb vooral te doen met de jongeren.'

'Je wilde koffie?'

'Eerlijk gezegd niet.'

'Maar je vroeg toch...'

'Wat deed je daar nou precies, Nancy?'

'Ik weet het niet, ik zag dat de deur nog openstond en toen liep ik even naar binnen. Ik was dat niet speciaal van plan of zo.'

'Waar zocht je naar?'

'Nergens naar.'

'Je was in Kira's slaapkamer.'

'Waarom vraag je dat allemaal?'

'We maken ons gewoon zorgen om je.'

'Wij?'

'Dylan en ik.'

'Dat hoeft niet.'

'Je bent onze buurvrouw en je bent nieuw in deze buurt, je hebt iets vreselijks gezien, het is duidelijk dat je het moeilijk hebt.'

'Helemaal niet,' zei Nancy. Ze werd woedend, ook al keek Michelle haar meelevend aan.

'Je kunt het me wel zeggen,' zei Michelle. 'Ik weet dat je boos bent op Felix omdat hij me heeft verteld dat je problemen hebt, en omdat hij me heeft gevraagd om een oogje in het zeil te houden.'

'Dat had hij niet moeten doen.'

'Mee eens,' zei Michelle. 'Dat snap ik.'

'Dank je,' zei Nancy neutraal. Ze beet op haar onderlip. 'Mag ik je iets vertellen?'

'Natuurlijk.'

'Ik heb mijn twijfels over Kira's dood. Daarom wilde ik in haar huis kijken.'

Michelle deed even haar ogen dicht. 'Dat snap ik niet.'

'Ze had nog aangeboden om op die baby te passen.'

'Nou en?'

‘Ze heeft de dag voordat ze stierf tegen Olga gezegd dat ze wel een keer wilde oppassen. Dat is toch raar?’

‘Dat weet ik niet. Hoezo?’ Michelle zweeg even, en vroeg toen met meer nadruk: ‘Waar wil je nou naartoe? Wil je beweren dat Kira geen zelfmoord heeft gepleegd? Wat bedoel je precies?’

‘Ik weet wel dat het idioot klinkt,’ zei Nancy. Ze sloeg haar ogen neer en plukte een pluisje van haar mouw.

‘Inderdaad,’ zei Michelle behoedzaam, ‘het klinkt alsof je nog steeds een beetje labiel bent. Maar je moet heel voorzichtig zijn met zulke uitspraken. Stel dat Kira’s familie dat hoort?’

‘Jij denkt dat ik maar wat verzin?’

Michelle legde haar hand op Nancy’s arm. ‘Nancy, ik heb geen idee waarom Kira het heeft gedaan, die arme meid, en waarschijnlijk komen we daar ook nooit achter. Maar je moet het idee loslaten dat er iets duisters achter zit. Laat het los. En probeer stil te staan bij wat je nou eigenlijk zegt. Het is al pijnlijk genoeg, dus maak het nou niet nog erger. En denk niet dat jij de enige bent die snapt hoe het echt zit.’

‘Je zal wel gelijk hebben...’ zei Nancy. Ze ergerde zich enorm aan de medelijdende toon in Michelles stem en aan de manier waarop ze naar haar keek, alsof ze dwars door haar voorhoofd heen kon zien wat een chaos en angst daar heersten.

‘Hoor ik een maar?’

‘Maar stel dat dat niet zo is?

19

Toen Michelle weg was, bukte Nancy zich om de glanzende brochure op te rapen. Ze keek in het stapeltje papieren en vond er nog twee. Ze legde ze voor zich neer.

Drie 'zeer begerenswaardige' panden, twee die te huur werden aangeboden en het derde – 'nog geheel aan te passen aan de wensen van de nieuwe bewoner', een makelaarseufemisme voor een uitgewoond krot – was te koop. Een in Kent, een in Bedfordshire, en het derde in Essex. Voor zover Nancy uit de foto's kon opmaken stonden er twee aan de rand van een piepklein dorpje en was het derde in the middle of nowhere.

Ze stelde zich voor dat ze over modderige velden liep, met een felle wind in haar gezicht, een paar kromgebogen bomen aan de horizon en geen café of winkel in de wijde omtrek, en ze werd overspoeld door een golf van paniek die zo hevig was dat het haar duizelde.

Ze beende naar de keuken en propte de brochures onder in de afvalbak. En ze probeerde ze uit haar hoofd te zetten, want als ze aan die huizen dacht werd ze woest.

Voordat ze het wist stormde ze naar buiten, de straat op. De wind sloeg haar in het gezicht en joeg haar haar over haar wangen. Ze voelde een paar regendruppels, maar de vlammen sloegen haar uit van razernij, en pas toen ze al halverwege de straat was realiseerde ze zich dat ze geen jas aan had getrokken, dat het veel te koud was voor alleen een dunne trui, en te nat voor de schoenen die ze droeg. Stemmen protesteerden in haar hoofd, smeekten haar om dit niet te doen, om terug te gaan en te denken aan wat ze riskeerde, maar toen ze eraan dacht dat Felix blijkbaar van plan was om samen weg te gaan uit Londen zonder dat zelfs maar met haar te overleggen, versnelde ze haar pas.

Ze stormde het politiebureau in, sloeg de deur achter zich dicht, en stapte naar de balie.

'Ik wil rechercheur Kemp spreken.' Haar stem klonk hard en schel. Ze probeerde kalm te blijven en liet haar stem een octaaf zakken. 'Nu meteen, graag.'

'Waar gaat het over?' vroeg de man achter de balie op een onverschillige, zelfs wat denigrerende toon.

'Ik heb iets heel belangrijks tegen hem te zeggen over Kira Mullan en ik wil dat hij daarnaar luistert.'

'Ik weet niet of...'

'Hij kan dat niet negeren, dan dien ik een klacht in. Bij wie moet ik dat doen?'

'Naam?'

'Dat zei ik toch, Kemp.'

'Nee, uw naam.'

'Nancy North.'

Ze moest proberen woedend en verontwaardigd te blijven en daarmee het idee te onderdrukken dat ze iets doms deed, iets wat misschien zelfs kwaad kon. Haar hart klopte als een gek.

De man pakte de telefoon, draaide zich van haar af en zei iets, zo zacht dat ze hem niet kon verstaan.

'Die deur door.' Hij wees. 'De gang in en dan de derde deur links.'

'Mooi. Bedankt.'

Ze liep de gang in. Niet denken, niet blijven staan. Ze klopte aan en deed meteen de deur open.

Kemp was lang, met brede schouders en een enorme borstkas,

zijn spieren spanden onder zijn mouwen. Hij doet vast aan krachttraining, dacht Nancy; ze zag voor zich dat hij en Seamus samen in de sportschool aan het powerliften waren, met bezwete koppen.

'Ik ben Nancy North, u hebt mijn getuigenverklaring niet opgenomen,' zei ze. Ze ging zitten, hoewel hij haar dat niet had aangeboden. 'Maar ik heb informatie. Belangrijke informatie.'

Kemp keek haar aan, nam rustig de tijd om te antwoorden, en glimlachte op een manier die haar koude rillingen bezorgde.

'Het gaat zeker over Kira Mullan?'

'Ja, natuurlijk.'

'Die zaak is gesloten.'

'Hoe kan dat terwijl u mij nog niet hebt gehoord?'

'Dat heeft mijn collega gedaan.'

'Ja, maar dat was tijdverspilling.'

'Inderdaad. Verspilling van haar tijd. We hebben het erg druk, vooral in deze periode van het jaar, maar ze is toch naar u toe gegaan. Uit welwillendheid.'

'Ze heeft niet geluisterd naar wat ik te zeggen had.'

'Ze heeft heel geduldig geluisterd, dat weet ik zeker.'

'Vraagt u helemaal niet hoe ik erover denk?'

'Ik weet hoe u erover denkt en ik weet ook dat u in het verleden dingen hebt gedacht die niet waar zijn. Dingen die zich alleen in uw hoofd afspelen.'

'En daarmee is de kous af?'

'Inderdaad. U mag van geluk spreken dat we u niet aanklagen.'

'Aanklagen? Omdat ik jullie probeer te helpen?'

Kemp leunde over het bureau heen naar voren. Het zweet parelde op zijn voorhoofd. 'Moet ik het nog verder uitleggen?'

'Waar hebt u het over?'

'U hoort toch stemmen?'

'Dat heeft er niks mee te maken.'

'Dat heeft er alles mee te maken. U bent gedwongen opgenomen geweest omdat u niet helemaal spoort.'

‘Ik had kunnen weten dat dit geen zin zou hebben.’

‘U verspilt uw tijd en u hindert ons in ons onderzoek.’

‘Niet waar.’

‘Weet u wat ik denk? Ik denk dat u alleen maar aandacht wilt. Maar van mij krijgt u die niet meer.’

Nancy ging staan. Haar benen trilden.

‘Wat ben jij een klootzak,’ zei ze.

Hij glimlachte weer.

‘Wees maar blij dat ik in een goed humeur ben,’ zei hij. ‘U kunt gaan, en ik wil u hier niet meer zien.’

20

Maud verliet het politiebureau die dag eerder dan anders, met het gevoel dat ze niet genoeg had gedaan. Toen ze op de stoep stond, kwam er een jonge vrouw langs haar naar buiten stuiven, de wind en de regen in. Ze had geen jas aan, alleen een dunne trui. Ze had ongekamd haar, haar ogen stonden fel en ze leek in zichzelf te praten.

'Gaat het?' vroeg Maud, maar de vrouw bleef niet staan en keek niet op of om.

Het was tien minuten lopen naar de ondergrondse, de lichtjes van de winkels en de huizen vervaagden in de motregen, en de mensen haastten zich met gebogen hoofden over straat.

Na een paar haltes stapte Maud uit en liep nog eens een minuut of tien naar de universiteit, een gebouw met torentjes en tientallen verlichte ramen. Toen ze door de grote klapdeur naar binnen ging, voelde het alsof het gebouw bijna verlaten was. Overdag stikte het hier van de studenten, maar 's avonds waren er alleen wat groepjes van voornamelijk mensen van middelbare leeftijd die naar een cursus Spaans of creatief schrijven gingen of, in Mauds geval, naar een college rechten. Als haar collega's nog aan het werk waren, in de pub zaten of thuis waren bij hun gezin, zat Maud weer in de collegebanken.

Toen ze lokaal C301 binnenkwam zag ze de bekende gezichten

van haar medestudenten die in groepjes bij elkaar zaten. Het was een vreemd samenraapsel van mensen, zowel mannen als vrouwen, van allerlei leeftijden en met verschillende etnische achtergronden. Een man die zo te zien al in de zestig was. Was hij niet wat te oud om zich nog te laten omscholen tot advocaat? Een vrouw in een hijab. Een jonge vrouw, ze leek nog bijna een tiener. Ze had blauwgeverfd haar, piercings in haar oren, haar neus en haar onderlip, en twee sleeve tattoos. Maud kende de achtergrondverhalen en de motivaties van die mensen niet en ze had ook geen tijd om zich erin te verdiepen. Het enige wat ze met elkaar gemeen hadden was dat ze 's avonds rechten studeerden. Misschien hadden ze een fulltime baan, zoals zij. Misschien hadden ze een gezin. Misschien hadden ze een talencursus of een cursus schilderen gedaan en wilden ze eens iets anders.

Ze ging op haar vaste plek op de voorste rij zitten. Die was meestal leeg. De anderen voelden zich daar misschien te veel bekeken, of misschien waren ze bang dat ze een beurt zouden krijgen. Maar het was de plek het dichtst bij de deur. Handig. Deze avondcolleges deden haar erg aan de middelbare school denken. Mensen die eerst vreemden voor elkaar waren vormden langzamerhand groepjes, gingen op een vaste plek zitten en praatten zachtjes met elkaar. Na de colleges gingen ze naar de pub aan de overkant van de straat. Dat was voor sommigen misschien wel de reden dat ze deze colleges waren gaan volgen. Zij waren niet van plan drie of vier jaar keihard te werken om jurist te worden. Ze waren hier om nieuwe mensen te leren kennen. Maar dat gold niet voor Maud: zij wilde alleen maar studeren, verder niets. Vanaf deze plaats kon ze na afloop snel het lokaal uit zijn, zonder met iemand te hoeven kletsen. Ze had berekend dat ze deze colleges van twee avonden per week en het bijbehorende huiswerk alleen in haar drukke leven kon inpassen als ze heel strikt haar tijd indeelde. Leuk was dat niet, maar het kon niet anders.

De docent kwam binnen, een vrouw van middelbare leeftijd met bontgekleurde kleren en flamboyante sjaaltjes. Je zou niet zeggen dat ze docent rechtsgeleerdheid was, ze zag er meer uit als iemand die een vriendin van haar kon zijn, maar dan ergens anders, in een ander leven. Niet dat Maud tijd zou hebben voor meer vrienden. Ze had al moeite genoeg om contact te onderhouden met de vrienden die ze had. Er ontstond wat gedoe omdat iemand de deur opendeed op het moment dat de docente die net wilde dichtdoen, waardoor ze de deur bijna tegen zich aan kreeg. De man verontschuldigde zich en liep naar de eerste de beste vrije plaats, en die was in de bank waar Maud zat, dus moest ze een stukje opschuiven.

Ze had die man al eerder gezien. Hij had een baardje, warrig bruin haar, en hij droeg een donker pak met een blauw T-shirt en afgetrapte sneakers. Het leek alsof hij overhaast van zijn werk was gekomen, of eigenlijk meer alsof hij net uit bed kwam. Hij haalde een ringband en een paar pennen uit zijn tas, waarvan een zonder dop, en legde ze voor zich op het tafelblad.

'Wat gaan we doen?' vroeg hij.

'Wat bedoel je?' zei Maud.

'Waar gaat het vandaag over?'

'Onrechtmatige daad,' zei Maud. 'Basisprincipes.'

'Onrechtmatige daad, o ja, ingewikkeld,' zei de man.

'Misschien dat we het daarom hier behandelen?'

Dat kwam er scherper uit dan Maud had bedoeld, maar de man grinnikte alleen maar.

'Goeie,' zei hij.

Halverwege het college keek Caroline, de docente, op haar horloge en zei dat ze even iets moest doen en dat ze over een minuutje terug zou zijn. Ze liep het lokaal uit en Maud zag door het ronde raampje in de deur dat ze geanimeerd stond te praten, en ze ving iets op over sleutels. Achter haar begonnen mensen te kletsen. Ze keek in haar aantekeningen.

'Zie je wel, ingewikkeld.'

Dat was de man naast haar. Ze knikte alleen even.

'En niet echt iets waar ik rechten voor ben gaan studeren.'

'Waarvoor dan wel?' vroeg ze.

'Het zal wel een beetje kinderachtig klinken, maar ik had genoeg van wat ik deed en ik wilde graag iets nuttigers doen. Ik wilde een soort Atticus Finch worden.'

'Atticus Finch had anders niet veel succes, want zijn cliënt werd veroordeeld.'

De man leek even van zijn stuk gebracht. 'O ja? Ik heb dat boek sinds de middelbare school niet meer gelezen.'

'Maar dat was niet zijn schuld.'

'Ik heet trouwens Stuart.'

'Maud.'

Stuart keek haar met half toegeknepen ogen onderzoekend aan.

'Ik probeer jou al een tijdje in te schatten. Volgens mij weet ik van de meeste mensen hier wel wat ze doen. Ze hebben ooit rechten gedaan en hun studie niet afgemaakt, en nu proberen ze het nog eens. Die oude man achterin, Jim, wilde iets omhanden hebben toen zijn vrouw was overleden. En er zijn er ook een paar die geen plezier hebben in hun werk. Dat laatste geldt trouwens niet voor mij, ik vind mijn werk best leuk. Het heeft alleen niets te maken met...' Hij kon niet het juiste woord vinden.

'Rechtvaardigheid,' opperde Maud.

'Dat is een groot woord,' zei Stuart. 'Te groot, waarschijnlijk. Maar zoiets inderdaad. En jij?'

Voordat Maud antwoord kon geven ging de deur open en kwam Caroline weer binnen; ze ging meteen verder met haar college. Het was taaie, ingewikkelde leerstof en Maud zat verwoed aantekeningen te maken over verbintenissen, causaliteit, gevaarzetting en een sport- en spelsituatie. De inleidende colleges strafrecht gingen over onderwerpen waar ze elke dag mee te maken had, en daarbij had ze nauwelijks aantekeningen hoeven maken. Maar nu leek het wel alsof ze een vreemde taal moest leren, en tegen het einde van de les, toen Caroline het huiswerk opgaf, duizelde het haar. Ze deed haar schrift dicht en stopte de pen in haar zak.

'Lerares,' zei Stuart.

'Wat?' vroeg Maud.

'Ik zei toch dat ik je probeerde in te schatten. Je bent lerares, of niet?'

'Nee.'

'Onderwijsassistent?'

'Ik weet niet precies wat je daarmee bedoelt, maar het antwoord is nee.'

'Maatschappelijk werk?'

'Nee.'

Hij dacht na.

'Je bent geen dokter, of wel?'

'Klopt. Ik ben geen dokter.'

'O, ik weet het,' zei hij. 'Je bent werkloos. Maar dan vast alleen tijdelijk.'

'Nee, ben ik niet.' Ze stond op, klaar om te vertrekken.

Stuart fronste. 'Ik ben hier meestal heel goed in. Oké, ik geef het op. Wat doe je voor werk?'

'Ik ben rechercheur bij de Metropolitan Police.'

Stuart keek onaangenaam verrast en toen hij iets zei stotterde hij een beetje.

'Tjonge, ik weet niet wat ik moet zeggen.'

Maud wist ook niet wat ze moest zeggen, dus ze pakte haar schrift en liep naar de deur, langs de groepjes medestudenten die zich verzamelden om naar de pub te gaan.

21

Het bleef de hele avond regenen. Nancy was wakker, maar Felix lag naast haar te slapen. Ze luisterde naar de regen die tegen de ruiten striemde en naar de voorbijrijdende treinen. Ze dacht aan een leven buiten de stad. Felix stelde zich waarschijnlijk wandelingen voor bij mooi zomerweer, of op frisse, tintelende winterse dagen, met na afloop een drankje voor het haardvuur in een lokale pub met houten balken en een paardenhoofdstel aan de muur. Maar op dagen zoals deze, als het regende en donker en koud was? Dan kon je nergens heen, je kon alleen maar binnen blijven en jezelf zien te vermaken. Ze keek naar de man naast zich. De man met wie ze zich dan zou moeten vermaken.

De volgende ochtend bij het ontbijt regende het nog steeds.

'Thuiswerken heeft toch wel zo z'n voordelen,' zei Felix. Hij had het gele jack aangetrokken dat hij anders altijd droeg als hij een eind ging wandelen. 'Ik hoop dat ik hier droog in blijf.'

'Je valt in ieder geval op.'

'Is dat cynisch bedoeld? Zie ik er belachelijk uit?'

'Ik constateer gewoon een feit. Ik bedoel dat je goed zichtbaar bent en dat is bij dit weer wel zo veilig.'

Hij had een pet opgezet, trok een paar dikke handschoenen aan en deed zijn bruine rugzak om. Nancy vond inderdaad dat hij er een beetje belachelijk uitzag, maar ze zei niets. Wat maakte het ook uit, zolang hij er droog in bleef?

Toen hij weg was zette ze meer koffie en ging achter haar computer zitten. Ze opende een paar websites met onroerend goed. Ze keek niet naar huizen buiten de stad. Ze keek naar bedrijfspanden die te huur werden aangeboden. Dat waren er heel veel. Het was een slagveld, allemaal restaurants en broodjeszaken en koffietentjes die tijdens de pandemie failliet waren gegaan, of na de pandemie omdat ze geen personeel meer konden vinden. Het was natuurlijk te vroeg om na te denken over een doorstart, maar toch was ze in gedachten al aan het rekenen. Ze had wat geld nodig, een bedrijfsplan, een paar mensen om mee samen te werken, en een perfect pand op een perfecte plaats.

Ze zat net enthousiast naar een leegstaand pand aan Newington Green te kijken toen er op de deur werd geklopt. Ze schrok, zoals je ook schrikt als midden in de nacht de telefoon gaat. Het betekende dat het iemand was die zich al in het pand bevond. Ze deed open en zag Harry, die zijn hand hief om nog eens aan te kloppen. Hij zag er geagiteerd uit, zijn haar zat in de war en hij had donkere kringen onder zijn ogen.

'Is er iets?' vroeg ze.

'Dat wilde ik net aan jou vragen. Hebben jullie last van lekkage?'

'Nee, hoezo?'

'Mag ik binnenkomen?'

Nancy deed een stap opzij en hij liep naar binnen.

'Mag ik?' vroeg hij.

'Wat?'

Hij keek gehaast rond, leek zich te oriënteren, en liep door naar de slaapkamer.

Nancy liep achter hem aan, verbluft, maar ook gegeneerd en boos. Ze wist niet eens meer of ze het bed wel had opgemaakt.

Hij liep naar de muur bij het raam en keek omhoog. Hij reikte naar het plafond en voelde eraan, daarna voelde hij op verschillende plekken aan de muur. 'Droog, zo te voelen.'

'Natuurlijk is het droog,' zei Nancy geërgerd. 'Waar heb je over?'

Ze liep achter hem aan de slaapkamer uit.

'Ik kom net uit de nachtdienst,' zei hij, 'en in de slaapkamer zag ik water door het plafond komen. Onze slaapkamer grenst aan deze muur. Het sijpelt door het dak en dan langs de muur naar beneden. Het is zo fucking klote...' Hij zuchtte diep. 'Sorry. Dit gebeurt altijd als het hard regent. Tussen het daklood en de dakpannen... Maar ik zal je niet vermoeien met de details.'

Nancy wees naar de halfvolle cafetière. 'Er is nog koffie. Wil je een kopje of kun je dan straks niet slapen?'

'Ik heb zo'n zware nacht achter de rug dat ik sowieso wel slaap,' zei hij. 'Behalve als er water op mijn hoofd drupt.'

'Het is niet meer heel warm.'

'Geeft niet. Het is koffie.' Hij keek nog steeds kwaad. 'Het ligt allemaal aan die huisbaas, Goddard. Heb je die weleens gesproken?'

'Soort van...'

'Ik heb er laatst iemand naar laten kijken. Die man zei dat het helemaal verkeerd is aangelegd en dat het opnieuw moet. Dat heb ik aan Goddard geschreven, maar ik kreeg niet eens antwoord.' Hij dronk zijn koffie op en zette de beker met een klap op tafel. 'Maar als het hém uitkomt reageert hij meteen. Onze huur was een keer niet overgemaakt door een fout van de bank. Dat hadden we niet eens gemerkt, totdat we een brief van zijn advocaat kregen. Maar als je vriendelijk vraagt of hij noodzakelijk onderhoud wil laten doen, dan geeft hij niet thuis.'

'Wat naar voor je,' zei Nancy. 'Zeker met een baby. En na die toestand met Kira.'

Harry's gezicht verzachtte wat, en hij knikte peinzend. 'Op mijn werk maak ik ook vaak sterfgevallen mee. Maar de dood van iemand die je kent is toch heel anders.'

'Je vrouw zei dat Kira een keer bij jullie wilde oppassen.'

Hij keek haar geschrokken aan. 'Nee hoor.'

'Maar ze zei...'

'Ik denk niet dat Kira daar geschikt voor zou zijn.'

'Hoezo?'

'Ik vond haar niet zo'n betrouwbaar type.'

'Iedereen die ik heb gesproken zei dat ze heel aardig was.'

'Ik kende haar niet echt en ze was vast heel aardig. Daar gaat het niet om.'

'Maar vind je het niet gek dat ze de dag voordat ze zelfmoord pleegde nog heeft aangeboden om bij jullie op te passen?'

'Ik kan me niet voorstellen dat ze dat heeft gedaan. Je zou eens moeten zien hoe mensen bij ons worden binnengebracht. Als je in zo'n verschrikkelijke toestand verkeert, dan denk je niet meer aan je medemens.' Hij keek Nancy onderzoekend aan. 'Dat zul jij toch beter begrijpen dan ieder ander.'

Nancy kreeg zin om te gaan gillen, en ze vroeg zich af hoe hij dan zou reageren.

'Ik bedoel dat als ze aanbood om op Lydia te passen ze vast niet van plan was om zaterdag zelfmoord te plegen.'

'Ik snap niet wat je daar precies mee bedoelt.'

'Ik dacht gewoon even hardop. Ik moet trouwens zo weg. Ik heb straks een afspraak.'

Harry liep naar de deur, maar keek nog even om zich heen. 'Dus je weet zeker dat er nergens water doorsijpelt?'

'Ik heb niets gemerkt.'

'Er is ook altijd wat met dit huis,' zei hij. 'Ik zou weleens willen weten wie de elektriciteit bij ons heeft aangelegd, die figuur zou ik graag eens spreken. Maar laat het even weten als jullie problemen hebben. Ik vind dat we Goddard het beste gezamenlijk kunnen benaderen. Samen staan we sterk. Trouwens, laat ook gerust weten als er iets anders is waar je mee zit. Ik ben je buurman en ik ben ook arts. Dus als je ergens over wilt praten...'

Nancy pakte haar jas en duwde haar gebalde vuisten door de mouwen. 'Nee,' zei ze beslist. 'Dat is niet nodig.'

22

Nancy liep over de markt. Ze kwam langs de kraam van de slager, en keek naar de rijen runderhoeven die er lagen. De paprika's en pepers in de groentekramen glansden in het grijzige licht. Harlesden leek op Hackney voordat de hipsters daar kwamen met hun zuurdesembakkerijen en koffietentjes. Het beviel haar hier eigenlijk wel.

In gedachten verzonken stak ze een paar straten over, sloeg twee keer af, en koerste toen op de automatische piloot terug naar Fielding Road, zonder goed op te letten waar ze liep. Toen ze er bijna was schrok ze omdat ze te dicht achter een man liep die plotseling bleef staan, waardoor ze bijna tegen hem aan botste.

De man merkte het en draaide zich om. Het was Dylan Strauss, de buurman. Ze glimlachte en knikte naar hem, maar omdat hij in de weg stond kon ze niet doorlopen. Ze zag dat hij haar fronsend aankeek. Zijn gezicht was rood van de kou. Op zijn neus was nog een witte streep te zien, het restant van die eerdere schram.

'Gaat het?' vroeg hij.

Het waren vriendelijke woorden, maar door de toon waarop hij ze uitsprak klonk het meer als een beschuldiging.

'Waarom vraag je dat?' vroeg ze, zonder haar irritatie te verbergen.

Hij deed een stap naar voren, kwam net iets te dichtbij. Alsof hij met opzet haar persoonlijke ruimte binnendrong. Ze deed een stap achteruit.

'Ik heb gehoord dat jij problemen hebt,' zei hij, opnieuw nogal onvriendelijk.

'Ik weet niet wat jij hebt gehoord, maar mijn zogenaamde "problemen" zijn mijn zaken. En als je het wilt weten, ze zijn opgelost en het gaat prima met me.'

Dylan maakte een geluid dat zowel afkeurend als ontevreden klonk. 'Nou,' zei hij, 'dan heb je dus geen excuus.'

Nancy had het gevoel dat ze een gesprek in werd gezogen dat ze niet wilde voeren. Niet met Dylan, en niet hier op straat. Een excuus waarvoor, wilde ze vragen. Maar dat deed ze niet.

Ze probeerde hem te passeren, maar hij deed een stap opzij, zodat hij nog steeds in de weg stond. Moest ze hem nu werkelijk aan de kant duwen? Ze balde haar vuisten.

'Toen ik voor het eerst over jouw gedrag hoorde,' zei hij, 'dacht ik nog dat het kwam doordat je niet in orde was, dat je hulp nodig had. Maar volgens mij zit jij in een soort ontkenningsfase, of anders heb je misschien een korte maar stevige waarschuwing nodig.'

'Wat? Waar heb je het over?' vroeg Nancy. Ze werd nu echt kwaad, en het kon haar niet schelen of hij dat merkte of niet.

Dylan keek haar bedachtzaam aan. Hij deed haar denken aan een schooldirecteur die aan het eind van een schooljaar zijn leerlingen ging toespreken.

'Ik weet dat jullie hier nog maar net zijn komen wonen, dus dat jullie het allemaal nog niet zo goed snappen. Wij zijn hier een community. We zijn meer dan alleen maar buren. We zijn een soort familie, we zorgen voor elkaar. En daar horen bepaalde dingen wel en andere dingen niet bij. Michelle vertelde me dat ze jou in Kira's huis heeft betrapt, dat je daar had ingebroken.'

'Dat is belachelijk. Ik heb daar helemaal niet ingebroken. De deur stond open en ik was een beetje nieuwsgierig, daarom ben ik er even gaan kijken.'

Terwijl ze dit zei haatte ze zichzelf omdat ze zich tegen die vent probeerde te verdedigen.

'Dus je was een beetje nieuwsgierig?' vroeg Dylan sarcastisch. 'Iemand heeft zich daar van het leven beroofd en jij denkt: ik ga even een kijkje nemen? Het is Madame Tussaud niet!'

'Als je het wilt weten, ik denk dat die zaak niet goed genoeg is onderzocht.'

Dylans mond viel even open en zijn gezicht kleurde nog wat roder.

'Ben je helemaal gek geworden?' zei hij. 'O ja, je was inderdaad gek. Dat wisten we al. Maar waar denk je nou in jezusnaam mee bezig te zijn? Je stormt blindelings binnen op een plek van... van...' Hij zocht naar woorden die serieus genoeg waren. 'Van verdriet en rouw, een plek die om eerbiedigheid vraagt, in plaats van die waanideeën en bemoeizucht van je.'

'Ik zit alleen maar met een paar vragen.'

'Je zit alleen maar met een paar vragen?' beet Dylan haar toe, zó hard dat Nancy om zich heen keek om te zien of ze niet de aandacht van de voorbijgangers trokken. 'Dat is precies wat complotdenkers ook altijd zeggen. Ik ben geen antivaxer, ik stel alleen vragen. Dringt het dan niet tot je door dat het hier over echte mensen gaat? Over rouwende familieleden?'

'Ik hoef mij tegenover jou niet te verantwoorden,' zei Nancy, zo kalm als ze kon. 'Jij bent geen familie van haar. Je woont niet eens bij ons in huis.'

Dylan leek een beetje te kalmeren, maar Nancy vond die kalmte nog erger dan zijn woede.

'Ik kan je wel vertellen dat mijn vrouw erg overstuur was van wat ze zag,' zei hij. 'Heel erg overstuur.'

'Wil je weten waar je pas echt overstuur van raakt? Als je ziet dat Kira daar hangt. Daar raak je pas overstuur van.'

'Wat deed je daar eigenlijk? Wat had je er te zoeken?'

'Ik weet het niet. Ik had er gewoon geen goed gevoel over.'

'Geen goed gevoel,' zei Dylan, opnieuw sarcastisch. Hij zuchtte. 'Luister eens, jongedame, ik wil niet de indruk wekken dat mijn vrouw en ik geen sympathie hebben voor psychiatrische patiënten, want zoiets kan een vreselijke vloek zijn. Je zei dat je bent hersteld. Nou, dat kan best zo zijn, of niet, maar misschien is dat niet aan jou om te beoordelen. Ik zal niet in detail treden, maar ik heb niet alleen over jouw eigen problemen gehoord, maar ook over de problemen die jij veroorzaakt voor anderen. Als jij denkt dat je rouwende mensen nog meer ellende kunt bezorgen, en dat je daarmee wegkomt, dan moet iemand jou misschien eens een lesje leren.' Hij zweeg en keek op haar neer. 'Hoor je mij? Luister je wel?'

'Het is lastig om je niet te horen,' zei Nancy. 'Volgens mij kan de hele straat horen wat je zegt.'

'Mooi zo,' zei Dylan. 'Heel goed. Ik ben blij dat je het grappig vindt.'

'Ik vind het helemaal niet grappig. Er is niets grappigs aan.'

'Misschien bevalt het je niet wat ik zeg, misschien vind je het ongemakkelijk, maar ik zou het toch maar goed in m'n oren knopen.'

'Kun je nu opzij gaan,' vroeg Nancy, 'of moet ik omlopen?

Dylan leek even te bedenken of hij haar moest laten gaan, of hij genoeg had gezegd. Toen deed hij een stap opzij en liet haar er met een theatrale armzwaai langs.

Nancy liep weg zonder hem aan te kijken.

Kemp kwam zonder kloppen Mauds kamer binnen en keek haar met zijn waterige blauwe ogen tartend aan. 'Zelfdoding.'

'Pardon?'

'Ik heb verslag van de lijkschouwer. Kira Mullan. Geval van zelfdoding.'

Hij keek alsof hij zich enorm had opgefokt en nu stoom kwam afblazen.

'Oké.' Maud richtte zich weer op haar computerscherm. Ze scrolde door de ziekenhuisverslagen over de jonge vrouw wier zaak ze behandelde, en die de afgelopen drie maanden zeven keer opgenomen was geweest met snij- of scheurwonden in het gezicht en een keer met een gebroken pols.

'Ben je nou overtuigd?'

'Sinds wanneer interesseert het jou wat ik vind?'

'Het interesseert me geen zak wat jij vindt.'

'Mooi. Dan kunnen we elkaar de hand schudden.'

De deur ging met een klap dicht.

23

De volgende ochtend deed een jonge man in een dik donsjack en met een wilde haardos en een beslagen bril het metalen rolluik en de oude houten deur van een klein pand open en liet Nancy en haar drie vriendinnen binnen.

Het goot van de regen en het was zwaarbewolkt, waardoor de ruimte donkerder en kleiner leek dan die in werkelijkheid was.

'Ze zijn nogal overhaast vertrokken,' zei de makelaar, en hij duwde zijn handen diep weg in zijn jaszakken.

Nancy reageerde niet. Ze keek om zich heen in de ruimte, naar het afbladderende stucwerk, het kale peertje en de loshangende elektriciteitsdraden, het raam met een gebarsten ruit, en de vettige roestvrijstalen bar. Er lag een omgevallen barkruk op de grond, in een hoek stond een stapel vuile tupperwarebakjes, en overal lagen muizenkeutels. Ze liep langs haar vriendinnen naar de achterste ruimte. Van de grote keramische spoelbak met koperen kranen ging haar hart meteen sneller kloppen, maar naar de oven durfde ze niet eens te kijken. Er was een koeling zonder deur, en naast de keuken was een smal gangetje met een wc die ze maar liever voor gezien hield. Een klein raam met een waas van groene aanslag keek uit op een plaatsje vol met troep.

Ze keek om naar de drie anderen: Sam, die in haar vorige restaurant de bediening deed; Delia, die daar af en toe bijsprong, en die kalm en praktisch was, en Bridie, een van haar oudste vriendinnen. Omdat Nancy ertegen op had gezien haar weer onder ogen te komen, had ze Bridie bewust voor deze bezichtiging uitgenodigd; ze vond dat ze zich daar nu maar eens overheen moest zetten. Bridie was degene die getuige was geweest van het spectaculaire begin van haar psychose, en Nancy zou nooit vergeten hoe ze toen naar haar had gekeken: vol angst, medelijden, en misschien zelfs afkeer.

'Het is wel een beetje somber, hè?' Sam schopte tegen een hoopje oude vaatdoeken.

'Nu nog wel. Maar je moet erdoorheen kijken, dan zie je wat het kan worden. Kleine vintage tafeltjes, goede verlichting, mooie kleuren op de muren. We zouden de tussenmuur gedeeltelijk kunnen wegbreken, dan wordt het bijna één ruimte. En 's zomers kunnen we zelfs een terras maken op dat plaatsje, een kleine oase. Het ligt op het zuiden, klopt dat?'

De makelaar knikte.

'En de locatie is geweldig.'

'Wat heeft hier gezeten?' vroeg Bridie.

'Een of ander fastfoodzaakje, maar dat is failliet gegaan.'

'Je zou helemaal opnieuw moeten beginnen,' zei Delia.

'Dat is juist het leuke.'

'Meen je dat nou?'

'Nancy,' zei Bridie. 'Wordt dat niet allemaal schrikbarend duur?'

'Dat is mijn zaak, en ik moet daar nog wel even een rekensommetje op loslaten natuurlijk, maar wat is jullie eerste indruk?'

'Ik vind het wel wat, geloof ik,' zei Sam.

'En ik...' zei Delia, en ze kuste Nancy op haar voorhoofd, 'ik vind jou fantastisch.'

Even later ging Nancy met de trein terug naar het voor haar nog steeds onbekende westelijk deel van Londen. Ze keek door het raam naar de achtertuintjes van de huizen in Kentish Town, en een stukje verder ving ze een glimp op van Hampstead Heath. Ze dacht met een voorzichtig gevoel van hoop aan de ruimte die ze net hadden bezichtigd. Ze zei tegen zichzelf dat ze niet te hard van stapel moest lopen: ze moest goed nadenken over de financiële consequenties en over de enorme klus die het zou worden. En ze dacht aan Felix. Ze had hem niets over de bezichtiging verteld. Ze wilde niet dat hij meteen met allerlei praktische bezwaren zou komen en er rationeel en afkeurend over zou doen, of, erger nog, dat hij zou voorwenden dat hij het een goed idee vond terwijl dat in werkelijkheid helemaal niet zo was.

De achterliggende reden was iets wat al veel langer speelde, als een zeurende ondertoon bij alles wat ze deed: dat de relatie met Felix niet kon blijven voortduren. Hij was zo trouw en zo lief voor haar, en als ze erover dacht om bij hem weg te gaan voelde ze zich heel schuldig en probeerde ze er niet meer aan te denken. Misschien zou ze dat later doen, maar niet nu.

Toen ze bijna thuis was en de sleutel uit haar jaszak haalde, bleef ze plotseling staan. De vuilnisbakken in het piepkleine voortuintje waren vol, en hoewel het vuilnis pas dinsdag werd opgehaald, stonden er al een paar vuilniszakken naast de bakken, inclusief, zag ze, de grote zwarte zak waarmee ze de schoonmaaksters naar buiten had zien gaan.

Een stemmetje in haar hoofd zei dat ze niet iets stoms moest doen. Ze keek naar de onverlichte ramen van het huis en weer naar de vuilniszakken, vertraagde haar pas en slenterde de laatste paar meter naar het huis. Zachtjes floot ze een deuntje, ze keek omhoog naar de kale bomen alsof daar iets interessants te zien was en hurkte toen naast het vuilnis alsof ze haar veters wilde strikken, hoewel ze instaplaarsjes droeg. Toen trok ze snel de zwarte zak naar zich toe.

Hij zat met een knoop dicht, die ze vlug losmaakte, waarna ze de inhoud bekeek.

Zakdoekjes. Wattenschijfjes. Keukenpapier. Een lege spuitbus deodorant. Officieel uitziende lege enveloppen. Een belachelijk vroege kerstkaart van ene Robin. Een kapot glas waaraan ze haar duim sneed.

Even zag ze zichzelf van buitenaf: graaiend in een vuilniszak met afval uit het huis van een dode vrouw. Ze leek wel gek.

Een gebarsten beker. Een dode cyclaam in een plastic pot. Een gescheurd katoenen sjaaltje. Maar wat was dat? Was dat...?

Nancy boog zich verder voorover en tuurde in de zak. Ze verstijfde. Vanuit haar ooghoek zag ze twee voeten in afgetrapte sneakers, twee onderbenen in een joggingbroek.

'Nancy?'

Ze stak haar hand in de zak en greep het ding dat ze had gezien vast. Toen keek ze op. Het was Barney. 'Hallo!' zei ze, iets te uitbundig.

Er kwam iemand bij staan, ook in een joggingbroek, een iets schonere en mooiere.

'Seamus!' zei ze, even uitbundig. Met moeite kwam ze overeind, nog steeds met een stralend gezicht.

'Wat doe je?' Barney keek haar bedenkelijk aan.

'Wat ik doe?'

'Ja.'

'Hallo,' zei iemand achter haar.

Nancy kon het wel uitgillen. Maar ze hield haar gezicht in de plooi en stak bij wijze van enthousiaste groet haar hand op, met de vingers gevouwen om wat ze had gevonden. 'Michelle!' zei ze. 'Het lijkt wel een buurtfeestje.'

'Wat was je aan het doen?' herhaalde Barney koppig.

'Met die vuilniszak? O, volgens mij heb ik per ongeluk iets weggegooid.' En in een vlaag van opstandigheid voegde ze eraan toe: 'Niet dat dat jullie iets aangaat.'

'Dat is jouw vuilniszak niet,' zei Barney.

'Waar heb je het over?'

'Die was van Kira.'

'Wat de fuck,' zei Seamus.

'Nancy?' zei Michelle zacht maar niet vriendelijk. 'Is dat zo?'

'Hoe weet jij dat die van Kira was? En hoe zou ik dat moeten weten? Het is gewoon een vuilniszak!'

'Ik heb die zak van de schoonmaaksters aangepakt en daar zelf neergezet,' zei Barney.

'Bovendien zie je toch meteen dat het jouw afval niet is?' zei Seamus. Hij wees in de open vuilniszak. 'Of is dat soms jouw naam op die envelop?'

Nancy keek tartend van de een naar de ander.

'Oké, het is vuilnis van Kira. Nou en? Is het een misdaad om daar even in te kijken?'

'Het is gewoon walgelijk,' zei Michelle.

'Of krankzinnig,' zei Seamus. Hij stootte Barney aan. 'Ik zei toch hoe ze is, maar jij wilde het niet geloven.'

'We maken ons allemaal zorgen om je, Nancy,' zei Michelle. 'Grote zorgen.'

'Nou, het gaat prima met mij,' zei Nancy.

24

Terug in huis keek Nancy naar wat ze nog steeds in haar hand hield. Een gebruikt condoom. Met haar andere hand trok ze een keukenla open, zocht tussen de keukenspullen en vond de diepvrieszakjes. Ze pakte er een en deed het plakkerige geval erin. Daarna legde ze het op het aanrecht en begon met veel zeep haar handen te wassen.

Geschrokken dacht ze na over wat ze had gedaan. Een weldenkend mens zou zoiets nooit doen.

Bij de achterdeur drukte ze haar voorhoofd tegen het koele glas en keek tussen de regendruppels door naar de verregende en verwaarloosde tuin. In het midden ervan was een gammele afscheiding; een ijzeren trapje liep vanaf de keukendeur naar hun gedeelte. Achterin stond een roestige barbecue tegen een blinde muur, met daarnaast een paar potten vol water en dorre bladeren. Het stukje gras was verwilderd en er lag een dode tak op.

Vanuit haar ooghoek zag ze een gestalte opdoemen. Het was Dylan, die de lange en keurig onderhouden tuin van hem en Michelle in liep en iets meesleepte; toen hij dichterbij kwam zag ze dat het een standaard met een boksbal was. Hij had geen shirt aan. Hij zette de standaard neer, ging in positie staan en haalde uit. Zijn bleke bovenlijf spande zich.

Nancy hoorde dat hun deur open- en weer dichtging. Er klonken voetstappen achter haar.

‘Felix?’ riep ze, zonder zich om te draaien. ‘Wat is er, ben je iets vergeten?’ Aandachtig volgde ze Dylan die in de tuin op en neer stond te hupsen en een serie klappen tegen de boksbal gaf.

‘Hallo, Nancy.’

Ze draaide zich geschrokken om. ‘Michelle? Hoe kom jij hier binnen?’

‘Ik heb een sleutel.’

‘Wat?’

Michelle hield een metalen sleutelring met twee sleutels eraan omhoog: een van de buitendeur en een van hun woning.

‘Ja, deze zijn van jullie huis.’

‘Hoezo?’

‘Die heeft je man aan me gegeven.’

‘Wij zijn niet getrouwd.’

‘O ja, excuses. Felix heeft me die gegeven, voor de zekerheid.’

‘Waarom?’

‘Zoals ik zei, voor de zekerheid. Omdat we buren zijn.’

‘Hebben wij dan ook een sleutel van jullie huis?’

‘Waarom zouden jullie een sleutel van ons huis moeten hebben?’

‘Dat bedoel ik. Waarom heb jij er dan wel een van óns huis? En je kunt hier toch niet zomaar binnenkomen zonder eerst op de deur te kloppen of aan te bellen? Dat kan echt niet!’

Michelle keek haar met een kalme blik aan. ‘Nancy, ik zal er niet omheen draaien. Felix maakt zich ernstig zorgen om je.’

‘Dat is helemaal niet nodig. En als hij zich zorgen maakt, is dat iets tussen ons. Jij hebt daar niets mee te maken en ik wil dat je die sleutels teruggeeft.’

‘Hij maakt zich zorgen om je welzijn. Hij heeft me alles verteld.’

‘Geef hier!’

‘Felix heeft me gevraagd om jou een beetje in de gaten te houden als hij op zijn werk is en dat doe ik, of je het nu leuk vindt of niet.’

‘Je bedoelt dat je hier naar believen in en uit loopt?’

Nancy probeerde de sleutelring te pakken, maar Michelle deed een stap naar achteren. Nancy keek haar woest aan. In de tuin hoorde ze het geluid van de klappen tegen de boksbal.

Michelle bleef haar kalm aankijken, maar Nancy zag dat haar blik heel even afdwaalde. Had ze het condoom gezien? Snel deed Nancy een stap opzij en schoof, zonder te kijken, met haar ene hand het diepvrieszakje in de diepe keukenla die nog openstond.

'Ik ga maar weer eens,' zei Michelle, terwijl ze de sleutels in haar zak stopte.

'Mooi. Als jij hier nog eens zonder toestemming binnenkomt, bel ik de politie.'

'Dan bel je wéér de politie, bedoel je?' Ze draaide zich om en beende de deur uit.

Even luisterde Nancy naar haar voetstappen op de trap. Ze pakte haar mobiel van de tafel en koos een nummer uit de lijst recente gesprekken. 'Kan ik alsjeblieft meteen langskomen?'

25

Helena luisterde zonder iets te zeggen. Nancy had niet het gevoel dat haar verhaal goed overkwam. Toen ze klaar was viel er een lange stilte, maar ze voelde zich niet geroepen om die te verbreken. Ze hoorde het verkeer buiten, iemand riep iets, en daarna hoorde ze alleen nog het gedrup van de regen.

'Ik weet eigenlijk niet wat ik verder nog moet zeggen over de tragische dood van die jonge vrouw,' zei Helena na een tijdje. 'Daar hebben we het ook al over gehad. Ik maak me nu vooral zorgen over jou: de vrouw die hier nu voor me zit.'

'Maar wat als ik gelijk heb?'

'Het kan best zijn dat je gelijk hebt, het kan ook zo zijn dat je je angsten op iemand anders projecteert. Maar als je me iets vertelt over die vrouw die in moeilijkheden verkeerde, kan het ook zijn dat je het eigenlijk over jezelf hebt.'

'Dat vind ik veel te vergezocht.'

'En als er iets verdachts is aan die kwestie, dan is dat een zaak voor de politie.'

'Maar als de politie het niet goed heeft onderzocht?'

'Dat is niet jouw probleem. Jij kunt daar niets aan doen. Jij moet nu vooral zorgen dat je beter wordt. Luister, Nancy, ik zeg zoiets niet snel, maar ik vind het heel knap en dapper van je dat je zo goed bent opgekrabbeld na wat je allemaal hebt meegemaakt en na alles wat je bent kwijtgeraakt. Veel mensen zouden daaraan onderdoor zijn gegaan. Maar nu ben je volgens mij heel goed bezig om je leven weer op de rit te krijgen, klopt dat?'

'Ja, ik geloof het wel.'

'Maar daar hoort ook een waarschuwing bij. Ik weet niets over die overleden vrouw en volgens mij weet jij ook niets over haar. Ik weet ook niet wat je nu verder van plan bent. Of wat je zou kunnen doen. Maar ik heb het gevoel dat je hierdoor je herstel belemmert.'

'Het enige wat ik doe is een paar vragen stellen,' zei Nancy.

'Het is niet jouw taak om de wereld te redden. Jij moet jezelf redden. Na wat jij achter de rug hebt is je hoofd...' Helena gebaarde met haar handen en zocht naar een goede vergelijking. 'Het is als een mooi, fragiel stuk aardewerk. Aardewerk dat in duizend stukken is gebroken, en de afgelopen paar maanden ben je bezig geweest om al die stukjes weer aan elkaar te lijmen. Maar als je het nu opnieuw laat vallen, is de kans klein dat dat nog een keer zal lukken.'

Felix was vroeger thuis dan anders, helemaal natgeregend. Met een chagrijnig gezicht wurmde hij zich uit zijn jack, dat hij vervolgens netjes aan de kapstok hing.

'Waarom heb jij Michelle de sleutel van ons huis gegeven?' vroeg Nancy toen hij zijn veters losmaakte. 'Waarom heb je haar gevraagd om op mij te letten?'

Hij ging staan en streek zijn natte haar naar achteren. Hij keek erg vermoeid. 'Wacht even, Nancy, voordat ik daar iets over zeg is er iets anders waar we het over moeten hebben.'

'Wat bedoel je?'

'Ik heb vandaag iets gehoord.'

'Wat? Is er iets gebeurd? Ben je ziek?'

'Nee, *ík* ben niet ziek.'

Toen Nancy hoorde dat hij de klemtoon op 'ik' legde, deed ze een stap achteruit. 'Wat is er dan?'

Hij ging zitten, Nancy nam de stoel tegenover hem.

'Bridie heeft me gebeld.'

'Bridie?'

'Ze zei dat ze met jou mee was geweest om naar een pand te kijken voor een nieuw restaurant.'

'Dat klopt.'

'Ik dacht dat wij hadden afgesproken dat we elkaar moesten kunnen vertrouwen.'

Nancy moest zich inhouden, want ze had zin om tegen hem te gaan schreeuwen. Maar hij had gelijk. Ze had het natuurlijk moeten zeggen. Ze keek hem aan.

'Het spijt me dat ik je dat nog niet heb verteld,' zei ze. 'Dat was verkeerd van me en ik vind het heel vervelend.'

Ze wachtte af. Zijn gezichtsuitdrukking veranderde niet.

'Ze vertelde me ook iets anders.'

'Over dat plan voor een restaurant?'

'Over jou. Ze vond je een beetje...' Hij aarzelde en wreef even over zijn gezicht.

'Wat vond ze me?'

'Een beetje hyper.'

'Ik was helemaal niet hyper.'

'Een beetje...' Hij zocht naar een woord. 'Een beetje megalomaan.'

'Wat afschuwelijk om zoiets te zeggen.'

'Ze is een vriendin van je. En ze maakt zich zorgen.'

'Ik was gewoon enthousiast! Ik had verwacht dat ze blij voor me zou zijn.' De tranen sprongen haar in de ogen; woedend knipperde ze ze weg.

'Ze zei dat ze je had gewaarschuwd dat het krankzinnig duur zou zijn, maar dat jij deed alsof geld helemaal geen rol speelde.'

'Zo ging het helemaal niet.'

'Dat zei ze.'

'Sam was ook enthousiast. Die vond het ook een goed idee.'

'Nancy, je zou dan weer een ontzettend stressvol leven krijgen. Het lijkt wel alsof je bent vergeten dat je ziek bent geweest.'

Ze stampte met haar voet, machteloos als een klein kind.

'Gewéést, ja! Maar ik ben niet meer ziek. Ik ben beter. Ik ben genezen.'

Hoe vaker ze het zei, hoe onwaarschijnlijker ze het zelf vond klinken.

'Er is nog iets.'

'Wat dan?'

'Ik kwam net Seamus tegen.'

'O, die eikel?'

'En hij heeft me iets verteld.'

Nancy deed haar ogen dicht. Die vuilniszak van Kira. Ze wachtte af.

'Hij vond het heel ongemakkelijk. Hij zei dat hij niet goed wist of hij het wel tegen mij moest zeggen.'

'Wat dan?'

'Hij zei dat jij degene was die hem probeerde te verleiden.'

'Wat de fuck?'

'Hij zei dat hij je verward vond.' Felix praatte monotoon en zorgvuldig, en hij keek haar niet aan. 'Hij zei dat hij dat naar voor je vond.'

'En jij gelooft dat? Jij gelooft hem wel en mij niet? Kom op, Felix, kijk me aan. Kijk me aan! Meen je dat echt?'

'Ik weet het niet, Nancy. Ik weet alleen wat hij zei.'

'Wat hij zei. Wat Bridie zei. En wat ik zeg maakt niet uit?'

'Het gaat er niet om wat je zegt. Het gaat erom wat je dóét. Kijk nou eens goed naar jezelf. Je zei dat die gedwongen opname echt de hel voor je was, weet je nog? Wil je soms weer terug naar die hel?' Hij boog zich wat dichter naar haar toe; ze zag zijn baardstoppels en een gesprongen adertje in zijn oog. 'Is dat wat je wilt, Nancy? Als ik zoiets nou maar van één iemand hoorde, was het anders. Maar wil je blijven volhouden dat jij gelijk hebt en zij allemaal niet?'

26

Maud was aan de late kant en moest achterin zitten, naast een man die luidruchtig op kauwgum zat te kauwen en achter een vrouw met een droge kriebelhoest. Ze kon zich moeilijk concentreren. Ze deed haar haar in een nieuwe, strakkere paardenstaart, en boog zich over haar schrift.

Litigant in eigen persoon, schreef ze, *force majeure; dilatoire tactieken.*

Het was warm in het lokaal en ze had veel lagen kleding aangetrokken omdat het buiten erg koud was, met natte sneeuw.

Iemand voor in het lokaal draaide zich half om en keek de rijen langs. Toen hij haar zag, bleef hij haar even aankijken. Het was die man van twee dagen geleden, die onaangenaam verrast was geweest toen ze had verteld dat ze bij de politie werkte. Ze bleef hem aankijken, zonder een spier te vertrekken, en keek toen weer naar haar aantekeningen.

Gelaedeerde, conservatoir beslag, peremptoir termijn.

Ze moest zich concentreren op de details van de juridische terminologie, waarmee dingen heel precies en steeds verder werden toegespitst tot er geen enkele onduidelijkheid meer was. Maar intussen dwaalden haar gedachten steeds af naar de jonge vrouw met het kapotgeslagen gezicht die geen aangifte wilde doen, en naar de vijandige manier waarop Kemp tegen haar tekeer was gegaan.

'Dat was het voor vandaag,' zei de docent, een spichtige man met een sprietige grijze baard en een brilletje met zeshoekige glazen op zijn smalle neus.

Maud stond op, trok haar waterdichte jack aan en verzamelde haar spullen. Om haar heen klonk geroezemoes en geklets van de andere studenten, die in groepjes het lokaal verlieten. Ze zag dat die man voorin – hoe heette hij ook alweer? Stuart? – een sjaal om zijn hals deed en zijn map in een canvas schoudertas liet glijden. Hij keek op, alsof hij haar blik voelde, en glimlachte half naar haar.

Ze glimlachte niet terug maar liep naar hem toe. Hij keek geschrokken.

'Hallo,' zei hij.

'Nu ben jij aan de beurt. Of nee,' corrigeerde ze zichzelf, 'nu ben ik aan de beurt.'

'Sorry?'

'Om te raden wat jij doet, op basis van je uiterlijk.' Ze bekeek hem eens goed. 'Haar net wat te lang. Baardje moet bijgewerkt. Mooie bril, hipsterachtig, waarschijnlijk vrij duur. Wijde corduroy broek en een mooi katoenen overhemd, alleen mist het bovenste knoopje, wist je dat? Maatschappelijk werker?'

Hij schudde zijn hoofd.

'Docent filosofie op een middelbare school.'

'Nee.'

'Grafisch ontwerper? O nee, het moet iets deugneuzerigs zijn. Je werkt voor een ngo, of misschien ben je bakker? Van zuurdesembrood?'

'Ja, ik snap het al, hou maar op.'

'Nee, even serieus. Wat doe jij?'

Hij kuchte gemaakt en bukte zich om zijn fietshelm op te rapen. 'Ik zit in de reclame.'

'Reclame?' Maud schoot in de lach. 'Jij probeert mensen dingen aan te smeren die ze niet nodig hebben?'

'Soms hebben ze die wel nodig, hoor,' zei hij stug, maar toen glimlachte hij schaapachtig. 'Maar sorry, je hebt gelijk, ik schrok een beetje toen je zei wat voor werk je doet.'

'Je bent niet de enige.'

'Sorry, het spijt me. Heb je zin om iets te gaan drinken?'

'Niet echt.'

Ze zag dat hij teleurgesteld keek en liep weg voordat ze zich kon bedenken.

27

Dat weekend deden Nancy en Felix de dingen die ze altijd in het weekend deden, de dingen die stellen horen te doen. De wekker stond een uur later dan door de week. Felix stond op en ging broodjes kopen. Nancy pakte een meloen en een mango uit de groentela. Ze maakte ze schoon en sneed ze in stukjes. Ze zaten een uur aan tafel te ontbijten, dronken koffie, en lazen elkaar kruiswoordomschrijvingen en oplossingen voor van hun telefoon.

Na het ontbijt deed Nancy de afwas. Felix pakte zijn sportschoenen, een short en een felgeel T-shirt en stopte alles in een tasje. Hij had met vrienden afgesproken om te gaan zaalvoetballen.

'Ga jij nog iets doen?' vroeg hij aan Nancy.

'Dat weet ik nog niet,' zei ze. 'Misschien een eindje wandelen.'

'Heb je met iemand afgesproken?'

'Nee.'

'Red je je wel?'

'Hoe bedoel je?'

'Je weet best wat ik bedoel. Toen je laatst dat dipje kreeg, was je ook in je eentje een eind gaan lopen. Dus vraag ik me af of het wel verstandig is om er in je eentje op uit te gaan. Denk je dat het nu wel goed gaat?'

Ze ergerde zich enorm aan dat 'dipje'. Het klonk als meisjesachtige aanstellerij. Maar ze zei er niets over.

'Natuurlijk gaat het goed,' zei ze, bestudeerd kalm. 'Lief dat je het vraagt.'

'Als je het leuk vindt mag je ook wel met mij mee.'

Ze moest lachen. 'Wat? Om naar een potje voetbal te kijken?'

Hij bloosde een beetje.

'Zo raar is dat toch niet? De andere jongens nemen soms ook hun vriendin mee.'

'Tot straks, Felix.'

Ze ging naar buiten en liep naar het park. Het was koud en het dreigde te gaan regenen, maar er waren meer mensen aan het wandelen, met kinderen, of met een hond. Ze zat een tijdje op een houten bankje voor zich uit te kijken en liet haar gedachten de vrije loop.

Toen ze terugkwam stond er een jongen voor de voordeur. Hij drukte een paar keer op een van de bellen.

'Ik kom voor Kira,' zei hij toen hij Nancy zag.

'Kira?'

'Ze neemt haar telefoon niet op.'

Hij had een breed, open gezicht en bruine ogen die haar aan een spaniël deden denken.

'Ze is er niet,' zei Nancy, om niet meteen met de waarheid te komen. 'Ben je een vriend van haar?'

'Eh, ja, soort van. Ik ben Ollie. We hebben een...' Hij maakte zijn zin niet af. 'Maar ik ben een paar dagen weggeweest en nu kan ik haar steeds niet bereiken. Weet je wanneer ze terugkomt?'

'Ze komt niet meer terug.'

'Is ze verhuisd?'

'Nee.' Nancy haalde diep adem. 'Ze is dood.'

Ze keek hem aan. Zijn gezicht verstarde en hij verbleekte.

'Wat zeg je nou?'

'Het spijt me. Ze is zondag overleden.'

'Maar ik snap het niet! Dat kan niet waar zijn! Het ging een paar dagen geleden nog prima met haar. Prima!' herhaalde hij. 'We hadden afgesproken dat ik langs zou komen zodra ik terug was.'

'Wanneer heb je haar voor het laatst gezien?'

'Vrijdag.'

'En toen ging het dus goed met haar?'

'Ze was...' Ollie zweeg, schudde woest zijn hoofd. 'Ik kan het gewoon niet geloven!'

'Ja, het is vreselijk.'

'Wat is er dan gebeurd? Een ongeluk of zo? Heeft een of andere klootzak haar aangereden?'

'Ze zeggen dat het suïcide was,' zei Nancy voorzichtig.

'Wat?'

'Dat denkt de politie.'

'Wat een onzin! Zo was Kira helemaal niet!'

'Hoe was ze dan?'

'Ze was vrolijk,' zei hij. 'Ze lachte altijd. Ik ken haar uit de bar waar ze werkte, ze was heel levenslustig.'

'Dat moet je tegen de politie zeggen,' zei Nancy. 'Ga naar het politiebureau en zeg dat je niet gelooft dat Kira zelfmoord heeft gepleegd.'

'Ja?'

'Maar zeg niet dat je mij hebt gesproken.'

'Sorry?'

'Als je over mij begint, geloven ze je vast niet meer.'

'Ik snap er niks van.'

'Je moet gewoon zeggen wat je tegen mij zei, dat ze zo vrolijk en levenslustig was en dat je er niets van begrijpt, maar laat mij erbuiten.'

Ollie deed een paar stappen opzij, bij haar vandaan, met een verbijsterd gezicht. Hij draaide zich om en liep weg. Nancy keek hem na, maar ze deed niets. Kira was haar probleem niet meer.

Die avond bestelden ze eten en keken naar de eerste paar afleveringen van een Spaanse tv-serie die een vriend van Felix hun had aangeraden. Felix dronk bijna een hele fles wijn leeg. Nancy mocht eigenlijk niet drinken, vanwege haar medicatie, maar ze schonk toch een glas voor zichzelf in en negeerde zijn verbaasde blik.

'Vind je het wat?' vroeg Felix toen de tweede aflevering afgelopen was.

'Mwah.'

'Het is wel even doorbijten, vrees ik. Volgens mij zijn er vier seizoenen, misschien vijf. Dat is dus...' Hij dacht even na. 'Ongeveer twee dagen van je leven.'

'We kunnen ook wel iets anders proberen,' zei Nancy, maar ze wist dat ze dat toch niet gingen doen. Ze keek op haar horloge. 'Misschien ga ik nog even naar dat feestje van Frankie.'

'Maar het is al bijna halftwaalf, en dat is helemaal aan de andere kant van Londen.'

'Nou en?'

'Ik vind dat je dat nog niet aankunt. Nog niet.'

'Mag ik dat zelf uitmaken? Ik heb zin om mijn vrienden te zien.'

'Je cokesnuivende vrienden?'

'Wat? Je bedoelt mijn leuke, vrolijke vrienden,' zei ze. 'Die belangrijk voor me zijn.'

'Nancy,' zei Felix. 'Als ik je nou vraag, voor deze ene keer, om vanavond thuis te blijven, gezellig met mij? Je hebt net nieuwe medicatie, het is de laatste tijd allemaal zo vreemd gelopen, ik vind het gewoon niet verstandig.'

Nancy wilde tegen hem zeggen dat hij dat niet moest vragen. Maar dat deed ze niet. Het was maar één feestje, één zaterdagavond, zo belangrijk was het niet.

Ze zou het liefst tegen Felix willen zeggen dat hun relatie voorbij was, dat ze het uit wilde maken, maar ze hield haar mond. Daar moest ze een goed moment voor kiezen, niet zomaar op een zaterdagavond tijdens een woordenwisseling.

Op zondag gingen ze naar het Tate Modern, en Nancy genoot van de twee uur gelukzalige stilte, alleen met de schilderijen die ze bekeken. Daarna liepen ze langs de rivier en lunchten in een kleine bistro op de South Bank. Onder het eten kreeg ze heel even twijfels, en een gevoel van spijt. Had het niet anders kunnen lopen tussen hen? Was dit niet gewoon zoals een goede relatie bedoeld was? Maar toen keek Felix om zich heen en onderbrak haar gemijmer.

'Kijk eens goed,' zei hij.

'Waarnaar?'

'Naar de bediening. Naar de koks, daar in die open keuken. De barman achter de toog, en er zijn vast nog meer mensen die we niet zien, de afwassers en zo. Kun je je voorstellen wat een geld het kost en wat je allemaal moet regelen om zo'n tent te runnen? En dan hebben ze hier nog een enorm schaalvoordeel. Volgens mij zijn er in het hele land wel vijftig vestigingen van deze keten, allemaal met dezelfde menu's, ze kopen dus alles in het groot in. Maar toch blijft het een struggle.'

Toen hij zo begon, verdwenen Nancy's twijfels meteen weer.

'Heb je het nou eigenlijk over mij?' vroeg ze vermoeid.

Zwijgend aten ze hun pasta op. Zwijgend gingen ze met de bus naar huis. Felix keek op zijn telefoon en Nancy staarde uit het raam. De woorden lagen op het puntje van haar tong. Het is voorbij. Ze zag al voor zich hoe hij zou kijken. Ze voelde zich slecht, haast een moordenaar.

Thuis rommelden ze maar wat aan, ze leken het allebei moeilijk te vinden om echt iets te gaan doen. 's Avonds aten ze roerei met restjes uit de koelkast.

'Wil je iets kijken?' vroeg Felix.

De druk in haar binnenste werd onhoudbaar, ze had het gevoel dat ze op ontploffen stond. Ze haalde diep adem om wat rustiger te worden. Waarom vond ze het zo moeilijk? Ze wist gewoon zeker dat het moest gebeuren. 'Misschien kunnen we even praten.'

'Oké.'

Op dat moment klonk er een ping uit zijn telefoon. Hij keek op het schermpje en draaide zich van haar weg om een berichtje te beantwoorden.

'Felix.'

'Sorry, dit is zo klaar.'

Ze wachtte terwijl hij maar bleef tikken.

'Ik heb een beetje hoofdpijn,' zei ze na een tijdje. 'Ik ga naar bed.'

Felix draaide zich om en keek haar doordringend en onderzoekend aan. 'Gaat het wel?'

'Ik heb gewoon echt hoofdpijn.'

'Maar het was wel een leuke dag, toch? En een leuk weekend?'

Het voelde alsof hij iets evalueerde wat echt voorbij was.

'Ja hoor,' zei Nancy. 'Lekker rustig.'

Toen Felix ook naar bed ging lag Nancy nog wakker, maar ze deed alsof ze sliep. Ze bleef lange tijd in het donker voor zich uit kijken, met Felix rustig en nietsvermoedend naast haar. Morgenmiddag, als hij thuiskwam van zijn werk, ging ze zeggen dat het voorbij was. Dat had ze al veel eerder moeten doen. Het was een goede en lieve man en ze was aan hem gehecht. Maar ze had haar vrijheid nodig.

28

De volgende ochtend had Nancy het gevoel dat het licht harder was, helderder, scherper. Of lag dat alleen aan haar stemming?

Het was in alle opzichten een gewone maandagochtend, maar toen Felix de voordeur opendeed om weg te gaan draaide hij zich om en keek Nancy doordringend aan. Ze begon een enorme hekel aan die blik te krijgen. Hij wilde iets zeggen maar deed het niet, hij liep naar haar toe en omhelsde haar, heel lang. Ze werd erdoor van haar stuk gebracht, maar ze wilde hem niet wegduwen. Losjes hield ze hem vast en ze gaf hem een licht klopje op zijn rug. Hij verbrak de omhelzing, knikte nog even en vertrok.

Nancy voelde zich enorm opgelucht. Ze had de hele dag de tijd, maar besloot meteen in actie te komen. Uit de kast in de slaapkamer haalde ze twee weekendtassen. Dat moest genoeg zijn. In de woonkamer begon ze die in te pakken, langzaam en systematisch. Het was de vraag hoe Felix zou reageren op haar vertrek, dus ze wilde niet iets vergeten wat ze echt niet kon missen. Alles meenemen kon niet, maar ze moest zorgen dat ze genoeg had voor de eerste paar weken, misschien voor een maand. Ze moest zichzelf er steeds aan herinneren dat ze niet voor een vakantie aan het pakken was, maar aan een nieuw leven ging beginnen. Vastberaden neuriënd liep ze heen en weer om alles te verzamelen.

Toen de bel ging, raakte ze even in paniek. Was het Felix die om de een of andere reden terugkwam en zijn sleutel was vergeten? Hij mocht niet zien dat ze haar koffers aan het pakken was. Ze drukte op de knop om de buitendeur te openen en hoorde de deur open- en weer dichtgaan, gevolgd door voetstappen op de trap. Toen ze de voordeur opendeed, zag ze iemand staan die ze zó niet had verwacht dat het even duurde voordat ze hem herkende.

Nancy deed een stap achteruit. Haar psychiater, Roland Lowe, kwam binnen.

Van verbazing wist ze even geen woord uit te brengen. Ze had hem nooit ergens anders gezien dan in zijn spreekkamer in de kliniek. Hij droeg een lange lichtbruine jas en zijn gezicht was rood van de kou. Hij keek even om zich heen.

Nancy was enorm geschrokken en verward, maar hij leek zelf ook niet erg op zijn gemak. 'Wat een verrassing,' zei ze, met een nerveus lachje. 'Ik wist niet dat u huisbezoeken aflegde. Ben ik een afspraak vergeten?'

'Nee hoor, dat niet.' Hij keek naar de tassen op de grond. 'Ben je aan het pakken?'

'Ja, maar dat is alleen maar goed nieuws,' zei ze. 'Ik heb besloten om weer mijn eigen leven te gaan leiden. Ik ga verhuizen en ik wil weer een restaurant beginnen.'

Daar reageerde hij vreemd op. Hij glimlachte of knikte niet, maar keek haar alleen aan alsof hij probeerde te bepalen of hij haar medicatie moest verhogen of verlagen.

'Dat klinkt erg onverwacht,' zei hij.

Ze lachte weer, maar haar lach klonk gespannen. 'Ik zou zeggen dat dat mijn eigen zaken zijn, niet de uwe.'

Opnieuw keek hij haar ernstig aan, zonder te lachen of zich te verdedigen.

Het was steeds vreemder dat hij hier voor haar stond. 'Sorry, maar wat doet u hier eigenlijk?' vroeg ze nerveus. 'Als u me wilde spreken had u toch gewoon kunnen bellen om een afspraak te maken?'

Hij mompelde iets, alsof hij niet de juiste woorden kon vinden.

'Ik doe dit niet zomaar,' zei hij toen. 'Ik bedoel, ik ga niet zomaar op huisbezoek. Maar ik heb een paar berichten gekregen. Nogal alarmerende berichten.'

'Over mij?'

'Ja.'

'Maar van wie dan? Wie doet zoiets?'

De psychiater friemelde nerveus aan zijn jas, Nancy zag dat hij hem verkeerd had dichtgeknoopt, waardoor de voorpanden aan de onderkant niet aansloten.

'Soms,' zei hij, langzaam en met nadruk, 'soms verkeert iemand in een crisissituatie en dan is rust, gecontroleerde rust, de aangewezen oplossing om zo'n crisissituatie te boven te komen.'

'Ik begrijp niet wat dat met mij te maken heeft,' zei Nancy. 'Ik verkeer helemaal niet in een crisissituatie. Ik voel me een stuk beter en ik wil graag verder met mijn leven.'

Lowe keek naar de half ingepakte tassen. 'Verder met je leven overhoopgooien?'

'Noem het zoals u wilt, maar het is mijn leven. Ik snap nog steeds niet wat u in mijn huis doet.' Ze hoorde zelf dat er iets paniekerigs doorklonk in haar stem. 'Ik weet echt niet waar u het over heeft. Ik ben bij u geweest na die lichte terugval, u hebt mijn dosering een klein beetje verhoogd en dat werkt prima.'

Hij fronste zijn wenkbrauwen. 'Nancy, is het waar dat jij hebt ingebroken bij een buurvrouw, het huis waar zij suïcide heeft gepleegd?'

'Waar hebt u het over? Wat hebt u daarmee te maken?' Ze haalde diep adem. 'Maar goed, ik zal het uitleggen. Ik kwam net thuis op het moment dat de schoonmaaksters weggingen, en toen ik zag dat ze haar deur open hadden laten staan ben ik even naar binnen gegaan.'

'En er is ook gezien dat je in haar vuilnis zat te wroeten.'

'Heeft die eikel van een Barney dat gezegd, of Dylan? Of Michelle?

En hoe hebben die u weten te vinden?'

'Wie er contact met mij heeft opgenomen doet niet ter zake. Is het waar?'

'Hebt u soms ook al gehoord dat een andere buurman beweert dat ik hem probeerde te verleiden? Hebt u daar ook een verslag van gekregen?'

Lowe zweeg even en keek nadenkend. 'Nee,' zei hij ten slotte. 'Nee, dat heb ik niet gehoord.'

'Het doet er ook helemaal niet toe. Het doet er allemaal niet toe.'

'Alles doet ertoe,' zei de psychiater, 'en het algehele beeld dat eruit naar voren komt baart mij grote zorgen.'

Het bleef lange tijd stil. Lowe bleef haar aankijken. Ze voelde zich net een dier in de dierentuin.

'Nancy.' Zijn stem klonk ernstig en zacht, alsof hij een rechter was die een oordeel ging vellen. 'Het is mijn weloverwogen mening dat je psychische hulp nodig hebt. En wel nu. Wil je mijn advies opvolgen en je vrijwillig een tijdje laten opnemen in de kliniek om te herstellen?'

'Wat de fuck! Naar de kliniek? Nee! Nee, natuurlijk niet!'

'Dat vermoedde ik al.'

'Dan had u gelijk,' zei Nancy. 'En nu wil ik dat u weggaat, en als u dat niet doet dan bel ik de politie.'

'Een moment, alsjeblieft,' zei Lowe. Hij haalde zijn telefoon uit zijn zak. Hij hield hem voor zich en begon er op een wat onhandige manier iets op te tikken, alsof hij niet aan het ding gewend was.

'Als u een Uber wilt bellen, doe dat dan maar buiten. En rot op, ik hoef u nooit meer te zien.'

De psychiater stopte zijn telefoon in zijn zak en bleef staan, schijnbaar in gedachten verzonken.

'Ik zei: rot op! U hebt het recht niet om hier te zijn!'

De bel ging weer. Ze schrok ervan. Lowe liep naar de deur, maar hij ging niet weg. In plaats daarvan bekeek hij de knoppen op het bedieningspaneeltje aan de muur.

‘Met welke knop kun je de buitendeur openen?’ vroeg hij, en hij drukte ze allebei in.

‘Wat? Oprotten zei ik!’

Er klonken voetstappen op de trap, van meerdere mensen, en ze kwamen dichterbij. Lowe deed de voordeur open en liet twee mensen binnen, een man en een vrouw. Nancy zag dat er achter hen nog twee mensen stonden, maar die bleven op de gang staan. Lowe deed de deur wat meer dicht, maar liet hem op een kiertje openstaan.

De man en de vrouw waren gekleed op het koude weer, de man in een grijze duffelse jas en de vrouw in een lange bruine winterjas die bijna tot op haar enkels viel. Verbluft keek Nancy ze aan, en zij keken op hun beurt nieuwsgierig en met een soort liefdevolle aandacht naar haar. Dat laatste vond ze het alarmerendste. Ze stak afwerend haar handen naar voren.

Ze waren ongeveer even oud als zij, en het leken haar het soort mensen met wie ze bevriend zou kunnen zijn. De man had sluik bruin haar en een vlassig baardje. De vrouw was vrij lang en ze droeg haar asblonde haar in een slordige knot.

‘Nee,’ zei Nancy. ‘O nee, nee!’

‘Nancy, ik ben Imogen Boyce,’ zei de vrouw met zachte, heldere stem. ‘Ik ben een van de huisartsen in de groepspraktijk waar jij ingeschreven staat.’

‘Ik heb jou nog nooit gezien.’

‘Het spijt me,’ zei dokter Boyce, ‘ik snap dat dit heel vervelend voor je moet zijn.’

‘Nee,’ zei Nancy. ‘Ga weg. Jullie allemaal. Ik ben aan het pakken, dat zien jullie toch? Ik ga een nieuw leven beginnen.’

‘En ik ben Steve McDonnell.’ De man kwam een stap dichterbij. ‘Ik ben psychiatrisch verpleegkundige.’

‘Jullie hebben hier niets te zoeken, jullie allemaal niet. Dit is een misverstand.’ Het bloed steeg haar door de groeiende angst en paniek naar het hoofd; ze probeerde rustiger te praten, rationeel over te komen, maar haar knieën werden zo slap dat ze bijna omviel.

Imogen Boyce stak haar arm uit om haar te ondersteunen, maar Nancy duwde haar weg.

'Dit is mijn huis en ik vraag jullie om te vertrekken. Als jullie met mij willen praten kunnen jullie een afspraak maken, dan kom ik wel naar de kliniek.'

Lowe keek naar de huisarts en de psychiatrisch verpleegkundige, en daarna weer naar haar, met een resolute, meer emotieloze blik. Toen hij weer iets zei, klonk het alsof hij een uit het hoofd geleerd tekstje opzei.

'In het belang van je eigen welzijn en veiligheid en dat van anderen oordeel ik dat je gedwongen moet worden opgenomen, volgens de Wet verplichte geestelijke gezondheidszorg.'

'Dat kunt u niet doen. Ik ken mijn rechten, ik weet zeker dat u dat niet kunt doen. U bent in overtreding, dit is machtsmisbruik! U kunt mij alleen laten opnemen als ik een gevaar vorm voor mezelf of voor anderen. En dat is niet zo. Dat kunt u niet bewijzen.'

'Nancy,' zei Steve McDonnell. 'Natuurlijk mag je voor je rechten opkomen en ik zal ervoor zorgen dat er een juiste beslissing wordt genomen zodra er genoeg informatie is verzameld. Niemand is van plan om jou tegen je wil op te nemen als dat niet nodig is.'

'Laat me dan met rust,' zei Nancy. 'Ga weg, jullie zullen nooit meer iets van me horen.'

'Er zijn meerdere zorgen geuit. Je schijnt in de waan te verkeren dat de jonge vrouw die hier suïcide heeft gepleegd onder verdachte omstandigheden is overleden. Dat heb je tegen de politie gezegd en ook tegen je buren.'

'Maar dat wil toch niet zeggen dat ik gek ben? Wat als ik gelijk heb?'

Ze zag meteen aan de sombere blik in de ogen van McDonnell dat ze dat beter niet had kunnen zeggen.

'Bovendien vertoon je onbesuisd, irrationeel en onverantwoordelijk gedrag, volgens je vrienden.'

'Welke vrienden?'

‘En je buurvrouw, Michelle Strauss, heeft melding gemaakt van je gedrag bij jullie laatste ontmoeting.’

‘Michelle? Wat heeft zij er nou mee te maken? Toen ik hier net kwam wonen was ze nog een aardige buurvrouw, heel behulpzaam, maar ze heeft zich plotseling tegen mij gekeerd. Net als die onaangename man van haar.’

‘En heb je daarom tegen haar gezegd dat je haar gaat vermoorden? Of zelfmoord gaat plegen?’

‘Wat?’ riep Nancy verbijsterd uit. ‘Vermoorden? Dat heb ik helemaal niet gezegd!’

‘Je ontkent dat er een woordenwisseling is geweest?’

‘Nee, dat is wel zo. We hebben inderdaad woorden gehad. Maar dat heb ik absoluut niet gezegd. Heeft zij dat jullie wijsgemaakt?’

‘Dus je beweert dat het niet waar is?’

‘Natuurlijk is het niet waar. Waarom zegt ze zoiets?’ Nancy werd duizelig en misselijk van de schrik. Ze keek van de een naar de ander. ‘Ze wil me uit de buurt hebben zodat ik geen problemen veroorzaak. Jullie moeten me geloven. Echt! Ze liegt, en ik weet wel waarom.’

Ze keek naar de huisarts: die vrouw met dat aardige maar wat vermoeide gezicht zou toch wel inzien dat ze gelijk had?

‘Jij gelooft me toch wel?’

‘Alsjeblieft,’ zei McDonnell, en hij stak zijn hand op. Maar ze ging door.

‘Dit bewijst alleen maar dat ik de hele tijd al gelijk had. Michelle wil mij het zwijgen opleggen, en dat betekent alleen maar dat ze iets weet. Zij weet wie Kira heeft vermoord.’

Ze zweeg. Het werd heel stil.

‘Het is echt beter dat je wordt opgenomen,’ zei McDonnell met een misselijkmakende vriendelijkheid.

‘Nee, ik wil niet worden opgenomen, dat kan ik niet, echt niet. Ik doe alles wat jullie zeggen, maar stuur me daar alsjeblieft niet weer naartoe.’

'Daar ben je veilig, en dan kun je beter worden.'

'Jullie kunnen me niet dwingen. Ik ben volwassen, ik heb het recht om een behandeling te weigeren.'

'Volgens de Wet verplichte geestelijke gezondheidszorg heb je geen keus, maar als je eenmaal bent opgenomen heb je wel het recht om in beroep te gaan.'

'Felix zal dat ook zeggen,' zei Nancy radeloos. 'Hij kan ook garanderen dat ik niet gevaarlijk ben. Bel Felix dan op!'

'Hij staat buiten,' zei de psychiater. 'Hij staat buiten te wachten.'

'Wat bedoelt u, hij staat te wachten?' Ze kreeg het plotseling ijskoud en ze begon te rillen. 'Waarom?'

Maar ze wist het al. Zelfs voordat Felix binnenkwam en ze zag dat hij haar niet durfde aan te kijken, voordat ze de tranen op zijn wangen zag, wist ze het.

'Jij was het,' zei ze. 'Heb jij dit gedaan? Jij?'

'Lieve Nancy.' Hij stak smekend zijn handen uit.

'Jij,' herhaalde ze.

'Kun je alsjeblieft even...'

'Praat niet tegen me. Raak me niet aan. Niemand. Ik zei nee.' Ze keek om zich heen en probeerde haar jas te pakken. 'Jullie zeggen dat ik geen keus heb? Nou, dat zullen we nog eens zien. Ik ga nu weg.'

Ze duwde Lowe en Felix aan de kant en liep naar de deur. Toen ze die opentrok, zag ze twee potige verpleegkundigen staan.

'Waag het niet,' zei ze, met een lage, dreigende stem. 'Ik waarschuw jullie.'

Maar toen ze zich tussen hen door wilde wurmen, werd ze hardhandig aan beide armen vastgegrepen en met haar voeten bijna van de grond mee naar binnen gesleurd en op de bank gezet. De mannen knielden aan weerszijden van haar op de grond en hielden haar in bedwang. Ze probeerde zich los te rukken, maar ze hielden haar stevig vast. Ze probeerde ze te schoppen, ze probeerde een van de mannen een kopstoot te geven. Ze gilde het uit, ze schreeuwde en vloekte. Misschien dat iemand op straat dat zou horen en de politie zou bellen.

Een van de mannen keek haar verontschuldigend aan, en drukte toen zijn hand op haar mond. Ze probeerde hem te bijten.

'Voorzichtig,' zei Lowe, 'pas op dat ze niet stikt.' Hij boog zich over haar heen. 'Nancy, we nemen je mee naar de kliniek. Als je niet meewerkt, ga je onder dwang mee. En als je blijft gillen, moeten we je verdoven. Begrijp je me?'

Hij knikte naar de man, die zijn hand van haar mond haalde.

'Godverdomme, fuck off, klootzakken!' schreeuwde ze. 'Laat me los! Jullie kunnen dit niet maken!' Ze schreeuwde het uit, huilend, maar de hand werd weer op haar mond gedrukt. Toch bleef ze terugvechten, ze bleef schreeuwen. Dit moest stoppen. Ze liet zich niet zomaar meevoeren. Ze gaf het niet zomaar op.

Door haar tranen en misschien ook door haar woede werd alles vaag. De gestalte van Lowe bewoog naar achteren, werd kleiner, maar kwam vervolgens weer dichterbij. Toen voelde ze iets kouds op haar bovenarm, een kou die door haar arm trok. Alles werd nog waziger. Het drukkende gewicht op haar mond verdween, ze probeerde weer te schreeuwen, maar dat lukte niet. Ze hoorde een zacht gekreun, het leek van iemand anders te komen, iemand ver weg in een andere wereld.

Ze merkte dat dit lichaam, dat niet meer helemaal aan haar toebehoorde, werd opgetild. Nog steeds deed ze vruchteloze pogingen om zich te verzetten. Ze ging niet meewerken. Ze maakte zich loodzwaar. Dan moesten ze haar maar meeslepen.

Wie het deed, of hoe, dat wist ze niet, maar iemand tilde haar voeten van de grond. Ze probeerde ze los te trekken, en ze kreunde als een stervend dier. Toen stootte ze haar hoofd ergens aan. Aan de deurpost waarschijnlijk, drong het tot haar wazige hoofd door. Ze werd verder gedragen, ze hoorde zware voetstappen op de trap, en voelde de koude buitenlucht.

Heel even gebeurde er niets, tot er vanuit de mist, de mist die als iets uit een droom was, iets uit een andere wereld, het gezicht van Michelle opdoemde, die van bovenaf op haar neerkeek. Dat was het laatste heldere moment, als een opening in de wolken waardoor je plotseling de maan ziet verschijnen. Michelle, die met een triomfantelijke blik naar haar keek.

En daarna werd alles eerst grijs en daarna zwart.

DEEL TWEE

29

Ze zat in een droom waar ze niet uit wakker kon worden. Reusachtige vormen bewogen zacht om haar heen, haalden geluidloos naar haar uit. Koude witte handen raakten haar aan. De aarde zat vol slijmerige, kronkelende dingen die haar aanklampten.

Golven van pijn in haar hoofd, die bonkten en beukten.

Een plotseling licht brandde achter haar oogleden, maar door de slaap in haar ogen kon ze die niet openen, kon ze haar uitgedroogde lippen niet van elkaar krijgen om te praten.

Metalige smaak in haar mond, van bloed.

Stank in haar neus, zwaar en zoet, alsof ze haar eigen wegrottende lichaam rook.

Het was stil. Maar toen hoorde ze een schreeuw van heel ver weg, een dier in de val leek het wel. Plotseling was het weer stil, maar dat was bijna nog erger.

Ze was hier eerder geweest, in deze droom. Dezelfde nare smaak in haar mond, dezelfde smerige geur in haar neus, en een mond zo droog dat ze hem niet kon openen. Ze had water nodig, maar ze kon haar lippen niet bewegen om dat te vragen.

Haar huid jeukte en prikte. Haar buik deed pijn, alsof zich in haar ingewanden een dier schuilhield.

Heel langzaam opende ze haar vastgeplakte ogen; eerst was het donker, maar langzamerhand zag ze een streep licht rond de omtrek van de deur en ontwaarde ze de vorm van de kamer, vierkant en leeg: alleen vier muren, een hoog raam, een deur, een bed.

Ze lag in het bed, in deze kamer, ergens, in een gebouw, maar wat was er gebeurd? Ze probeerde dingen te vinden die een naam en een vorm hadden, iets om zich aan vast te klampen bij haar stijgende paniek en de pijn die door haar hoofd golfde.

Ze was Nancy North, Nancy naar haar grootmoeder en North zoals de Noordster en de Noordpool. Ze was drieëndertig jaar. Ze had donkerblond haar en haar ogen waren bij een bepaald licht blauw en bij ander licht grijs. Ze had een moedervlek op haar linkerbil. Ze was één meter zestig lang en ze was kok.

Geweest. Ze was kok geweest. In een vorig leven.

In gedachten zag ze haar restaurantje voor zich, de keuken met rammelende pannen, geurende dampen, prachtige Japanse messen, haar stamper van olijfhout. Ze dacht aan asperges, aan eieren die ze liet schrikken en dan pelde, aan zure borrelende gist, aan bloem die uit een zeef neerdaalde en een bergje vormde. Ze voelde dat haar wangen nat werden.

Ze had geen restaurant meer. Ze was ziek geweest. Ze was ziek geweest en ze had alles verloren en ze hadden haar opgesloten. Net als toen. Of misschien hadden ze haar nooit vrijgelaten. Misschien had ze dat alleen maar gedroomd.

Maar nu ontstond er een bres in de leegte waar herinneringen doorheen begonnen te sijpelen. Nancy bleef stil liggen en wachtte tot die herinneringen zich aaneenregen en begrijpelijk werden.

Verhuisdozen. Een lichaam dat ze door een deuropening heen zag bungelen. Groene schoenen met gele veters. Een bang gezicht. Niemand is veilig. Vingers die zich in haar vlees boorden. Valse gezichten, gefluister. Een moeder die bij haar aan tafel zat en het uitschreeuwde. Iemand die haar probeerde te zoenen. Een huilende baby. Een gebruikt condoom, verborgen in haar vuist. Een man die kreunend uithaalde naar een boksbal in de tuin, steeds opnieuw. Iemand die medelijdend en verwijtend naar haar keek. *Lieve Nancy.*

Alsjeblieft. Je bent een gevaar voor jezelf en voor anderen. We proberen je alleen maar te helpen. Help me. Potige verpleegkundigen voor haar deur. *Nancy North, wil je alsjeblieft met ons meegaan.*

Ze ging zitten. De pijn bonkte als een sloopkogel door haar hoofd. Haar ribben deden pijn.

Felix, dacht ze. Felix had haar dit aangedaan. Michelle had gelogen en Felix had haar laten opsluiten. Ze zat opgesloten in het donker en hij had haar hierheen gestuurd.

Nancy deed haar uiterste best om uit de chaos een logisch verhaal te destilleren. Als het eenmaal een logisch verhaal werd, waarin het een tot het ander leidde, dan zouden andere mensen het begrijpen. Ze zouden inzien dat het niets met een psychose te maken had. Er was een jonge vrouw vermoord. Nancy was betrokken geraakt bij het verhaal van iemand anders. Ze wist dat Kira was vermoord, want dat was waarom ze nu opgesloten zat: iemand wilde dat het leek alsof ze gek was, zodat niemand naar haar zou luisteren, niemand haar zou geloven. Dat ze opgesloten zat was het bewijs dat Kira was vermoord, en de moord was het bewijs dat ze niet gek was.

Kon ze mensen maar duidelijk maken dat ze juist doordat ze het niet was voor psychotisch werd uitgemaakt, dan zouden ze haar wel laten gaan.

Maar dat klonk raar. Het klonk gestoord.

Ze moest het verhaal goed zien te krijgen, want ze kon hier geen seconde langer meer blijven, anders werd ze echt gek, dan zou ze worden wat ze zeiden dat ze was. Ze moest de woede en de angst zien te onderdrukken en zich concentreren op kalme, rationele verklaringen. Ik ben Nancy North en ik ben niet gek. Mensen proberen me voor gek te verklaren omdat ik de waarheid ken. Alleen was dat precies wat mensen die echt gek zijn ook altijd zeggen.

Na een tijd verbleekte de enkele ster achter het hoge raam en werd het lichter. Er klonken geluiden. Verkeersgeruis in de verte. Een vogel buiten. Snelle voetstappen in de gang. Nancy stelde zich allemaal gangen voor met een luikje in de deur waar van buitenaf naar binnen kon worden gekeken. Ze kon zich nergens verstoppen. Ze wilden hier naar binnen kijken, zelfs in haar hoofd, om de geheimen te zien die ze daar bewaarde, haar domme hoop en haar verlangens. Ze drukte haar hoofd in het kussen en kneep haar ogen dicht.

'Nancy. Nancy. Ben je wakker?'

Een vrouwenstem. Noordelijk accent. Vriendelijk – in elk geval niet onvriendelijk.

Nancy draaide zich om en deed haar ogen open. Ze kwam half overeind, knipperend, duizelig. De hoofdpijn was afgezwakt tot een dof, kloppend gevoel. Ze voelde zich broos, klein, nietig.

Ze probeerde iets te zeggen. Het kwam eruit als een droge grom, maar de vrouw begreep het, schonk een bekertje water in uit een kan en reikte het haar aan.

Nancy dronk gretig, het water droop over haar kin. Ze keek naar haar rechterpols, maar haar horloge was weg. Ze wist nu weer dat ze het haar hadden afgenomen toen ze hier werd gebracht. Net als haar halsketting, haar oorbellen, alles.

'Hoe laat?' vroeg ze.

'Het is bijna negen uur. Je hebt urenlang geslapen.'

Daar had ze geen idee van gehad. Ze was bedwelmd, gedrogeerd in een bewusteloze toestand die minuten maar ook jaren had kunnen duren.

'Tijd voor je medicijnen.' Ze hield haar een klein plastic bakje voor waar vier roze pillen in zaten.

'Nee,' zei Nancy.

'Het zijn gewoon...'

'Absoluut niet.'

'Doktersvoorschrift,' zei de vrouw. Nu klonk haar stem niet meer zo vriendelijk.

'Jullie proberen me alleen maar weer knock-out te krijgen.'

'De dokter komt zo en die legt het allemaal uit.' Ze stak de pillen wat verder naar voren, bijna onder Nancy's neus. 'Met deze medicijnen word je wat rustiger.'

'Ik wil niet rustiger worden. Ik wil vertellen wat er aan de hand is. Het is belangrijk.'

'Dat kun je straks doen,' zei de vrouw. 'We moedigen patiënten altijd aan om hun verhaal te doen. Dat is goed voor het herstelproces.'

'Ik hoor hier helemaal niet. Het is een misverstand. Ze willen me de mond snoeren.'

'Nancy, wij willen je alleen maar beter maken.' Nu praatte de vrouw alsof Nancy een klein kind was dat op het punt stond een driftbui te krijgen. 'Je was heel erg boos toen je hier gisteren werd binnengebracht. Maar je moet je geen zorgen maken. Wij zijn er voor jou.' Ze rammelde uitnodigend met de pillen.

'Wat moet ik zeggen om geloofd te worden?' Nancy keek naar het onverzettelijke gezicht van de vrouw. 'Niets? Is er echt niets wat ik kan zeggen of doen om hier weg te komen?'

'Ik kom je alleen maar je medicijnen brengen.'

'Ik heb geen medicijnen nodig. Er is niets met mij aan de hand.'

'Dat zegt bijna iedereen die hier net is.' Ze klonk strenger. 'Je weet toch dat we je kunnen dwingen als je ze niet vrijwillig inneemt? Dat wil je toch niet?'

'Geef ze maar hier.' Ze pakte het bakje aan en smeet de pillen door de kamer.

'Dat had je niet moeten doen.'

30

Alles was wazig, alle hoeken en randen voelden zacht. Nancy wist niet of de tijd heel langzaam of heel snel ging, of misschien zelfs stilstond. Maar toen hoorde ze voetstappen, het geluid van een sleutel in het slot, er kwamen mensen binnen in groene en witte kleding en ze gingen om haar heen staan. Ze werd vastgegrepen aan haar armen en benen, zodat ze zich niet meer kon bewegen.

'Wat doen jullie!' schreeuwde ze.

'Draai haar om,' zei een vrouw.

De kamer leek te gaan draaien. Ze keek nu niet meer naar een tl-buis in een bak met een metalen raster ervoor, maar ze werd met haar gezicht in het harde matras geduwd. Iets hards, een knoop, drukte tegen haar neus. Ze kon bijna geen adem krijgen. Er werd iets zwaars op haar rug geduwd, misschien iemands knie.

Dezelfde vrouwenstem weer, nu vlak bij haar oor.

'Jij bent geen braaf meisje geweest en wij houden niet van dat gekloot. Dat vinden wij ontzettend vervelend. Als jij je medicijnen niet inneemt, dan gaan we je dwingen, misschien dat je dan een lesje leert.' De stem klonk nu van iets verder weg, maar wel harder. 'Oké, trek haar broek omlaag.'

Ze voelde handen om haar middel, en haar broek en haar slipje werden naar beneden getrokken, tot op haar knieën. Ze voelde de koude lucht op haar huid. Ze wist dat ze naar haar keken, dat er mannen in de kamer waren. Haar mond werd in het matras gedrukt, dus ze kon niets zeggen. Het enige wat ze kon was schreeuwen en grommen als een dier. Ze kreeg een prik in haar bil, waarna zich een koud gevoel door haar aderen verspreidde. Haar broek werd weer omhoog gehesen.

Ze werd omgedraaid en ze zag de vage contouren van een gezicht.

'Als jij nog een keer gaat kloten, dan stoppen we je een week in de isoleer, begrepen?'

Nancy voelde dat ze wegzonk in een diepe vermoeidheid. Ze zweefde tussen een slaap die voelde alsof ze wakker was en een waken dat een droom leek. Geleidelijk aan werd ze zich bewust van haar omgeving. Ze bevond zich in een kamer, alleen. De deur was dicht. Soms werd er een luikje opengeschoven en dan zag ze ogen die naar haar keken. De muren waren vuilgroen en kaal, er was alleen een klein raam met tralies in de muur tegenover de deur, te hoog om erbij te kunnen of erdoorheen te kunnen kijken.

De kamer was helemaal leeg. Een paar keer – ze wist niet hoe vaak – was er een forse verpleegster binnengekomen die haar had meegenomen naar een wc op de gang. Nu ging de deur weer open, ze kreeg een dienblad met een plastic beker met thee, een appel en een geroosterde boterham met aardbeienjam. Ontbijt, dacht ze versuft, dan moet het dus ochtend zijn. Ze moest op het bed zitten, met haar rug tegen de muur en het dienblad op haar schoot. Toen ze alles op had, rammelde ze nog steeds van de honger, maar was die vieze droge, metalige smaak in haar mond tenminste weg.

De deur ging weer open en de verpleegster nam het blad mee.

'Je hebt een afspraak,' zei ze.

Nancy werd meegenomen door een gang met net zulke kamers als de hare. Het leek een gevangenis, of een soort kostschool. De verpleegster liep met haar door een woonkamer waar een groepje mensen voor de tv zat naar een deur. Ze haalde een bos sleutels uit haar zak en maakte de deur open. De sfeer achter die deur was plotseling heel anders, het leek er meer op een kantoor, er hingen prenten aan de muren en er stonden planten. De verpleegster liep naar een andere deur, klopte aan, deed open, en liet Nancy binnen. Toen ging ze weg en deed de deur achter zich dicht.

31

Nancy keek verbaasd om zich heen. Het was alsof ze was ontwaakt uit een nachtmerrie en ineens weer terug was in de echte wereld. De kamer was licht en er hing een vertrouwde sfeer. Een raam keek uit op een tuin. Ze zag een grasveld en een grote beuk. Aan een van de muren hing een grote foto van een vos – felle, krachtige rode kleuren – die over een bevroren meer liep.

Er zat een jonge vrouw in een leunstoel. Ze was ongeveer van Nancy's leeftijd, had kort bruin haar en sproetjes. Ze droeg een spijkerbroek en een knalgele trui met halflange mouwen. De vrouw glimlachte en gebaarde uitnodigend naar de bank die tegen de muur stond, tegenover de foto van de vos.

'Hoe gaat het met je?' vroeg ze. Ze klonk meer als een bezorgde vriendin dan als een dokter.

Toen Nancy iets wilde zeggen merkte ze pas hoe droog haar mond was. Ze klonk heel schor.

'Ik ben gedwongen opgenomen. Ze hebben me opgesloten en me onder dwang medicatie toegediend.'

'Dat spijt me,' zei de vrouw. 'Ik hoop dat we dat recht kunnen zetten.'

'Wie ben jij?'

'Ik heet Stef, Stef Cavendish. Ik werk hier als psychiater.'

'Je zei dat het je speet, wat bedoel je precies?'

De psychiater haalde een mobiel uit haar zak en legde die op de leuning van de bank.

'Vind je het goed als ik ons gesprek opneem? Het is ook prima als je dat niet wilt.'

'Graag,' zei Nancy. 'Ik wil juist graag dat wordt vastgelegd wat ik zeg.'

'Mooi zo.' De vrouw zette de opname aan en bleef even op het schermpje kijken. 'Volgens mij doet hij het.'

'Mag ik iemand opbellen?'

'Natuurlijk.'

'Mag ik een advocaat bellen?'

'Zeker.'

'Nu? Nu meteen? Mag ik nu iemand bellen?'

Dokter Cavendish glimlachte weer. 'Dat kunnen we allemaal regelen. Maar ik dacht dat we misschien eerst even konden praten over de reden dat je hier bent, dan kan ik een snelle voorlopige diagnose stellen.'

'Wat voor diagnose?'

'Begrijp je in welke situatie je verkeert?'

'Ik weet niet eens waar ik ben. Dat zou toch niet mogen?'

'Je bent in Oakwood Place.'

'Nooit van gehoord. Wat is dat? En waar?'

'Een gespecialiseerde kliniek voor geestelijke gezondheidszorg. In Kenton.'

'Kenton? Waar ligt dat?'

'Je hebt geluk gehad dat we plek voor je hadden.'

'Ik wil geen plek. Ik wil weg. Ik wil verder met mijn gewone leven.'

'Dat willen we allemaal. We willen allemaal dat je terug naar huis kunt zodra dat verantwoord is.'

'Ik heb niet gezegd dat ik terug naar huis wil.'

De psychiater trok geïnteresseerd haar wenkbrauwen op. 'Wat bedoel je?'

Nancy aarzelde. 'Dat is nu niet belangrijk. Ik vind dit heel moeilijk. Op dit moment vind ik het moeilijk om mensen te vertrouwen.'

'Hoe komt dat?'

Nancy gebaarde om zich heen. 'Omdat ik hier ben. Er zijn mensen die achter mijn rug om hebben samengespannen, ze hebben dingen verzonnen en overdreven en nu zit ik hier en ik kan niet weg.'

'Mag ik iets voorstellen?'

'Natuurlijk.'

'Je zegt dat mensen achter je rug om samenspannen. Ik vraag me af of je er ook op een andere manier tegen aan kunt kijken. Zou het niet kunnen dat je vrienden en buren je probeerden te helpen? Je wordt niet zomaar onder dwang opgenomen, dat gebeurt alleen in heel uitzonderlijke gevallen. Het komt erop neer dat iemand een gevaar voor zichzelf of voor anderen moet zijn. Ik heb de rapportage over jou gelezen en daaruit blijkt dat er meerdere mensen zijn die hun zorgen hebben geuit.'

'Ze willen van me af. Ze willen dat ik mijn mond hou.'

'Nancy.' Het klonk bijna verwijtend. 'Dat is toch niet iets wat vrienden zouden doen?'

'Wie zegt dat het mijn vrienden zijn?'

'Een van hen is jouw partner.'

Nancy keek naar de grond. Op de roodbruine linoleumvloer lag een kleurig kleed, een rood vierkant met een gele cirkel op een blauwe achtergrond. Ze keek weer op.

'Jullie weten vast dat ik eerder opgenomen ben geweest in een psychiatrische kliniek.'

'Ja.'

'En dat ik medicijnen voorgeschreven heb gekregen, en dat ik die regelmatig inneem en dat ik daar goed op reageer?'

'Dat heeft dokter Lowe mij verteld, ja.'

'Maar als mensen zoiets van je weten, dan kijken ze anders naar je. Als je iets ongewoons doet, of zegt, of als je een beetje verdrietig bent, of boos, dan denken ze dat je weer gek begint te worden. Je mag nooit meer een klein beetje afwijken.' Ze keek de psychiater indringend aan. 'Mijn vriend, Felix, je vroeg je af waarom hij mij dit zou willen aandoen. Ik denk dat hij het heerlijk vindt om voor mij te zorgen. Hij is zo iemand die bij wijze van spreken van katten houdt maar een kat altijd binnen opsluit, nooit naar buiten laat gaan, helemaal voor zichzelf wil houden.' Ze zweeg, en vroeg zich af of ze te veel had gezegd. 'Je vindt me vast paranoïde.'

Stef Cavendish boog zich naar haar toe. 'Denk je nu dat ik óók een van je vijanden ben?'

'Dat weet ik niet. Vind jij dat ik hier hoor?'

'Ik zou graag willen van niet.'

'Dat is geen antwoord.' Nancy praatte zo kalm als ze maar kon. 'Maak ik een gevaarlijke indruk?'

De psychiater maakte een wegwerpgebaar. 'Vergeet dat nu maar. Je hoeft me nergens van te overtuigen. Vergeet ook maar even dat ik psychiater ben. Doe gewoon maar alsof we vriendinnen zijn die samen een kopje koffie drinken en vertel me dan alles wat er de afgelopen tijd is gebeurd.'

Nancy was enorm opgelucht. Misschien kon het dan toch allemaal opgelost worden. Ze zei tegen zichzelf dat ze niet moest proberen om die psychiater te slim af te zijn, maar dat ze haar in vertrouwen moest nemen. En dus vertelde ze haar alles wat er was gebeurd sinds Felix en zij in dat appartement in Harlesden waren komen wonen. Dat ze zich ontheemd voelde in dat deel van Londen dat ze niet kende. Ze vertelde over die korte, lichte psychotische aanval, toen ze stemmen had gehoord en dingen had gezien, en over de ontmoeting met Kira. Ze vertelde dat ze enorm was geschrokken van haar dood. En over de vreemde, ongemakkelijke ontmoetingen met de buren.

Het voelde inderdaad alsof ze met een vriendin praatte die haar begreep. Stef Cavendish keek niet één keer misprijzend of geschokt. Ze knikte meelevend, ze glimlachte, ze keek nadenkend, maar ze onderbrak haar nooit, gaf geen commentaar, zelfs niet als Nancy even zweeg. En Nancy verzweeg niets. Ze besloot om ook de beschamende dingen op te biechten. Ze vertelde dat ze stiekem Kira's huis in was gegaan, ze vertelde over de ruzie op straat, het gebruikte condoom dat ze had gevonden, en haar groeiende overtuiging dat Kira geen zelfmoord had gepleegd.

'Op sommige dingen die ik heb gedaan ben ik niet trots,' zei ze tot slot. 'Ik heb fouten gemaakt. Maar die mensen hebben een reden waarom ze mij gedwongen hebben laten opnemen. Michelle Strauss heeft gezegd dat ik heb gedreigd haar en mezelf iets aan te doen, maar dat heeft ze echt uit haar duim gezogen. Ze zegt dat alleen omdat daar iets achter zit, en we moeten erachter zien te komen wat dat is. En ik heb het gevoel dat Felix niet wil dat ik weer herstel en dat ik dan verderga met mijn eigen leven. Ik was van plan om bij hem weg te gaan, ik was zelfs mijn koffers al aan het pakken toen ze mij kwamen halen. Dit is zijn manier om mij te houden. Zo zit het. Dat is mijn verhaal. Wat denk je?'

Dokter Cavendish knikte langzaam. 'Dank je wel,' zei ze. 'Dat was heel verhelderend.'

'Fijn. Maar zoals je zei heb ik dus het recht om iemand te bellen en ik heb ook het recht om mijn opname aan te vechten. Ik heb zo goed mogelijk meegewerkt en nu zou ik graag even iemand willen bellen.'

'Laten we niet te hard van stapel lopen.'

'Hoezo? Ik wil gewoon gebruikmaken van mijn recht.'

'Onze belangrijkste prioriteit is nu jouw gezondheid, die gaat boven alles.'

'Wat bedoel je daarmee?'

'Voorlopig wil ik alleen je medicatie aanpassen, misschien een klein beetje verhogen.'

'Bedoel je die antipsychotica waar ik dagen knock-out van ben geweest?'

'Dat is een kwestie van een goede balans vinden.'

'Waar heb je het over? Heb je helemaal niet geluisterd naar wat ik allemaal heb verteld?'

'Ik heb heel goed geluisterd en ik denk dat we er samen aan moeten werken om die psychotische aanvallen te voorkomen.'

'Maar ik bén helemaal niet psychotisch! Dat heb ik toch net verteld! Ik heb het onder controle. Ik ben hierheen gestuurd om te voorkomen dat ik de waarheid vertel.'

'Ja. Zoals ik net zei moeten we hier samen aan gaan werken. De eerste stap naar je herstel is inzicht in je ziektebeeld, je waanvoorstellingen, en ik wil graag dat je me laat zien dat je meewerkt. Allereerst door de medicatie in te nemen die ik je voorschrijf.'

Nancy kon het wel uitschreeuwen, ze wilde opspringen om die glimlachende vrouw tegenover haar die deed alsof ze een vriendin was door elkaar te schudden; ze moest zich met veel moeite beheersen om rustig te blijven.

'Ik ken die medicijnen. Ik weet er waarschijnlijk minstens zoveel van als jij, want ik heb ze gebruikt en jij niet. Ze zijn bedoeld om overduidelijk psychotische patiënten onder de duim te houden door ze half bewusteloos te maken. Maar ik moet een paar mensen opbellen die naar me willen luisteren zodat ik de situatie kan uitleggen en zij me kunnen helpen.'

'Wat jij moet doen is beter worden, en dat kan door mee te werken en je medicijnen in te nemen. Ik heb echt het beste met je voor.'

'Vergeet het maar,' zei Nancy fel. 'Doe maar niet alsof je een vriendin bent. Ik wil gewoon waar ik recht op heb. Geef me mijn telefoon zodat ik iemand kan bellen.'

'Ik denk niet dat je daar op dit moment verder mee komt.'

'Ik ga geen medicijnen meer innemen. Dan word ik net zo'n zombie als die mensen die daar de hele dag voor de tv zitten. Als je mij laat observeren zul je zien dat ik volkomen kalm en helder ben.' Ze merkte dat haar stem nu erg hard klonk. 'Kalm en helder!' herhaalde ze, nog harder.

'Wil je alsjeblieft niet gaan schreeuwen, dat helpt niet.'

'Ik schreeuw niet,' schreeuwde ze.

De psychiater moest zonder dat Nancy het merkte op een alarmknop hebben gedrukt, want de deur vloog open en er stonden plotseling een paar mensen in verpleeguniform om Nancy heen. Ze probeerde te zeggen dat ze zelf kon lopen, maar ze werd opgetild en de kamer uit gedragen, waarbij ze haar hoofd stootte aan de deurpost en even sterretjes zag. Ze wilde gillen, maar ze kreeg, al dan niet opzettelijk, een stomp in haar maag die haar de adem benam.

Terug in haar kamer werd ze weer op het matras gedrukt. Ze hoorde iemand lachen toen haar broek weer naar beneden werd getrokken, ze voelde een prik in haar bil en daarna daalde de grijze zachte wolk weer op haar neer.

32

‘Als ik hieruit kom,’ zei Nancy tegen de volgende behandelaar die ze zag, een man deze keer, een magere, nerveuze man met magere handen waarvan hij steeds de knokkels liet knakken, ‘ga ik een klacht indienen.’

‘Dat is uw goed recht,’ zei hij begripvol.

‘Ik ben onder dwang geïnjecteerd. Mijn telefoon is afgepakt. Ik word door het personeel behandeld alsof ik een beest ben. En waarom?’

‘Wat vervelend dat u dat zo ervaart.’

‘Ik ga hier enorme heibel over trappen. En de mensen die ervoor hebben gezorgd dat ik hier opgesloten zit zullen er spijt van krijgen.’ Haar stem brak. Ze hoorde de valse bravoure in haar stem. Maar de man tegenover haar spitste zijn oren.

‘Dat klinkt als een dreigement.’

‘Ja, omdat het ook een dreigement ís.’

‘U weet dat u hier bent opgenomen volgens de Wet verplichte geestelijke gezondheidszorg, dat houdt in dat u voor uw eigen veiligheid en voor die van anderen achtentwintig dagen kunt worden vastgehouden.’

‘Dat weet ik. Maar ik ben de tel kwijt. Hoelang zit ik hier al? Twee dagen? Drie? Hoelang moet ik nog blijven?’

‘Dat hangt van uzelf af.’

'Wat bedoelt u?'

'Als wij het gevoel hebben dat u nog steeds een gevaar vormt, voor uzelf of voor andere mensen, dan voorziet de wet in een langere opnameduur.'

'Nog langer? Hoelang?'

'Maximaal een halfjaar.'

'Nee.'

'En die periode kan worden verlengd.'

'Maar dat kán toch niet!'

'Wij willen allemaal dat u zo snel mogelijk weer naar huis kunt. Maar dat hangt ervan af of u goed meewerkt aan uw herstel. Of u de medicatie inneemt, of u inzicht hebt in uw ziekte.'

'Dus jullie kunnen me hier zolang houden als jullie maar willen?' Ze vroeg het zacht, bijna fluisterend.

'We kunnen u hier houden zolang als nodig is voor uw eigen bestwil, en in het belang van de veiligheid van andere mensen.'

'Maar hoe kan dat nou? Ik word hier gevangengehouden terwijl ik niets heb misdaan!'

'U bent patiënt. U moet blijven tot u genezen bent, tot u geen risico meer vormt.'

'Als jullie me hier houden, word ik gek!'

Die woorden bleven een tijdje in de lucht hangen.

'U moet leren inzien dat u ziek bent en u moet samen met ons aan uw herstel werken,' zei de psychiater. Hij zette zijn vingertoppen tegen elkaar aan en keek haar aan met een blik die ze niet kon peilen. 'Zolang als noodzakelijk is.'

Ze wist niet welke dag het was, hoe laat het was, hoelang ze hier al was. Ze lag op haar bed met een wazig, ellendig gevoel, haar ogen half gesloten, en ze luisterde naar de geluiden van buiten. Ze hoorde iemand huilen. Een verschrikkelijk geluid. Was er niemand om die vrouw te troosten?

Er sloeg een deur dicht. Een vrouw lachte. Ze had jeuk op haar kuit maar ze was te moe om haar hand ernaar uit te steken en te krabben.

Toen ze weer wakker werd had ze barstende hoofdpijn en deden haar ogen pijn door het schelle licht dat vanuit het getraliede raam naar binnen scheen. Ze voelde nog waar de injectienaald haar had gestoken. Ze rook de muffe geur van haar ongewassen lichaam. Ze keek wat ze aanhad: een wijde joggingbroek, een vaalgele sweater, gestreepte sokken die ze van Felix had gekregen. Haar mond veranderde in een starre grimas als ze aan Felix dacht.

Niemand geloofde haar. Niemand wilde naar haar luisteren. Iedereen, alle mensen daar in de buitenwereld die ze om hulp had gevraagd, hadden haar verraden. En hier werd alles wat ze zei door de verpleegsters en de therapeuten, zelfs door die vriendelijke psychiater met haar heldere, geïnteresseerde blik, beschouwd als een symptoom van haar stoornis. Hoe vaker ze zei dat ze hier niet thuishoorde, hoe meer die mensen ervan overtuigd raakten dat ze hier juist moest blijven. Telkens als ze beweerde dat ze volkomen gezond was, was dat volgens hen juist een bevestiging van haar ziekte.

Ze moest iemand vinden die ze vertrouwde, die haar geloofde, iemand die haar spreekbuis kon zijn. Iemand die voor haar zou vechten en haar hieruit kon krijgen. Ze zwaaide haar benen over de rand van het bed en ging rechtop zitten. Ze streek haar vettige haar naar achteren. Wie? Wie stond aan haar kant?

Bridie, zou ze een paar weken geleden hebben gezegd. Bridie en zij waren al jaren vriendinnen, ze hadden elkaar in moeilijke tijden geholpen. Maar Bridie had contact opgenomen met Felix nadat ze dat pand voor een nieuw restaurant hadden bekeken – als ze dacht aan die kleine, verwaarloosde ruimte waar ze iets moois van had willen maken, voelde ze een steek van verdriet en spijt. Ze had tegen hem gezegd dat ze zo hyper was. Hoe had Felix dat ook alweer genoemd? Megalomaan. Dus bij Bridie moest ze niet zijn. Misschien kon Sam of Delia haar helpen – maar zij waren er ook bij geweest, op die hoopvolle dag, en misschien waren zij het wel met Bridie eens. En Felix kwam al helemaal niet in aanmerking. Hij was haar grootste vijand, met zijn zoetsappige lach en die zachte, betuttelende stem. Hij noemde haar zijn 'schat' maar stopte haar hier weg.

De vrouw huilde nog steeds, maar nu zachter, het klonk verslagen. Nancy stond op, stak haar voeten in de sneakers onder haar bed, en liep naar de deur. Ze verwachtte dat die wel op slot zou zijn, maar hij ging gewoon open en ze kon zo de gang op lopen. Ze liep naar de woonkamer, waar de tv aan stond. Zoals altijd. Twee vrouwen zaten naast elkaar en staarden naar het scherm. Een van hen was heel jong, nog bijna een meisje, met lang haar dat ze in een knot droeg. De andere vrouw was van middelbare leeftijd, ze had een vermoeid gezicht en bleke, gesprongen lippen. Ze keken niet op naar Nancy, maar staarden naar de quiz op tv.

Er kwam een verpleegster binnen, een grote vrouw met rode appelwangen en glanzend haar in een bob.

'Hallo,' zei Nancy. 'Ik ben Nancy.'

'Ik weet wie je bent.' De vrouw klonk een stuk minder aardig dan ze eruitzag.

'Mag ik alsjeblieft even mijn mobiel? Ik wil graag een paar mensen opbellen.'

'Je mobiel?'

'Ja. Het is heel dringend.'

'Ik denk het niet.'

'Wat?'

'Je mag hem niet.'

'Dat is niet waar. Ik zit hier niet gevangen. Ik ben een patiënt, ik heb er recht op!'

'Recht?' De vrouw lachte.

'Ja.'

'Het is geen recht, het is een privilege,' zei ze. 'Elke afdeling heeft een eigen beleid. En hier zijn mobiele telefoons niet toegestaan totdat er een risicoanalyse is gemaakt.'

'Een risicoanalyse? Wat is nou het risico van een mobiele telefoon?'

De verpleegster haalde haar schouders op. 'Dat kan van alles zijn.'

'En wanneer wordt die analyse gemaakt?'

'Dat weet ik niet. We zitten met een personeelstekort. We kunnen niet eens een peertje laten vervangen.'

'Wat een klerezooi.'

De jonge vrouw voor de tv grinnikte.

'Ik moet echt een paar mensen bellen. Wat moet ik dan doen? Waar kan ik een klacht indienen?'

'Je kunt een klachtenformulier invullen.'

De verpleegster ging weg en Nancy plofte neer op een stoel. Op de tv overlegden twee geestdriftige jonge mannen met hetzelfde springerige haar wat de hoofdstad van Australië was, Sydney of Melbourne, terwijl een klok hoorbaar doortikte.

'Het is Canberra, sukkels,' zei de jonge vrouw. 'Wil je mijn telefoon even?'

'Wat?'

'Je mag wel met mijn telefoon bellen.'

'Echt?'

'Als je maar zorgt dat je niet wordt betrapt.' Ze gaf haar een mobieltje met een glimmend roze hoesje.

Snel stopte Nancy het in de zak van haar joggingbroek. 'Bedankt,' zei ze. 'Heel erg bedankt.'

'Geen probleem.'

Ze liep terug naar haar kamer. Ze ging op het bed zitten, met haar rug tegen de muur, zodat niemand door het luikje kon zien wat ze deed. Ze toetste het nummer in en luisterde gespannen naar het overgaan van de telefoon.

'Hallo,' zei de man die opnam met een duidelijke, opgewekte stem. Ze wist dat hij tegenwoordig thuis werkte, nog steeds voor hetzelfde marketingbureau waar hij al zat toen ze werd geboren. 'Met Robert.'

'Papa?' zei Nancy heel zacht. 'Pap, met mij, Nancy.'

'Nancy?' Nu klonk hij ineens geschrokken, bezorgd.

'Je moet me helpen.'

'Wat is er? Kun je wat harder praten?'

'Er is een vreselijk misverstand. Ik ben opgenomen, in een psychiatrische kliniek.' Ze probeerde zich uit alle macht de naam te herinneren. 'Oakwood Place, in Kenton. Maar ik weet niet precies waar dat ligt.' Ze kreeg een brok in haar keel, maar ze dwong zichzelf om niet te gaan snikken en kalm te blijven. Haar vader had een hekel aan emotioneel gedoe.

'Dat is in West-Londen. Noordwest. Vlak bij Harrow, geloof ik.'

'Maar het is dus een misverstand, ik mankeer niks. Je moet me op komen halen.'

'Nancy,' zei haar vader. 'We vinden het heel erg dat het weer is gebeurd. Maar je komt daar heus wel snel weer uit.'

'Nee. Luister. Jij bent heel goed in zulke dingen, pap, daarom bel ik jou. Jij kunt me hier wel uit krijgen. Of bel een advocaat voor me. Wil je dat voor me doen? Alsjeblieft?'

Het bleef even stil, en toen haar vader weer iets zei klonk hij rustig en neutraal, alsof hij haar wilde kalmeren. 'Ik weet dat het heel moeilijk voor je moet zijn, maar het is voor je eigen bestwil.'

'O. Ik snap het al,' zei Nancy teleurgesteld. 'Je hebt Felix gesproken.'

'Hij is bij ons geweest, ja.'

'Ja, tuurlijk. Zodat jullie het eerst van zijn kant zouden horen.'

'Hij was heel erg ontdaan.'

'Wat zielig.'

'Hij vindt het verschrikkelijk.' Het bleef even stil. 'Net als je moeder.'

Nancy wilde zeggen dat het nu niet om haar moeder ging, maar dat kon ze niet, want eigenlijk was dat wel zo. Het had wel met haar moeder te maken, op een manier die onuitgesproken bleef. 'Wat naar,' wist ze uit te brengen.

'We hadden allebei gehoopt dat je dit niet weer zou doen.'

'Wat bedoel je?'

'Ik bedoel dat je je verantwoordelijkheid moet nemen.'

'Net als mama, bedoel je, als ze ziek wordt?' vroeg Nancy, in een plotselinge vlaag van woede.

Het bleef een tijdje stil aan de andere kant. Ze hoorde haar vader ademen, hij wachtte tot ze sorry zei. Maar dat deed ze niet.

'Ik weet niet waar je het over hebt,' zei hij ten slotte.

'O nee? Ze heeft nog nooit aan zichzelf of aan mij toegegeven dat zij het ook heeft. Ik bedoel, wat ik heb, de oorzaak van die inzinkingen, dat komt bij haar vandaan. En dat heb jij ook nooit erkend.'

Ze dacht aan haar kindertijd, toen haar moeder haar soms bang maakte met vreemde verhalen die ze op een heel indringende manier en met een felle blik in haar ogen vertelde. Aan de keren dat haar vader haar moeder min of meer had opgesloten op haar kamer, haar een dienblad bracht met een grote beker melk en overgare kipfilet, en dat er vreemde geluiden uit haar kamer kwamen.

'Ik moet ophangen,' zei haar vader afgemeten.

'Nee. Niet doen, pap, alsjeblieft. Ik smeek het je. Ik hoor hier niet. Je moet *míj* geloven, niet wat andere mensen over mij zeggen. Je bent mijn vader. Je moet me hieruit halen!'

De tranen rolden inmiddels over haar wangen.

'Nancy, je hebt professionele hulp nodig, dan word je wel weer beter.'

'Maar ik ben erin geluisd!'

Ze hoorde hem zuchten. Nu was de laatste hoop vervlogen. Ze hing op en gaf even later het mobieltje terug. Toen ging ze voor het raam staan, met haar gezicht tegen de ruit gedrukt, en keek naar de wereld daarbuiten.

33

De tweede sessie met psychiater Stephanie Cavendish verliep totaal anders dan de eerste. Haar spreekkamer had toen huiselijk en geruststellend geleken. Nu voelde het er onwerkelijk, als een toneeldecor. De foto van de vos op het ijs straalde geen warme gloed meer uit: nu voelde Nancy de kou van het ijs, dat al het leven eromheen bevroor. Ze had Stephanie Cavendish zo sympathiek gevonden, iemand met wie ze in een ander leven bevriend zou kunnen zijn. Nu zag ze haar als een tegenstander, iemand die haar door misleiding dingen probeerde te laten vertellen die tegen haar gebruikt konden worden.

Het was allemaal zo anders dat Nancy zich begon af te vragen of ze niet toch paranoïde begon te worden. Voelde je je zo als je gek was?

'Ik vond het vervelend dat ons vorige gesprek op die manier eindigde,' zei de psychiater nu.

Nancy wist niet hoe ze hierop moest reageren. Probeerde die vrouw nog steeds te doen alsof ze vriendinnen waren die samen bij een koffietje zaten te kletsen? Maar dat maakte niet uit, want ze wist wat haar te doen stond.

'Waarom vond je dat vervelend?' vroeg ze zacht.

'Omdat je boos was, en verdrietig, en dat komt doordat je in een ontkenningsfase zit.'

Nancy keek uit het raam en toen weer naar haar. 'Dat wil ik allemaal niet. We hebben een valse start gemaakt.'

'Ik ben blij dat je dat zegt.'

'Ik heb een gesprek met een andere psychiater gehad,' zei Nancy.

'Dat weet ik. Dokter Tost. Hij heeft me over jullie sessie verteld.'

'Hij zei dat ik nog veel langer vastgehouden kan worden, dat ik hier jaren kan zitten. Misschien zelfs de rest van mijn leven. Dat is toch niet echt zo, hè?'

De psychiater glimlachte vriendelijk naar haar. 'Dat klinkt nogal dramatisch. Wij zijn alleen maar bezorgd om jouw veiligheid en die van de mensen om je heen.'

Nancy probeerde zo overtuigend mogelijk te glimlachen.

'Kijk me eens aan,' zei ze tegen Cavendish. 'Zie ik eruit als iemand die gevaarlijk is voor de mensen om me heen?'

'Je hebt gedreigd om iemand te vermoorden.'

Nancy moest zich opnieuw enorm inhouden om niet tegen haar te schreeuwen dat daar niets van klopte. In plaats daarvan keek ze nadenkend en knikte een paar keer. 'Ik wil beter worden,' zei ze. 'Ik wil hier graag weg en ik wil een nieuwe start maken. En dat willen jullie neem ik aan ook.'

'Natuurlijk willen we dat.' Weer diezelfde lach.

'Maar hoe kan ik jullie ervan overtuigen dat jullie me gerust kunnen laten gaan? Wat moet ik daarvoor doen?'

'Dat is een lastige vraag. Onze gesprekken zijn een onderdeel van de risicoanalyse. Belangrijker is je algehele gedrag, slik je je medicijnen, hou je je aan de regels, neem je deel aan de groepsgesprekken? En vooral: heb je oprecht inzicht in je toestand? Je moet daar de verantwoordelijkheid voor nemen en je moet samen met ons aan je herstel werken. Bij ons vorige gesprek vertelde je me dat de man met wie je samenwoont en je vrienden en buren samenspannen om jou opgenomen te krijgen. Maar dat zijn je vrienden, en de man die van je houdt. Snap je wel hoe dat klinkt?' Nu glimlachte de psychiater niet meer. 'Ik zal eerlijk zijn. Bij ons laatste gesprek heb ik een vrouw gezien en gehoord die in iedereen een vijand ziet, en ik denk dat er een gerede kans is dat die vrouw de dreigementen die ze heeft geuit in daden omzet.'

Het was alsof Nancy een stomp in haar maag kreeg. Ze kon even geen woord uitbrengen. 'Maar wat moet ik dan doen om te bewijzen dat dat niet zo is?' wist ze even later met moeite te zeggen.

'Meewerken. Je aan de regels houden. Laten zien dat je je als een normaal mens kunt gedragen, zelfinzicht tonen. Het is eigenlijk heel simpel.'

Nancy balde haar vuisten. Ze trok een berouwvol gezicht en ze keek de psychiater aan. 'Dat zal ik doen,' zei ze ernstig. 'Ik wil beter worden.'

'Daar zul je hard aan moeten werken.'

'Weet ik. Ik ben er klaar voor.'

'Maak je geen zorgen,' zei een stem.

Nancy lag op haar bed, in gedachten verzonken, bijna in een droom, en ze schrok op toen ze die stem hoorde. Er stond een verpleger in de deuropening. Een grote man met lang zwart haar in een paardenstaart. Hij had een sleeve tattoo op zijn beide onderarmen, vol figuren en symbolen en fantasiestrijders. Volgens zijn naamplaatje heette hij Mil Burns.

'Wat zei je?'

'Je kijkt alsof je je zorgen maakt.'

'Ik lag gewoon na te denken.'

'Je was niet bij de lunch,' zei hij. 'Ik kom kijken of het goed gaat.'

'Prima. Ik had alleen geen honger.'

'Wil je dat ik je iets breng?'

Nancy keek hem verbaasd aan. 'Nee, dank je, ik neem bij het avondeten wel wat meer.'

'Is er iets?'

'Ik probeer gewoon de dingen op een rijtje te zetten.'

'Wat voor dingen?'

Nancy kwam overeind en zwaaide haar benen over de rand van het bed. Ze keek de verpleger aan. Het was even schrikken dat er weer op een normale manier tegen haar werd gepraat.

'Ik heb een gesprek gehad met een van de psychiaters.'

'Welke?'

'Cavendish.'

De verpleger grinnikte. 'Stef Cavendish. Ja, die kan nogal ingewikkeld doen.'

'Hoe bedoel je?'

'Die vindt zichzelf heel wat, laat ik het daar maar op houden.'

'Dat maakt mij niet uit. Het enige wat ik wil is haar duidelijk maken dat mij niks mankeert en dat ze me moet laten gaan.'

'En lukt dat al een beetje?'

'Niet erg. Volgens mij vindt ze me...' Nancy zocht het juiste woord. 'Oncoöperatief.'

'Ja,' zei Mil. 'Daar heb ik iets over gehoord. Zal ik je een tip geven?'

'Dat kan ik wel gebruiken, ja.'

Mil deed de deur dicht en ging naast haar op bed zitten. Ze rook zijn aftershave, en ook een vage medicijngeur.

'Je moet het hier zien als een soort spel,' zei hij. 'Alsof je op het schoolplein bent. Het gaat erom dat je bij het juiste groepje hoort, vrienden bent met de juiste mensen. Je hebt de coole kinderen en kinderen die worden gepest en buitengesloten. Zo werkt het hier ook.'

'Ik dacht dat het de bedoeling was om mensen beter te maken,' zei Nancy.

Mil lachte schamper. 'Het belangrijkste is om de dag door te komen zonder al te veel problemen. Ik had jou al in de peiling, je lijkt me niet iemand die hier thuishoort.'

'Precies. Ik hoor hier niet.'

'Zoals ik zei, je moet het zien als een soort spel, en als je hier weg wilt moet je het spel meespelen. Je hebt mensen tegen je in het harnas gejaagd, je wilde je medicijnen niet innemen, je werkte niet mee. Die dokters, dat zijn ook maar mensen, en als jij moeilijk doet, dan doen zij dat ook.'

'Dat snap ik,' zei Nancy. 'Maar ik wilde helemaal niet moeilijk doen. Ik zal proberen om me te gedragen.'

'Zo mag ik het horen. Je moet vooral zorgen dat je de mensen aan jouw kant krijgt. Volgens mij ben jij iemand die makkelijk vrienden maakt. En je bent knap. Heeft iemand je dat weleens verteld? Vast wel, of niet?' Hij legde zijn hand op haar hoofd en streelde zacht haar haar.

Nancy verstijfde en ze voelde een koude rilling door zich heen gaan. Zijn hand gleed naar beneden en bleef op haar onderrug liggen. 'Ik wil dat je daarmee ophoudt,' zei ze fel.

'Ik probeer gewoon aardig te doen,' zei hij. 'Je zult nog wel merken dat je hier een speciale vriend nodig hebt, want dan kun je alle hulp krijgen die je maar wilt. Ik kan heel veel voor je betekenen.'

Ze stond op en ging tegen de muur staan.

Hij ging ook staan en liep naar haar toe. Hij torende een stuk boven haar uit. 'Ik kan zo'n vriend voor je zijn. Maar ik kan ook je vijand zijn, en ik moet je waarschuwen dat je dat niet wilt.' Hij legde zijn hand onder haar kin. Ze draaide haar hoofd weg en deed een stap opzij, maar hij lachte. 'Hé, relax. Misschien vind je het wel lekker.' Hij liet zijn hand zakken en greep haar bij haar borst.

Ze rook zijn zure adem toen hij zich naar haar toe boog. Ze wachtte tot hij zich tegen haar aan drukte en ramde toen uit alle macht haar knie in zijn kruis. Toen hij met een kreet naar achteren wankelde vloog ze hem aan, stompte en krabde hem waar ze maar kon. Ze kreeg een waas voor ogen, maar plotseling kwam er vanuit dat waas een vuist die haar in het gezicht sloeg. Keihard raakte ze de muur.

Er klonk geschreeuw en ze hoorde dat hij vloekte, en het volgende moment vloog de deur open en werd ze vastgegrepen en op het bed geduwd. Ze was in tranen en ze proefde bloed, ze slikte er iets van door en begon te hoesten. Ze probeerde haar hoofd opzij te draaien om het uit te spugen, wat alleen met veel moeite lukte omdat ze stevig in bedwang werd gehouden. Even dacht ze dat ze van haar stokje ging.

'Ze vloog me zomaar aan, die fokking bitch,' hoorde ze hem zeggen. 'Ik kwam binnen om te vragen waarom ze niet kwam eten en toen stoof ze op me af. Ze stompte en krabde me, ze is helemaal doorgedraaid.'

'Hij probeerde me te verkrachten!' riep ze gesmoord. 'Hij pakte me vast, hij zei dat hij me kon helpen als we seks hadden en toen...'

Er werd een hand op haar mond gedrukt, ze kon bijna niet meer ademen. Zijn gezicht verscheen vlak voor het hare.

'Luister, bitch! Luister naar me! Als jij nog één keer zoiets flikt, dan knal ik je met je gezicht tegen de muur en dan is er geen man meer die ooit nog naar je kijkt. Heb je me gehoord?'

De hand werd weggehaald.

'Hoorden jullie wat hij zei? Hij bedreigt me! Ik wil een klacht indienen.'

Nu verscheen er een ander gezicht vlak voor het hare. Een verpleegster. Toen ze grijnsde, zag Nancy dat ze een boventand miste.

'Bedreigde hij je? Sorry, schat, dat heb ik niet gehoord. Ik denk dat jij een dag of twee in de isoleer moet. En als je moeilijk blijft doen, dan maken we er een week van. Begrepen?'

'Als jullie me loslaten, blijf ik kalm.'

'Jou loslaten? Na wat jij onze collega hebt geflikt? Geintje zeker? Kom op, jongens.'

'Ik kan zelf lopen.'

'Als je nou je mond niet houdt, dan stoppen we er een washandje in.'

Nancy werd de kamer uit gesleurd, de gang in. Ze zag de tl-buizen boven zich, de barsten in het plafond, nieuwsgierige gezichten die in het voorbijgaan op haar neerkeken. Ze hoorde een deur opengaan en ze werd op een bed gezet. Ze keek om zich heen. Een grijze kamer met alleen een bed, een wc, en aan de muur tegenover het bed een groot raam, waar ze door geobserveerd kon worden.

De verpleegster bleef nog even in de deuropening staan. 'Had je nog wat?' beet ze Nancy toe.

'Ik wil iemand spreken,' zei Nancy. 'Een dokter.'

'Als jij moeilijk doet, dan doen wij dat gordijn dicht en dan geven we Mil de sleutel van je cel. Wat vroeg je ook alweer?'

Nancy huiverde. 'Niks,' zei ze. 'Ik hoef niemand te spreken.'

34

Er kwam een verpleegster haar cel binnen. Nancy nam de pillen die ze kreeg met water in en deed haar mond open om te laten zien dat ze ze echt had doorgeslikt.

'Brave meid,' zei de verpleegster goedkeurend.

Nancy ontblootte haar tanden tot een soort glimlach.

De volgende ochtend nam ze haar medicijnen weer in.

Ze deed opzit- en opdrukoefeningen. Ze zei dingen op voor zichzelf – fragmenten van gedichten die ze zich nog kon herinneren, de tafels van vermenigvuldiging, vakantiezinnetjes Frans en Spaans, alles waarmee ze zich kon vastklampen aan de buitenwereld.

Ze at de kleffe boterhammen op die ze haar brachten, het sponsachtige brood plakte tegen haar tanden. Bedankte er zelfs voor. Wanneer had ze voor het laatst een echte maaltijd gegeten? Geen idee. De uren en dagen waren een groot grijs waas. De laatste maaltijd die ze zich echt kon herinneren had ze thuis gehad – spaghetti met geroosterde tomaten en feta. En die had ze niet eens zelf klaargemaakt. Die was haar voorgezet en ze had hem braaf gegeten, want ze wist dat er op haar werd gelet. Het was al heel lang geleden dat ze zelf fatsoenlijk had gekookt, ook al was koken sinds haar vroege jeugd haar grootste passie.

Vanuit het niets zag ze ineens weer voor zich dat ze voor het eerst een ei splitste, het doorschijnende eiwit in een schone kom liet glijden terwijl de dooier in de halve schaal achterbleef. Zes dooiers voor de custard. Ze was dol op custard maken. En stoofschotels. Deeg als een zacht kussen te zien rijzen.

Nancy legde haar arm over haar ogen en stelde zich in het donker voor wat ze zou gaan koken als ze hier eenmaal weg was. Het was winter. Iets simpels. Een romige, troostrijke dhal met kokosmelk en limoen.

In gedachten ging ze aan de slag: ze sneed de uien heel dun met haar favoriete mes, fruitte ze in olijfolie, ze roosterde koriander en komijnzaad tot ze heerlijk geurden, ze perste de teentjes knoflook uit en sneed de Spaanse pepers in ringetjes. Aan dat alles voegde ze de linzen, kokosmelk en groentebouillon toe, en ze roerde het door, waarbij de geurende damp in haar gezicht wolkte. Terwijl de soep op een laag vuur zachtjes kookte, maakte ze het platte yoghurtbrood en een frisse groene salade voor erbij. Een glas rode wijn in haar hand. Ze zou in haar eentje eten, dromerig, ze zou alleen denken aan hoe het smaakte en genieten van het heerlijke eten.

Ze gleed weg in een diepe slaap.

Op de derde dag mocht ze weer terug naar haar eigen kamer.

Nancy zat in de woonkamer en keek suf van de medicijnen naar een programma over het verbouwen van woonhuizen op tv. Haar verdriet was naar de achtergrond verdrongen. Haar woede leek een vuur dat alleen nog wat nasmeulde.

Er zaten nog meer vrouwen. De vrouw van middelbare leeftijd die ze eerder had gezien, en die nu nagelbijtend heen en weer wiegde; een vrouw met een bos blond haar en felrode nagels, die zich voorstelde als Gloria; een vrouw die niet lang stil kon blijven zitten maar telkens opstond en dan door het raam de donkere avond in tuurde. Nancy vroeg zich af of het een van deze vrouwen was geweest die ze als een verlaten kind had horen huilen.

De volgende ochtend nam ze haar pillen weer in. De klok in de woonkamer wees tien over elf aan, maar dat was de vorige avond ook al zo geweest. Ze deed een potje scrabble met het meisje van wie ze haar mobiel had mogen lenen. Ze heette Josie, en ze had littekens op haar polsen. Ze was negentien en ze had meerdere keren geprobeerd zelfmoord te plegen, de eerste keer toen ze nog maar vijftien was. Ze was al vier keer gedwongen opgenomen geweest, twee keer als minderjarige, en nu zat ze al twee weken en drie dagen in Oakwood Place. Ze zei dat dit de somberste, akeligste inrichting was waar ze had gezeten, berucht vanwege de keiharde sfeer. Iedereen die hier kwam werd alleen maar zieker, niet beter. Er zou iets aan gedaan moeten worden, maar dat gebeurde niet. Ze waren allemaal onzichtbaar geworden.

Het meisje won het potje scrabble met gemak.

'Ik ben Nancy North.' Nancy glimlachte geforceerd en keek naar de zeven vrouwen in de kring. Ze voelde zich niet op haar gemak en had geen idee wat ze verder moest zeggen. Ze probeerde te doen alsof ze bij haar eigen therapeute zat, Helena, met haar zachte grijze haar en haar donkerbruine ogen, maar ze hoorde een zoemtoon in haar hoofd en ze had last van ronddrijvende vlekjes in haar ogen. Daardoor had ze nog meer het verwarrende gevoel dat wat ze meemaakte zowel echt was als een afschuwelijke droom waar ze elk moment uit zou kunnen ontwaken. 'Ik ben hier nog niet zo lang,' voegde ze eraan toe.

'Maar je hebt al wel een hoop kabaal gemaakt,' zei een van de vrouwen tegenover haar. Ze had lang donker haar dat ze had gevlochten, en ze had een kromme neus, net een snavel. De vrouw naast haar giechelde.

Nancy balde haar vuisten. Haar nagels drukten hard in haar zachte handpalm. 'Sorry,' zei ze deemoedig.

'Ik ben blij dat je vandaag bij ons bent, Nancy,' zei de therapeute.

Nancy had toen de vrouw binnenkwam meteen gezien dat zij de

therapeute moest zijn. Ze was vrij jong, eind dertig of begin veertig, had een ovaal gezicht omkranst met zwart haar, en ze droeg een geruite broek met smalle pijpen, een grijze flanellen blouse en nette enkellaarsjes. Ze had een gave huid, haar nagels glansden, en ze zat kaarsrecht op haar stoel. Ze kwam net van buiten, en alles aan haar was schoon, netjes en innemend.

De meeste vrouwen in de kring zaten er onverzorgd bij, met slonzige kleren en hangende schouders, en dat gold ook voor Nancy zelf. Toen ze die ochtend uit bed was gestapt had ze dezelfde kleren aangeschoten als de dag ervoor en haar haar alleen vluchtig geborsteld en daarna snel in een staart gedaan. Ze had haar gezicht in de spiegel gezien: vermoeid, bleek, met blauwe plekken en een angstige blik. Een paar andere vrouwen waren beter gekleed en leken alerter dan de rest. Maar zelfs aan hen zag je dat het patiënten van hier waren, misschien door een bepaalde blik in hun ogen. Een machteloze blik die ze met elkaar gemeen hadden.

'Het leek me een goed idee,' zei ze.

'Zou je willen vertellen waarom je hier in Oakwood bent?'

Nancy keek naar de therapeute, met haar beroepsmatig vriendelijke uitstraling, en naar de rest van de kring. 'Ik hoorde stemmen.' Ze sprak monotoon en keek strak naar het raam. 'En die waren niet echt.'

Dat was in elk geval waar.

De therapeute knikte bemoedigend naar haar en leunde wat naar voren, in een uitnodigende houding. Ze wil dat ik leegloop, dacht Nancy. Dat is de bedoeling van die kringgesprekken – ze moesten hun ellende met elkaar delen, laten zien waar ze mee zaten. Inzicht tonen, zo noemde de psychiater dat.

'Ik weet dat ik er hard aan moet werken om inzicht te krijgen in mijn aandoening,' zei ze, met dezelfde monotone robotstem. 'Anders kom ik niet verder.'

'Teringzooi,' riep de vrouw met de vlechten uit. 'Wat zeiden die stemmen dan tegen je? Dat je Jeanne d'Arc was of zo?'

'Ze zeiden dat het niet veilig was.'

En dat was ook de waarheid.

De vrouw naast Nancy legde haar hand op haar arm. Ze had een erg gerimpeld gezicht. 'Niemand is veilig, schat. Weet je dat nog steeds niet?'

35

Ze ging onder de douche staan en waste haar haar met shampoo die naar appel rook en in een enorme plastic fles zat. Ze trok een spijkerbroek, een schoon T-shirt en een wijd vest aan. Ze vroeg zich af wie de kleren in haar koffer had uitgekozen. Felix? Hij had vooral dingen voor warm weer ingepakt. Er zat zelfs een geruit jurkje bij en haar grijze linnen broekpak met die roze ceintuur, dat ze in geen jaren had gedragen. De meeste mensen hier droegen een trainingspak of een joggingbroek met een trui, kleren die je heel snel aan en uit kon trekken.

Ze poetste haar tanden en staarde in de verweerde spiegel naar een gezicht dat terugstaarde. Ingevallen wangen, gebarsten lippen, een blauwe plek op haar wang, een schram van haar oor naar haar kaak. Hoe was ze daaraan gekomen?

'Mag ik naar buiten?' vroeg ze aan iemand van het verplegend personeel nadat ze de woonkamer binnen was gelopen, waar de televisie aan stond zonder dat er iemand naar keek. Hij zag eruit als een schooljongen, compleet met puistjes op zijn voorhoofd en gel in zijn haar.

'Als je het niet erg vindt om dood te vriezen,' zei hij.

Ze had geen jas of jack, en dus sloeg ze een deken om en liep de gang op.

Het voelde allemaal heel onwerkelijk. Haar voetstappen op het linoleum, geschreeuw in de verte, iemand die achter een dichte deur in zichzelf praatte, de deur naar buiten die langzaam op haar afkwam.

Buiten was een grote ommuurde tuin die geen enkele ontsnappingsmogelijkheid bood. Er stonden een paar kale bomen en achterin was een perk met wat struiken. Die verpleger had gelijk. Het was ijskoud. Haar voeten deden pijn in haar dunne gymschoenen, haar wangen gloeiden, en het bloed klopte in haar vingers. De lucht was egaal grijs; er vielen een paar sneeuwvlokken uit.

Nancy wist niet wat voor dag het was. Ze had geen idee hoelang ze hier al zat, ze wist alleen dat het bijna december was, dat was het misschien zelfs al. Kerst zat eraan te komen. Voor het zover was moest ze hier weg zijn. Weg voordat het nieuwe jaar aanbrak.

Ze liep een rondje door de tuin en hoorde toen achter zich geknars op het gravelpad. Ze draaide zich om. Het was de verpleegster met de ontbrekende boventand die had staan te grinniken nadat Mil Burns haar had aangerand. Ze was groot en stevig. Ze had brede schouders en grote handen. Op haar naamplaatje stond Beth Styles. Nancy herinnerde zich dat deze vrouw haar had uitgelachen, haar in de isoleer had geduwd en haar had bedreigd. Ze herinnerde zich hoe haar handen hadden gevoeld, hoe ze had geroken, naar zweet en parfum en adem en koffie. Ze trok de deken strakker om zich heen, uit een gevoel van zwakte en hulpeloosheid.

'Hallo,' zei ze.

Beth Styles produceerde een onbestemd geluid.

'Het sneeuwt een beetje,' zei Nancy. 'Ik hoop dat het doorzet. Ik hou van sneeuw.' Ze keek omhoog, naar de grijze lucht.

'Veel te koud om hier zo te staan.'

'Ik wilde even zeggen dat het me spijt dat ik zo lastig was,' zei Nancy. 'Ik weet dat het zwaar werk is wat jullie doen en dat mensen als ik het nog zwaarder maken.'

Beth Styles keek haar wantrouwend aan. 'O ja?'

'Ik was mezelf niet,' zei Nancy.

'Je deed deed ontzettend vervelend.'

'Weet ik. Ik was boos. Ik zei dingen die ik niet had moeten zeggen.'

De vrouw haalde haar brede schouders op. 'Ach, we zijn eraan gewend. Het hoort bij ons werk, mensen in bedwang houden, je niks aantrekken van wat ze naar je hoofd slingeren, van hun hulpgeroep. Je raakt eraan gewend.'

Nancy keek haar strak aan en beet op haar gebarsten lip. 'Lijkt me niet makkelijk,' zei ze na een tijdje.

'Het is niet anders.'

'Grijpt het jullie niet aan?'

'Grijpt ons wat aan?'

'Dat je mensen zo moet meemaken, zo angstig.'

'Zoals ik al zei, je went eraan.'

Nancy, Josie en de vrouw met de lange vlechten, die Roxanne bleek te heten, waren de plastic kerstboom in de woonkamer aan het versieren. Geen scherpe dingen, niets van metaal. Geen lange kerstslingers. Roze, paarse, rode en groene plastic ballen aan lusjes.

'Kijk eens,' zei Josie cynisch, terwijl ze een bal aan haar oor hing. 'Krijg je echt een feestelijk gevoel van, niet?'

De therapeute heette Loretta Slater, maar ze zei dat Nancy haar Lorrie mocht noemen.

'Oké, Lorrie,' zei Nancy. Ze glimlachte en vouwde haar handen op haar schoot.

Dit keer zaten er maar vijf vrouwen in de kring.

'Wie wil er beginnen?' vroeg Lorrie. Vandaag droeg ze een groen corduroy jasje en een strakke zwarte broek; haar haar had ze achter haar oren gekamd.

Roxanne stak haar hand op. 'Ik heb een afschuwelijke nacht gehad.'

De rest zweeg.

'Afschuwelijk,' herhaalde Roxanne.

'Want je kon niet slapen?' vroeg Lorrie ten slotte.

'Ik lag maar aan mijn dochtertje te denken. Die haar moeder moet missen.' Ze begon te huilen.

Nancy realiseerde zich dat dit de vrouw was die ze eerder zo hartverscheurend had horen snikken. Ze boog zich een beetje naar haar toe, wilde haar op de een of andere manier troosten.

'Dat moet heel verdrietig voor je zijn,' zei Lorrie.

Roxanne probeerde iets uit te brengen en veegde haar tranen met de rug van haar hand weg. 'Sorry,' zei ze na een poosje. 'Soms krijg ik het te kwaad.'

'Natuurlijk,' zei Lorrie. 'Dat is logisch.'

'Kon ik haar maar even zien. Gewoon één keer.'

'Kan dat dan niet?' vroeg Nancy.

Josie, die naast haar zat, schopte tegen haar voet. 'Uit huis geplaatst,' fluisterde ze.

Nancy ging weer rechtop zitten en sloot haar ogen. Toen ze ze weer opendeed, was een andere vrouw aan het vertellen hoe ze zich voelde nu ze onder de medicijnen zat. 'Suf,' zei ze. 'Zwaar in mijn hoofd.'

De andere vrouwen knikten. Nancy knikte ook.

'Alsof je niks meer voelt,' beaamde Josie. 'Maar soms is dat ook wel fijn.'

Nancy haakte hierop aan. 'Vind ik ook. Ik weet dat het voor onze eigen bestwil is, maar ik merk dat ik dan vaak niet goed kan nadenken over alles waarover ik moet nadenken.'

Lorrie knikte haar bemoedigend toe.

'Ik begin nu in te zien dat het goed was dat ik hier ben opgenomen,' zei Nancy, terwijl ze iedereen om de beurt aankeek. 'Eerst voelde ik me vooral verraden. Ik dacht dat ik door de mensen die ik vertrouwde in de val was gelokt. Ik was boos en voelde me ellendig, en ik had medelijden met mezelf. Ik zag niet in hoe verschrikkelijk het ook voor hen moet zijn geweest. Een van de gevolgen van mijn ziekte was dat ik niet meer om de gevoelens van anderen gaf. Nu schaam ik me daarvoor.'

'Hè, wat klote,' zei Josie. 'Écht?'

Nancy reageerde niet op haar. 'Door de pillen werd ik rustig en kreeg ik de kans te herstellen. Maar inmiddels heb ik het gevoel dat ze niet veel meer toevoegen. Het is alsof er een grote, dikke deken over me heen ligt.'

'Heb je het daar met de dokter over gehad?' vroeg Lorrie. 'Misschien kan de dosering omlaag.'

'Goed idee,' zei Nancy dankbaar. 'Dat zal ik doen.'

'Wat voer jij in je schild?' vroeg Josie.

'Ik werk eraan om beter te worden.'

'Ik heb je wel in de gaten, hoor.' Ze prikte Nancy met haar wijsvinger tussen de ribben. 'Maar ik zal het tegen niemand zeggen.'

36

‘Dokter Tost en ik hebben besloten dat je je telefoon weer terug mag,’ zei Stef Cavendish.

‘Echt? Geweldig.’

‘Ik heb de verpleging inmiddels ingelicht.’

‘Dank je.’

‘Al een idee wie je wilt bellen?’

‘Nee. Nog niet over nagedacht.’

Wie wilde ze spreken? Nancy kon alleen maar bedenken wie ze allemaal níét wilde spreken. En bovenaan die lijst stond Felix.

Helena, dacht ze. Die zou ik kunnen bellen. Zij zou zeker naar me luisteren.

‘Je vriend misschien?’

‘Dat wilde ik net zeggen. Ja. Ik moet Felix spreken. Ik moet tegen hem zeggen dat het me spijt.’

‘Vind je dat lastig, denk je?’

‘Ja, ik denk het wel. Ik vraag me af of hij het me ooit zal vergeven.’

‘Zou het helpen als je hem persoonlijk kon spreken?’

‘Felix?’ Nancy werd bevangen door paniek die als een donkere wolk in haar opsteeg. ‘Hier, bedoel je?’

‘De patiënten krijgen weleens bezoek.’

‘Weet ik.’

Gisteren had Josies moeder haar dochter bezocht. Daarna was

Josie de hele avond stil en nukkig geweest.

'Vind je het een ongemakkelijk idee?'

'Denk je dat ik zo'n gesprek zou moeten aangaan?'

'Zo zou ik het niet omschrijven. Het is geen morele plicht. Het kan nuttig voor je zijn en je helpen bij je herstel als je met hem praat over wat er is gebeurd, en als je je huidige gevoelens over zijn daden en die van jou met hem deelt. Ik weet dat je woest op hem was toen je hier binnenkwam.'

'Dat klopt. Ik gaf hem de schuld. Ik vond dat hij me verraden had. Ik was er zo erg aan toe dat ik de dingen niet van zijn kant kon zien. Ik deed geen enkele poging me voor te stellen hoe het voor hem was.' Ze ving de blik van de arts en zei zachtjes, alsof ze in zichzelf praatte: 'Arme jongen. Wat moet dat ellendig voor hem zijn geweest.'

'Dat zie je nu dus in?'

'Misschien is het al te laat. Ik kan me best voorstellen dat hij niks meer met me te maken wil hebben.' Ze sloeg een hand voor haar ogen. 'O, ik schaam me zo.'

'Schaamte is een reactie die ik vaak bij mijn patiënten zie. Maar je was ziek.'

'En toch schaam ik me écht. Ook al was ik ziek, het was wel míjn gedrag. O, al die mensen die ik heb beschuldigd, die ik pijn heb gedaan. Als ik eraan denk, verschrikkelijk!'

'Misschien vind je het nog te vroeg om je vriend weer te zien?'

'Nee, nee.' Nancy strekte haar rug. 'Het moet. Ik ben het hem verschuldigd en ik weet ook zeker dat het goed zal zijn voor mijn herstel. Ik moet mijn daden onder ogen zien.'

'Het zou een bezoek onder supervisie zijn,' zei de arts.

'Je bedoelt dat er iemand bij zit?'

'Ja, ikzelf of dokter Tost. Dat is de standaardprocedure.'

'Om te voorkomen dat ik hem naar de keel vlieg of zo?'

'Het moet een veilige, gestructureerde setting zijn.'

Nancy dacht aan de cameraatjes in de gang, de luikjes in de

kamerdeuren, de loerende ogen overal.

'Je vriend moet zijn bezoek van tevoren met ons afstemmen,' ging Cavendish door. 'Doorgaans werken we niet in het weekend.'

Nancy glimlachte.

Stephanie Cavendish glimlachte terug. 'Goed gedaan, Nancy.'

'Kijk eens.' De jongen met de puistjes schoof de telefoon naar haar toe. 'Je kunt hem hier inleveren als hij opgeladen moet worden.'

'Kan ik de oplader er niet gewoon bij krijgen?'

'Absoluut niet.' De jongen grinnikte, alsof het erg grappig was. 'Het is een snoer, hè?'

Nancy zat met haar rug tegen de muur op haar bed. Op haar schoot lag de telefoon. Ze hoorde iets en keek op. Twee ogen achter het luikje. Een paar seconden later verdwenen ze.

Ze zette de telefoon aan, toetste de pincode in en zag tientallen berichtjes en gemiste oproepen voorbij rollen. Ze negeerde ze allemaal. Ze moest dit nu doen, zoals je ook van de hoge duikplank moet springen voordat je niet meer durft.

Hij ging een paar keer over, waarna ze een stem hoorde die, buiten adem, 'Nancy?' zei.

'Bel ik gelegen?'

'Ja, natuurlijk bel je gelegen. Het is altijd gelegen. Vreemd om je stem te horen.'

'Ben je thuis?'

'Ik ben onderweg van mijn werk naar huis. Loop net onze straat in.'

Nancy keek uit het raam en zag dat het donker was. 'Hoe laat is het?' vroeg ze.

'Bijna zes uur.'

'Wat voor dag? Ik ben elk gevoel voor tijd kwijt.'

'Welke dag? Vrijdag.'

'Vrijdag? En de datum?'

'2 december,' zei Felix vriendelijk. 'Je bent nu elf dagen van huis.'

Van huis. Het klonk alsof ze op vakantie was.

Nancy dacht aan de vreselijke duisternis van de afgelopen elf dagen, de benevelde, wazige, angstige duisternis, de ruwe handen aan haar lijf, de injecties, de handtastelijkheden van Mil Burns, lachende mensen, dichtknallende deuren, sleutels in sloten, een eindeloze nachtmerrie die steeds weer opnieuw begon.

'Elf dagen,' herhaalde ze. 'Elf dagen maar.'

'Nancy,' zei Felix. 'Lieve Nancy, knoop dit alsjeblieft in je oren: je hebt geen idee hoe slecht ik me over dit alles voel. Ik was wanhopig en heel bang dat er iets vreselijks zou gebeuren. Ik zag geen andere mogelijkheid.'

'Dat weet ik,' zei Nancy. Ze probeerde zo mild mogelijk te klinken. Haar gezicht vertrok zich tot een akelige grimas.

'Ik vond het een hel,' zei hij. 'Ik maakte me vreselijk zorgen om je, en ik bleef maar malen over wat er was gebeurd en of ik het anders had moeten aanpakken.'

Ze onderbrak hem. 'Kom je me opzoeken?'

'Je bedoelt, in de kliniek? Natuurlijk. Zeg maar wanneer. Als het moet nu direct.'

'Je moet via de kliniek een afspraak maken.'

'Dan doe ik dat. Zo dadelijk.'

'Dan kunnen we alles bespreken.'

'Moet ik iets meenemen? Boeken, kleren, eten? Zeg het maar.'

'Mijn groene trui. En wat kookboeken.'

'Meen je dat? Oké, als je dat graag wilt.'

Ze hoorde dat hij een sleutel in een slot stak. Hij ging door de buitendeur naar binnen. De deur viel dicht. Ze hoorde een stem. Gehuil van een baby. Ze zag de hal voor zich, en de deur van Kira's appartement.

'Je klinkt al een stuk beter,' zei hij.

Ze hoorde aan zijn voetstappen dat hij de trap op liep. 'Veel rationeler.'

'Zo voel ik me ook. Maar dat bespreken we wel als je hier bent.'

'Niet kwaad meer?'

'Natuurlijk niet.' Ze trok een nagel over haar onderarm en zag een venijnige rode schram ontstaan.

'Ik hou heel veel van je,' zei hij, waarna hij zo zacht verder praatte dat ze hem nauwelijks kon verstaan. 'Ik heb nog nooit zoveel van je gehouden als nu. We komen hier samen uit, dat weet ik zeker.

37

Maandag zou hij komen. Nu moest ze alleen nog het weekend zien te overleven. Zo'n vijfenzestig uur, wist ze na een rekensommetje. Waarvan de helft uit door medicijnen veroorzaakte slaap zou bestaan.

Op zaterdagochtend at ze pap en dronk ze thee aan de gemeenschappelijke tafel. De pap was zo doorgekookt en droog dat er allemaal harde klonten in zaten. Doorslikken lukte alleen als ze er een slok van de te lang getrokken lauwe thee bij nam. Het was alsof ze nat karton naar binnen zat te werken, maar ze moest toch íéts eten. Bovendien liep er de hele tijd een verpleegster met een priemende, keurende blik rond.

Ze zou het liefst in haar kamer blijven, de dekens over haar hoofd trekken en dan alles om zich heen vergeten tot het maandag was. Maar de deur kon niet vanbinnen op slot, en in haar eentje zou ze kwetsbaarder zijn. Mil Burns of een andere verpleger kon zomaar binnenkomen. Het leek haar dus beter om zo veel mogelijk in de algemene ruimtes te blijven. Dat had ook als voordeel dat er getuigen waren van haar gedweeë houding en haar meegaandheid. Ze was een actrice die haar herstelproces speelde voor wie het maar wilde zien.

Er was geen bibliotheek op de afdeling, maar wel een huiskamer met een tv, waar ook veel tijdschriften lagen. Er zaten een paar vrouwen een bordspel te spelen, terwijl ze onderwijl met een half oog naar een documentaire over een boottocht over de Amazone keken. Nancy bladerde het ene na het andere tijdschrift door en las over de ontwikkelingen binnen de koninklijke familie, over de beste datingapps, recepten voor in de lente, relatietherapie, elektrische auto's, enzovoort. Het leken berichten die vanuit de rommelige, luidruchtige buitenwereld tot haar kwamen.

Vlak voor het middageten brak er ruzie uit toen iemand de tv op een andere zender zette en iemand anders weer terugzapte. Het leek op een handgemeen uit te draaien, en Nancy zou normaal gesproken direct hebben geprobeerd tussenbeide te komen om de zaak te sussen. Maar ze ging in gedachten snel na wat er dan allemaal mis kon gaan. Een van de twee vrouwen zou haar woede op haar kunnen richten. Er kon daadwerkelijk een gevecht uitbreken, en dan zou de indruk kunnen ontstaan dat zijzelf ook een van de ruziezoekers was geweest, of zelfs de aanstichtster ervan. Als er dan personeel kwam, zouden ze denken: daar heb je die Nancy North weer, die onrustzaaier. Het zou in haar dossier komen. Een aantekening. En dus hield ze zich gedeisd en las ze stug door over de kruiden die het best gedijen op een balkon in de stad.

Na het middageten ging ze naar buiten. Het was helder, zonnig weer, en vlak voor het gebouw was het bijna lekker warm. Ze lette erop dat ze goed in het zicht bleef, voor het geval iemand haar in de gaten hield. Toen ze om zich heen keek realiseerde ze zich voor het eerst dat dit zo'n anderhalve eeuw geleden een prachtig landhuis moest zijn geweest, met bedienden, koks en tuinlieden. Aan het eind van de gazons stonden oude eiken en essen, die daar speciaal waren geplant om een fraai uitzicht te bieden aan de bewoners van het huis. Er waren honderden van dergelijke landgoederen geweest, die nu scholen of bejaardentehuizen waren, hotels of psychiatrische inrichtingen. Hier, in de winterzon en de schone lucht en te midden van al die bomen, kon Nancy zich even heel levendig voorstellen wat deze plek had kúnnen zijn: een comfortabel oord waar het goed toeven was. Maar het begon al donker te worden, en dus ging ze weer naar binnen.

Die avond en de volgende ochtend verliepen ongeveer net zo. Na de lunch kwam een verpleger die ze nog niet eerder had gezien naast haar zitten. Hij begon een lang, ingewikkeld verhaal over zijn tijd in het leger en het werk dat hij daarna allemaal had gedaan; Nancy kreeg ondertussen steeds meer het gevoel dat hij té dicht bij haar zat. Ze zag op zijn naamplaatje dat hij Terry heette.

'Heb je ook een vriend?' vroeg hij ineens.

'Ja.'

'Vast zwaar, dat jullie nu niet samen zijn.'

'Morgen komt hij op bezoek.'

'Dat is fijn. Maar dat is niet genoeg, of wel?'

'Ik verheug me er nu al op.'

'Je hebt iemand nodig die een beetje op je let. Iemand die je wat liefde kan geven.'

'Volgens mij wordt er al meer dan genoeg op me gelet,' zei Nancy zo beheerst mogelijk.

Maak je niet druk, probeerde ze zichzelf in te prenten. In pubs, clubs, treinen en vliegtuigen had ze honderden van dit soort gesprekjes gevoerd. Ze zei niet tegen Terry dat ze geen zin in zijn praatjes had en ze liep ook niet weg maar bleef zo neutraal mogelijk. Ze bracht het gesprek steeds op ongevaarlijk terrein en vermeed oogcontact, en toen het naar haar gevoel lang genoeg had geduurd duwde ze haar bord van zich af en stond op.

Terry legde zijn hand op haar arm. 'Fijn om kennis met je te hebben gemaakt.'

Ze knikte en liep naar de tv-kamer. Ze pakte een tijdschrift en deed alsof ze volledig opging in wat ze las, maar ondertussen dacht ze na over haar situatie. Stond ze inmiddels bekend als iemand die kwetsbaar was? Toen er iemand naast haar ging zitten, keek ze niet eens op. Hoe minder ze zich met anderen inliet, hoe beter.

‘Ik hou van natuurprogramma’s,’ zei de vrouw.

Nancy las stug door – althans, ze deed alsof.

‘Jij niet? Hoor je me eigenlijk wel? Hou jij er niet van?’

Nancy probeerde niet geïrriteerd over te komen. Ze legde het tijdschrift neer en keek de vrouw aan. Het was Roxanne van de groepstherapie en ze keek naar een natuurdocumentaire over gazelles.

‘Zie je die ene die niet goed kan meekomen? Daar gaan de luipaarden achteraan. Het is de zwakste. Dat kunnen ze ruiken.’

De luipaarden gingen inderdaad achter de gazelle aan die niet goed kon meekomen. Het beest werd hevig achternagezeten maar wist uiteindelijk te ontkomen en zich weer bij de kudde te voegen.

‘Zo gaat dat altijd in die documentaires,’ zei Roxanne. ‘Het moet goed aflopen. Maar dat slaat nergens op, want ze worden bijna altijd gepakt. Anders zouden die luipaarden toch verhongeren? Maar dat laten ze dus niet zien.’

‘Het lijkt me ook nogal een akelig gezicht.’

‘Het is de natuur, hè.’

Nancy pakte haar tijdschrift er weer bij en deed alsof ze geïnteresseerd was in de lentemode. Het was een nummer van acht maanden geleden.

‘Tijd voor je medicijnen, Roxy,’ zei iemand.

‘Nee, laat maar, hoor.’

‘Niet lastig gaan doen, meisje.’

‘Ik voel me prima,’ zei Roxanne. ‘Ik word er suf van. Ik neem ze later wel. Ik wil dit programma zien, dus wegwezen jullie.’

Nancy keek niet op of om. Ze bleef naar het tijdschrift staren. Ze wist wat er nu ging gebeuren. Binnen een paar minuten hoorde ze het bekende geluid van voetstappen en geschreeuw toen een aantal verplegers Roxanne vastgreep en tegen de grond drukte. Roxanne smeekte en huilde. Ze was te zwaar om op te tillen en dus sleepten de mannen haar over het linoleum. Even wist Nancy zich niet meer te beheersen en wierp ze toch een blik op wat er gebeurde. Roxanne keek haar verwilderd en met vochtige ogen aan; haar wangen waren vuurrood.

Onverstoorbaar las Nancy verder. Ze hoorde de verpleegsters tegen Roxanne vloeken en tieren, en ze lachten haar ook uit. Het lawaai werd minder toen Roxanne de kamer uit was gesleept en in de gang verdween, maar Nancy hoorde het nog steeds. Er klonk zelfs een gil. Wat deden ze met haar?

Haar gezicht gloeide van schaamte. Ze had zichzelf altijd gezien als iemand die voor anderen opkwam, zelfs in hachelijke situaties. Maar in dit geval zou het geen zin hebben gehad. Als ze geprobeerd had om in te grijpen, zou dat bij voorbaat tevergeefs zijn geweest. Waarschijnlijk had het de zaak voor Roxanne alleen maar erger gemaakt.

Toch was dat niet waar het om ging. Waar het om ging was dat het de zaak óók voor haarzelf erger zou hebben gemaakt. Ze voelde zich weer alsof ze op het schoolplein was, waar ze niks tegen de pestkoppen durfde te zeggen omdat die hun woede dan weleens op haar konden richten. Ze had besloten om zich nergens mee te bemoeien, met dit als gevolg. Voor haar gevoel was er geen alternatief, maar toch walgde ze van zichzelf.

38

Heel even staarden Nancy en Felix elkaar aan alsof ze vreemden waren. Nancy wist dat ze er anders uitzag. Ze was afgevallen, haar haar zat slordiger dan ooit en ze had wallen onder haar ogen. En Felix leek volstrekt niet op zijn plek in deze setting. Hij droeg een wit overhemd en een lichtbruine nette broek, alsof hij een manager was die op sollicitatiegesprek ging.

De kamer waarin ze zaten was heel anders van sfeer dan de rest van de kliniek. Ze waren naar een ontvangstruimte gebracht met twee banken en met afbeeldingen van schepen aan de muur, prenten die je in een vakantiehotel zou verwachten.

Dokter Cavendish stelde zich voor. 'Ik blijf tijdens het hele gesprek bij jullie,' zei ze. 'Maar ik doe zelf niet mee. Zo'n eerste ontmoeting kan voor beide partijen stressvol zijn, en mijn rol is ervoor te zorgen dat alles soepel verloopt. Vergeet maar gewoon dat ik hier ben.' Ze ging op een stoel bij het raam zitten. Ze had geen opschrijfboekje, maar keek ook niet een andere kant op en ging ook niet iets aan haar werk doen. Ze zat gewoon te zitten, met haar handen op schoot.

Felix keek bijna zenuwachtig naar de psychiater. 'Mag ik haar omhelzen?'

Dokter Cavendish keek Nancy vragend aan.

Ze knikte en liep naar Felix. Ze omhelsden elkaar. Het voelde onhandig en vreemd, alsof ze kleine kinderen waren die niet wisten waar ze hun handen moesten laten. Nancy sloot haar ogen. Ze voelde zijn bekende lijf en rook zijn aftershave. Ze lieten elkaar weer los en gingen met een meter tussenruimte op de bank zitten.

'Hoe gaat het met je?' vroeg Felix.

'Het was zwaar,' zei Nancy langzaam. 'Maar ik begin me al beter te voelen, denk ik.'

'Je ziet er goed uit.'

Nancy wist even niet hoe ze hierop moest reageren. Ze wist dat ze er allesbehalve goed uitzag. Maar dat was nu helemaal niet belangrijk, zei ze tegen zichzelf. Daar ging het bij dit gesprek niet om.

'Ik ben zo blij dat je wilde komen,' zei ze.

'Natuurlijk!'

Felix wilde verder praten maar Nancy stak afwerend haar hand op. 'Ik wil eerst iets zeggen, Felix. Iets waar ik de laatste dagen over heb nagedacht.' Ze was even stil, om zich goed te concentreren, en sprak toen langzaam en met nadruk verder, terwijl ze Felix strak aankeek en de ogen van de dokter op zich gericht voelde. 'Wat ik wilde zeggen is dat ik me er steeds meer van bewust word hoe verschrikkelijk moeilijk ik het voor je heb gemaakt, hoe akelig ik me heb gedragen en hoeveel verdriet ik je daarmee heb gedaan. Toen ik hier werd binnengebracht was ik heel boos op je, dat geef ik direct toe. Héél boos. Het is een langzaam en pijnlijk proces voor me geweest, maar ik zie nu in dat jij alleen maar aan míjn welzijn hebt gedacht. Het was onvermijdelijk.'

Ze dwong zichzelf Felix te blijven aankijken. Niet naar Stef Cavendish kijken, zei ze tegen zichzelf. Wek niet de indruk dat dit verhaal eigenlijk voor haar bedoeld is, om bij haar in een goed daglicht te komen staan.

'Ik zal moeten accepteren dat ik psychische problemen heb, en soms – meestal zelfs – zien andere mensen dat duidelijker dan ikzelf. Het moet allemaal verschrikkelijk voor je zijn geweest en dat vind ik heel erg.'

Ze zweeg en keek naar de vloer. Zo was het welletjes, dacht ze. Of had ze het overdreven? Ineens was ze bang dat Felix en dokter Cavendish in lachen zouden uitbarsten om deze knieval, die overduidelijk onecht en veel te zwaar aangezet was.

'Ik deed het voor jou, en voor jou alleen,' zei Felix. 'Je moet goed beseffen dat wat ik ook doe en wat jij ook doet, we altijd aan dezelfde kant staan, dat we één team zijn.'

Nancy keek weer naar Felix, en hij keek naar de psychiater. 'Ze lijkt me enorm opgeknapt,' zei hij. 'Ik dacht dat ik haar kwijt was, maar nu krijg ik het gevoel dat ik mijn oude Nancy weer terug heb.'

Nancy werd bijna onpasselijk van deze woorden en de toon waarop ze werden uitgesproken, maar ze bleef Felix rustig aankijken.

'Mag ik je iets vragen?' vroeg hij.

'Zeg het maar.'

'Wat je allemaal beweerde. Over die arme meid die zelfmoord heeft gepleegd, bedoel ik.'

'Kira,' viel Nancy hem in de rede, wat ze eigenlijk niet had willen doen. Maar de naam van die 'arme meid' moest genoemd worden.

Felix keek ontstemd. 'Ja, Kira. Daar heb je vreselijke dingen over gezegd.'

'Weet ik. Ik durf er nauwelijks aan terug te denken.'

'Je zei dat ze geen zelfmoord had gepleegd. Je hebt de wildste beschuldigingen tegen mensen geuit.'

'Ja.'

'Maar je ziet nu dat dat niet klopte? Dat het inderdaad was waar het alle schijn van had?'

'Dat het was waar het alle schijn van had,' herhaalde Nancy onderdanig. Ze dacht aan Kira, zoals ze haar op die afschuwelijke dag bij de voordeur had gezien, vol angst en verdriet. Aan haar lichaam en haar bungelende voeten met die groene schoenen. Ze werd er misselijk van en sloeg een hand voor haar mond.

'Je koestert geen verdenkingen meer?' vroeg Cavendish, terwijl ze hen beiden om de beurt aankeek.

'Natuurlijk niet,' antwoordde Nancy gloedvol. 'Ik was ziek. Álles leek toen verdacht. Gewone dingen werden gevaarlijk. Ik had het gevoel dat iedereen tegen me was.'

Ze keek weer naar Felix. 'Zelfs jij, Felix, hoe akelig het ook is om dat te zeggen. Ik dacht zelfs dat jij je tegen me had gekeerd. Nu weet ik dat dat door de psychose kwam. O, ik schaam me zo.' Ze sloeg een hand voor haar ogen en slaakte een dramatische zucht.

'Ik begrijp het wel, hoor,' zei Felix. 'En ik zal ervoor zorgen dat iedereen in het huis het ook begrijpt. Dat doen ze eigenlijk al. Iedereen heeft het beste met je voor.'

Nancy liet haar hand zakken. Ze vond het zo'n afschuwelijk idee dat de mensen in het huis het over haar hadden en blijkbaar zo begripvol waren dat ze even niets durfde te zeggen.

Felix keek de dokter aan. 'Is ze volgens u al zover dat ze naar huis kan?'

Dit waren exact de woorden waarop Nancy had gehoopt, en ze moest alle zeilen bijzetten om nu niet al te gretig over te komen. Verdrietig en langzaam schudde ze haar hoofd. Ze had geen idee hoe dokter Cavendish haar reactie zou interpreteren. Als Nancy zei dat ze dacht dat ze genezen was, zou Cavendish dit juist als het tegenovergestelde kunnen opvatten.

'Ik weet het niet, Felix,' zei Nancy. 'Ik weet niet of ik daar al aan toe ben. Ik bedoel...' Ze dwong zichzelf aarzelend over te komen, alsof ze naar de juiste woorden zocht. 'Volgens mij gaat het de goede kant op met me en ik neem ook trouw mijn medicatie, waardoor ik me een stuk beter voel, maar misschien moet ik dat nog zekerder weten.'

'Helemaal zeker zul je het nooit weten, Nancy,' zei dokter Cavendish. 'Het is niet te vergelijken met een gebroken been. Een eenvoudige behandeling bestaat niet. Wat we hopen is dat je inzicht krijgt in je eigen toestand, dat je onze adviezen ter harte neemt, dat je je medicijnen slikt en dat je je in staat voelt je oude leven weer op te pakken.'

'Vindt u ook niet dat ze enorm is opgeknapt, dokter?' vroeg Felix.

'Ik denk dat Nancy echt veel vooruitgang heeft geboekt. Na een uiterst moeizame start.'

'Wat bedoelt u precies?'

'Het is een bekend beeld. Soms kunnen mensen hun situatie moeilijk accepteren. Dat maakt deel uit van de ziekte. En acceptatie maakt deel uit van het herstel.'

'Maar dat herstelproces lijkt nu toch op gang gekomen?'

Nancy was zich er pijnlijk van bewust dat ze het over haar hadden alsof ze er niet bij was, of alsof ze een kind was dat de taal van de grote mensen niet begreep.

'Ja, ik ben erg tevreden over hoe het gaat.' Dokter Cavendish glimlachte. 'Maar als u vraagt of ze nu vandaag met u mee naar huis kan, dan is het antwoord nee.'

Ze voelde een steek van teleurstelling, maar probeerde daar niets van te laten merken.

'Eerst moet er een eindbeoordeling komen,' ging dokter Cavendish door. 'En we moeten vooral als team vaststellen dat Nancy niet langer een gevaar voor zichzelf of voor anderen vormt.'

'Hoelang gaat dat duren?'

'Een paar dagen. We kunnen niet over één nacht ijs gaan.'

'Jammer,' zei Felix. 'Ik had gehoopt dat je nu mee mocht.'

Ze hoorde dit alles in doffe berusting aan. Maar ze had ondertussen wel bereikt wat ze wilde bereiken. En Felix zag ze graag nu meteen vertrekken. 'Ik ben vooral heel blij dat je gekomen bent,' zei ze. 'Je hoeft niet langer te blijven. Je hebt genoeg gedaan. Als alles goed gaat zijn we binnenkort weer samen.'

Felix boog zich naar haar toe en zoende haar.

Nancy probeerde de kus zo vluchtig en oppervlakkig mogelijk te houden.

Hij stond op. 'Ik zal je thuiskomst voorbereiden,' zei hij. 'Tot in de puntjes.'

'Dat is jou wel toevertrouwd.'

Drieënhalve dag later liep Nancy met haar weekendtas achter een verpleegster aan door de gang. Ze liep langs alle deuren met hun luikjes, langs de huiskamer, waar de televisie aan stond terwijl er niemand was, en langs de balie van de afdeling, waar de verpleegster met de ontbrekende boventand achter zat.

Ze probeerde normaal te ademen en er heel rustig uit te zien, maar ze had het gevoel dat er elk moment een hand op haar schouder kon worden gelegd, waarna een stem zou zeggen dat er een vergissing was gemaakt. Ze had een knoop in haar maag, en haar hart bonsde van hoop en angst.

'Dus einde oefening?'

Ze draaide zich om en zag Mil Burns staan. Hij grijnsde naar haar. Ze keek naar zijn lange, hier en daar al grijze zwarte haar, naar zijn stupide tatoeages van draken en ridders, naar zijn veelbetekenende glimlach. Ze werd misselijk en het zweet brak haar uit.

'Klopt.' Ze glimlachte niet maar klonk ook niet geërgerd of spottend.

'We zien je wel weer terug. Zo'n vrouw als jij, honderd procent zeker.'

Ze reageerde niet. De verpleegster deed de deur van het slot en duwde hem open. Nancy verliet de afdeling.

Daar stond Terry, de verpleger die haar had gevraagd of ze een vriend had. Hij versperde haar de weg. Ze liep op hem af. Hij verroerde zich een paar seconden niet en staarde haar alleen maar aan. Zij staarde zwijgend terug, al voelde ze een schreeuw opwellen. Toen knikte hij en deed een stap opzij. 'Tot ziens.'

'Ik denk het niet.' Ze wilde het op een rennen zetten, maar dwong zichzelf rustig door te lopen. Ze volgde de bordjes naar de uitgang.

Niemand hield haar tegen, niemand riep haar naam, en na wat een eeuwigheid leek te duren kwam ze bij een draaideur, waar ze de buitenwereld doorheen zag, een parkeerterrein met een straat erachter waar een bus reed, ze zag mensen in dikke winterjassen, een vliegtuig dat net koers zette naar een zonnige bestemming.

Ze stapte de draaideur in, gaf hem een duw en kwam er aan de andere kant weer uit. Ze stond zichzelf even toe een blik achterom te werpen, op het enorme pand met zijn verweerde bakstenen muren en zijn rijen vensters. Misschien zat Josie achter een van die vensters, met hetzelfde grauwe gezicht als waarmee ze vanochtend afscheid van haar had genomen, toen Nancy haar hand had vastgepakt en had gezegd dat ze iets van zich moest laten horen als ze eruit kwam. Josie, met haar dappere radeloosheid.

Toen voelde ze ineens twee handen op haar schouders. Ze kromp ineen.

'Nancy. Liefste van me.'

Ze draaide zich om en hij kuste haar – op haar voorhoofd, en daarna op haar mond. Hij nam haar weekendtas van haar over, sloeg een arm om haar heen en trok haar naar zich toe. Zijn ogen glansden. 'Voortaan zal ik heel goed voor je zorgen,' zei hij teder. 'Er mag je niets akeligs meer overkomen.'

DEEL DRIE

39

Maud kwam Danny Kemp op de gang tegen. Hij droeg een zwart pak dat naar haar idee veel te strak zat maar waar hij zichtbaar mee in zijn sas was, en hij had zijn haar netjes achterovergekamd.

'Raad eens waar ik naartoe ga,' zei hij.

Ze keek nog eens goed naar hem. 'Een begrafenis.'

'Die van Kira Mullan.'

'Die vrouw die zelfmoord heeft gepleegd?'

'Yep. Helemaal naar Derbyshire. Een roteind. Maar ja, zo ben ik. Ik laat graag zien dat ik om de mensen geef.'

'Hopelijk wordt het een mooie begrafenis.'

'En weet je nog, die vrouw die vond dat we nader onderzoek moesten doen?'

'Ja.'

'Die we volgens jou moesten geloven?'

'Weet ik nog, ja.'

'Die is vervolgens gedwongen opgenomen. In een kliniek, achter slot en grendel.'

'Wat akelig,' zei Maud ernstig.

Hij kreeg een rood gezicht. 'Jíj hebt nooit last van haar gehad. Ze heeft ons alleen maar tijd gekost.'

'Veel tijd kan dat niet zijn geweest.'

Felix opende het portier, liet Nancy instappen, boog zich over haar heen en hielp haar met haar autogordel. Er hing een dennengeur in de wagen. 'Dit is de auto van mijn moeder,' zei hij. 'Je moet trouwens de groeten van haar hebben.'

Nancy glimlachte naar hem. Voor zover ze zich kon herinneren had ze nog geen woord gezegd, maar dat leek hem niet niet te deren. Hij stapte zelf ook in, stak de sleutel in het contact en startte de motor, waarna hij haar hand in de zijne nam en haar indringend aankeek. 'Je ziet er zwakjes uit.'

De regen tikte zachtjes tegen de voorruit.

'Ik heb koffie bij me,' zei Felix. Hij gaf haar een grote kartonnen beker aan. 'Denk dat het nog wel warm is. En er is een kaneelbroodje, voor als je trek krijgt.'

'Het is niet zo ver, toch, naar huis?'

'Daar gaan we nu niet naartoe. Niet direct in elk geval.' Hij haalde de handrem eraf en reed langzaam het parkeervak uit.

Nancy was maar deels opgelucht – ze keek vreselijk op tegen dat grote huis, tegen al die gezichten die ze zou zien, tegen Kira's dichte deur, tegen Michelle en Dylan, die ongetwijfeld langs zouden komen, tegen hoe iedereen naar haar zou kijken en tegen haar zou praten. Maar hoe eerder ze terug was, hoe sneller ze weer weg kon. En deze keer voorgoed.

Ze moest het alleen wel goed aanpakken, op zo'n manier dat niemand haar kon tegenhouden. Ze was vrij, maar voelde zich nog steeds niet veilig, alsof ze in een soort proeftijd zat en zelfs na een kleine misstap weer teruggebracht kon worden. Ze hadden haar laten gaan doordat ze was meegegaan in het verhaal zoals iedereen dat zag, namelijk dat zij een waanstoornis had gehad. Wat zou er gebeuren als ze onmiddellijk daarna weer die andere Nancy zou blijken, de Nancy die dacht dat Kira vermoord was, die dacht dat haar buren haar erin hadden geluisd, en die zo snel mogelijk bij Felix weg moest?

'Ik heb me afgevraagd of we überhaupt wel weer naar dat huis terug moesten gaan,' zei Felix. 'Na alles wat er is gebeurd. Maar ik had al drie maanden huur vooruitbetaald. Denk je dat je het aankunt?'

'Ja hoor.'

'Maar het leek me ook wel weer goed voor je om de mensen weer te spreken die naar jouw idee tegen je waren, zodat je kunt merken dat ze juist allemaal met je begaan zijn.'

'Vast.' Erg vermoeiend, dacht ze, om het lieve, brave vrouwtje te spelen.

'Michelle heeft een taart langsgebracht, en bloemen.'

'Wat aardig van haar. Dat had ze niet hoeven doen.' Ze bedacht dat ze de volgende dag zodra Felix naar zijn werk was vertrokken wat kleren in een weekendtas zou gooien, haar paspoort zou pakken en voorgoed weg zou gaan.

'Maar ik heb natuurlijk morgen ook vrij genomen, zodat we drie hele dagen samen kunnen zijn.'

Morgen dus niet, dacht ze. Nog drie dagen glimlachen, liegen en meegaand doen. Dat ging haar wel lukken. 'Geweldig.'

Ze reden de weg op. Nancy drukte haar neus tegen de zijruit, waar de regen tegenaan striemde, en zag de kliniek langzaam kleiner worden. Ze voelde haar hart nog bonzen: het kon best nog een poosje duren voordat ze die angst kwijt was. 'Waar gaan we naartoe?'

'Verrassing.'

Ze wierp een blik op Felix, op zijn grote handen aan het stuur, op zijn gladgeschoren wangen, op het glimlachje om zijn lippen. Hij zag er tevreden uit.

'Wil je wat koffie?'

'Graag.'

Ze gaf hem een van de grote bekers koffie aan; hij nipte er even van alvorens de beker terug te geven. Zelf nam ze een grote slok, maar erg lekker was het niet, er zat een metalig bijsmaakje aan. Dat kwam vast door haar medicijnen.

'Ik kan nog nauwelijks geloven dat je hier naast me zit,' zei Felix. 'Na wat er allemaal is gebeurd.'

Nancy kon het zelf ook nauwelijks geloven; het voelde als een droom waaruit ze elk moment kon ontwaken om te ontdekken dat Mil Burns over haar heen gebogen stond.

'Het wordt echt een nieuw begin voor ons.' Felix klonk heel enthousiast.

'Ja.'

'Wat ben je stil.'

'Ik voel me nog een beetje suf.'

Hij legde even een hand op haar dij.

Ze verstarde. Haar ziel verstarde. Drie dagen...

Het begon harder te regenen. De ruitenwissers zwiepten heen en weer. Vrachtwagens en auto's voor hen waren wazige vlekken in het natte grijs. Felix boog zich voorover en tuurde geconcentreerd voor zich uit.

Ze reden onder een grote brug door waar van alles overheen denderde, waarna ze het drukke verkeer van de stad achter zich leken te laten. Het landschap werd opener, met hier en daar wat lichte industriële bebouwing. Af en toe doemde een hoogspanningsmast uit de mist op.

Felix zei iets over zijn plannen voor eerste kerstdag, nog maar zeventien dagen te gaan, en over het nieuwe jaar.

'Waar zijn we?' vroeg ze.

'We zijn er bijna, ik moet zo even op de navigatie kijken, denk ik.'

Ze sloegen een zijweg in, een stuk smaller dan de weg waar ze eerst op reden, waarna hij de auto in de berm zette, zijn telefoon tevoorschijn haalde en iets opzocht. 'Nog een paar minuten, dan zijn we er.'

'Waarom zeg je het niet gewoon?' Ze mocht niet boos klinken, maar ze wist zich amper te beheersen.

Langzaam reden ze verder over het landweggetje. Felix reed bijna over een dode das heen. Toen minderde hij vaart en draaide een breed pad met een uitgesleten karrenspoor in, dat uitkwam bij een huisje van rode baksteen, met een enorme omgeploegde akker erachter.

'Ik begrijp er niks van.'

Felix zette de motor uit en draaide zich naar haar toe. 'Dat kleine hok waar ik bijna mijn hele salaris aan kwijt ben is niet goed voor jou. Londen is niet goed voor jou, met dat drukke stadsleven. Ik had het eerder moeten inzien. Stom van me.'

'Waar heb je het over?'

Felix wees naar een half achter de heg schuilgaand TE KOOP-bord.

'Ik heb een bod gedaan,' zei hij met een triomfantelijk gezicht. 'Gisteren hoorde ik dat het geaccepteerd is.'

'Wat?'

'Maak je geen zorgen, mijn ouders hebben me de aanbetaling geleend. Een eigen huis, Nancy! Twee slaapkamers, een bergruimte en een eigen tuintje. Als we een tweedehands autootje kopen kan ik daar elke dag mee naar het station en dan met de trein naar Londen. We zijn zelfs goedkoper uit dan in Fielding Road. En jij kunt in alle rust weer aansterken.'

'Heb je dit allemaal geregeld terwijl ik in Oakwood zat?'

'De huidige bewoners verwachten ons. Ik heb gezegd dat jij ook nog een kijkje wilde nemen.' Hij boog zich naar haar toe. 'Leuk toch?'

'Het is nogal onverwacht.'

'Ik snap dat je aan het idee moet wennen. Je ziet jezelf als een echt stadsmens. Maar ga eens na wat die stad met je heeft gedaan.'

Hij stapte uit. Toen hij om de auto heen was gelopen en haar portier opende was hij al doorweekt. Zijn haar plakte tegen zijn schedel.

Nancy stapte uit en stond meteen in een diepe plas water. Regendruppels liepen langs haar nek. Ze snoof. 'Wat ruik ik?'

'O, dat? Iets verderop staat een grote boerderij met stallen. Veel beter dan de stank van verkeer, toch?'

Nancy had liever dat laatste.

Ze liepen door de modder naar de voordeur en drukten op de bel, waarna er een kort klokkenspel klonk. De vrouw die opendeed was van hun leeftijd; ze had een jengelende baby op de arm die Nancy aan Lydia deed denken, het dochtertje van Olga en Harry. Vanuit het huis klonk gegil en ander lawaai.

'Dat is Joey, die heeft een driftbui,' zei de vrouw vermoeid. 'Zouden jullie je schoenen uit willen doen?'

Ze deden wat hun was gevraagd en begonnen de bezichtiging bij de woonkamer, waar Joey inderdaad een driftbui bleek te hebben: met een van razernij vuurrood gezicht slingerde hij houten blokken en speelgoedautootjes tegen de muur. Toen liepen ze naar de keuken, die uitzicht bood op de omgeploegde akker. Ze bekeken de wc. Ze gingen naar boven, naar de slaapkamer van de ouders waar ook een wiegje stond, de slaapkamer van Joey, met dinosaurussenbehang, de met rotzooi volgestouwde piepkleine bergruimte, en de badkamer.

'Wat vind je ervan?' vroeg Felix toen ze weer in de auto stapten. Voor het eerst die dag keek hij een beetje bezorgd.

'Wel veel indrukken ineens.'

'Probeer je het hier in de lente voor te stellen, als alles groen en fris is. Je kunt hier fijn wandelen en het dorp is maar anderhalve kilometer verderop. Er is een winkel en een pub. We kunnen er nu even wat gaan drinken als je daar zin in hebt, om alvast een beetje te wennen aan het idee.'

Ze keek hem aan en knikte. 'Lijkt me leuk.'

In de Green Man, een gezellige, typisch Engelse pub met een knappend haardvuur, nam Nancy een gemberbier en een zakje chips. Felix wilde de plaatselijke *ale* proberen – een kleintje. Hij hief zijn glas en ze proostten. Hij glimlachte. Zij glimlachte terug.

Toen wendde hij zijn blik af.

'Wat dat huis betreft,' mompelde hij gespannen, 'daar is geen haast bij, hoor. Je moet natuurlijk eerst helemaal opgeknapt zijn, maar als we ooit besluiten om een... nou ja, je weet wel.'

Hij maakte zijn zin niet af.

'Felix,' zei Nancy lief, terwijl ze het eigenlijk uit wilde schreeuwen en haar gemberbier in zijn gezicht wilde smijten. 'Dat huis is perfect.'

'Vind je?'

'Je hebt gelijk. Het was niet goed voor mij om in Londen te wonen.'

'Vind je het niet erg dat ik dit zonder met jou te overleggen heb geregeld?'

'Je kon helemaal niet met me overleggen. Ik was ziek. Je hebt dit allemaal voor mij gedaan, en dat zal ik nooit vergeten.'

40

Op de terugweg doezelde Nancy weg. Ze deed alsof ze echt sliep om even niet te hoeven praten. Toen ze haar ogen eindelijk opendeed zag ze dat ze al aan de rand van Londen waren: enorme groothandels, benzinestations, supermarkten en rommelige percelen grond. Ze voelde zich op slag beter, alsof ze een land binnenreed waar ze altijd op haar gemak was.

Ze voelde dat Felix steeds naar haar keek, dan zijn ogen weer op de weg richtte en vervolgens weer naar haar keek. 'Wat is er?' vroeg ze.

'Ik zat gewoon een beetje te denken.'

'Waarover?'

'Ik maakte me zorgen,' zei hij. 'Je weet dat alles wat ik ooit heb gedaan uit liefde voor jou was, omdat ik het beste voor je wilde. Dat weet je toch, hoop ik?'

'Natuurlijk. Soms is dat moeilijk voor me. Maar serieus, en ik meen het echt, dat weet ik.'

'Je ziet er zo rustig uit. Ik was bang dat je boos zou zijn.'

'Boos waarover?'

'Over alles. Alles wat er is gebeurd.'

'Boosheid maakte deel uit van mijn ziekte. Ik denk dat ik heb geleerd, of liever gezegd, ik begrijp steeds beter dat de mensen om me heen me wilden helpen, ook al stond ik daar niet altijd voor open.

Het gaat niet om zoiets als genezen zijn. Het gaat erom hoe je ermee omgaat, hoe je de juiste balans weet te vinden. Ik denk dat ik dat nu kan. Ik kijk ernaar uit om mijn leven weer op te pakken. Ik wil gewoon de normale dingen terug, weer thuis zijn, weer aan het werk gaan.'

Felix aarzelde zichtbaar voordat hij iets terugzei. Hij kuchte even. 'Wat dat laatste betreft... Ik heb naar je werk gebeld en gesproken met ene...' Hij zweeg even. 'Jane, kan dat?'

'Jill.'

'Jill, natuurlijk. Ik heb haar verteld wat er aan de hand was en gezegd dat je als je weer terug was het waarschijnlijk eerst rustig aan moet doen, en dus een poos niet kunt werken. Dat lijkt me verstandig.'

'Nou, ik ben er weer en ik denk dat het heel goed voor me is om direct weer aan de slag te gaan.'

Toen Felix hierop antwoordde keek hij niet zo nu en dan in haar richting, zoals hij de hele tijd had gedaan. Hij bleef strak voor zich op de weg kijken. 'Tja, ik weet eerlijk gezegd niet of dat wel mogelijk is.'

'Waarom niet? Ik voel me prima. Het zal me goed doen. En het geld is ook zeer welkom.'

'Ik geloof zo dat je je prima voelt. Zo zie je er ook uit, al moet je natuurlijk wel een beetje uitkijken met alles. Maar ik heb dus je werk gebeld en die Jill zei dat ze iemand anders gingen zoeken. Kleine bedrijfjes kunnen in zo'n geval niet anders, denk ik.'

Nancy kreeg de neiging om te gaan gillen, om hem te slaan, om uit de auto te springen, ook al reden ze wel honderd. Toen ze zichzelf weer onder controle had wilde ze alleen maar 'waarom heb je dat gedaan?' vragen. Maar in plaats daarvan balde ze haar vuisten en zweeg.

'Ik dacht juist dat het me zou kunnen helpen,' zei ze ten slotte gedwee. 'Dat ik mijn leven er weer door op de rails kon krijgen.'

'Lieverd, je hébt je leven alweer op de rails. We moeten dat alleen zo zien te houden. Je hebt veel te veel aan je hoofd gehad. Ik denk dat je daardoor uit balans bent geraakt. Ik wil alles doen wat ik kan om je voor een terugval te behoeden.'

'Maar wanneer ben ik volgens jou dan wel zover?'

'Dat merken we vanzelf,' zei Felix op geruststellende toon. 'Nu in elk geval nog niet. Je moet je eraan overgeven dat ik een beetje op je let.'

'En jij dan?'

'Ik?'

'Jij hebt toch recht op een normaal leven? Zonder dat je zoveel tijd kwijt bent aan mij? Om op me te letten?'

'Maak je om mij maar geen zorgen.'

Zodra Felix de voordeur open had gedaan en Nancy hun huis binnenstapte, raakte ze even helemaal in paniek. De herinnering aan wat er was gebeurd toen ze daar voor het laatst was geweest, aan hoe ze, terwijl ze er luid tegen protesteerde, naar buiten was gesleurd kwam keihard terug. En het was meer dan een herinnering. Ze leek even terug in de tijd, het gebeurde allemaal opnieuw. Ze hoorde alles weer, rook alles weer.

Felix wilde haar iets vragen, maar ze onderbrak hem. 'Wacht,' zei ze snel. 'Ik moet even bijkomen.'

Meteen dook ze de badkamer in, ze draaide de deur op slot en ging boven de wc-pot hangen omdat ze voelde dat ze moest overgeven. Ze haalde een paar keer diep adem, waarna de aandrang wegebde. Toen kleedde ze zich helemaal uit. Alles rook naar de kliniek: haar kleren, haar lijf, haar haar, álles. Ze ging onder de douche staan en zette hem zo heet als ze kon verdragen. Ze waste haar haar, zag een washandje liggen en begon zich helemaal schoon te boenen. Daarna spoelde ze zich af en waste zowel haar haar als haar lijf nogmaals, zó stevig dat haar huid er rauw door voelde. De geur was nog niet weg, maar ze wist dat die in haar hoofd zat. Het zou dagen, nee weken duren voor ze die kwijt was.

Totdat de boiler leeg begon te raken bleef ze onder de hete waterstraal staan. Toen ze de kraan dichtdraaide hoorde ze stemmen. Er was bezoek. Ze bekeek de hoop kleren op de vloer en klopte toen geërgerd op de deur. 'Felix, kun je me even iets brengen om aan te trekken?'

Ze droogde zich af en sloeg de handdoek om. Zo bleef ze staan wachten tot ze een klop op de deur hoorde en die een klein stukje opende. Felix duwde haar blauwe ochtendjas door de kier. Ze trok hem aan, voelde hem tegen haar vochtige huid plakken. Toen opende ze de deur en stapte de huiskamer binnen.

Michelle en Dylan zaten op de bank. Op de salontafel stonden twee glazen wijn. Ze glimlachten haar allebei toe.

'Welkom thuis,' zei Michelle. 'We hebben *mince pies* meegebracht. En wijn. Ach, het is bijna kerst, nietwaar?'

Dylan kwam overeind en liep naar Nancy toe. Hij keek haar aan en legde zijn handen op haar schouders. Even voelde ze zich net een dier dat op de veemarkt wordt gekeurd. Hij draaide zijn hoofd en keek grijnzend naar Michelle. 'Ziet er prima uit, niet? Misschien nog een beetje op gewicht komen.'

Nancy was zich er sterk van bewust dat haar ochtendjas de contouren van haar vochtige huid volgde en voelde zich naakt onder hun blik. Michelle keek naar haar man en Nancy zag dat ze daarbij licht haar hoofd schudde, als een vriendelijke maar vermoeide waarschuwing. Als een moeder die ziet dat haar kind zich tóch weer misdraagt.

'Zal ik je een wijntje inschenken?' vroeg Michelle.

'Beter geen alcohol voor Nancy,' antwoordde Felix snel. 'Mag niet van de dokter, hè?'

'Ach natuurlijk. Stom van me,' zei Michelle. 'Zal ik dan thee voor je zetten?'

'Nee, dank je,' zei Nancy. 'Ik ga me even aankleden.'

Ze liep naar de slaapkamer, deed de deur achter zich dicht en leunde ertegenaan, alsof ze daarmee, al was het maar voor een paar minuten, de rest van de wereld kon buitensluiten. Ze sprak zichzelf moed in. Het was goed zo. Ze kon dit aan. Ze trok haar ochtendjas uit en begon zich aan te kleden. Toen ze net een slipje en een zwarte spijkerbroek had aangetrokken werd er op de deur geklopt. 'Wacht even.'

De deur ging open. Michelle kwam binnen en deed de deur achter zich dicht.

'Ik ben nog niet zover.' Ze deed snel haar armen over elkaar, om haar borsten te bedekken.

'Let maar niet op mij,' zei Michelle vrolijk terwijl ze op het bed neerplofte.

Nancy wist even niets te zeggen. Er waren maar een paar mensen in haar leven geweest die zich ooit zo hadden gedragen, zomaar binnenkomen terwijl ze zich stond aan te kleden, alsof het de gewoonste zaak van de wereld was. Het was iets voor geliefden en beste vriendinnen, niet voor de buurvrouw die haar door leugens te vertellen had laten opnemen. Ze draaide zich om en trok met een ruk een la open.

'Fijn om te zien dat het beter met je gaat,' zei Michelle.

Inmiddels was ze bijna aangekleed. Als laatste trok ze een dikke trui over haar hoofd, waardoor ze zich extra beschermd voelde. Ze keek Michelle weer aan. 'Beter?' herhaalde ze langzaam, bijna alsof ze het woord uitprobeerde om erachter te komen wat het betekende. 'Mijn leven is nu beter. Dat is een ding dat zeker is.'

'Wat ik heb gedaan was voor je eigen bestwil,' begon Michelle. 'Hopelijk zie je dat nu in.'

'Dat doe ik zeker. De artsen hebben me verteld wat jij over me hebt gezegd.'

'Ik was niet de enige. Iedereen maakte zich zorgen over je. Je mag blij zijn met een vriend als Felix, die zo ontzettend veel van je houdt en voor je doet. En met een arts als Harry als buurman; hij heeft me goed geadviseerd. En...' Ze aarzelde even. 'Ik weet dat Dylan soms wat te ver gaat. Hij is niet bepaald politiek correct. Maar ook hij maakte zich zorgen over jou. We hebben alleen maar gedaan wat goede buren en vrienden zouden moeten doen.'

Eigenlijk wilde Nancy niets liever dan haar eens flink de waarheid vertellen. Ze twijfelde er niet aan dat Felix dit in gang had gezet en dat Harry en Dylan er ook bij betrokken waren geweest. Maar er moet heel wat aan de hand zijn wil je gedwongen worden opgenomen. Michelle had beweerd dat Nancy een direct gevaar vormde – een gevaar voor zichzelf én voor haar. Dáárom was ze opgepakt en meegenomen en hadden ze haar platgespoten.

'Ik heb een zware tijd gehad,' zei ze zo kalm als ze kon. 'Maar ik begrijp jullie nu wel.'

'Wat ben ik daar blij om. Heb je al toekomstplannen?' Michelle glimlachte vriendelijk bij het stellen van deze vraag, maar Nancy zag dat er achter die glimlach een bijna valse nieuwsgierigheid schuilging.

'Ik wil er weer helemaal bovenop komen,' antwoordde ze. 'En ik wil gewoon verder met mijn leven.'

'Een goed idee. Echt een uitstekend idee. Ga je ook weer aan het werk?'

Ze schudde haar hoofd. 'Ik heb andere plannen.'

'O, wat voor plannen?'

'In een vorig leven, lang geleden, heb ik een eigen restaurant gehad. Ik denk erover om weer zoiets te beginnen. Daar kan ik vast mijn energie goed in kwijt.'

Michelles glimlach leek nu écht oprecht. 'Wat ben ik blij voor je. Zullen we weer naar de anderen gaan? Je moet echt een van mijn mince pies proeven.'

Vrijwel meteen nadat ze de woonkamer waren binnengestapt werd er opnieuw aangeklopt. Felix deed de deur open. Het waren Harry en Olga.

Olga liep direct naar Nancy en omhelsde haar. Ze rook naar zure melk en haar lichaam was een beetje schonkig, maar ze was de enige van het gezelschap die oprecht blij leek om haar te zien.

‘We vonden het zo fijn om te horen dat je weer terug was,’ zei Olga. ‘Het moet heel beangstigend voor je zijn geweest.’

‘Leuk was het niet, nee.’

‘Ik kan me niet voorstellen hoe zoiets is,’ zei Olga zacht.

‘Hopelijk hoef je daar ook nooit achter te komen. Waar is Lydia eigenlijk?’

‘Harry’s moeder logeert bij ons en we hebben dus de avond vrij, zal ik maar zeggen. Het is alsof we even uit de gevangenis zijn ontsnapt. En kijk eens hier.’ Nancy zag dat Olga een papieren zakje bij zich had. ‘Mince pies. Omdat het bijna kerst is. Van de banketbakker verderop in de straat. Echt heerlijk.’

‘Dat is lief van je.’

Olga vroeg om een schaal voor de mince pies en gaf een gilletje van schrik toen ze zag dat er al een stuk of wat van Michelle lagen, waarna ze zich hevig begon te verontschuldigen.

‘Geeft niks, joh,’ zei Michelle. ‘Die van jou zien er geweldig uit.’

Terwijl de anderen zaten te praten en te lachen hield Nancy zich afzijdig. Ze wilde rust. Ze wilde slapen.

Even later kwam Harry naast haar zitten, met twee koppen thee die hij op het tafeltje voor hen zette. ‘Goed dat je weer terug bent,’ zei hij wat stijfjes. Hij ontweek haar blik.

‘Michelle heeft me zojuist verteld dat jij ook hebt geholpen om me opgenomen te krijgen,’ zei ze. ‘Dan moet ik je bedanken, denk ik.’

Hij verschoot van kleur. ‘Dat is niet zo! Ik snap niet hoe ze daarbij komt.’

‘Ik ook niet.’

‘Luister.’ Hij sprak met nadruk en boog zich naar haar toe. ‘Zij zei dat jij haar had bedreigd, en toen vroeg ze mij wat ze moest doen. Ik zei dat iemand die een gevaar voor anderen of voor zichzelf vormt als laatste redmiddel gedwongen kan worden opgenomen. Meer heb ik niet gezegd.’

‘Oké.’

'Misschien geloof je het niet, maar zo is het gegaan.'

Nancy keek naar het groepje mensen aan de andere kant van de kamer. Ze zag dat Felix op haar lette. Ze richtte zich weer tot Harry. 'Ik geloof je,' zei ze zacht. 'En ik ben iedereen dankbaar.'

'Dankbaar?'

'Ik was geestelijk niet in orde. Ik had hulp nodig en ik zie nu in hoe lastig dat voor iedereen moet zijn geweest. Vooral voor Michelle. En voor Felix natuurlijk. Vooral voor hem was het verschrikkelijk. Ik weet niet of ik hem ooit genoeg kan bedanken.' Ze glimlachte naar Felix. Hij glimlachte terug.

'Ik ben blij dat je het zo ziet,' zei Harry.

'Zo zie ik het inderdaad.' Ze stond op. Iedereen keek naar haar. Drie dagen, dacht ze. Nog drie dagen.

41

Maud liep van haar werk naar huis, al was het erg slecht weer. Dat het koud en nat was vond ze niet erg. Die harde wind en de striemende regen in haar gezicht waren eigenlijk wel prettig. Het voelde als een reiniging na de bedompte lucht, de verstikkende hitte en de toxische sfeer op het bureau. Ze had die dag een jonge agente huilend in de wc's aangetroffen.

'Ik snap niet hoe je het hier uithoudt,' had ze tegen Maud gezegd.

Maud snapte het zelf soms ook niet. 'Wat is er gebeurd?'

'Niet iets speciaals. Het is hoe dat hier elke dag gaat, hoe ze naar me kijken, of me achter mijn rug uitlachen en me proberen voor gek te zetten.'

'Wat naar voor je.'

'Bij jou zouden ze dat niet durven.' Ze snoot keihard haar neus en bekeek zichzelf in de verweerde spiegel, om te zien of haar ogen niet rood waren geworden.

'Als er weer iets vervelends gebeurt, moet je het tegen me zeggen,' had Maud haar op het hart gedrukt.

Volkomen doorweekt kwam ze bij haar huis aan; het voelde nog steeds niet als thuis, en zover zou het vast ook nooit komen. Ze woonde op de derde verdieping van een flatgebouw, en het leukste eraan was het balkonnetje, waar ze in het voorjaar en 's zomers de geraniums neerzette die haar vader voor haar meebracht. Hij noemde ze ooievaarsbek en kweekte ze als hobby, die planten waren zijn lust en zijn leven.

Er stond iemand bij de hoofdingang. Ze vertraagde haar pas en kneep haar ogen half dicht. Zelfs in het donker en met deze regen zag ze wie het was. Toen ze hem naderde draaide hij zich om.

'Hallo Maud,' zei Silas.

Silas, met zijn zwarte haar, zijn blauwe ogen en zijn lachrimpels als hij glimlachte. Dat laatste deed hij nu, maar zij glimlachte niet terug.

'Wat doe jij hier?'

'Ook leuk om jóú weer te zien. Ik wil graag met je praten.'

'Nadat je een jaar lang niets van je hebt laten horen?'

'Ja.'

'Je had me weleens kunnen bellen of een berichtje kunnen sturen.'

'Heb ik gedaan, maar je reageerde niet. Ik heb naar het bureau gebeld, en daar zeiden ze dat je al naar huis was. Daarom sta ik hier nu.'

'Hoe ben je achter mijn adres gekomen?'

'Is dat geheim dan? Ik heb het gewoon aan Terry gevraagd, je broer.'

'Wat wil je? Ik dacht dat je in Denemarken of zo woonde.'

'Dat was ook zo. Maar ik ben weer in Londen. Ik wil graag met je praten.'

'Waarover?'

'Mag ik in elk geval even binnenkomen? Het is hier ijskoud.'

Maud aarzelde en knikte toen. 'Oké. Even dan. Ik moet nog van alles doen.'

'Dat klinkt niet erg uitnodigend.'

Ze keek hem even aan, zei niets, maar draaide zich om en stak de sleutel in het slot. Zwijgend liepen ze drie trappen op. Ze deed de deur van haar appartement open en ze gingen naar binnen.

Hij keek om zich heen. 'Leuk.'

'Niet echt.'

'Je hebt dat linnen schort nog steeds, dat je van mij hebt gekregen.'

'Het is nog maar anderhalf jaar geleden, Silas.'

'Krijg ik niet iets te drinken?'

'Pak maar een biertje uit de koelkast, en er staat ook wijn in, als je wilt. Ik moet even van deze natte boel af.'

Ze ging naar de slaapkamer, waar ze haar natte kleren verwisselde voor een spijkerbroek en een crèmekleurige katoenen trui. Maar die zou hij ook herkennen, besefte ze, dus verving ze die door een groen shirt. Ze streek met haar handen door haar wilde, natte krullen. Een blik in de spiegel durfde ze niet aan. Wat maakte het ook uit hoe ze eruitzag?

'Waar wil je over praten?' vroeg ze zodra ze de kamer weer binnenkwam.

'Zullen we eerst gewoon even wat kletsen?'

'Ik heb het druk.'

Silas reikte haar een blikje bier aan, maar ze schudde haar hoofd, waarop hij het zelf maar opentrok en er een flinke slok uit nam. Toen ging hij op een stoel zitten.

Maud nam tegenover hem plaats.

'Heb je me gemist?'

Maud vertrok geen spier. Ze keek naar Silas, die ze door en door kende maar die tegelijk een vreemde voor haar leek. Ze had zielsveel van hem gehouden en had gedacht dat de liefde wederzijds was. Jarenlang hadden ze samengewoond, ze hadden samen een appartement gekocht, ze hadden gemeenschappelijke vrienden gehad, ze hadden toekomstplannen gemaakt, en ze hadden zelfs geprobeerd een kindje te krijgen – en toen had hij haar verlaten. Hij had gezegd dat de tijd nog niet rijp was voor hem, dat hij er niet klaar voor was, en was uit haar leven verdwenen, waarna zij hun gezamenlijke spullen moest uitzoeken, het appartement moest verkopen en haar leven een nieuwe wending moest zien te geven.

Of ze hem gemist had? Eerst had ze hem zó gemist dat ze er lichamelijk aan onderdoor leek te gaan. Haar hele lichaam deed zeer. Haar hart voelde als een bonzende wond. Het deed pijn om terug te denken aan wat ze samen hadden gehad.

Ze had de scheiding verwerkt door zich op haar werk en haar vriendschappen te storten, en ook door die avondstudie rechten te doen, waardoor ze eventueel bij de politie weg kon gaan. Ze had een paar avontuurtjes gehad, maar dat stelde allemaal bitter weinig voor. En zo was Silas voor haar langzamerhand steeds verder uit beeld geraakt.

'Ik heb me weten te redden,' zei ze koeltjes.

'Jij bent altijd super geweest,' zei hij. 'En ik een stommeling.'

Maud stond op en liep naar de koelkast. Ze pakte een blikje bier, trok het open en keek naar het schuim dat uit de opening omhoogkwam.

'Ik wilde zeggen dat het me spijt,' zei Silas. 'Ik ben een klootzak geweest.'

Maud zei niets. Ze nam een slok van het koude, bittere bier.

'Ik raakte in paniek,' zei Silas. 'Ik was er nog niet aan toe.'

'Dat zei je toen ook al.'

'Ik besef nu dat ik me heb vergist.'

Stilte. Maud bleef staan. Ze nam nog een grote slok bier.

'Heb je niks te zeggen?'

'Wat wil je dat ik zeg? We kunnen de tijd niet terugdraaien, Silas.'

'Bedoel je dat het te laat is?'

'Dacht je nou echt dat ik op je heb zitten wachten? Dat je na al die tijd gewoon weer terug kon komen en sorry kon zeggen, en dat ik je dan weer in de armen zou vallen?'

'Natuurlijk niet.'

'Ik ken je niet meer. Jij kent mij niet meer. Het is voorbij. Het was al voorbij toen je je spullen pakte terwijl ik met die zaak van Charlotte Salter bezig was en jij, zonder ook maar gedag te zeggen, aftaaide.'

Silas vertrok. Maud maakte een omelet met kaas, die ze terwijl ze haar aantekeningen doornam met een glas rode wijn erbij verorberde. Ze bleef laat op en probeerde zich te concentreren en aan niets anders te denken dan aan deze tunnel waar ze als een mol doorheen kroop, vastbesloten er een uitweg uit te vinden.

42

Die avond ging Nancy vroeg naar bed; ze zei dat ze uitgeput was. Maar ze was niet uitgeput; ze was opgewonden en rusteloos door wat ze over een paar dagen ging doen. In het donker lag ze naar Felix te luisteren, die aan het opruimen was: gekletter van borden, een kraan die liep, muziek. Ze hoorde hem zelfs even meezingen.

Een poosje later kwam hij stilletjes de slaapkamer in. Ze lag met gesloten ogen in foetushouding, met haar gezicht in haar kussen gedrukt, maar ze voelde hem naast zich staan, uren leek het wel, maar waarschijnlijk was het maar een minuut. Ze dwong zichzelf rustig en langzaam te ademen, waarna hij van haar wegliep, zijn kleren uittrok en met een tevreden zucht naast haar in bed kroop. Hij legde een warme hand op haar rug en streek die kalmerend op en neer. Ze mompelde wat, schoof van hem weg en deed alsof ze diep in slaap was. Ze voelde dat hij ook gemakkelijk ging liggen, waarna hij vrij vlot zachtjes begon te snurken, een geknor dat ze ooit vertederend en prettig had gevonden maar waar ze het nu wel bij wilde uitschreeuwen.

Kalm blijven, zei ze tegen zichzelf. Blijf kalm. Op die woorden ademde ze in en uit. Ze probeerde haar ledematen te ontspannen. Ze dacht aan Michelle, die naar haar had geglimlacht. Aan Dylan, die naar haar had geloerd, aan Harry, die zich bezorgd had betoond. Ze dacht aan Felix, die naar haar werk had gebeld en ervoor had gezorgd dat ze daarmee moest stoppen, waardoor ze nu geen eigen inkomen had en dus niet onafhankelijk kon zijn. Hoeveel geld had ze nog op de bank staan? Ze wist het niet precies, maar veel was het niet.

Het maakte ook niet uit. Ze kon werk vinden, alles zou ze aanpakken, bij voorkeur in een café of restaurant. Voor haar gevoel stond ze nog steeds aan de rand van de nachtmerrie die ze had meegemaakt. Felix kon weer contact opnemen met de kliniek. Michelle kon dat ook. En wie weet zouden ze haar dan weer komen halen, haar weer platspuiten, haar in een kamer zonder ramen opsluiten, haar zo lang wijsmaken dat ze gek was tot ze écht gek zou zijn.

Vrijdag. Zaterdag. Zondag. Ze zou zwakjes en meegaand doen. In het duister voelde ze dat haar lippen omhoog krulden: wat kon je die Felix toch makkelijk voor de gek houden. Hoe was het mogelijk dat hij ervan overtuigd was dat zij, die altijd tegendraads en eigenwijs was geweest, zo'n weerloos schepseltje was geworden?

Bij Michelle lag dat anders. Michelle had over Nancy gelogen. Ze wist dat Nancy dat wist. En Nancy wist dat zij dat wist.

Maar waarom had Michelle gelogen? Nancy dacht aan de manier waarop Dylan vanavond naar haar had gekeken, en naar hoe Michelle toen op haar beurt naar Dylan had gekeken.

Het waren zinloze gedachten. Het lag allemaal achter haar. Kira was dood en al was Nancy ervan overtuigd dat iemand haar had vermoord, haar rol was uitgespeeld. Ze had geen zin meer om de speurneus uit te hangen, geen zin meer om te gaan uitzoeken wie Kira had vermoord, geen zin meer in de herinnering aan het gehuil van Kira's moeder bij haar thuis. Ze moest nu aan zichzelf denken, zichzelf uit deze situatie zien te bevrijden.

Drie dagen. Als een woestijn lagen ze voor haar, maar ze zou ze door weten te komen, mak en gedwee.

Ze voelde dat Felix zich omdraaide en naar haar toe kroop. Hij kwam dichterbij, ze voelde zijn lichaamswarmte en zijn adem op haar schouder. Ze schoof bij hem weg. Alles aan hem stond haar tegen: zijn gespierde lijf, zijn grote handen, zijn dikke blonde haardos, zijn glimlach, zijn bezorgde frons. Telkens als hij haar aanraakte kromp ze even ineen en moest ze moeite doen om niet achteruit te deinzen. Gelukkig kon ze seks met hem makkelijk afhouden. Ze was immers herstellende, iets wat hij haar voortdurend inwreef.

Ze dacht aan komende maandagochtend. Ze zou Felix gedag kussen, hem uitzwaaien, op een holletje naar de slaapkamer gaan en een weekendtas inpakken: paspoort, laptop, een paar shirts, ondergoed, tandenborstel. Binnen een paar minuten kon ze weg zijn. In gedachten stormde ze de deur al uit en haastte ze zich door de straat, met de wind en de regen in haar gezicht; ze zou zich zo snel uit de voeten maken dat niemand haar te pakken kon krijgen.

Maar waar moest ze naartoe? Ze kon van tevoren met niemand contact zoeken, want dan bestond het gevaar dat ze het als hun plicht zagen om Felix in te lichten. Misschien moest ze het niet bij een van haar vriendinnen proberen, althans niet in eerste instantie, maar pas als ze zeker wist dat ze veilig was.

Ze voelde zich heel erg alleen. Maar alleen zijn was juist goed. Alleen zijn betekende vrijheid.

43

‘Wat gaan we vandaag doen?’

Ze zaten samen thee te drinken. Felix had amandelbroodjes en versgeperst sinaasappelsap uit de koelkast gehaald en enigszins plechtig op het tafeltje gezet. Er konden wel zes mensen van eten. Nancy had een broodje uit elkaar getrokken en er een paar stukjes van genomen.

‘Ik wil wel een wandelingetje maken,’ antwoordde ze.

‘Meen je dat nou? Het is heel slecht weer.’

‘Kan me niks schelen.’

‘Oké, doen we dat.’

‘Je hoeft niet mee.’

‘Jawel, gezellig.’

Ze glimlachte naar hem. Hij glimlachte terug. Haar hoofd bonsde. ‘Fijn,’ zei ze. ‘Ik ben toe aan wat frisse lucht.’

In de stromende regen liepen ze naar het parkje.

‘Bijna kerst,’ zei Felix. ‘Over negen dagen.’

Waar zou ze met kerst zijn, vroeg ze zich af, en bij wie?

‘Wat zullen we dan eten? Gewoon met ons tweetjes, denk ik. Gezien de omstandigheden.’

‘Eh, even denken.’

‘Ik kook wel.’

‘Dat is fijn.’

Hij pakte haar hand vast. 'Stel je voor,' zei hij. 'Volgend jaar om deze tijd wonen we op het platteland.'

'Wow. Geweldig.' Ze wierp een vluchtige blik op hem. Lag het er nu niet te dik bovenop? Maar nee, hij leek helemaal niets in de gaten te hebben. Ze kreeg even de neiging om te gaan lachen.

Op de terugweg kwamen ze langs een drogisterij. Nancy bleef staan. 'Ik moet wat dingen kopen.'

'Maak maar een briefje, haal ik het later wel.'

'Nu is handiger.'

'Dan geef ik je geld mee.'

'Ik kan met mijn pas betalen. Loop jij anders maar door, kun je thuis je natte kleren uitdoen.'

'Ik heb zelf ook het een en ander nodig.'

In de winkel legde Nancy shampoo, tampons, douchegel, handzeep en tandpasta in haar mandje. Ze deed haar rugzak af en viste haar portemonnee eruit, maar Felix, die naast haar stond, bood zijn pas al aan de caissière aan.

Nancy duwde zijn arm weg. 'Het zijn mijn spullen, en ik betaal ze.' Ze kon het niet laten om eraan toe te voegen: 'ook al heb ik geen baan meer, naar het schijnt.' Ze zocht in haar portemonnee. 'Waar is mijn pasje?'

'Maakt niet uit, laat mij maar even.'

'Maar het moet hierin zitten.'

'Ehm...'

'Ik heb het altijd bij me.'

Felix hield zijn eigen pasje tegen het pinapparaat aan en zij stopte de boodschappen in haar rugzak. Samen liepen ze de winkel uit. Het regende nog steeds hevig.

'Als ik mijn pasje thuis niet terugvind vraag ik bij de bank een nieuwe aan.'

'Het is niet zoek.'

'Wat?'

'Ik heb het doorgeknipt.'

'Jij hebt het doorgeknipt?' herhaalde ze langzaam. 'Jij hebt mijn pasje doorgeknipt?'

'Ja.'

'Waarom in vredesnaam?'

'Niet boos worden. Omdat ze tegen me zeiden dat mensen in jouw situatie soms onverantwoorde uitgaven doen. Zo kunnen ze alles kwijtraken. Het is een soort symptoom.'

'Dus dat was op medisch advies?'

'Ik wilde je tegen jezelf beschermen.'

Deze bewoording was wel iets om even over na te denken. Tegen jezelf beschermd worden. Interessant, dacht ze. Voorkomen dat het zelf het zelf iets aandoet. Ze keek naar Felix, naar zijn haar dat tegen zijn hoofd zat geplakt en zijn kletsnatte gezicht, waarop ze zowel iets smekends als iets zelfingenomens las. 'Dat had je me eerst moeten vragen,' zei ze na een poosje.

Hij leek iets te ontspannen. 'Het leek me beter om een gezamenlijke rekening te openen.'

Wat verschrikkelijk, dit allemaal, dacht ze. Maar het voorstel leek al bij haar vorige leven te horen.

'Goed idee, een gezamenlijke rekening,' beweerde ze. 'Maar het voelt wel wat ongemakkelijk om in de tussentijd niet bij mijn geld te kunnen.'

'Ik geef je wel wat als je iets nodig hebt.'

Geen pas. Geen geld. Geen eigen inkomen.

'Laten we naar huis gaan,' zei hij. 'Voordat we doodvriezen.'

Toen ze bijna thuis waren zagen ze Seamus de trap van het souterrain op komen; hij hield een kleine paraplu vast, die hem niet droog hield. De fitheid en vrolijkheid straalden van hem af, alleen was het allemaal net wat te veel: te rode lippen, te glanzend haar, te heldere ogen. Nancy rook de muskusgeur van zijn aftershave.

'Nancy!' Zijn glimlach leek even te verdwijnen, maar werd toen nog breder. Hij ving haar blik en keek snel weg.

Nancy wist niet of hij zich verlegen, beschaamd of schuldig voelde. Dit was de man die haar had geprobeerd te zoenen en vervolgens beweerde dat zij zich aan hém had opgedrongen. Wat als het zoveelste bewijs van haar labiele toestand was uitgelegd.

'Je bent er weer. Fijn om je te zien. Je ziet er goed uit. Geweldig zelfs. Ja toch, Felix?'

'Absoluut,' zei Felix. Hij sloeg zijn arm om Nancy's schouders en trok haar zo stevig naar zich toe dat ze bijna omviel.

Vanaf de punten van zijn paraplu vielen regendruppels op Seamus' gezicht. 'Zie ik jullie vanavond?'

'Vanavond?' vroeg Nancy.

'Iets verderop in de straat is een feest, voor kerst alvast. Doen ze elk jaar. Best oké. Beetje belegen, dat wel.'

'Ik weet het niet,' zei Felix. 'Hangt ervan af hoe Nancy zich voelt. Nu direct al een feestje is misschien wat veel van het goede. En ik ga natuurlijk niet zonder haar.'

Hij had zijn arm nog steeds stevig om haar heen. 'Je wilt misschien liever lekker rustig thuisblijven.'

'Het lijkt me heel leuk om te gaan.'

'Echt?' Felix knikte naar Seamus. 'Nou, dan zien we je daar.'

'Geweldig.' Seamus stak als groet zijn paraplu even wat hoger in de lucht en liep met ferme tred weg.

44

Nancy zette haar koptelefoon op en startte haar Spotify-afspeellijst. Het gekrijs van Lydia werd er niet helemaal door overstemd, en dat gold ook voor het gehamer uit de badkamer, waar Felix de kapotte douche probeerde te repareren. Ze nam haar telefoon in de hand: ze was nog niet toegekomen aan het lezen van alle appjes en Instagrammeldingen die met het nodige geping op het scherm waren verschenen.

Maar na tien minuten legde ze de telefoon weer weg, omdat ze er een beetje akelig van werd. De ene na de andere vriendin en vriend had contact gezocht, had haar of zijn medeleven betuigd en gezegd dat ze heel goed begrepen dat ze tijd nodig had om te herstellen maar dat ze er altijd voor haar waren; sommigen hadden afspraken die ze eerder met hen had gemaakt afgezegd, want ze moest immers weer rustig op gang komen. Er waren ook veel voicemailberichten, maar die kon ze nu even niet aan.

Ze liep de badkamer binnen, waar Felix op de vloer naar een leiding lag te turen. 'Volgens mij heb ik ontdekt waar het probleem zit,' zei hij vrolijk.

'Heb jij contact met mijn vrienden en vriendinnen opgenomen over wat er met me aan de hand was?'

Hij draaide zich naar haar om. 'Ze maakten zich zorgen om je. Ik moest er toch íéts over zeggen?'

Ze beet op haar lip. 'Dat leek me eigenlijk meer iets wat ik zelf moest doen.'

'O, het was een kleine moeite.'

Heel even stelde Nancy zich voor dat ze hem een schop in zijn gezicht gaf, zoals hij daar op de vloer lag. 'Kan het zijn dat je de indruk hebt gewekt dat ik nog steeds ziek ben?'

Felix ging zitten en nam haar aandachtig op. 'Ik weet dat het nu veel beter met je gaat, en daar ben ik heel blij om. Maar wat je hebt meegemaakt is bepaald niet niks. Vind je zelf ook niet dat je lering moet trekken uit wat er is gebeurd? Het is voor ons allebei beter dat je je niet direct weer in dat drukke leventje van je stort, waarin je bijna elke avond weg bent en het alles en iedereen naar de zin probeert te maken, zonder dat er veel tijd voor ons tweeën overblijft. Voor je het weet begint de ellende dan weer opnieuw.' Hij draaide een moer vast en keek haar toen indringend aan. 'En dat is toch het laatste wat je wilt, of niet? Die kliniek, daar wil je niet opnieuw in terechtkomen.'

'Nee,' zei Nancy langzaam. 'Dat wil ik niet.'

Felix glimlachte naar haar en ging weer liggen.

'Het probleem is dat de mannen die ík leuk vind niet van politieagenten houden,' zei Maud, waarbij ze de visschotel die ze had besteld aan een keurende blik onderwierp.

Ze dacht eraan hoe die Stuart had gereageerd toen hij hoorde wat voor werk ze deed. Ze snapte eigenlijk niet waarom ze zich dat zo aantrok: ze was immers gewend aan de reactie van mensen op wat ze deed. Hoewel ze haar er nooit rechtstreeks op hadden aangesproken, hadden de ouders van Silas het maar niks gevonden dat ze bij de politie zat. Ze waren alleen tijdelijk ontdooid toen ze korte tijd beroemd was omdat ze de wantoestanden binnen het korps aan de kaak had gesteld.

Ze had Stuart de laatste twee weken niet meer gezien. Hij was niet bij de colleges komen opdagen, en ze merkte dat ze zich afvroeg waarom dat was. Misschien was hij gewoon gestopt, net als sommige anderen, en zag ze hem dus niet meer.

Ze zat met twee van haar broers in een pub in Shoreditch, en een van hen, Terry, had haar voorzichtig gevraagd of ze alweer een beetje aan de man was. In eerste instantie had ze die vraag quasi-geamuseerd weggewuifd, maar toen ze nog eens goed naar zijn vriendelijke, verweerde gezicht had gekeken, ging ze er toch even op in. Maud wist dat haar vader en haar vier broers het regelmatig over haar hadden en dat ze zich er zorgen over maakten dat ze alleenstaand, kinderloos, eigengereid en weinig stabiel was, en ook over dat ze rechercheur was en steeds in de knoop zat met zichzelf. Ze kwam altijd in haar eentje naar de bruisende familiefeestjes, speelde wat met haar neef en nichten, en ging er dan meestal vrij snel weer vandoor.

Terry was haar oudste broer en hij was net als hun vader dakdekker van beroep: Frank O'Connor & Son repareerden in heel Oost-Londen daken en dakgoten. Terry was getrouwd en had drie dochters. Mauds broer Brian had een zoon en twee honden. De jongste broers waren een tweeling; de een zou in de lente vader worden, de andere was net met zijn partner naar Romford verhuisd en begon ook al over kinderen.

'En daar komt nog bij,' ging ze door, terwijl ze haar vork diep in de aardappelpuree prikte alvorens er iets van vis in aan te treffen, 'dat ik politieagenten zelf óók niet erg leuk lijk te vinden.'

'Er moeten toch een paar aardige tussen zitten,' zei Brian.

'Vast,' zei Maud met een bedenkelijk gezicht. 'Als je goed zoekt. En het derde probleem is dat ik door mijn werk als rechercheur weinig meer met mannen in het algemeen opheb.'

'Slechte zaak,' zei Terry.

'Weet ik.'

'Zie je Silas nog weleens? Hij belde me namelijk.'

'Tussen Silas en mij komt het nooit meer goed. Maak je daar alsjeblieft geen illusies over.'

'Deed ik ook niet.'

'Bovendien heb ik op het ogenblik helemaal geen tijd voor een relatie.'

'Je werkt ook veel te hard.'

'Ik hou van mijn werk. Ik vind het leuk om dingen op te lossen, om alle tegenstrijdige verhalen te horen, alle puzzelstukjes bij elkaar te leggen en dan het totaalplaatje te vinden. Maar alles wat eromheen hangt, dat vind ik niet leuk.'

Ze moest weer denken aan het gelach van de mannen op het bureau, een paar uur geleden nog maar, toen een prostituee aangifte wilde doen tegen een klant. Het was veelbetekenend, vulgair gelach geweest, en ze had zin gehad het bureau in de fik te steken.

'Maar vermaak je je nog wel?'

'Zeker,' antwoordde ze haar broers glimlachend. 'Ik vermaak me wel.'

45

Nancy trok haar fluwelen broekpak en haar zwarte laarsjes aan, deed wat make-up en lippenstift op en schudde haar haar los.

'Je ziet er mooi uit,' zei Felix.

'Dank je.'

'Maar je krijgt het misschien wel koud.'

'Het is prima zo.'

'Nou ja, we blijven toch niet lang.'

Hand in hand liepen ze door de straat. Het regende niet meer, maar er stond wel een koude wind.

'Het zou best eens kunnen gaan sneeuwen,' zei Felix.

'Dat lijken Michelle en Dylan wel.' Nancy wees naar de twee mensen die voor hen liepen.

'Vast. Waarschijnlijk is de hele straat uitgenodigd.'

En inderdaad, toen ze de kleine woning binnen waren, waar je al bijna over de hoofden kon lopen en het erg rumoerig was, zag Nancy niet alleen Michelle en Dylan staan, maar ook Barney en Seamus, in het gezelschap van een blonde vrouw; ze lachten om iets wat ze net had gezegd.

De moed zonk Nancy in de schoenen. Ze pakte een glas glühwein en snoof de heerlijke geur van kaneel en kruidnagel op.

Felix legde zijn hand op het glas. 'Is dat wel verstandig?'

'Och, een paar slokjes.'

'Het is aan jou. Maar hou je een beetje in.'

'Ja, Felix.'

En dat deed ze: ze hield zich in. De komende dagen zou ze zich beheersen en zich koest houden. En daarna zou ze uit het leven van Felix verdwijnen en zouden de mensen zich afvragen waarom ze die aardige en liefhebbende man in hemelsnaam had verlaten, die man die alles voor haar over had gehad.

Ze gaf hem een schouderklopje. 'Je hoeft je echt geen zorgen om me te maken.'

Ze kletste wat met een vrouw die in een circus had gewerkt, met een man die dronken was en die zei dat haar haar de kleur van een zomerse regenbui had, en met een gearmd stel dat haar voor hun huwelijksfeest uitnodigde, al wisten ze niet eens hoe ze heette. Ze sprak kort met Barney, die met dubbele tong sprak en haar hand vastpakte en haar aanstaarde alsof ze de sleutel tot het universum in handen had. Ze probeerde Harry te ontlopen, die er moe en knorrig uitzag en waarschijnlijk rechtstreeks vanuit zijn werk was gekomen. Toen ze na een wc-bezoek de trap af liep, kwam ze de bewoner van het huis tegen. Hij droeg een rood overhemd en een kerstmuts, en hij zweette hevig.

'Ik ben Jonathan,' zei hij. 'Jonnie.'

'Nancy. Gezellige drukte hier.' Ze gebaarde naar de kamer vol mensen.

'We kennen elkaar nog niet, toch?'

'Ik woon hier nog maar een paar weken.'

'Het is hier een komen en gaan van mensen. Als je even niet oplet, mis je er zo een paar. Wij zitten hier al elf jaar, langer dan de meesten hier. Maar niet zo lang als Michelle en Dylan, natuurlijk. Had je al met ze kennisgemaakt?'

'Ja.'

'Afschuwelijk wat er in het huis naast ze is gebeurd. Heb je dat verhaal gehoord?'

'Ja, inderdaad.'

'Je hebt geen idee hoe het leven van anderen eruitziet, zo is het toch?' Jonnie veegde zijn voorhoofd af en schrok even zichtbaar van glasgerinkel.

'Kende je haar?'

'Ja. Ze was hier vorig jaar op het feest. Leuke meid.'

Vróúw, dacht Nancy, maar ze knikte alleen maar even.

'Levendig type,' voegde Jonnie eraan toe. 'Al deed ze wel wat melodramatisch, vond ik. Ze begon tegen mijn vrouw en mij over haar verschrikkelijke heimwee. Volgens mij was ze toen al een beetje teut. En toen kwamen de waterlanders. Ze zei dat ze Londen geweldig vond maar dat ze haar moeder en het eten thuis zo miste, en soms zelfs de regen. Ze leek wel een kind, zoals ze daarover praatte. Ik dacht nog, misschien is al dat flirten en giechelen wel nep, een soort stoer masker dat ze opzet. En daarna was ze ineens weer heel vrolijk, en toen iemand muziek opzette bleek ze geweldig te kunnen dansen.'

Nancy moest even slikken. Ze dacht aan Kira die heimwee had, aan een dansende, lachende Kira, aan Kira die haar in doodsangst aankeek, en aan Kira die ze door de deuropening had zien hangen, met de groene schoenen.

'Ik vraag me af hoe hij dat allemaal zag,' zei Jonnie.

'Wie?'

'Die vent daar. Ze leken het erg goed met elkaar te kunnen vinden. Volgens mij gingen ze toen ook samen weg.'

Hij wees. Nancy volgde de richting van zijn vinger.

'Barney?' vroeg ze.

'Nee. De man met wie hij staat te praten.'

Alsof hij voelde dat ze naar hem keken draaide Felix zich om; hun blikken kruisten elkaar in een flits. Hij liep op hen af.

Nancy hoorde Jonnie veelbetekenend kuchen.

'We moeten maar weer eens gaan,' zei Felix, en hij legde zijn hand op haar arm.

'Ik vermaak me anders nog prima.'

'Ja, maar je moet jezelf niet te veel vermoeien. Ze is ziek geweest,' zei hij tegen Jonnie.

Jonnie keek eerst naar Nancy, toen naar Felix en fronste zijn wenkbrauwen. 'Het was niet mijn bedoeling om...' begon hij.

'Begrijp ik.' Nancy glimlachte naar hem. 'Het is oké.'

'Waar had je het met Jonnie over?'

'Ditjes en datjes. Over hoe de straat veranderd was.'

'Ja, zo gaat dat in Londen,' zei Felix. 'Mensen trekken steeds meer naar de buitenwijken. Ook daarom is het goed dat we hier weggaan.'

'Ben jij vorig jaar op dit feest geweest?'

'Nee. Kan ik me niet herinneren. Hoezo?'

'Zomaar.'

Ze liepen samen terug. Felix hield haar hand weer vast en ze liepen met elkaar in de pas. Het was bijna volle maan; als Nancy omhoogkeek leken de sterren extra fel te flonkeren.

Felix was dus een jaar geleden op dit feest geweest en met Kira vertrokken. Toen zijn vriend hier nog woonde was hij er vaak geweest. Hij had met andere bewoners van het pand kennisgemaakt en nooit ontkend dat hij Kira ook had ontmoet, dus waarom zou hij erover liegen? Dat Nancy er iets achter zou zoeken als hij het goed kon vinden met een jonge vrouw kon de reden niet zijn. Ze had zelf immers veel vrienden, en ze was helemaal niet jaloers aangelegd. Ze had zelfs vaak gewenst dat Felix meer met zijn eigen vriendenclub omging.

'Weer thuis,' zei hij.

Een akelig appartement in een pand vol mensen aan wie Nancy een hekel had of die ze niet vertrouwde.

'Heerlijk,' zei ze, terwijl Felix de sleutel in het slot stak.

46

Het was zaterdagochtend en Nancy scrolde op haar telefoon door een aantal recepten. Kerstham, kerstgroenten, kerstcocktails, weinig uitdagende kerstrecepten voor mensen die geen zin hadden in kerst.

Toen hij haar wat koffie bijschonk boog Felix zich dicht naar haar toe. 'En, brengt het je op ideeën?'

'Wat?'

'Je bekijkt recepten. Is dat om ideeën te krijgen?'

'Weet ik niet.' Ze schoof haar telefoon weg, zodat hij er niet meer op kon kijken. 'Misschien.'

'Een paar maanden geleden had ik het idee om met kerst weg te gaan. Ergens naar zee. Of naar het buitenland. Wie weet, volgend jaar.'

'Ja, leuk,' zei Nancy langzaam. 'Nu is dat misschien niet zo verstandig.'

'In ieder geval, het lijkt me goed om het dit jaar rustig samen te vieren, met ons tweetjes. We kunnen ergens in de stad een lange wandeling maken. Langs de rivier bijvoorbeeld. Daar is het vast uitgestorven. Dan drinken we wat in een pub en eten we daarna lekker thuis.'

Nancy probeerde zich het pad langs de Theems op een koude eerste kerstdag voor te stellen, door Greenwich of rond het Isle of Dogs.

Met een glas bier en een zakje chips over het water uitkijken. Dat soort dingen deden verliefde stelletjes. Terwijl ze eraan dacht voelde het ineens als iets heerlijks wat ze zelf nooit had meegemaakt, uit een leven dat ze nooit zou leiden. 'Klinkt perfect.'

Felix ging tegenover haar zitten. 'Als we dan thuis kerst vieren, is er iets wat we nodig hebben. Rara, wat zou dat zijn?'

Meteen voelde ze de irritatie weer opkomen. Waarom bleef hij haar maar vragen stellen? Het leek wel alsof hij haar voortdurend op de proef stelde, waarbij ze steeds het goede of juist het foute antwoord kon geven. Als hij iets wilde zeggen, waarom deed hij dat dan niet gewoon?

'Ik weet het niet. Wat dan?'

'Een kerstboom.'

'Is dat niet te veel gedoe, we zijn maar met z'n tweeën.'

'Dat moet je niet zeggen, Nancy. Bij kerst hoort gewoon een kerstboom.' Hij sloeg het laatste restje koffie in één keer achterover. 'Ik ga naar de markt om wat versiering te kopen, en daarna haal ik een boom. Ga je mee?'

'Ik ben nog steeds wat moe. Vind je het goed als ik hier blijf? Lekker rustig.'

'Dat is prima. We moeten niet te hard van stapel lopen, hè?'

Dat 'we' was voor haar verleden tijd. 'Nee, dat moeten we niet doen.'

Felix pakte zijn jack van het haakje en trok hem aan. Hij deed een sjaal om. 'Kan ik nog iets voor je meenemen?'

'Ik kan zo niks bedenken.'

Toen hij weg was, zat ze een paar minuten voor zich uit te staren. Vroeger zou zij degene zijn geweest die had voorgesteld naar de markt te gaan en dan misschien ergens te gaan brunchen. Ze zou bloemen hebben gekocht voor in huis en wat bijzondere groenten om mee te koken. Ze zou vriendinnen hebben opgetrommeld voor een geïmproviseerd etentje.

Ze stond abrupt op. Ze kon geen bloemen of groenten kopen,

geen vriendinnen vragen om langs te komen. Maar wat ze wél kon was naar buiten gaan, een luchtje scheppen en alles eens overdenken. Ze trok haar jas aan.

Op straat besloot ze de andere kant op te gaan dan de richting die Felix waarschijnlijk was gelopen. Op de stoep trof ze een groepje mensen aan. Vijf personen, allemaal ongeveer van haar leeftijd. Maar een echte groep was het niet, bedacht ze. Er stonden twee mannen die samen waren, een man en een vrouw, en een vrouw alleen, en het leek of ze ergens op wachtten.

Nancy tikte de vrouw die in haar eentje was op de schouder. Ze had een rood gezicht en piekerig zwart haar. 'Kan ik jullie ergens mee helpen?'

'Kom jij ook voor de bezichtiging?'

Ach natuurlijk, dacht Nancy. Ze kwamen voor Kira's woning. Die werd weer verhuurd. Het verbaasde haar al dat dat zo lang geduurd had.

'Er is veel animo,' zei ze, terwijl ze naar de twee andere stellen knikte.

'O, er komen vast nog meer mensen,' zei de vrouw. 'Op het ogenblik is er heel weinig beschikbaar.'

Er kwam heel even een verleidelijk idee in Nancy's hoofd op. Maar ze zei direct nee tegen zichzelf. Onder geen beding. Ze moest nu aan zichzelf denken. Ze moest haar ontsnapping zien te regelen, en dat was al lastig genoeg. Bovendien had de huisbaas haar al eens in Kira's woning betrapt.

Er waren nog twee mensen aan komen lopen. Zo te zien hoorden ze niet bij elkaar. Nancy draaide zich om en wilde haar weg vervolgen toen ze bijna tegen een onberispelijk geklede jonge man botste. Zijn haar zat in een knotje. Hij keek heel vrolijk. 'Hallo allemaal,' zei hij enthousiast. 'Ik ben Ian en ik ga jullie dit zeer gewilde huurobject laten zien.'

Een gemompel van begroetingen steeg op uit de groep.

‘Komt de huisbaas zelf niet?’ vroeg Nancy.

‘Hij had vanochtend geen tijd,’ antwoordde de man. ‘Maar ik kan al jullie vragen beantwoorden. Hoewel het huis eigenlijk voor zichzelf spreekt.’

Ga mee, zei de stem. *Je wilt daar toch graag naar binnen?* ‘Nee, dat wil ik niet,’ zei Nancy hardop.

De vrouw keek haar verwonderd aan. Nancy voelde zich vanwege die blik even gegeneerd, maar stapte snel over dat gevoel heen. *Als je dat nu niet doet, blijf je altijd in onzekerheid.*

Ian stapte langs de anderen naar de voordeur en opende die met een zwierig gebaar. Even bleef Nancy staan aarzelen, maar toen kreeg ze het gevoel dat ze in een rivier was gevallen en door de sterke stroom werd meegesleurd, tegen haar wil, maar onontkoombaar. Ze was zo nieuwsgierig dat ze geen andere keus meer leek te hebben. Verzet bieden had geen zin.

Toen ze in de hal stonden wachtte Ian even met het openen van Kira’s voordeur. ‘Jullie weten al hoe goed deze locatie scoort op bereikbaarheid en qua winkels,’ zei hij, terwijl Nancy haar ongeduld nauwelijks meer kon bedwingen. Ze spitste haar oren: kwam er niemand de trap af? Ian opende de deur, waarna hij een stap opzij deed, zodat iedereen langs hem heen naar binnen kon gaan.

Nancy moest even iets wegslikken nu ze opnieuw in Kira’s woning stond. Ze had de beslissing genomen naar binnen te gaan. Maar ze zou zo snel mogelijk weer vertrekken.

‘Hoe wist je dat?’ vroeg iemand achter haar. Nancy keek om en zag dat het de vrouw was die ze had aangesproken.

‘Wist ik wat?’

‘Dat hij niet de huisbaas is.’

Daar had Nancy even niet van terug. Waarom wilde die vrouw dat in hemelsnaam weten? ‘Die had ik al een keer ontmoet,’ zei ze maar snel.

‘O, dit is dus allemaal nep?’ vroeg de vrouw, en ze gebaarde naar de andere mensen. ‘Heeft hij dit huis al aan jou toegezegd?’

'Nee, absoluut niet.' Nancy liep een andere kant op, alsof ze plotseling iets had gezien wat ze even van dichtbij wilde bekijken. Ze zag dat Ian aandachtig naar haar keek. Had hij gehoord wat ze zojuist zei? Maar hij had zijn blik alweer afgewend. Het was vast toeval geweest.

Ze nam alles goed in zich op. Het zag er allemaal kaal, sjofel en verlaten uit. Alleen de golvende patronen van de winterzon op de kale houten vloer gaven de ruimte nog enig cachet. Wat er nog aan meubels stond had ze al eerder gezien: de grenen tafel met een brandplek in het blad, de bank en de leunstoel, een kruk, en een versleten kleed. Aan de smoezelige muur de rechthoekige plekken waar prenten hadden gehangen. De stopcontacten zaten los, de koelkast was een roestig geval, en de ramen waren vies. Zwarte vlekken en grote vochtsporen maakten duidelijk dat Goddard niet eens de moeite had genomen alles goed te laten schoonmaken of de muren even te laten sauzen voordat hij de woning opnieuw verhuurde.

De twee mannen keken door het raam naar het tuintje. Het andere stel stond in de keuken. Wat zouden ze denken als ze wisten wat hier was gebeurd?

Ze liep naar de plek waar Kira was gestorven. Ze had het idee dat daar een soort radioactieve kracht moest heersen. Een kracht die haar zou verschroeien. Maar ze voelde er natuurlijk niets, behalve haar eigen ontzetting en eenzaamheid. Ze keek naar de balk. Er was niets bijzonders meer te zien. Ook al was er vast ook nooit iets geweest wat als bewijs had kunnen dienen.

Toen ze naar de vloer keek zag ze tussen de planken iets zitten, een plukje ergens van. Ze knielde en probeerde het met duim en wijsvinger te pakken. Het lukte niet. De kier was te smal. Ze dacht even na en haalde toen haar sleutelbos uit haar jaszak. Ze koos de dunste sleutel, stak die in de spleet tussen de twee vloerplanken, en wrikte hem omhoog. Hebbes. Ze pakte het vast.

'Wat doe je?'

Snel stond ze op. Ian stond tegenover haar. 'Ik wilde even checken hoe de vloer erbij lag.'

'Alles is prima in orde.'

'Echt?' Ze kon het niet helpen dat die vraag een beetje sarcastisch klonk.

Ian trok zijn wenkbrauwen op. 'Maar dat hoef je natuurlijk niet van mij aan te nemen. Vraag het anders aan de huisbaas. Hij stuurde me net een berichtje. Hij komt toch zo dadelijk hierheen.'

Nancy was bijna onder de indruk van haar eigen reactie hierop. Ze was even bang dat ze verlamd van schrik geen stap zou kunnen verzetten, maar dat gebeurde niet. Ze dacht aan wat ze tussen haar vingers hield. Met haar linkerhand haalde ze haar portemonnee uit haar jaszak en liet het plukje erin glijden. Ze klapte de portemonnee dicht en stopte hem terug. 'Bedankt,' zei ze tegen Ian. 'Maar ik moet ervandoor.'

'Heb je interesse?'

'Ik moet er nog even over nadenken,' zei ze. Ze wilde hier zo snel mogelijk weg.

'Oké,' zei Ian. 'Had ik je gegevens al?'

Ze ging er niet op in, maar deed de deur open. En daar stond William Goddard voor haar neus, een enorme gedaante die de doorgang belemmerde. Hij zocht naar zijn sleutel, en het duurde heel even voordat hij opkeek en haar zag staan. Toen verscheen er een stomverbaasde uitdrukking op zijn gezicht. 'Jij weer?' zei hij, en toen luider: 'Wat doe jij hier in godsnaam?'

De situatie was nu zo nachtmerrieachtig dat Nancy er juist wonderlijk kalm van werd. Ze kon opeens heel helder denken. Hij snapt het niet, dacht ze, en hij is boos. Zeg gewoon iets, maakt niet uit wat, als het maar rustig en aannemelijk klinkt. 'Ik hoorde dat u zou komen,' zei ze. 'En ik wilde u even spreken.'

Dit verbaasde hem blijkbaar zo dat hij even niet wist wat hij moest zeggen. 'Waarover dan?' vroeg hij toen.

Ja, waarover? Nancy voelde zich als iemand die bijna verdrinkt en wanhopig iets zoekt om zich aan vast te klampen. 'Dat vocht in ons plafond. Ik heb uw kantoor er al een paar keer over gebeld.'

Hij fronste zijn wenkbrauwen. Het was niet waar wat ze zei, maar Nancy wist dat hij een slechte huisbaas was, en ze wist ook dat slechte huisbazen zelden ingingen op klachten van hun huurders.

'Ik stuur wel iemand langs,' zei hij.

Nancy mompelde iets en schoof langs zijn dikke buik de hal in.

'Hé, Nancy,' hoorde ze achter zich. Ze draaide zich om en zag een grote, dikke groene boom haar kant op komen.

'Dat is snel.'

Felix zette de boom neer en stapte erachter vandaan. 'Wat doe jíj hier? Ga je weg? Ik dacht dat je moe was.'

'Ik eh...'

'Ik begrijp dat jullie een vochtprobleem in het plafond hebben,' zei Goddard, die nog steeds in de deuropening stond. Uit zijn mond klonk het als een beschuldiging.

'Wat?' Felix keek verbaasd.

'Is mij nooit opgevallen,' zei een vrouw, en Nancy zag dat Michelle er ook was, al ging ze grotendeels achter de boom schuil.

'Daar hebben we het later nog wel over,' zei Nancy resoluut en ze liep in de richting van de trap om naar boven te gaan.

'Ik kwam Michelle op de markt tegen,' vertelde Felix. 'Ze heeft me geholpen bij het kiezen van de boom.'

'Heel leuk. We hebben ook een kapitaal aan versieringen uitgegeven.' Michelle hield een tas vol glimmende ballen omhoog.

'Die boom is groter dan ik had verwacht.'

'Hij is heel mooi van vorm,' zei Michelle.

'Even koffie doen?' Felix opende hun deur en duwde de grote boom naar binnen. Naalden vlogen in het rond.

'Prachtig,' zei Michelle.

'Ik ga zo even liggen, denk ik,' zei Nancy.

'Alles dus mede dankzij Michelle. Zet jij even water op?' Het klonk als een bevel. 'Hebben we nog koekjes?'

'We hebben nog stapels mince pies,' antwoordde Nancy. 'Ik maak er wel een paar warm.'

Ze liep naar het keukentje, zette water op en haalde de trommel met de mince pies tevoorschijn.

'Zal ik die even in een ovenschaaltje doen?' Alsof het haar eigen keuken betrof liep Michelle op een la af.

'Dat is...' Nancy's adem stokte. Het gebruikte condoom. Daar had ze nooit meer aan gedacht. Ze zag weer voor zich hoe ze weken geleden in Kira's vuilnis had staan wroeten en hoe ze, net als nu, hier met Michelle had gestaan en het plastic zakje waar het ding in zat snel en onopvallend in de diepe la met bakspullen had laten glijden.

Terwijl Michelle haar hand naar de la uitstak deed Nancy een stap opzij, waardoor ze er precies voor kwam te staan. 'Laat maar,' wist ze over haar lippen te krijgen.

'Hoezo, Nancy?'

'Ik doe het wel.'

'Oké.'

Michelle bleef staan.

'Eerst de oven voorverwarmen.'

Michelle glimlachte veelbetekenend. 'Niks aan de hand, hoor.'

'Wat bedoel je?'

'Maak je geen zorgen.'

'Waarover?' Het zweet brak Nancy uit.

'Ik heb het weggegooid,' zei Michelle.

'Waar heb je het over? Ik begrijp niet...'

'Ik heb dat verrassende zakje dat ik daarin aantrof weggegooid,' zei Michelle kalm. 'Niks aan de hand. Felix weet het niet. Het blijft tussen ons.'

'Waar heb je het toch over...?' hakkelde Nancy.

'Als jij nou een ovenschaal pakt kunnen we zo dadelijk die mince pies bij de koffie nemen.'

Met wat als een enorme krachtsinspanning voelde draaide

Nancy zich om en trok de la open. Ze haalde er een ovenschaal uit en keek of ze het zakje ergens tussen zag liggen. Het was weg. Ze veegde met de rug van haar hand haar voorhoofd af.

Michelle nam de schaal van haar over. 'Arme Nancy,' zei ze lachend.

47

'Wat deed je daarbeneden?'

Felix stond te dicht bij haar. Nancy moest zich beheersen om niet opzij te stappen.

'Niets bijzonders.'

'Wat bedoelde hij met dat vochtprobleem? Dat hebben we toch helemaal niet?'

'Vast een misverstand. Hij dacht waarschijnlijk aan Harry en Olga.'

'Is alles weer goed tussen jou en Michelle?'

'Hoezo?'

'Ik weet dat ze er echt mee zit dat je moest worden opgenomen. Ze heeft heel wat moeten overwinnen voor ze bij me durfde aan te kloppen om te vertellen wat je tegen haar had gezegd.'

'Zo erg lijkt ze er anders niet mee te zitten.'

'Volgens mij ben je er nog steeds ontdaan over.'

'Nee hoor.'

'En boos.'

'Ben ik niet.'

'Je lijkt nu anders wél een beetje boos.'

Nancy glimlachte moeizaam. Ze voelde haar hart tekeergaan. 'Ik ben niet boos, maar als je blijft beweren dat ik dat wel ben, dan word ik dat misschien nog ook.'

Hij stak zijn handen in de lucht. 'Oké, laten we die boom gaan versieren.'

'Goed idee,' zei Nancy.

'Eerst de verlichting.' Felix haalde een snoer met lampjes uit een plastic verpakking en rolde het voorzichtig uit. 'Deze had ik al gekocht toen je in de kliniek was,' zei hij. 'In de hoop dat we samen Kerstmis konden vieren.'

Hij stak de stekker in het stopcontact en schakelde de stroom in. Er gebeurde niets. Hij deed de schakelaar uit en weer aan: nog steeds niets. Hij ging op zijn hurken zitten en bestudeerde al mompelend het snoer.

'Ach, vervelend,' zei Nancy kalm. 'Misschien moeten we het dit jaar dan maar zonder kerstverlichting doen.'

Ze haalde een gele metalen kerstbal uit de tas die Michelle had neergezet en hing hem aan een tak.

'Hoe bedoel je, zonder verlichting? Ik heb die lampjes nog maar een paar dagen geleden gekocht. Ze waren best duur en ik heb ze nog helemaal niet aan gehad.' Hij leek even na te denken en stond toen op, waarna hij het snoer oprolde. 'Ik breng ze terug.'

'Nu direct?'

'Ja.'

'Waar heb je ze gekocht?'

'Toen ik uit mijn werk kwam zag ik een winkel met kerstspullen. Ruim een kwartier van hier, minder als ik snel loop.' Hij keek op zijn telefoon. 'Voor één uur ben ik terug. Als jij ondertussen wat eet kunnen we vanmiddag die boom doen.'

'Ik kan best tot maandag wachten.'

'Beter vandaag. Hadden we immers bedacht.'

Hij trok zijn jack aan en vertrok demonstratief gehaast.

Nancy liep naar het raam en zag hem weglopen, waarna ze een zucht van opluchting slaakte. Wat kwam het goed uit dat ze ineens even wat tijd voor zichzelf had! Nu kon ze gauw kijken welke spullen ze wilde meenemen en haar paspoort opzoeken.

Maar terwijl ze dit dacht zag ze Michelle en Dylan onder het raam langslopen. Allebei droegen ze een regenjack, hadden handschoenen aan en een sjaal om, en Dylan droeg een rugzakje. Het zag eruit alsof ze een lange winterwandeling gingen maken.

Dit is je kans, zei de stem.

'Nee,' zei Nancy, bijna kreunend. Ze kreeg de neiging haar handen tegen haar oren te houden, maar ze wist dat de stem niet echt was. Hij kwam van binnenuit.

Dit moest ze niet doen. Absoluut niet. Ze moest gewoon de rest van vandaag en morgen uitzitten, en daarna was ze vrij. Dat was het enige wat telde. Kira – die arme, sociale, hoopvolle Kira met haar heimwee – was niet meer van belang. Ze was dood. De zaak was gesloten. Nancy had haar best gedaan, en dat had haar heel veel ellende bezorgd.

Ze stond bij het raam en dacht aan haar verblijf in de kliniek. Daar kon ze niet naar terug. Ze dacht aan Kira buiten bij de voordeur, die haar verwilderd aankeek, haar om hulp vroeg, en aan Kira's moeder, die het uitschreeuwde van verdriet. Ze dacht aan Kira's lichaam aan het touw.

Het blauwe touw.

Ze dacht aan de schram op Dylans neus toen ze met hem kennismaakte, op de dag dat Kira stierf. Ze dacht eraan hoe Michelle naar hem had gekeken, hoe Michelle nu naar háár had gekeken, dat Michelle haar had laten opnemen – samen met Felix natuurlijk.

Je móét het weten.

Gedecideerd negeerde Nancy de stem.

Anders hou je altijd twijfels. Het zal je tot wanhoop drijven.

'Nee,' zei Nancy hardop.

Denk aan Kira.

Nancy keek naar beneden, naar de tuin van Michelle en Dylan, met achterin het schuurtje.

Ze haalde haar portemonnee uit haar jaszak, deed hem open en haalde de dunne nylon draadjes eruit die ze erin bewaarde. Blauwe draadjes. Draadjes van dat touw, van toen het werd doorgesneden? Wat kon het anders zijn?

Ze stopte ze terug in haar portemonnee. Felix zou minstens een halfuur wegblijven. Michelle en Dylan waarschijnlijk wel een paar uur.

Nee, niet doen, zei ze streng tegen zichzelf, maar ze ging al naar de keukendeur, en voor ze er nog eens goed over na kon denken liep ze al de metalen trap naar de tuin af.

Er was nauwelijks een afscheiding tussen hun tuintje en de tuin die bij Kira's woning en het souterrain hoorde: een half ingestort muurtje dat eerder een symbolische dan een werkelijke begrenzing vormde. Tussen hun tuin en die van Michelle en Dylan stond een laag muurtje met daarop een stevig houten rasterwerk, waar kale rozentakken en andere klimplanten overheen groeiden. Nancy duwde er voorzichtig tegenaan, maar het bleef stevig op zijn plek. Er zaten ook geen openingen in. Ze liet haar blik even langs alle ramen van het huis glijden, en trok toen, voordat ze de moed verloor, de gammele tuintafel naar zich toe. Hij was groen en glad, en zat vol vogelpoep.

Ze klom erop, zette een voet tussen een van de houten latten en stapte eroverheen. Haar trui haakte ergens aan vast. Ze hoorde de stof scheuren; de afrastering kraakte en begaf het deels. Toen viel ze aan de andere kant in een struik met harde takken, waarna ze verder rolde, door de modder, tot ze op een gravelpad tot stilstand kwam. Een pijnscheut trok door haar schouder. Languit lag ze daar, met haar wang in de scherpe gravel.

Ze was een beetje duizelig en bleef even liggen. Toen ze weer op adem was gekomen stond ze op en veegde met de mouw van haar gescheurde trui de modder van haar gezicht. Ze wierp een blik op de afrastering, die ze in haar val kapot had getrokken, waardoor er een opening in was ontstaan. Een van de rozenstruiken was van het raster getrokken en onderaan afgebroken.

En nu? Ze keek naar de schuur achter in de tuin. Er zat een hangslot op de deur, maar dat zag er niet erg stevig uit. Onder een boompje lag een steen. Ze raapte hem op en sloeg ermee tegen het slot. Het begaf het niet, zoals ze had gehoopt. Ze sloeg er nog een paar keer op, steeds harder. Het zware getik galmde door de koude lucht, en Nancy keek zenuwachtig om zich heen. Zou er ergens iemand uit een raam naar haar kijken?

Dit is niet alleen roekeloos, maar ook zinloos, zei ze tegen zichzelf. Ze kon er maar beter snel vandoor gaan.

Maar in plaats daarvan liep ze naar de zijkant van de schuur, waar een viezig, donker raampje zat. Ze trok het open. Nancy schatte in dat ze er net doorheen paste, maar toen ze zichzelf op wilde trekken voelde ze weer een pijnscheut in haar schouder. Ze trok een smeedijzeren bankje naar zich toe en klom erop. Het begon te wiebelen maar hield stand. Vanuit deze positie kon ze zich makkelijk door het raam naar binnen wurmen. Het was er donker. Spinnenwebben streken langs haar gezicht.

Ze kwam op iets zachts terecht. Toen ze goed keek zag ze dat ze op een zak compost stond. Ze stapte eraf, tussen allerlei in het halfduister gehulde voorwerpen in, waaronder typische tuinspullen – een grastrimmer, een schop, een doos vol tuinschepjes, een grote gieter, diverse zagen van verschillend formaat. Verder zag ze een stoel zonder poten, een fietswiel, een oud kozijn en een stapel grote verfpotten. In de donkerste hoek stond iets groots. Toen Nancy haar hand uitstak en het aanraakte, gaf het mee. Het was Dylans boksbal.

Ze ging op zoek naar een rol touw. Aan een van de muren hingen vrij hoog twee planken; ze strekte haar arm om te voelen wat erop lag. Er vielen een stuk of wat papieren zakjes met scherpe randen op haar hoofd; uit sommige kwam een regen aan zaadjes tevoorschijn, die overal op haar neerkwamen. Verder stonden er lege jampotjes en plastic bakjes met mestkorrels. Geen touw te bekennen.

Nancy realiseerde zich dat als de draadjes die ze in Kira's woning had gevonden inderdaad afkomstig waren van het touw waaraan

Kira was opgehangen, en als dat touw inderdaad van Dylan was, dat de kans klein zou zijn dat hij het had bewaard, en als hij dat al had gedaan, dan zou het waarschijnlijk niet in deze schuur liggen. Hier rondkijken was dus zinloos.

Net toen ze dacht dat ze het maar op moest geven en weer naar buiten moest klimmen, hoorde ze iets. Vanuit de tuin klonken stemmen.

48

In een opwelling trok ze het raampje dicht, waarna ze pas besefte dat ze dat gezien zouden kunnen hebben. Nergens kon ze zich verstoppen. Ze ging gehurkt op de grond zitten en legde haar armen over haar hoofd; haar lichte gehijg probeerde ze onder controle te krijgen.

Als ze haar ontdekten zouden ze zeker de politie bellen. Of de kliniek. Ze zou weer worden opgenomen, en nu niet voor korte tijd. Ingedoken als ze daar zat vervloekte ze zichzelf. Wat had ze gedaan? En waarom? Deed je dit soort dingen als je gek was? Had Felix toch gelijk? Waarom zat ze hier anders, tussen de dode vliegen en oude bloempotten, op zoek naar waarschijnlijk niet eens bestaande aanwijzingen dat Kira's dood moord was geweest, iets wat niemand geloofde behalve zij?

Even hoorde ze een zacht, indringend gefluister. *Gek*, meende ze te horen. *Waanzinnig*. Stemmen die nergens vandaan kwamen, van mensen die er niet waren. Ze kneep haar ogen dicht.

'Waar zal ik hem neerzetten?' vroeg Dylan.

Dat was tenminste echt. Hij klonk nogal knorrig.

'Ik dacht waar die camelia eerst stond.' De stem van Michelle klonk heel dichtbij. Ze konden niet verder dan een meter van de schuur af staan.

'Moet ik hem nu direct planten?'

'Waarom niet?'

Hij heeft de schop nodig om een gat te graven, dacht Nancy. Ze stelde zich voor hoe de sleutel in het hangslot zou gaan, de deur open zou zwaaien terwijl zij daar ineengedoken op de vloer zat, met haar handen voor het gezicht. Die gedachte was zo afschuwelijk dat ze hun bijna toe wilde schreeuwen, zodat het maar zo snel mogelijk voorbij was.

'Omdat het regent.'

'Beetje motregen, meer niet.'

'Ik noem het regen.'

'Bedenk het zelf maar,' zei Michelle op die speciale dubbelzinnige toon van haar, waarmee ze liet merken dat hij volgens haar gewoon een excuus verzon.

'Hé, wat is er met die klimroos gebeurd?' zei Dylan. 'Kijk, helemaal afgebroken.'

'Mijn Himalayan Musk! En die afrastering is ook kapot.'

'Shit. Ook dat nog. Vast die ellendige Seamus. Die staat hier weleens te blowen.'

Nancy wachtte tot ze zouden zien dat het bankje tegen de schuur aan stond. Ze ademde zo ingehouden dat haar borstkas er pijn van deed. Ze voelde iets op haar hoofdhuid kriebelen. Spinnen, dacht ze.

'Ik zal hem wel es even aan de tand voelen.'

'Het kan net zo goed iemand anders zijn geweest,' zei Michelle.

'Ik baal van al die huurders naast ons.' Dylan werd steeds kwader, wond zich steeds meer op. 'Als je in een huis woont dat niet van jezelf is, laat je het verslonzen. Lawaaiige feestjes, overal rotzooi. En kijk eens hoe hun tuin erbij ligt. Nog afgezien van dat gestoorde mens.'

'Jij denkt dat ze gek is, toch?' Michelles stem klonk nog steeds rustig en aangenaam.

'Dat zei jíj. Paranoïde en gestoord. Maar goed, je ziet direct dat ze niet in orde is. Die felle ogen, en hoe ze naar andere mensen kijkt.'

'Jíj kijkt ook naar mensen,' zei Michelle. Ze wachtte even. 'Dat wil zeggen, jij kijkt naar vrouwen.'

'Waar heb je het over?'

'Mij hou je niet voor de gek, hoor. Ik zag wel hoe je naar Nancy keek.'

'Onzin.'

'Ze is heel knap, op een aparte manier, ook al is ze wat onverzorgd.'

'Je gaat me toch niet vertellen dat je jaloers bent?'

'Doe niet zo belachelijk. Ik wil alleen maar zeggen dat je een beetje op moet passen, Dylan. Want zo keek je ook naar Kira.'

Er viel een stilte. Toen Dylan weer iets zei, klonk hij behoorlijk kwaad. 'Nu ga je te ver!'

'O ja? Dat doet me deugd. Ik kan je niet altíjd uit de penarie helpen.'

'Dus jij staat me hier een beetje te beledigen, terwijl je ondertussen wilt dat ik in de regen deze stomme struik ga planten?'

'Dan plant je hem toch later een keer.'

'Dat was ik ook zeker van plan!'

Er klonken voetstappen op de gravel. Een deur ging open en weer dicht. Een paar seconden later ging Nancy overeind zitten en stond op. Haar benen trilden van de spanning en ze voelde zich licht in het hoofd. Maar het gefluister was verdwenen.

Nu moest ze hier weg zonder dat ze haar zagen. Ze was een keer in hun huis geweest en ze probeerde zich te herinneren of er vanuit de keuken zicht was op de schuur. Waarschijnlijk wel. Hoelang moest ze dan wachten? Wanneer was de kans het grootst dat er niemand in die keuken stond? Ze had geen idee – bovendien zou Felix als ze te lang wachtte thuiskomen en merken dat ze verdwenen was.

Ze besloot gewoon direct het hazenpad te kiezen, en voor ze van gedachten kon veranderen was ze uit het raampje geklommen en via het tuinbankje op de grond gestapt. Ze sleepte het bankje naar de afrastering, klom erop en trok het beschadigde latwerk uiteen, zodat ze er doorheen kon klimmen. De stokroos schramde haar wang en ze voelde bloed in haar hals druppelen.

Ze sprong naar beneden en kwam hard neer, ging snel weer staan en keek of ze het bankje nog weer iets terug kon schuiven, maar dat leek onmogelijk. Daarna trok ze de afrastering zo goed en zo kwaad als het ging weer een beetje dicht.

'Kijk eens aan, hallo!'

In een flits draaide ze zich om. Barney. 'Hoi,' zei ze.

'Jezus!' Hij keek haar stomverbaasd aan.

'Wat is er?'

'Is er iets gebeurd?'

'Wat bedoel je?'

'Je bloedt. En je zit onder de modder, en ook iets groens.' Hij kwam dichterbij staan. 'Je ziet er echt vreselijk uit. Wat was je in godsnaam aan het doen?'

Nancy probeerde het vuil een beetje uit haar gezicht te vegen. 'Tuinieren.'

'Meen je dat nou?' Barney keek vertwijfeld naar de gebarsten tuintegels, de brandnetels en het onkruid; nergens was tuingereedschap te zien en ook was er overduidelijk niet gewied of gesnoeid.

'Absoluut.'

'Alles in orde dus?'

'Ja, hoor.'

'Zo zie je er anders niet uit.' Hij stond tegen het muurtje aan, een kleine meter van haar vandaan. 'Zeg het anders gerust, ik sta aan jouw kant.'

'Dank je, maar ik moet nu gaan douchen.' Ze stapte de metalen trap op en terwijl ze dat deed liep Michelle de tuin in waar Nancy net uit was gekomen.

'Nancy?' riep ze. 'Kan ik je even spreken?'

Nancy antwoordde niet en draaide evenmin haar vuile, geschaafde gezicht naar haar toe. Ze haastte zich verder naar boven en opende de deur naar de keuken. Precies op het moment dat ze de sleutel in de voordeur hoorde schoot ze de badkamer in en draaide de deur achter zich op slot.

'Ik ben weer thuis,' riep Felix.

'Ik ga net onder de douche.'

'Er is geen warm water meer.'

'Maakt niet uit!' Ze bekeek zichzelf in de spiegel. Logisch dat Barney was geschrokken: haar haar zat helemaal door de war, haar gezicht zat onder de modder en de groene vegen, haar ene wang was geschaafd en er druppelde bloed langs haar hals. Haar trui was zo gescheurd dat ze hem wel weg kon gooien.

Ze trok al haar kleren uit, waarbij er modder, gravel en een stortvloed aan plantenzaadjes op de vloer viel, waarna ze onder de douche stapte. Felix had gelijk: het water was niet warm. Maar ze boende zich grondig, waste haar haar met shampoo en sloeg toen een grote handdoek om zich heen. Daarna raapte ze al haar kleren op. Ze had overal kippenvel.

'Hallo,' zei Felix toen ze eruit kwam.

'Gelukt met de verlichting?'

Hij wees naar een fonkelend snoer met lampjes op de grond.

'Fantastisch.'

'Wat is er met je wang gebeurd?'

'O, dat. Ergens aan gestoten.'

'Als je je aankleedt kunnen we daarna lunchen en de boom versieren.'

'Ik heb eigenlijk nog niks uitgepakt.'

Felix fronste zijn wenkbrauwen. 'Wat heb je dán gedaan?'

'Beetje aangerommeld.'

49

Felix ging even weg om boodschappen te doen en wat andere dingen te kopen. Of ze mee wilde?

'Ik ben nog steeds een beetje moe,' zei Nancy.

'Jammer. We moeten je er snel weer bovenop zien te krijgen.'

Hij had de deur nog niet achter zich dichtgeslagen of ze belde haar bank. Toen ze het nummer had ingetoetst kwam ze in de wachtrij terecht. Terwijl ze naar een muziekje luisterde dat ze wel herkende maar waarvan ze zich de titel niet kon herinneren, drentelde ze een beetje in huis rond, veegde hier en daar wat stof weg, zette dingen recht en keek tussendoor telkens uit het raam of ze Felix zag. Als hij terugkwam moest ze ophangen en de volgende keer dat hij weg was een nieuwe poging wagen. Het duurde al tien minuten, een kwartier, en ze keek steeds vaker de straat op.

Ze begon te vloeken, eerst tegen zichzelf en toen tegen de bank. Toen ze weer uit het raam keek zag ze Felix met twee volle boodschappentassen de straat in lopen. Ze wilde net ophangen toen er iemand aan de lijn kwam.

'Ik wil een nieuwe bankpas aanvragen,' zei ze.

'Geen probleem,' zei de stem monter. 'Alles goed met u verder?'

'Sorry, ik heb een beetje haast.'

'Geen probleem. Maar eerst wil ik even wat gegevens van u noteren.'

Ze moest haar adres inclusief postcode opgeven, de meisjesnaam van haar moeder en het nummer van haar mobiele telefoon. Toen zei ze dat ze dus een nieuwe bankpas wilde. En nee, liever niet per post naar haar adres. Kon ze hem persoonlijk bij een filiaal ophalen? Het bleef even stil. Ze keek uit het raam. Felix liep naar de voordeur. Ja, ze kon hem bij een filiaal ophalen. Ze moest dan twee dingen meenemen ter identificatie. En dat kon dan in het volgende filiaal... Nancy hoorde Felix de trap op komen. Ze zocht naar een pen, liet hem vallen, raapte hem weer op en schreef het adres op een envelop. De deur ging open. 'Bedankt,' zei ze, en ze hing op.

'Wie was dat?' zei Felix.

'Niemand.'

'Niemand? Het klonk wel als iemand.'

'Natuurlijk was het iemand,' zei Nancy. 'Ik bedoelde dat het niets belangrijks was.'

'Wie dan?'

Ze geloofde haar oren niet. Was ze hem nu verantwoording schuldig? Wanhopig probeerde ze iets te bedenken dat Felix gerust zou stellen.

'Het was zo'n oplichter van een of andere verzekeringsmaatschappij. Om te zeggen dat ik zogenaamd betrokken was bij een botsing.'

'O ja,' zei Felix. 'Van gehoord.'

Nancy kon uit deze reactie niet opmaken of hij nu gerustgesteld was of dat hij haar toch niet echt geloofde.

Maakte ook niet uit. Het was zaterdag. Maandag ging het gebeuren.

Nu stond haar nog één ding te doen. Terwijl Felix de boodschappen uitpakte, scrolde Nancy door de contacten op haar telefoon. Ze zocht iemand die in aanmerking kwam, iemand die niet ook met Felix bevriend was, bij voorkeur iemand die niets wist van haar recente psychische problemen. Het moest iemand zijn met wie het contact een beetje verwaterd was, maar bij wie ze niet uit de gratie was geraakt of die ze zó lang niet had gezien dat het ongemakkelijk zou zijn. Geen ex-vriendjes. En hij of zij moest wel in Londen wonen.

Ze bladerde door de lijst, prevelde een aantal keren nee, nee, nee, en stopte toen bij een naam waar ze minstens een jaar niet aan had gedacht. Megan Hutchens. Een paar jaar geleden had ze deel uitgemaakt van een clubje dat zo nu en dan bijeenkwam voor een drankje of een kop koffie. Nancy had het gevoel gehad dat ze best goede vriendinnen konden worden, maar toen had Megan plotseling ontslag genomen om een verre reis te gaan maken. Nancy had later van iemand gehoord dat ze weer terug was. Ja, die zou ze dus best kunnen proberen.

Ze moest daarvoor wel even vijf minuten alleen zijn, maar dat bleek nog niet zo makkelijk. Misschien kon ze de badkamer in gaan en de deur op slot doen, maar de muren in huis waren zo dun dat Felix dan beslist zou horen dat ze met iemand praatte. 's Middags werd ze zo wanhopig dat ze zei dat ze even buiten een luchtje ging scheppen.

'Lijkt me heerlijk,' zei Felix.

'Nou, als je het niet erg vindt, ga ik liever alleen. Gewoon even mijn hoofd leegmaken.'

'Dat vind ik wél erg,' zei Felix met een glimlach, alsof hij dacht dat Nancy een grapje had gemaakt en hij meedeed. 'Ik loop gezellig met je mee. Kunnen we meteen wat dingen bespreken.'

Nancy vroeg zich af of ze voet bij stuk moest houden, maar ze wist dat ze hem niet op andere gedachten zou kunnen brengen.

Toen ze buiten waren, pakte Felix haar hand vast. Voor Nancy voelde het niet als een romantisch gebaar, maar meer alsof ze een hond aan de lijn was.

'Voel je je goed?'

'Prima.'

'Je schoot wat in de verdediging, vond ik.'

'Hoezo?'

'Zoals je nu ook doet. Afwerend.'

Nancy voelde zich als een vlieg in een spinnenweb, een vlieg die steeds vaster in het plakkerige spinrag komt te zitten. 'Ja, wat moet ik daar nu op zeggen? Je vroeg me iets en ik gaf antwoord. Gewoon.'

'Het was geen gewoon antwoord. Het voelt alsof je me buitensluit.'

'Dat is niet zo.'

'Ik ben niet boos, hoor,' zei Felix. 'Het is omdat ik om je geef. Ik wil graag weten wat er in je omgaat. Als je je zo afsluit, vraag ik me af of het weer de verkeerde kant met je op gaat. Of het iets is waar we aandacht aan moeten besteden.'

Nancy mompelde iets onverstaanbaars. Ze moest nu in elk geval niets zeggen dat een discussie uit zou lokken of waar Felix achterdochtig van zou worden.

'Je weet dat ik er álles voor overheb dat je helemaal beter wordt en dat het tussen ons tweeën ook goed gaat.'

'Ja, dat weet ik,' zei Nancy. En met dat antwoord loog ze absoluut niet.

Het ging uiteindelijk makkelijker dan ze had verwacht. Vlak voor het avondeten zei Felix dat hij ging douchen en daarna iets makkelijks wilde aantrekken. Zodra Nancy het water hoorde stromen liep ze naar de keuken, zo ver van de badkamer als maar mogelijk was, en belde ze Megan Hutchens.

Als ze nou maar niet verhuisd is, zei ze in zichzelf. Of met vakantie. Neem alsjeblieft op!

Dat deed Megan, en dit keer ging alles eindelijk eens zoals Nancy het had bedacht. Megan vond het leuk dat Nancy iets van zich liet horen. Ze was zelf ook al van plan geweest contact op te nemen.

Nancy legde in het kort uit wat er aan de hand was, en Megan reageerde direct heel meevoelend. Toen Nancy haar vroeg of ze een paar dagen bij haar kon logeren, zei ze 'uiteraard', en dat klonk ook echt gemeend. Kon het morgen? Hoe eerder, hoe beter, zei Megan.

Vanavond mocht ook, als ze dat wilde. Als ze overdag al wilde komen, zou ze een sleutel bij de buurvrouw achterlaten, die vanuit huis werkte. Ze woonde in West Hampstead, wat niet ver was.

Toen het gesprek was afgerond, stond Felix nog steeds onder de douche. Hij kon niets hebben gehoord. Perfect.

50

Maud was aan het schaatsen. In december ging ze altijd met een groep vriendinnen naar een van de tijdelijke ijsbanen die dan overal in Londen verschenen. Dit jaar waren ze op die bij Somerset House. Het was een koude, heldere avond. De grote versierde kerstboom fonkelde, en het was bijna volle maan. De ovale baan glom in het licht van de felle lampen. Mensen schaatsten zigzaggend in het rond, sommigen sierlijk, anderen met veel gestuntel, dat meestal met een val op het ijs eindigde.

Maud had het als kind geleerd. Elke zaterdagmiddag volgde ze lessen op de Lee Valley-baan, en ze had zelfs aan wedstrijden meegedaan. Tegenwoordig kwam het er zelden meer van, maar ze had nog steeds een soepele, zelfverzekerde slag, en het geschraap van ijzers op het ijs klonk haar altijd weer als muziek in de oren. Ze genoot van het paradoxale gevoel van beheersing en vrijheid, van zowel concentratie als dromerigheid.

Ineens begon een schaatser vlak voor haar te slingeren. Hij maakte een halve draai, maaide met zijn armen in de lucht en kwakte op het ijs.

Maud remde hard en keek naar beneden.

'Maud?' zei Stuart.

'Hallo.'

'Wat doe jíj hier?' Hij lag nog steeds languit op het ijs, met vuurrode wangen; zijn lichtbruine haar was helemaal door de war.

'Ik ben aan het schaatsen.' Hij grijnsde even naar haar maar zonder aanstalten te maken om op te staan.

Ze stak een hand naar hem uit en trok hem overeind.

Hij wankelde wat en zocht houvast bij haar. 'Ik ben hier niet erg goed in.'

'Oefening baart kunst.'

'Kun jij me een beetje helpen?'

Ze gaf hem een arm en met een rustig gangetje draaiden ze een rondje, langs haar groepje en dat van hem. Ze praatten niet; zij liet hem alleen zien hoe hij zijn schaats moest afzetten, in balans moest blijven en door moest glijden.

'Dank je wel,' zei hij toen ze helemaal rond waren geweest. 'Over een jaar of tien zal het me wel beter afgaan. Zoals jij het doet ziet het er heel makkelijk uit. Hoe kan dat toch?'

'Ik schaats al van jongs af aan. En dan verleer je 't niet meer – net als fietsen.'

'Wat ik nog wilde zeggen... ik ben niet zo'n kwaaie, hoor.'

'Goed om te weten.'

'Wil je iets drinken?'

'Nu?'

'Ze hebben hier glühwein.'

'Oké.'

Ze stapten van het ijs af en kluunden naar het stalletje, waar Stuart twee kartonnen bekertjes glühwein kocht. Maud boog haar hoofd en snoof de kaneel, kruidnagel en andere specerijen op. Toen zag ze ineens dat Stuart naar haar keek.

'Wat is er?'

Hij leek zich betrapt te voelen. 'Je ziet er anders uit.'

'Hoe anders dan?'

'Minder streng.'

'Zie ik er anders zo streng uit?'

'Bij dat college wel, in elk geval.'

'Jij bent al een paar keer niet komen opdagen.'

'Nee. Ik had griep, en vorige week had ik een lekke band en toen had het geen zin meer om nog te gaan. Heb ik veel gemist?'

'De inleiding verbintenissenrecht.'

Hij kreunde even.

'Dat haal je zo weer in.'

Een van haar vriendinnen riep haar en zwaaide vanaf de ijsbaan.

'Zullen we dit nog eens doen?' vroeg Stuart, toen ze aanstalten maakte om weg te gaan.

'Wat, schaatsen?'

'Ergens afspreken?'

'Lijkt me leuk.' Ze liep weer naar haar groepje toe, en Stuart bleef even kijken hoe ze over het ijs vloog, met haar slanke, sterke lichaam, en haar in de wind zwierende blonde krullen.

Toen ze die avond in bed lagen kroop Felix dicht tegen haar aan en begon langzaam haar rug te strelen. Ze deed alsof ze sliep.

De volgende dag zei ze dat ze vreselijke hoofdpijn had. Ze bleef de hele dag in bed, met de gordijnen dicht, en telkens als Felix de kamer binnenkwam sloot ze haar ogen en haalde ze heel rustig adem. Hij bleef dan een paar minuten naast het bed staan. Haar huid kriebelde van het idee dat hij daar naar haar stond te kijken. Ze werd beurtelings door woede en angst bevangen. Ze moest alles op alles zetten om rustig te blijven liggen met haar gezicht volkomen uitdrukkingsloos.

Nog even volhouden, meer hoefde ze niet te doen. Morgen zou ze vrij zijn.

51

Maandagmorgen om kwart over acht deed Felix de voordeur open en draaide zich vervolgens nog even om. 'Heb je nog geld nodig voor vandaag?'

Dat had Nancy niet. Ze had haar ov-chipkaart. En de afgelopen dagen had ze zo nu en dan wat los geld in de binnenzak van haar jas gestopt. Bijna vijftig pond in totaal. Daar kon ze het mee uitzingen tot ze haar bankpas had opgehaald. Maar het leek misschien wat vreemd als ze helemaal niets nodig zei te hebben. 'Ja, een paar pond is misschien wel handig,' zei ze. 'Voor het geval dat.'

Felix haalde zijn portemonnee uit zijn jack en trok er twee bankbiljetten uit. Nancy zag dat het twee briefjes van twintig waren. Hij aarzelde even en verving een briefje door een tientje en stak haar beide biljetten toe. Terwijl ze die aanpakte en in haar broekzak stopte, bleef hij haar aankijken. Wachtte hij tot ze dankjewel zou zeggen? Ze kon het niet over haar lippen krijgen. Van het idee alleen al werd ze misselijk. 'Fijne dag.'

Toen hij weg was bedacht ze dat ze zich eigenlijk helemaal niet hoefde te haasten. Hij zou pas over zeven of acht uur thuiskomen. Maar de gedachte dat er iets mis zou gaan liet haar niet los. Ze haalde een weekendtas vanonder het bed vandaan en propte er snel alles in wat ze de komende twee weken nodig dacht te hebben. Ze had liever meer mee willen nemen, maar meer tassen kon de aandacht trekken. Iemand zou dan Felix kunnen waarschuwen.

Ze was van plan geweest te vertrekken zonder een bericht achter te laten, maar dan zou Felix de politie bellen en haar weer in moeilijkheden brengen. Al zou hij dat misschien sowieso wel proberen. Ze viste ergens een gebruikte envelop vandaan en schreef op de achterkant:

Ik ga weg. Zoek geen contact met me. Ik meld me later wel over het ophalen van mijn spullen.
N

Ze legde de envelop midden op tafel zodat hij goed opviel, en keek nog eens om zich heen. Het was zover. Ze pakte de tas en vertrok.

Beneden opende ze de buitendeur en liep over het paadje, waar ze bijna tegen een vrouw botste die een half in een deken gewikkelde grote schilderijlijst droeg en haar op een vreemde, bijna verwonderde toon begroette. Ze kende haar ergens van, maar waarvan wist ze even niet.

'Wat doe jíj hier?' vroeg de vrouw.

Het was een onverwachte vraag, die er spontaan uit kwam. Nancy antwoordde dat ze hier woonde.

'Daar begrijp ik niets van, ik ga net verhuizen. Hoe kun jij hier dan óók zijn?'

'Ik woon boven.' Terwijl ze dit zei, wist Nancy ineens wie het was. Ze had haar bij de bezichtiging van Kira's woning gesproken.

'Maar als jij hier al woont,' begon de vrouw, 'wat deed je dan...?'

'Dat is een beetje ingewikkeld,' zei Nancy. 'Ik moest de huisbaas even spreken.'

'Nou ja, ik ben nu in elk geval je buurvrouw. Ik heet Sadie.'

'Nancy.' Ze keek naar het enthousiaste, ietwat gejaagde gezicht van de vrouw. 'Je komt hier dus wonen?'

Sadie grinnikte even. 'Dat neem ik aan van wel. Ik heb de borg betaald en het contract getekend. Maar ik schrok een beetje toen ik jou hier zag. Ik was even bang dat er iets helemaal niet goed was gegaan.'

'Verhuis je vandaag?' vroeg Nancy, om het gesprek een andere kant op te sturen.

'Dat was inderdaad het plan. Ik heb nu niet veel spullen bij me. In het weekend haal ik de rest.' Ze leek even na te denken. 'Zin in een kop koffie, Nancy?'

'Dat wordt lastig,' zei Nancy. 'Ik ga net de deur uit. En ik heb nogal haast.'

'Ga je weg?' Ze wees op de tas in Nancy's hand.

'Een paar dagen, ja.'

'Een andere keer dan,' zei Sadie. 'Als je weer terug bent.'

'Ja. Een andere keer.'

Nancy hoorde de buitendeur achter zich dichtvallen. Ze nam voorzichtig een paar stappen en verwachtte half dat iemand haar zou tegenhouden. Ze was vrij.

Toen bleef ze abrupt staan. Ze realiseerde zich ineens dat ze Sadie op exact dezelfde plek had getroffen als Kira indertijd. Ze probeerde de gedachte weg te duwen, maar het beeld van Sadies jonge, enthousiaste gezicht verscheen steeds weer voor haar geestesoog. Deze vrouw kwam in het huis wonen waar Kira was gestorven. Was vermoord.

Gewoon doorlopen, zei Nancy tegen zichzelf. Weg van hier. Sadie loopt helemaal geen gevaar. Er is geen enkele reden om aan te nemen dat dat wel het geval is. Bovendien is het jouw zaak helemaal niet meer. Je hebt je er ooit mee bemoeid, je dacht iets goeds te doen, maar het resultaat was dat je in die kliniek terechtkwam. Als je het nog een keer doet sluiten ze je opnieuw op, en dan kom je er misschien wel nooit meer uit. Laat die goede daad nu maar aan iemand anders over. Ze liep nog iets verder en hield toen halt.

Ze bedacht dat Kira haar om hulp had gevraagd. Ze dacht aan die vrolijke, vriendelijke Sadie. 'Fuck, fuck, fuck, fuck, fuck.'

Een oudere dame die aan kwam lopen keek haar verschrikt aan.

Nancy had zich niet gerealiseerd dat ze dat hardop had gezegd. 'Sorry,' zei ze, maar de vrouw schudde afkeurend haar hoofd.

Even wist Nancy niet wat ze moest doen. De bushalte was de andere kant op en de tas was eigenlijk best zwaar. Ze liep terug naar haar huis en ging naar binnen.

'Hé, alweer terug?' zei Sadie, die met haar sleutel stond te prutsen.

'Iets vergeten.'

Ze ging haar eigen huis binnen en liet de tas bij de deur staan, om die zo dadelijk weer mee te nemen, maar schoot even later de trap weer af en rende de straat op.

Het zou haar laatste daad van verzet zijn voordat ze voorgoed vertrok.

DEEL VIER

52

Op diezelfde maandagochtend was Maud telefonisch in gesprek toen ze ineens een collega voor zich zag staan die haar aandacht probeerde te trekken. Ze draaide zich om, maar hij ging vóór haar staan en begon met een dossiermap te zwaaien. Ze probeerde hem weg te wuiven, maar hij hield de map vlak voor haar gezicht. Toen ze uiteindelijk de telefoon neerlegde, stond hij er nog steeds.

'Heb jij dit afgehandeld, mevrouw de inspecteur?' vroeg hij.

'Nee, dat heb ik niet.' Ze keek hem onderzoekend aan. 'Wat doe jij hier? Waarom sta je met dat dossier te zwaaien?'

De jonge rechercheur glimlachte. 'Je weet toch dat ik die cursus invoelend omgaan met vrouwen heb gedaan?'

'Wist ik niet, nee,' zei Maud. 'Heb je er iets aan gehad?'

'Volgens mij wel. Ik heb namelijk een vrouw in mijn kamer zitten. Vroeger zou ik haar er gewoon uitgegooid hebben of haar hebben aangeklaagd wegens het verspillen van onze tijd. Maar nu ik die cursus heb gedaan weet ik dat we behalve smeris ook sociaal werker en psycholoog zijn. En ik wilde iets met je afstemmen, voordat ik haar eruit gooi of aanklaag.'

Maud leunde achterover. 'Oké. Stem maar met me af. Wat is er met die vrouw aan de hand?'

'Wat is er níét met haar aan de hand, zul je bedoelen. Het is trouwens een zaak van Kemp, maar die is met verlof. Hij zou beslist hebben gezegd dat ik haar moest wegsturen. Het gaat over een jonge vrouw die een maand geleden zelfmoord heeft gepleegd.'

'Ja,' zei Maud. 'Dat weet ik nog wel.'

'Had zich in haar huis verhangen. Zaak gesloten. Maar toen kwam die vrouw hier met de bewering dat het om moord ging. Bleek toen dat ze flink psychotisch was. Ze zag dingen, hoorde stemmen. We hebben haar verklaring opgenomen en uit beleefdheid nog even naar die zaak gekeken. Klantvriendelijkheid, je weet wel. Maar kort daarna zat ze in een kliniek.'

'Dat heb ik ook gehoord.' Maud zag Kemps triomfantelijke blik weer voor zich, toen hij haar vertelde dat ze gedwongen was opgenomen.

'Ze schijnt zich daar op de een of andere manier uit te hebben gekletst, en nu zit ze hier opnieuw te beweren dat het geen zelfmoord maar moord was.' De jonge rechercheur leek de zaken even te overdenken. 'Ze ziet er trouwens leuk uit. Ik wil hier invoelend mee omgaan. Misschien moet ik haar nummer vragen en na het werk met haar wat gaan drinken om het erover te hebben.'

Maud keek onbewogen naar de rechercheur. Dit soort dingen zeiden rechercheurs vaker tegen haar, om haar reactie te peilen. Als ze boos werd, begonnen ze te lachen en zeiden dat het maar een grapje was. Maar Maud wist dat ze het soms niet bij een grapje lieten en daadwerkelijk een afspraakje probeerden te maken met vrouwen die ergens aangifte van kwamen doen.

Ze nam het dossier van hem aan. 'Ik praat wel even met haar.'

53

Nancy keek op toen de deur openging; ze verwachtte diezelfde jonge agent met zijn brede gezicht en die irritante, zelfgenoegzame grijns binnen te zien komen. In plaats daarvan stapte een vrouw de kamer in, die de deur zachtjes achter zich dichtdeed. Ze leek ongeveer even oud als zij, misschien ietsje ouder. Nancy had eigenlijk helemaal geen duidelijk idee van hoe een rechercheur eruitzag, maar zó in elk geval niet: de vrouw die vlot op haar af liep was slank, had een kaarsrechte houding en een gemiddelde lengte. Ze droeg een roestbruine corduroy jumpsuit met een ceintuur, en stevige zwarte schoenen. Haar haar was een wirwar van blonde pijpenkrullen, losjes in een staart gebonden, en ze had een opvallend bleek, enigszins asymmetrisch gezicht. Ze had een paar oorknopjes in, een brede mond en heldere ogen, waarmee ze Nancy strak aankeek. Ze had een lichte frons op haar voorhoofd.

Mauds eerste indruk van de vrouw die volgens Kemp gestoord was, was dat ze vol opgekropte energie zat. Ze was klein en tenger, met grote ogen, hoge jukbeenderen en sluik donkerblond haar waar ze steeds onrustig haar vingers doorheen haalde. Maud zag dat ze een fervent nagelbijter was. Ze droeg een spijkerbroek en een mosgroene trui waarvan ze de mouwen tot haar ellebogen had opgerold, waardoor Maud een kleine abstracte tattoo op de binnenkant van haar onderarm kon zien.

'Dag mevrouw North,' begon ze vriendelijk.

'Nancy. Zeg maar Nancy.'

'Nancy, volgens mijn collega...'

'Volgens hem ben ik gek,' viel Nancy haar in de rede. 'Hij wilde niet eens naar mijn verhaal luisteren, zat alleen maar naar me te loeren en zei steeds dat ik rustig moest blijven.'

Maud had het dossier vluchtig ingekeken voor ze naar binnen ging. Ook al had ze een hekel aan Kemp, hij leek wel gelijk te hebben met zijn inschatting dat Nancy North haar wilde vermoedens puur vanuit een paranoïde geestestoestand had geuit. Ze was van plan geweest die vrouw zo vriendelijk en beleefd mogelijk de deur uit te werken. Ze was duidelijk wanhopig, maar er waren zoveel wanhopige mensen.

'Zoals ik het begrijp is de situatie als volgt. Kira Mullan werd op maandag 14 november dood aangetroffen. De politie en de schouwarts stelden vast dat het suïcide was. Maar jij denkt dat ze vermoord kan zijn, op basis van een korte ontmoeting, een uiterst korte ontmoeting zelfs, die je met haar had op de dag dat ze stierf. Je had de indruk dat ze erg overstuur was.'

'Bang,' zei Nancy. 'Ik had de indruk dat ze bang was. Ik denk dat ze om hulp vroeg.'

'Ik begrijp dat je toen zelf een psychose had.'

'Een heel lichte, dat klopt, en daarom neemt niemand me serieus. Dat betekent niet dat ik het bij het verkeerde eind heb.'

'Maar je begrijpt vast wel wat het probleem is.' Maud tikte met haar vinger op het dossier. 'Er is geen enkel bewijs voor.'

'Dat zag ik zelf ook wel.' Nancy's stem trilde een beetje. 'Daarom wilde ik het ook achter me laten. Maar toen kwam ik vanochtend ineens een andere vrouw tegen die in Kira's appartement komt wonen, en toen ik haar zag kon ik het toch weer niet uit mijn hoofd zetten. Het lukte niet. Hoe ik ook probeerde.'

'Je weet dat ik dit moet zeggen, Nancy, maar je bent net hersteld van een ziekte.'

'Ik ben opnieuw gedwongen opgenomen,' zei Nancy. Ze had zich voorgenomen zich absoluut niet op te winden. 'Nadat ik met de politie had gepraat en als zijnde psychotisch was weggestuurd, heeft een buurvrouw tegen mijn vriend, Felix,' – Maud zag hoe Nancy zich verbeet bij het uitspreken van zijn naam – 'gezegd dat ik had gedreigd mezelf of anderen iets aan te doen. Dát was de aanleiding. Als je een direct gevaar vormt, sluiten ze je op. Felix heeft dat aan mijn psychiater verteld, en voor ik het wist werd ik afgevoerd. Waarna ik een paar weken gedwongen in een kliniek heb gezeten.'

'Wat akelig.'

'Ik hoef geen medelijden, hoor.' Nancy haalde diep adem. 'Volgens Felix ben ik roekeloos en misschien heeft hij wel gelijk. Ik weet dat ik moeilijk kan zijn en het klopt ook dat ik een ziekte heb of in ieder geval kwetsbaar ben wat dit betreft. Maar dat is onder controle. Ik ben bij mijn psychiater geweest, die heeft mijn medicatie aangepast, en toen ging het weer goed met me. Maar als je eenmaal zo'n diagnose hebt gekregen denkt iedereen dat het weer helemaal misgaat als je ook maar even impulsief of geëmotioneerd reageert, of als je alleen maar je stem verheft. Dan wordt álles gezien als een symptoom. Toen Michelle, onze buurvrouw, zei dat ik haar bedreigd had, was dat genoeg aanleiding om me gedwongen op te nemen, maar het was niet waar. Het was volkomen gelogen.'

'Waarom zou ze dat dan gedaan hebben?'

'Geen idee. Misschien wilde ze me kwijt.' Ze schudde haar hoofd. 'Ik weet het, ik weet het. Het klinkt mijzelf ook idioot in de oren. Ik heb er ook geen bewijs voor, ik voel gewoon dat het allemaal niet klopt. Ik weet zeker dat Kira geen zelfmoord heeft gepleegd. Ik sprak iemand die verliefd op haar was, en die zei dat ze kort daarvoor heel gelukkig was. En iedereen zat te liegen. Felix zei dat hij haar niet kende, maar later bleek dat hij haar wel degelijk kende. Seamus – die woont in het souterrain – beweert dat ik hem wilde versieren, maar dat was juist andersom. En wie geloof je dan, de knappe fitnesscoach of de gestoorde vrouw? Ik hoorde Michelle tegen Dylan zeggen – dat is haar man, die sowieso een lul is, maar die op de dag van Kira's dood een schram op zijn gezicht had – dat ze wel gezien had hoe hij naar Kira keek en dat ze niet ál zijn problemen voor hem kon oplossen.'

Nancy zag de teleurstelling op Mauds gezicht. 'Ik weet dat dit allemaal niet zoveel zegt. Ik heb geprobeerd concreet bewijs te vinden. Door in te breken in de schuur van Michelle en Dylan, op zoek naar het touw.'

'Wat? Moet je me dit wel vertellen?'

Nancy schudde gehaast haar hoofd. 'Maakt niet uit. Ik wilde weten of daar een touw lag met net zulke draadjes als die ik in Kira's kamer had gevonden.'

'Heb je daar ook ingebroken?'

'Ik deed alsof ik de woning wilde bezichtigen, als mogelijke huurder. En daarna wilde ik erachter komen of er in de schuur van Michelle en Dylan eenzelfde soort touw lag. Dat was een domme actie. Ik ben bijna betrapt.'

'Je kunt het een domme actie noemen,' zei Maud. 'Maar het is ook een strafbaar feit.'

'Weet ik. Het is zo dat mensen steeds zeiden dat ik gek was, en misschien ben ik ook wel bijna gek geworden. Ik kan het niet van me afzetten. Het is moeilijk uit te leggen. Toen ik Dylan en Michelle samen zag vertrekken en ik het idee kreeg om in die schuur te gaan kijken, was het net alsof ik naar twee verschillende stemmen tegelijk luisterde: de gezonde, normaal redenerende stem, die tegen me zei dat ik geen rare dingen moest doen, dingen die me alleen maar ellende zouden bezorgen, en die andere stem, die maar bleef aandringen. Net als nu, nu ik hier naartoe moest gaan, voor een laatste poging.'

'Als je het over stemmen hebt...' begon Maud voorzichtig.

'Ik bedoel échte stemmen.' Nancy kreeg een felle blik in haar ogen. 'Ik ga er niet omheen draaien. Het is nu alles of niks voor me. Ik weet dat ik raar op u over kom. Ik weet wat de mensen over me denken. En dat denk ik zelf soms ook wel over mezelf. Het is iets wat zowel ín mij als buiten mij gebeurt. Dissociatie noemen ze dat toch?' Ze greep naar haar hoofd.

'Wat is er toch met me aan de hand? Waarom kan ik dingen niet loslaten, zoals andere mensen wel kunnen? Misschien had het iets met Kira te maken. Toen ik haar die middag tegen het lijf liep, was het net alsof ze om hulp smeekte. Maar misschien heeft iedereen gelijk en heb ik waanideeën.'

Maud wist niet wat ze moest zeggen. Ze keek naar Nancy, die zich duidelijk heel ongelukkig voelde. Ze wilde haar helpen maar wist niet hoe. Toen Nancy weer begon te praten klonk ze rustig en gelaten, en absoluut niet gestoord.

'Toen ik in de kliniek zat moest ik een idioot spelletje meespelen. Om ze ervan te overtuigen dat ik niet gek was en dat ze me weer moesten laten gaan, moest ik zeggen dat ik naar mijn idee inderdaad gek was geweest. Door hier te komen heb ik een groot risico genomen. Felix zit gewoon op een misstap van me te wachten. Hij bewaakt me in feite. Als ik even mijn stem verhef, kijkt hij al heel bezorgd naar me. Als ze me weer naar de kliniek sturen, zit ik er misschien wel voor jaren in.'

Maud wist wat ze tegen Nancy moest zeggen. Ze moest zeggen dat ze vooral aan zichzelf moest denken, dat ze haar leven weer op orde moest zien te krijgen, maar ze kon de juiste woorden niet vinden. Ze probeerde tijd te rekken door wat in het dossier te bladeren. Haar blik gleed over de getuigenverklaringen van de mensen in het huis en van Kira's werkgever, over de gegevens van Kira's laatste telefoongesprekken en berichtjes, over de foto's van haar lichaam voordat het touw was doorgesneden en later bij de obductie, over het verslag van de lijkschouwer, en ten slotte over de getuigenverklaring van Nancy zelf.

Nancy zei ook niets. Voor het eerst in weken had ze het gevoel dat iemand echt nuchter naar de zaak keek, gewoon naar alle feiten, zich niet bevoogdend opstelde en haar ook niet benaderde als iemand die niet in orde was en niet geloofd kon worden omdat alles wat ze zei ingegeven zou zijn door stemmen die ze hoorde en door mensen die ze gezien meende te hebben maar die er helemaal niet waren. Ze durfde niet te hopen dat Maud de zaak zou heropenen, maar ze leek haar in elk geval wel volkomen onbevooroordeeld.

Nog een keer bladerde Maud door de macabere foto's, toen haar blik bij één ervan bleef hangen. Er ging een schok door haar heen. O nee, dacht ze. Ze keek er nog eens goed naar.

Eigenlijk wilde ze het dossier sluiten en de hele zaak achter zich laten. Ze wilde verder met haar gewone werk. Ze wilde dat Nancy aan zichzelf ging werken en haar leven weer zou oppakken. En nu dit!

'Wat is er?' vroeg Nancy.

'Niet schrikken. Maar kijk eens goed naar deze foto.' Maud draaide de foto om naar Nancy, die het lugubere beeld opnam. De strop om Kira's gruwelijk uitgerekte nek, haar slap hangende, zwaar ogende lichaam, haar donkere gezicht, haar opengesperde ogen, die groene schoenen met die gele veters. Nancy kon er niet naar blijven kijken.

'Ja, het is akelig om te zien,' zei Maud. 'Maar wat zie je precies? Afgezien van haar lichaam?'

Nancy dwong zichzelf de foto nogmaals te bestuderen. 'Overal kleren,' zei ze. 'Een uitpuilende prullenmand, een gitaar, een omgevallen kruk.'

Ze keek naar de houten tafel, de bank en de donkergrijze leunstoel. En naar de windgong die ze had gezien toen ze Kira's woning na het vertrek van de schoonmakers was binnengeslopen, de kaarsen en plaids, en alle andere spullen waarmee Kira de sjofele ruimte had opgefleurd.

'De kruk,' zei Maud. 'Wat valt je daaraan op?'

'Hoezo?'

'Beschrijf gewoon eens wat je ziet.'

'Een kruk. Drie poten. Vrij klein.'

'En als die kruk rechtop staat. Hoe hoog denk je dat-ie dan is?'

'Geen idee. Ik ben niet zo goed in dat soort dingen. Zoiets?' Ze hield haar hand boven de tafel. 'Vijfenveertig centimeter?'

'Dat lijkt me wel ongeveer te kloppen. En hoe hoog hangen Kira Mullans voeten boven de vloer?'

'Hoger, lijkt me.'

'We moeten er goed naar kijken, maar inderdaad, véél hoger.'

'Maar als dat zo is, dan...'

Verder kwam Nancy niet. Haar wijd opengesperde ogen glommen van hoop.

'Natuurlijk moeten we nagaan of dit klopt. Maar zo ja, dan betekent het dat ze niet op die kruk kan hebben gestaan.'

'En dus dat het moord was?' vroeg Nancy. De tranen sprongen haar in de ogen.

'Het betekent dat we er nader onderzoek naar moeten doen,' zei Maud. Ze dacht even na. 'Dat zullen mijn collega's niet leuk vinden. Danny Kemp zal er een heel slecht humeur van krijgen.'

'En hoe gaat dit nu verder?'

'We moeten het er uitgebreider met je over hebben.'

'Ik heb Felix verlaten – dat wil zeggen, daar ben ik mee bezig. Maar dat maakt niet uit, toch?'

'Ik heb je mobiele nummer. Blijf je wel in Londen?'

'Ik verblijf een poosje in West Hampstead. Maar hoe zit het met mijn buren? Moeten die op de hoogte worden gebracht?'

'Absoluut.'

54

Toen Maud haar verhaal had gedaan, keek hoofdinspecteur Craig Weller niet bepaald vrolijk. 'Ik moet je waarschuwen. Ga hier voorzichtig mee om, Maud.'

'Wat bedoel je?'

'Kemp heeft zich ermee beziggehouden, en volgens hem was de zaak afgehandeld. Het is niet de taak van de politie om steeds oude zaken te heropenen en dingen weer op te rakelen.'

Er was van alles wat Maud hierover wilde opmerken. Ze kon bijvoorbeeld zeggen dat ze dacht dat het de taak van de politie was om misdaden op te lossen. Ze kon zeggen dat er opnieuw onderzoek moest worden gedaan als een zaak niet correct was onderzocht, en dan goed. Maar ze besefte heel goed dat ze haar positie mede te danken had aan het feit dat ze niet altijd zei wat ze eigenlijk zou willen zeggen.

Dus hield ze het bij: 'Ik denk gewoon dat dit sterfgeval nader onderzocht moet worden, dat is alles.'

'Maar uit jouw verhaal maak ik op dat de enige getuige een vrouw is die net uit een psychiatrische kliniek kwam.'

'Ze is helemaal geen getuige. Die vrouw heeft me op deze zaak gewezen en wat ze me vertelde klonk heel plausibel.'

Weller snoof laatdunkend. 'Dat die kruk te laag zou zijn lijkt me nogal magertjes.'

'In welke zin?'

Weller dacht even na. 'Zo voor de vuist weg: als die kruk te laag was, kan ze er een paar boeken op hebben gelegd en daarop zijn gaan staan.'

'Theoretisch, ja,' zei Maud. 'Maar ik wil je erop wijzen dat ik alle foto's nauwkeurig heb bekeken en niets heb gezien dat daarvoor kan zijn gebruikt.' Ze knikte kort. 'Het kan natuurlijk zijn dat degenen die haar hebben gevonden dingen hebben verplaatst of weggehaald. Maar zoals ik al zei, er is absoluut nader onderzoek nodig.'

'Onderzoek,' zei hij, alsof het een vies woord was. 'Het was Kemps zaak; eventueel nader onderzoek moet dus door hem worden gedaan.'

'Hij is met verlof. En ik ben net zo'n beetje klaar met de zaak waar ik aan werkte.'

'Hmm.' Ontstemd keek hij haar aan. 'En hoe zou je dat aan willen pakken?'

'Om te beginnen moet ik natuurlijk Kira's moeder bellen om haar te vertellen dat we het onderzoek naar de dood van haar dochter heropenen. En dan ga ik de zaak opnieuw bekijken, met een frisse blik. Helemaal. Met in het achterhoofd dit nieuwe gegeven.'

'Ik zeg dit voor je eigen bestwil, Maud. Je hebt er niets aan als je de reputatie krijgt van een agent die het beter wil weten dan haar collega's. Dan gaan ze nog denken dat je geen goede teamspeler bent.'

'Het is geen kwestie van beter weten. Ik wilde gewoon hier en daar wat vragen stellen, kijken of er iets te onderzoeken valt. Baat het niet, dan schaadt het niet, dacht ik.'

'Al heb je dan wel tijd verprutst.'

Maud slikte iets weg. 'Zeg het dan gewoon als je ertegen bent.'

'Ik probeer je hier niet te micromanagen,' zei hij. 'Ik wil je alleen voor vervelende dingen behoeden.' Hij glimlachte. 'Zie het maar zo dat ik als een vader over je carrière hier probeer te waken. Hou me in elk geval op de hoogte.'

Toen Maud weer op de gang stond, had ze het gevoel dat het ongeveer zo was gegaan als ze had verwacht. Haar baas had haar groen licht gegeven, zij het niet van harte. Als het verkeerd uitpakte, moest ze zelf de klappen opvangen.

55

Bijna duizelig van opluchting liep Nancy het politiebureau uit. Zo had ze zich in geen weken of zelfs maanden gevoeld. Ze had gedaan wat nodig was, en nu kon het worden afgehandeld door een professional – die geweldige vrouw met de blonde krullen.

Ze kon haar spullen gaan halen en eindelijk aan een nieuw leven beginnen.

Opgewekt snelde ze de trap op en ging voor de laatste keer de woning binnen. Maar toen ze zich bukte om haar tas te pakken, realiseerde ze zich dat er iets vreemds aan de hand was. Het overviel haar als een plotselinge, onverwachte stortbui.

Felix zat op de bank. Hij was die ochtend naar kantoor gegaan, maar toch zat hij hier. Soms werkte hij thuis, maar hij werkte niet en las ook niet. Hij zát alleen maar.

'Ik dacht dat je op kantoor was,' zei ze, en ze stapte bij de weekendtas vandaan zodat hij geen argwaan zou krijgen. Maar dat had hij misschien al wel.

'Dat weet ik.'

'Is er daar iets gebeurd?'

'Niets bijzonders.'

Het lukte Nancy niet goed om zijn stemming te peilen. Hij leek niet boos, maar deed ook niet erg vriendelijk. Hij was alleen maar kalm.

Ze liep naar de keukentafel en legde haar hand plat op het briefje dat ze had achtergelaten. Het had daar zo opvallend gelegen dat het praktisch onmogelijk was dat Felix het niet al had gelezen. Ze verfrommelde het tot een prop en duwde het in haar jaszak. Daarna schonk ze een groot glas water in en dronk het leeg.

'Wanneer wilde je me het gaan vertellen?' vroeg Felix.

Nancy voelde een koude rilling door haar heen trekken. O nee. Dus dit gesprek kwam er nu toch. Haar benen begonnen zo heftig te trillen dat ze nauwelijks nog kon staan. Ze liep terug naar de woonkamer en ging op een houten stoel tegenover Felix zitten. 'Wat vertellen?'

'Draai er maar niet omheen.'

'Ik draai nergens omheen. Als je me iets wilt vragen, stel dan een duidelijke vraag. Dan krijg je antwoord.'

'Ben je bij de politie geweest?'

'Ja. En hoe kom je überhaupt bij die vraag?'

Felix produceerde een kort lachje waar Nancy bijna onpasselijk van werd. 'Het spijt me, maar jij stelt hier niet de vragen. Dat wil ik je even duidelijk maken, dan weten we allebei hoe het werkt. Ben je bij de politie geweest in verband met de dood van Kira? Antwoord graag.'

'Ja.'

'Na alles wat we hebben meegemaakt?'

'Ík ben degene die van alles heeft meegemaakt, jij niet, maar inderdaad. En nu ik jouw vraag heb beantwoord, kun jij die van mij misschien beantwoorden. Hoe wist je dat? Ben je me gevolgd?'

'Dat was nog niet eens zo'n slecht idee geweest, maar nee. Iemand heeft het me verteld.'

'Dus jij bent me niet gevolgd, maar iemand anders wel.'

'Het was iemand die zich zorgen om je maakte. Al kun je niet echt van volgen spreken.'

'Ik weet wel wie het is,' zei Nancy bitter.

Een paar seconden lang keken ze elkaar alleen maar aan.

'Ik weet eigenlijk niet wat ik nu moet zeggen,' zei Felix. 'Echt niet.'

'Je hoeft ook helemaal niks te zeggen.' Nancy probeerde rustig te blijven. 'Ik ben een volwassen vrouw die zich als een goede buur probeerde te gedragen.'

'Nancy, toe nou...' zei Felix sussend. 'Je hebt het tegen mij, hoor. Ik ben de vijand niet.' Hij stond op. 'Zal ik koffie zetten?'

'Hoeft niet,' zei Nancy.

'Ik doe het toch maar. Dat praat ook wat makkelijker.'

Terwijl ze hoorde dat de ketel werd gevuld en hij de deurtjes van de keukenkastjes ruw opende en sloot zat ze als versteend op haar stoel. Een paar minuten later kwam Felix uit de keuken met een dienblad met twee bekers, de cafetière en een kannetje melk. Hij zette het op tafel, schonk koffie in en gaf haar een beker. Half verdoofd pakte ze hem aan.

'Ik begrijp gewoon niet,' zei hij, alsof hun gesprek helemaal niet onderbroken was geweest, 'waarom je niet met mij hebt overlegd voordat je naar de politie ging.'

'Dat was nergens voor nodig.'

Felix nam een slok van zijn koffie en keek haar peinzend aan. 'Ik denk dat je je niet goed realiseert in wat voor positie je je nu hebt gemanoeuvreerd.'

'Jawel hoor.'

'Je komt net een uit een psychiatrische kliniek en een van je belangrijkste symptomen was een paranoïde fantasie over die dode buurvrouw. Ze hebben je laten gaan omdat je leek in te zien dat je je dingen had verbeeld, dingen die je door je ziekte had verzonnen. Je hebt hier veel onrust veroorzaakt. Je hebt de politie van het werk gehouden.'

'De rechercheur die ik zojuist heb gesproken dacht volgens mij helemaal niet dat ik haar van haar werk hield.'

'Dat zullen we nog weleens zien. Misschien kent die rechercheur je niet zo goed als ik. Ze zal in elk geval niet zoveel om je geven als ik. En heb je wel aan Kira's familie gedacht? Wat denk je dat het met ze doet als de politie alles weer oprakelt?'

'Ik heb heus wel aan die mensen gedacht,' zei Nancy. 'Ik denk elke dag aan ze.'

Felix begon hoofdschuddend te lachen. 'Je weet donders goed waar ik me zorgen over maak. Als ik alleen maar naar de laatste weken kijk, al die dingen die je hebt gezegd die niet waar zijn. In eerste instantie voelde ik me verraden en boos. Je loog tegen je artsen om snel uit de kliniek ontslagen te worden. Je loog tegen mij, zodat ik achter je bleef staan. Maar nu ben ik niet boos meer. Ik ben vooral bang dat al je symptomen weer de kop opsteken. Ik denk dat we daar iemand over moeten raadplegen voordat het erger wordt.'

Nancy vroeg zich af wat ze hierop moest zeggen, en óf ze er überhaupt iets op moest zeggen, toen de deurbel klonk. Zonder zijn blik van haar af te wenden stond Felix op en liep naar de intercom. Nancy hoorde een krakerige stem en Felix drukte op de knop om de bezoeker binnen te laten.

56

Felix opende de deur en keek afwachtend het trapportaal in. Nancy was ook overeind gekomen en stond achter hem. Er klonken voetstappen en er kwamen twee mensen binnen. Het waren Maud en een lange jongeman, met rossig haar, een benig gezicht, vrij ver uiteen staande, verwonderd kijkende ogen en een slechtzittend pak aan. Hij had de verwachtingsvolle blik van een tiener die voor het eerst op sollicitatiegesprek komt. Maud droeg een enigszins gehavend grijs jack over haar jumpsuit, waardoor ze meer op een bouwvakker dan op een rechercheur leek. Ze knikte naar Nancy maar richtte zich tot Felix.

'Ik ben Maud O'Connor.' Ze toonde haar legitimatiebewijs en gebaarde naar haar metgezel. 'Dit is mijn collega Mark Forrester.'

'Neem me niet kwalijk dat ik verbaasd ben,' zei Felix. 'Ik weet pas sinds een paar minuten dat Nancy jullie met een bezoekje heeft vereerd.'

Maud keek verrast. 'Is dat een probleem?'

'Ik vreesde dat jullie je tijd hiermee zouden verdoen. Ik hoor steeds dat de politie niet toekomt aan de criminaliteitsbestrijding in Londen, dus verbaast het me een beetje dat jullie hier voor deze zaak komen.'

'Waarom bent u dan verbaasd?'

'Ik dacht dat het allemaal uitgezocht was. Ik dacht dat de politie al onderzoek had gedaan naar de tragische dood van Kira.'

'Ik weet niet hoeveel er precies is onderzocht,' zei Maud, terwijl ze met een geïnteresseerde blik om zich heen keek.

'Ik denk dat u de situatie hier mogelijk verkeerd hebt ingeschat.'

'Is dat zo? Hoe dan?'

'Ik vind het vervelend om te zeggen, maar ik maak me zorgen om mijn vriendin.' Hij keek even veelbetekenend naar Nancy, die dat met een giftige blik beantwoordde. 'Ze is op het ogenblik nogal kwetsbaar. Ze heeft een zware psychische inzinking gehad en we zijn bezig de draad weer op te pakken. Ze had allerlei wanen. En die werden zo erg dat ze een poosje opgenomen is geweest in een psychiatrische kliniek. Daar is ze nog maar net uit ontslagen, en ik vraag me af of haar bezoek aan jullie niet een aanwijzing is dat die wanen weer terugkomen.'

'Ik ben erbij, hoor,' zei Nancy.

Maud glimlachte naar haar en richtte zich toen weer tot Felix. 'Ik heb met Nancy gesproken, en ze kwam heel geloofwaardig op me over.'

'Geloofwaardig?'

'Ja.'

'Met alle respect, maar u bent geen psychiater en u kent haar bij lange na niet zo goed als ik.'

'Klopt,' zei Maud. 'Ik ben geen psychiater. Voor straf moest ik bij de politie, en ik zou u nu graag een paar vragen stellen.'

'Weet u zeker dat u daarmee een kwetsbaar iemand niet nog meer belast?'

'In godsnaam, Felix, hou op!' zei Nancy.

'We zullen zo omzichtig mogelijk te werk gaan. Kunnen we hier met u praten?'

'Waarom willen jullie míj spreken?'

'Jullie wonen allebei in hetzelfde pand als Kira Mullan.'

'Het is de standaardprocedure,' zei Forrester. Het was het eerste wat hij zei. Hij bloosde.

‘Ga dan maar zitten,’ zei Felix.

Forrester ging op het puntje van een stoel zitten en haalde zijn notitieboekje tevoorschijn. Hij hield zijn pen in de aanslag. Felix plofte op de bank neer, ging achterover zitten en deed zijn armen over elkaar.

‘Ik neem aan dat ik even weg moet?’ zei Nancy tegen Maud.

‘Ik heb liever dat je blijft.’

Nancy ging niet naast Felix zitten, maar nam weer plaats op haar houten stoel en schoof die eerst tegen de muur. Maud ging op de bank zitten en draaide zich naar Felix toe.

‘Ik wil gewoon even voor mezelf duidelijk hebben hoe het in dit pand precies in elkaar zit. Nancy en u zijn hier onlangs komen wonen.’

‘Ja.’

‘Hoelang geleden?’

‘Een paar maanden.’

‘Op zaterdag 12 november,’ zei Nancy.

‘Dank je. Kende u iemand in dit pand?’

‘Nancy niet, maar ik wel. We konden deze woning krijgen doordat een vriend van me ging verhuizen. En via hem kende ik Seamus en Barney. Die wonen in het souterrain.’

‘Kende u het slachtoffer?’

‘Áls ze dat al was.’

‘U lijkt nogal overtuigd van het idee dat ze geen slachtoffer is.’

‘Het ergert me gewoon als de politie ergens voor niets tijd in steekt.’

‘De publieke zaak staat bij u blijkbaar hoog in het vaandel, meneer Lindberg. Kende u Kira Mullan?’

‘Ik moet haar hier weleens tegengekomen zijn.’ Felix wierp een blik op Nancy. ‘Nancy heeft een erg traumatische periode achter de rug. Dat was niet alleen akelig voor haar, maar ook voor haar omgeving. Ze had veel zorg nodig. Later zal ze misschien beseffen hoe goed anderen het met haar voorhadden.’

Er viel een lange stilte. Maud zei niets. Ze keek alleen maar naar Nancy, die strak voor zich uit staarde, en toen weer naar Felix.

'Kende u Kira?' vroeg ze ten slotte.

'Nee. Maar ze woonde beneden, dus ik heb haar vast weleens de deur in of uit zien gaan.'

'Jij kende Kira wel degelijk,' zei Nancy.

Het was alsof er een bom ontplofte. De vier mensen in de kamer leken een paar seconden bevroren in de stilte die volgde. Nancy keek naar Maud en niet naar Felix, maar ze voelde het bijna fysieke gewicht van zijn blik.

'Jij kende haar wel,' herhaalde ze, al vond ze het moeilijk om het hardop te zeggen.

'O, Nancy toch!' Felix sloeg zijn handen voor zijn gezicht. 'Liefste van me.'

Maud negeerde hem. 'Waarom zeg je dat?' vroeg ze aan Nancy.

'Omdat iemand me dat laatst vertelde. Hij zei dat Felix en Kira vorig jaar met kerst op een feest waren en toen samen zijn vertrokken.'

Maud keek Felix aan. 'Meneer Lindberg?'

Felix boog zich naar haar toe, met een trieste uitdrukking op zijn knappe gezicht. 'Het aardigste wat ik kan zeggen is dat Nancy zich niet goed herinnert wat die persoon al dan niet heeft gezegd, of het onjuist heeft geïnterpreteerd. Zoals ik eerder heb beschreven komt haar ziekte deels tot uiting in paranoïde verdachtmakingen aan het adres van andere mensen.' Hij keek Nancy even strak aan en glimlachte toen vertederd naar haar. 'Ook al heb je nooit aanleiding gehad om jaloers te zijn. Ik ben je altijd honderd procent trouw geweest.'

'Het was Jonnie. Die beweerde dat,' zei Nancy, helemaal duizelig van geluk omdat ze zich niet meer hoefde in te houden. Het was alsof een van angst en leugens aan elkaar hangend, wankel bouwwerk om haar heen uit elkaar viel. En dat was heerlijk, ook al kon ze erdoor vermorzeld worden. 'Jonnie. Van nummer 73.'

‘Nou doe je het wéér,’ zei Felix met een laag maar doordringend stemgeluid.

‘Ik merk dat dit een lastig onderwerp is,’ zei Maud, terwijl Forrester het adres in zijn boekje noteerde. ‘Het lijkt me het beste om dit voorlopig even te laten rusten.’

‘Wacht even,’ zei Felix. ‘Ik wil wel graag die zojuist door mijn vriendin geuite beschuldiging van tafel hebben.’

‘Bedoelt u dat het niet waar is?’

‘Ik bedoel, het kan best zo zijn dat ik op een feest met Kira heb gesproken. Het is een jaar geleden. Het kan ook zijn dat we toevallig op hetzelfde moment naar huis gingen, maar dat is alles. Jullie moeten niet in dezelfde val trappen als Nancy en voorbarige conclusies trekken uit een volkomen onschuldige ontmoeting.’ Hij bleef Nancy aanstaren. Zijn gezicht stond vriendelijk maar zijn blik was koud.

Zij keek hem ook strak aan. Iets in het gedrag van de rechercheur gaf haar hernieuwd zelfvertrouwen.

‘Ik zal mijn best doen om in geen enkele val te trappen,’ zei Maud. ‘Maar laten we verdergaan: Kira Mullan woonde dus beneden. Uw twee vrienden wonen in het souterrain. En hier, op deze verdieping, woont nog een getrouwd stel.’

‘Harry en Olga, met hun huilbaby.’

‘Op zaterdagavond 12 november was er in het souterrain een feest en daar is Kira geweest. Bent u daar ook naartoe gegaan?’

‘Eventjes maar,’ zei Felix. ‘Het was heel druk en ik kende er eigenlijk niemand, dus ben ik niet lang gebleven.’

‘Tot hoe laat?’

‘Weet ik niet precies. Tot een uur of tien? Ik had gekookt, en na het eten heb ik opgeruimd. Ik ben daar ongeveer een uur gebleven.’

‘Hebt u Kira daar gezien?’

‘Nee, of misschien ja, maar dan niet bewust. Zoals ik zei kende ik haar nauwelijks.’ Hij wierp een boze blik op Nancy. ‘En het was er afgeladen.’

'Dus u bent om ongeveer tien uur weer thuisgekomen?'

'Ja. Nancy lag al te slapen. Ik pakte nog wat verhuisdozen uit en ging toen naar bed. Ik was moe. We hadden een paar slopende dagen achter de rug.'

'Kunt u kort beschrijven wat u op die zondag allemaal hebt gedaan?'

'Dat heb ik de politie allemaal al verteld.'

'Ik hoor het graag nog eens van uzelf.'

Hij ademde diep in. 'Ik ben de hele ochtend thuis geweest. Ik wilde het hier een beetje op orde krijgen en het gezellig maken voor Nancy. Ik had bijna alles zelf ingepakt en ik wilde ook zo veel mogelijk zelf uitpakken. Een rommelige verhuisbende hier leek me niet goed voor haar. Ik wilde haar daarvoor behoeden.'

Nancy voelde zich net een ingedrukte springveer. Ze moest zich bedwingen om niet overeind te schieten. Felix pakte met een strak gezicht zijn inmiddels koud geworden mok koffie en nam er een slok uit. Maud reageerde niet en wachtte tot hij weer verder praatte.

'Toen ging ze de deur uit. Geen idee waarnaartoe. Achteraf gezien had ik haar niet alleen moeten laten gaan, maar...' Hij haalde zijn schouders op. 'In elk geval, na een minuut of tien ben ik zelf ook weggegaan.'

'Hoe laat zal dat dan ongeveer geweest zijn?'

'Rond kwart voor drie, denk ik. Precies weten doe ik het niet. Ik ben naar die grote doe-het-zelfzaak ruim een halve kilometer verderop gegaan, Britten's. Ik had wat spullen nodig – spijkers, schroeven en pluggen, muurvuller, dat werk.'

'Britten's, zegt u. Hebt u er toevallig nog een bonnetje van?'

'Denk het wel.'

'Kunt u het voor me opzoeken?'

'Nu?'

'Na afloop van dit gesprek. Geef het maar aan Mark.'

Forrester knikte instemmend.

'Waarom is dit eigenlijk allemaal nodig?'

'Ik probeer de gebeurtenissen helder te krijgen,' zei Maud. 'Voor een duidelijk beeld van hoe die dag is verlopen.'

'Oké. Nadat ik bij Britten's was geweest heb ik met een vriend een biertje gedronken. Gary Overton.'

'Gary Overton,' herhaalde Forrester, en hij noteerde de naam.

'Ik kan u zijn gegevens wel geven.'

Maud knikte.

'Vlak bij Britten's was dat, en daarna zijn we hier nog even geweest. Nancy was inmiddels alweer thuis, maar ze lag in bed, en ik wilde haar niet wakker maken. Goed slapen draagt bij aan haar herstel,' zei hij. 'Toen ze wakker werd, ging Gary weg – ik denk dat hij zich een beetje opgelaten voelde doordat zij er duidelijk nogal slecht aan toe was. Sommige mensen weten zich geen houding te geven tegenover iemand met mentale problemen. Kort daarna kwamen er een paar mensen langs om wat te drinken.'

'Wie?'

'Michelle en Dylan van hiernaast. Seamus. Barney. En Harry. Zijn vrouw niet. Zij bleef thuis met de baby. Toen iedereen weer weg was zijn we gaan eten, we rommelden nog wat aan en daarna zijn we naar bed gegaan.'

'U was erbij toen het lichaam de volgende dag werd gevonden, klopt dat?'

'Niet echt. Ik kwam aan het eind van de middag uit mijn werk, ik weet niet meer precies hoe laat, maar dat moet in jullie dossier staan, en toen zag ik die consternatie bij Kira's voordeur.'

'Wie waren daar?'

'Michelle, Seamus en Dylan, maar het kan ook zijn dat Dylan tegelijk met mij aan kwam zetten. Ik heb dat niet meer helemaal helder. En daarna kwam zij.'

'Zij?'

'Nancy.' Hij keek Nancy strak aan. Zij keek hem strak aan. 'Nancy was direct helemaal over de rooie.'

'Ik was helemaal niet over de rooie. Ik wilde haar gezicht zien toen ik die schoenen zag, want de vrouw die ik de dag ervoor was tegengekomen had net zulke schoenen aan. Maar jij hield me tegen.'

'Nancy, alsjeblieft,' bracht Felix hulpeloos uit.

'Jij hebt mij samen met Dylan als een zak aardappels de trap op getrokken. Ik was boos. Maar boos is niet hetzelfde als over de rooie. Iets niet vertrouwen is niet hetzelfde als paranoïde zijn. Antwoord op je vragen willen betekent niet dat je waanbeelden hebt.'

'Wanneer hebt u Kira voor het laatst gezien?' vroeg Maud aan Felix.

'Geen idee.' Hij maakte een hulpeloos gebaar. 'Mogelijk op het feest van de avond ervoor. Ik heb gehoord dat ze er was, maar herinner me niet dat ik haar heb gezien.'

'Ook niet op die zondag 13 november?'

'Nee.'

'Weet u dat zeker?'

'Ja.'

'En u blijft erbij dat u haar niet echt kende?'

'Ja.'

'Bedankt. Als u dat bonnetje nog weet te vinden? Mijn collega hier komt het dan binnenkort ophalen.' Ze stond op. Forrester volgde haar voorbeeld.

'Nancy is geen betrouwbare getuige,' zei Felix, die ook opstond. Hij zag er lang en stevig uit naast Maud, die tenger maar gespierd was, met haar blonde bos krullen en donkere wenkbrauwen. 'Dat moet u in het achterhoofd houden. Ze is ziek. Ik moet er niet aan denken wat dit allemaal met haar kan doen.'

Maud keek hem aandachtig aan, alsof ze zich van alles over hem afvroeg. Hij begon licht te blozen.

'Hebt u er bezwaar tegen als we DNA bij u afnemen? Dat kan gewoon met een wattenstaafje.'

Zijn mond verstrakte. 'Ik neem aan dat u dat aan ons allebei vraagt?'

'Ik vraag het aan iedereen.'

'Het is de standaardprocedure,' bevestigde Forrester.

'Als het moet.'

'Prima. Een collega van ons gaat het regelen.'

'Er was trouwens ook een gebruikt condoom,' zei Nancy vrij luid.

Iedereen draaide zich naar haar toe. Zelfs Maud, die er doorgaans kalm uitzag, leek even geschrokken.

'In een vuilniszak van Kira. Daar vond ik het in.'

'Jezus!' zei Felix. 'Ziet u nu wat ik bedoel? Ze is echt de weg kwijt.'

'Ik heb het meegenomen omdat ik dacht dat het een aanwijzing kon zijn,' zei Nancy tegen Maud, wat zachter nu.

'Dat zou inderdaad kunnen,' zei Maud. 'Waar is dat ding?'

'Ik had het in de la met bakspullen verstopt. Maar Michelle heeft het weggegooid.'

'En hoe weet je dat?'

'Dat zei ze tegen me.'

'Dit is toch ongelooflijk,' zei Felix. 'Dit neemt u toch niet serieus, mag ik hopen? Het is te gek voor woorden.'

'Goed, we moeten ervandoor.' Maud richtte zich tot Nancy, die nog steeds bij de muur zat en keek haar indringend aan. 'Je hoort snel weer van me. Hou je taai.'

57

'Dat was ongemakkelijk, zeg,' fluisterde Forrester duidelijk hoorbaar toen ze de voordeur van Felix en Nancy achter zich dicht hadden getrokken.

Forrester werkte nog maar acht weken bij hun eenheid, en Maud vroeg zich af hoe hij zich door het leven bij de Metropolitan Police heen zou slaan. Hij was lang, bewoog zich onhandig, zijn ogen stonden ver uit elkaar en hij liep wat voorovergebogen om zijn lengte te verhullen. Hij wilde anderen graag behagen en zijn enthousiasme was nog niet bekoeld. Ze had gezien hoe hij met zijn leeftijdgenoten mee wilde doen, met hun grappen en grollen, maar hij hobbelde er steeds net wat achteraan. Misschien kon hij er op termijn echt bij gaan horen. Maar misschien ook wel niet. Ze vroeg zich af wat erger was.

'Wat is jouw indruk van die twee?'

Forrester zuchtte. 'Ik heb met hem te doen.'

Maud dacht aan Nancy, aan hoe gespannen ze op haar stoel had gezeten, met die angstige, opstandige blik in haar ogen. Ze dacht aan Felix, die de vriendelijkheid zelve en de in zijn geduld gefnuikte man probeerde te spelen.

'Jij niet dan?' vroeg Forrester.

'Nee, ik niet. Kun jij die DNA-afname regelen? Hij, zij, en alle anderen met wie we in dit pand hebben gesproken.'

Ze klopte op de deur van Harry en Olga en hoorde schuifelende voetstappen naderbij komen. Toen schoof er een deurketting opzij en werd er opengedaan. Ze zag een bolle baby met een rood hoofd op de arm van een kleine vrouw met een smal gezicht, die het gewicht van haar kind nauwelijks leek te kunnen dragen. Ze had een vormeloze jurk en slippers aan en droeg haar haar strak achterover gekamd.

'Hallo?'

'Sorry dat we storen. Bent u Olga Fisk?'

'Ja.'

'Ik ben Maud O'Connor, van de recherche. Kunnen we u even spreken?'

'Wat is er aan de hand dan?'

'Het gaat om de dood van Kira Mullan.'

Olga keek bedenkelijk. 'Ik dacht dat we dat allemaal gehad hadden.'

'Mogen we even binnenkomen?'

Olga liep naar binnen, gevolgd door de beide rechercheurs. De woning was kleiner en donkerder dan die van Felix en Nancy, zonder toegang naar de tuin. Overal hingen, lagen en stonden babyspullen – kleertjes op de radiator en over rugleuningen van stoelen, een verschoonkussen op de grond, een propvolle wasmand met kleren, handdoeken en babydoekjes naast de wasmachine, een buggy tegen de muur, flesjes in de gootsteen, naast vieze borden. Op de tafel lag een stapel medische studieboeken. Er hing een ranzige geur van zure melk en natte kleren.

'Let niet op de troep,' zei Olga. 'De wasmachine is kapot en de huisbaas vertikt het om hem te laten repareren. En aan die lekkage doet hij ook niks.' Ze gebaarde naar het plafond.

'Heel vervelend,' zei Maud. Ze vroeg zich af hoe ze met z'n drieën in dit kleine, vochtige hok konden wonen.

'Harry heeft examens. Mijn man.'

'Dat maakt het nog lastiger, neem ik aan. Hoe oud is de kleine?'

'Lydia. Drieënhalve maand.' Ze wiegde Lydia een beetje heen en weer en drukte toen haar lippen op het donzige hoofd van haar dochtertje.

'Is uw man er ook?'

'Hij is in het ziekenhuis. Waarom wilt u hem spreken?'

'We willen iedereen in het pand even spreken. Ook u.'

'Morgen is hij er de hele dag, daarna gaat hij de nachtdienst in. Wat wilt u weten?'

'Weet u nog wat u deed op de zondag dat Kira voor het laatst is gezien?'

Olga knikte. 'Dat heb ik die andere agenten al verteld,' zei ze. 'Kunt u dat niet ergens opzoeken?'

'Ik hoor het graag van uzelf,' zei Maud.

'Oké,' zei ze met tegenzin. 'Harry en ik waren de hele ochtend thuis. We waren allebei moe. Lydia was heel vaak wakker geweest en we hadden de hele nacht ook dat lawaai van dat feest gehad. Ik heb geprobeerd Lydia zo stil mogelijk te houden, zodat Harry kon leren. 's Middags is hij een uurtje bij Lydia gebleven zodat ik even met een vriendin in die nieuwe tent bij de bios koffie kon gaan drinken. Dat was na drieën. Ik heb mijn vriendin daar iets na halfvier ontmoet. Zo nu en dan moet ik er even uit. Even weg van haar.' Ze keek verontschuldigend naar haar dochtertje, alsof ze het kon horen. 'Natuurlijk hou ik van haar, maar moeder zijn is ook slopend. Er zijn dagen dat ik het gevoel heb dat ik mezelf helemaal kwijtraak. Dan weet ik nauwelijks meer wie ik zelf ben. Harry begrijpt dat gelukkig.'

Maud knikte. 'Bleef hij hier met haar?'

'Nee. Hij ging tegelijk met mij weg, om met haar in de buggy te gaan wandelen. In die buggy slaapt ze altijd. En nadat ik koffie had gedronken troffen we elkaar weer en zijn we samen teruggelopen. Daarna zijn we tot zes uur hier geweest, waarna hij bij de buren iets is gaan drinken. En ik bracht Lydia naar bed.'

'En afgezien daarvan zijn jullie het huis niet uit geweest?'

‘Halverwege de ochtend, om halfelf of elf uur, ben ik met Lydia nog melk wezen kopen in de buurtsuper. Daarna ben ik nog een straatje om gegaan, maar het was slecht weer, en dus gingen we snel weer terug. Harry is na de lunch nog een minuut of tien naar buiten gegaan, om zijn hoofd leeg te maken.’ Ze zag de vraagtekens in Mauds ogen. ‘Om halfdrie ongeveer, zoiets. Vóór drieën in elk geval.’

‘En hij heeft Kira niet gezien?’

‘Nee.’ Olga streelde het mollige wangetje van haar baby. ‘De dag ervoor heb ik haar voor het laatst gesproken.’ Haar ogen werden vochtig. ‘Ze zei nog dat ze wel een keer wilde oppassen.’

‘Dat was lief van haar.’

‘Ja. Ik kende haar niet zo goed, maar volgens mij wás ze ook lief, altijd vriendelijk en vrolijk, en ze was heel aardig tegen me. Ik kan nog steeds niet geloven…’

‘Dat ze zelfmoord heeft gepleegd?’

‘Ja.’ Olga drukte de baby dicht tegen zich aan. ‘Het is zó verdrietig.’

58

‘Wat heb je in vredesnaam gedaan?’ zei Felix nadat de voordeur was dichtgetrokken.

‘Ik heb gedaan wat nodig was.’

‘En nu?’

‘Wat er nu gaat gebeuren,’ zei Nancy, waarbij ze zichzelf dwong om duidelijk te spreken en hem aan te kijken, ‘is dat Kira’s dood nader wordt onderzocht. Het is nu aan de politie.’

‘Dat bedoelde ik niet.’

‘Wat bedoelde je dan wel?’

‘Wat verwacht je nu van mij?’ Felix keek haar kalm aan.

‘Om te beginnen zou je weer aan het werk kunnen gaan,’ zei ze. ‘Je hebt al genoeg vrijaf genomen.’

‘Vandaag niet. En de komende tijd ook niet. Ik denk dat ik je té veel heb vertrouwd. Ik blijf hier.’

Nancy stond op. ‘Blijf dan maar hier, zou ik zeggen. Ik ga een stukje lopen.’

‘Het is koud buiten.’

‘Ik heb frisse lucht nodig. Hier voel ik me opgesloten.’

‘Ik ga wel met je mee.’

‘Ik wil even alleen zijn.’

‘We hebben gezien wat er gebeurt als ik je alleen laat. Je sluipt naar buiten, gaat naar de politie en houdt dat geheim voor me.’

'Dit gaat niet over jou, Felix.'

'Nee. Het gaat over jóú. Over jouw...' Hij zocht naar het juiste woord, vond het en sprak het bijna fluisterend uit. 'Jouw verbéélding. En over hoe verstandig het is om jou alleen te laten.'

'Oké. Dan blijf ik thuis.'

'Laten we samen gaan. Nadat je je tas hebt uitgepakt.'

Na hun bezoek aan Olga had Maud bij het souterrain van Seamus en Barney willen aankloppen. Maar toen ze buiten bij de trap naar beneden stond zag ze dat een stevig gebouwde man van middelbare leeftijd met een breed voorhoofd, een vooruitstekende kin en haar tot bijna op zijn schouders een sleutel in de voordeur van het buurpand stak. Ze wist meteen wie het was en veranderde van gedachten. 'Meneer Strauss?'

'Ja?'

'Kan ik u even spreken? Ik ben inspecteur Maud O'Connor en dit is mijn collega Mark Forrester. We onderzoeken de dood van Kira Mullan.'

Dylan verstijfde. Zijn hand rustte op de deurknop. Zijn gezicht betrok. 'Die heeft zelfmoord gepleegd. Dat is al vastgesteld.'

'Wij bekijken de zaak nog eens opnieuw,' zei Maud.

'Jezus, is dat waar jullie je tijd aan verdoen? Een paar weken geleden is mijn telefoon gestolen. En wat deed de politie? Niéts, kan ik jullie melden. De fiets van een vriend van me is gejat, er zat nota bene een gps-tracker op, en toch vond de politie het niet nodig om erachteraan te gaan. Maar jullie zitten wél te wroeten in een zaak die allang is opgelost.'

'Ja, het is wat,' zei Maud. 'Kunt u me ook zeggen waarom dat voor u dan zo vervelend is, zoals u duidelijk laat merken?'

In plaats van ontstemd keek hij ineens vertwijfeld. Hij veegde even met zijn hand over zijn voorhoofd. 'Neem me niet kwalijk,' zei hij na enkele ogenblikken. 'Ik moet me niet zo laten gaan. Het is voor jullie ook niet makkelijk. Ik denk dat iedereen een beetje van slag is door wat er is gebeurd. Jullie mogen me uiteraard vragen wat je wilt. Kom binnen.'

Ze liepen achter hem aan naar de ruime, lichte huiskamer, met schilderijen aan de muur, boeken in de boekenkast, alles keurig opgeruimd. Maud probeerde zich het andere huis erbij voor te stellen; waarschijnlijk paste Kira's hele appartement in deze huiskamer, dacht ze, al was ze daar nog niet geweest.

'Koffie? Thee?'

'Nee, dank u,' zei Maud.

'Voor mij ook niet,' zei Forrester. Hij haalde zijn notitieboekje tevoorschijn en tikte ermee op zijn knie.

'Zeg het maar.'

'We proberen een goed beeld te krijgen van de zondag dat Kira voor het laatst is gezien.'

'Alleen door Nancy North. Maar dat kan ook haar verbeelding zijn geweest.'

'En wanneer hebt u haar voor het laatst gezien?'

'Ik? Geen idee. Ik zag haar best vaak, natuurlijk, al sprak ik haar dan niet. Ik werk namelijk niet meer. Ik ben vorig jaar ontslagen, en sindsdien ben ik veel thuis. Mijn vrouw heeft een parttime baan.'

Maud knikte. Ze vroeg zich af wat een man als Dylan Strauss ervan vond om werkloos te zijn terwijl zijn vrouw de kost verdiende.

'Ik zag Kira vaak als ze wegging of thuiskwam. Ik kwam haar ook wel op straat tegen. Zo nu en dan hielp ik haar met boodschappen dragen.'

'En u kwam niet bij haar binnen?'

'Nee,' zei hij. 'Niet dat ik me herinner.'

'U weet niet meer of u ooit bij haar thuis bent geweest?'

'Dat zei ik inderdaad.'

'Hebt u haar dus op zondag 13 november niet gezien?'

'Dat heb ik u al gezegd. Nee. Niet dat ik me kan herinneren, in elk geval. Michelle en ik waren toen het grootste deel van de dag weg. Halverwege de ochtend vertrokken we om ergens te gaan lunchen, en daarna zijn we naar een tentoonstelling in de stad geweest. Rond halfvijf kwamen we weer thuis, en anderhalf uur later zijn we bij Felix wat gaan drinken. Volgens mij had Felix ook bij Kira aangeklopt om haar uit te nodigen, maar die deed niet open.'

'Dus u was het grootste deel van de dag samen met uw vrouw op pad en u hebt Kira niet gezien?'

'Inderdaad. Meer kan ik er niet van maken, helaas.'

'Maar u stond wel op goede voet met haar?'

'Ik kende haar eigenlijk nauwelijks, maar ik had wel het gevoel dat ze positief in het leven stond. Al maakte ik me soms ook zorgen om haar.'

'Hoezo?'

'Ze ging 's avonds altijd tot in de puntjes gekleed weg. Ze maakte de indruk dat ze goed op zichzelf kon passen, maar ik weet niet zeker of dat ook echt zo was.' Hij zweeg even en bleef Maud aankijken. 'U denkt dat het geen zelfmoord was? Vraagt u dit daarom allemaal?'

'We proberen de losse eindjes aan elkaar te knopen,' zei Forrester meteen.

'U lijkt me niet bepaald dom,' zei Dylan. 'Als ik u was zou ik me verre houden van de fantasiewereld van die vrouw.'

'Hebben we het over Kira Mullan?'

'Nee, over Nancy. Begrijp me goed, ik heb beslist met haar te doen. Maar ze is niet in orde. Ze ziet ons als de vijand. Maar we moesten wel in actie komen. Ik heb gezien hoe ze eraan toe was toen ze haar meenamen. Net een wild dier. Dat hele idee van haar dat Kira vermoord is en al die rare beschuldigingen. Het slaat helemaal nergens op.'

'En de schram op uw neus?'

'Wat?'

'Hebt u op die zondag een schram op uw neus opgelopen?'

'Dit verhaal komt van haar, toch? Jullie laten je weer van alles door die ellendige Nancy North wijsmaken.' Hij liet een stilte vallen en realiseerde zich toen dat de rechercheurs op een antwoord wachtten. 'Als ik daar al een schram had, wat ik me niet herinner, kan dat van het werken in de tuin of van het scheren zijn gekomen, zoiets.'

'U scheert uw neus?' vroeg Maud.

'Van de tuin dan. Hoe dan ook, ik kan me het niet herinneren.'

Toen ze huize Strauss verliet zag Maud in de verte een stelletje lopen. Ze bleef even staan, tuurde naar hen en zag dat het Nancy en Felix waren. Hij keek naar haar. Zij negeerde hem.

59

Barney Samuels bleek een echte prater. Hij praatte om te voorkomen dat er stiltes vielen, omdat hij zich aan dingen ergerde en zijn hart wilde luchten, omdat hij zijn gedachten met anderen wilde delen, en ook, dacht Maud, omdat hij iemand was die meende dat anderen niet goed naar hem luisterden.

Maud luisterde echter zeer aandachtig naar Barney en sloeg hem daarbij goed gade. Hij was klein van stuk – met ter compensatie een lichaamshouding die je vaak bij kleine mannen ziet: wijdbeens, borstkas vooruit – en een brede, jongensachtige grijns die hij net wat te vaak op zijn gezicht toverde. Zijn verzuurde manier om zichzelf te kleineren leek bedoeld ter verdediging.

Barney gaf een redelijk gedetailleerd verslag van wat hij die zondag had gedaan: hij had een gigantische kater van het feest van de avond daarvoor, hij had veel koffie gedronken, een stuk koude pizza gegeten en geprobeerd wat op te ruimen, maar die poging vrij snel gestaakt. 'Het leek me beter om te wachten tot Seamus terugkwam,' zei hij. 'Het was ook eigenlijk meer zijn feest dan het mijne.'

Rond het middaguur was hij naar zijn ouders in Lewisham gegaan, voor de zondagse lunch. 'Varkenslapje,' zei hij, 'met appelmoes, gebakken aardappels en rode kool.' Om ongeveer halfvijf was hij weer thuisgekomen, had even een dutje gedaan en ging toen naar Felix en Nancy voor een drankje. 's Avonds had hij samen met

Seamus hun huis opgeruimd. Ze hadden ook een videospelletje gedaan.

'Hebt u die dag Kira ook gezien?'

'Nee. Ik zag haar voor het laatst op dat feestje, om een of twee uur 's nachts, denk ik. Ze was een beetje teut. Maar ik ook.'

'Hebt u met haar gepraat?'

'In het voorbijgaan, ja.'

'Hoe zou u haar gemoedstoestand beschrijven?'

'Ze maakte een uitgelaten indruk.'

'Uitgelaten?'

'De hele tijd kletsen, drinken, giechelen. Ik weet het niet. Ik heb er eigenlijk niet echt op gelet.'

'Niet depressief dus, niet alsof ze ergens mee zat?'

'Is me niet opgevallen. Kira was een echt feestbeest. Maar ik heb haar een beetje ontweken, om eerlijk te zijn.'

'Hoe dat zo?'

Even kwam zijn quasi-zielige glimlach tevoorschijn, maar die veranderde snel in een sombere blik.

'Ze had me goed duidelijk gemaakt dat ze geen belangstelling had.'

'Geen belangstelling voor u?'

'Ja. Het stelde weinig voor, maar toen het uitging tussen haar en Seamus – al stelde dat ook niet veel voor – dacht ik, laat ik het nu eens proberen.'

'U probeerde haar te versieren?'

'Als u het zo wilt omschrijven... In elk geval, ze wees me af.'

'Wanneer was dat?'

'Een paar dagen voor het feest.'

'En wat deed dat met u?'

'Ach, ik ben eraan gewend. Seamus ligt veel beter bij de vrouwen. Ze vallen voor hem. Hij behandelt ze niet altijd even netjes, maar dat lijken ze geen probleem te vinden.' Hij haalde zijn schouders op en maakte een het-is-niet-anders-gebaar. 'Maar Kira was er helemaal niet van gediend. Ze gaf hem al snel de bons.'

'Wanneer?'

'Ongeveer een week voor dat feest, denk ik. Heel precies weet ik het niet. Ze hadden niet echt een vaste relatie, maar hij is niet gewend om gedumpt te worden.'

Maud knikte.

'Mannen,' zei Forrester. 'Wat zien vrouwen toch in ons?'

'Geen idee,' zei Maud.

'Neem nou Michelle en Dylan,' zei Barney.

Maud keek hem geïnteresseerd aan en hoopte vurig dat Forrester zijn mond zou houden.

'Ik bedoel, zij weet dat hij haar heeft bedrogen.'

'Hoe weet u dat?'

Barney grijnsde. 'Tja, door wat hij zei. Hij maakt er grapjes over. En zijzelf ook een beetje. Ze noemt hem een schurk en dat soort dingen. Het lijkt alsof ze het niet erg vindt, alsof het een malle hobby van hem is.'

'Maar u hebt hem niet daadwerkelijk met iemand anders gezien?'

'Nou, dat lijkt me ook niet heel waarschijnlijk. Ik zit hem niet te bespioneren.'

Maud dacht aan wat Nancy haar over Michelle had verteld, dat die er mede voor had gezorgd dat ze gedwongen was opgenomen.

'Waren Michelle en Dylan goed bevriend met Kira, of kenden ze haar goed?'

'Michelle kent iedereen. Ze bemoeit zich met alles. Ze heeft van veel mensen de sleutel. Voor als iemand zijn sleutel vergeten is of een paar dagen weggaat. Dan kijkt ze of alles in orde is, geeft de planten water, legt de post op tafel, dat soort dingen. Ik denk dat ze graag de boel een beetje in de gaten houdt. En ik neem aan dat ze dat ook voor Kira deed.'

'Begrijp ik het goed dat Michelle en Dylan Strauss van iedereen een sleutel hadden?'

'Dat denk ik, ja. Die van ons in elk geval wel, en ik weet dat Felix haar er ook een gegeven heeft. Van Harry en Olga weet ik het niet. Hebt u die al gesproken?'

'Alleen met Olga.'

'Ik heb erg met haar te doen.'

'Waarom zegt u dat?'

'Die zit daar met een huilbaby en een overwerkte man die haar uitkaffert. Ik bedoel, soms horen we hem hier helemaal tekeergaan. Ik vraag me af hoe dat voor Felix en Nancy moet zijn. Wat die Felix toch allemaal over zich heen krijgt! Bij de buren die krijsende baby en dat getier van Harry, en zelf zit hij met iemand die niet goed bij haar hoofd is. Hij moet wel engelengeduld hebben.'

'Mmm,' zei Maud neutraal.

'Ze heeft Seamus min of meer besprongen.'

'Dat heb ik inderdaad gehoord,' zei Maud.

Barney keek ineens heel vrolijk. 'Volgens Seamus dan, hè. Die denkt dat hij onweerstaanbaar is. Maar zij heeft hem juist een blauwtje laten lopen. Stel je voor, twee vrouwen die hem binnen een paar weken afwijzen... Mag ik u iets vragen?'

'Ja.'

'Waarom zit u bij de politie? Ik bedoel, u ziet er helemaal niet uit als een rechercheur.'

'Hoe zien die er dan uit?'

'Goed punt.' Hij begon te lachen. 'Anders dan u, in elk geval. En?'

Maud glimlachte naar hem en stond op. 'Ik zei dat u het mocht vragen. Niet dat ik ook antwoord zou geven.'

'Bedankt dat je me zo te woord wilt staan.'

Nancy zat op bed, met de deur dicht en haar laptop voor zich opengeklapt. Ze hoorde Felix in de huiskamer stofzuigen en zag voor zich hoe hij de zuigmond met een vastberaden blik alle hoekjes van de ruimte in manoeuvreerde.

'Hallo Nancy,' zei Helena ernstig. Haar gezicht was korrelig en half in de schaduw op het scherm verschenen. 'Heel naar wat je allemaal hebt meegemaakt. We hebben heel wat te bespreken.'

'Dat is zacht uitgedrukt,' zei Nancy, terwijl ze probeerde te glimlachen.

'Waar wil je beginnen?'

'Ik zou je graag weer persoonlijk spreken.'

'Dat kunnen we regelen.'

'Maar voor nu moet het maar even zo.'

'Hoe gaat het?'

'Ik voel me net een gevangene,' fluisterde Nancy.

Helena zei niets. Kon Nancy haar maar even in haar zachte bruine ogen kijken, dan zou ze zich vast iets beter voelen, alsof iemand haar begreep.

'Ik ben helemaal niet gek geweest,' zei Nancy. 'Ik vind het heel lastig om het allemaal te vertellen. 's Nachts word ik wakker en dan ben ik er weer. In die kliniek. Dan hoor ik mensen huilen; ik weet dat er in het donker ogen naar me kijken. Het is alsof er iets naar me toe sluipt dat me elk moment kan aanvallen. Ik ben zo bang dat ik misschien wel dood wil, dan is alles tenminste voorbij. Zó verschrikkelijk is het. En dat verschrikkelijke is er nog steeds, ik heb het niet achter me kunnen laten; het lijkt wel een deur naar iets inktzwarts, en als ik niet uitkijk word ik weer die deur binnengezogen en slaat-ie achter me dicht. Als ik je vertel, Helena,' zei ze, rustiger nu, 'dat ik heel bang ben voor...'

De slaapkamerdeur zwaaide open en Felix kwam met de stofzuiger achter zich aan naar binnen. 'Let maar niet op mij,' zei hij terwijl de stofzuiger tegen een muur botste en hij zich omdraaide. 'Doe alsof ik er niet ben.'

60

'Hoi,' fluisterde Stuart nogal luid.

Hij was te laat en had zich langs een paar andere mensen moeten wurmen om naast Maud te kunnen zitten.

Ze knikte naar hem en richtte haar aandacht weer op de docent.

'Een verbintenis is een rechtsverhouding tussen twee partijen krachtens welke een van de partijen, de schuldenaar, een prestatie verschuldigd is aan de andere partij, de schuldeiser, die deze van de schuldenaar te vorderen heeft.'

Stuart zat in zijn leren schoudertas te rommelen. Maud schoof hem een van haar pennen toe.

'Zowel bedrijven als consumenten hebben er bijna elke dag mee te maken. Kan iemand een voorbeeld noemen van hoe hij of zij vandaag een verbintenis is aangegaan?'

'Heb je mijn berichtje gekregen?' fluisterde Stuart terwijl er hier en daar een hand omhoogging.

'Ja.'

'Ik heb geen antwoord gekregen.'

'Sst.'

'Een overeenkomst kent vier basiscomponenten,' zei de docent. 'Aanbod. Aanvaarding. Wilsovereenstemming. Nakoming. We zullen ze elk apart behandelen.'

Stuart en Maud zaten naast elkaar. Maud maakte in haar onberispelijke handschrift uitgebreid aantekeningen, terwijl Stuart zo nu en dan iets tussen een heleboel droedels neerkrabbelde.

'En?' vroeg hij na afloop van de les, terwijl de cursisten hun spullen inpakten en hun stoel naar achteren schoven.

'Ja.'

'Ja?'

'Ja, het lijkt me leuk om donderdag met je te gaan eten.'

'Geweldig. En nu even wat drinken?'

Maud dacht aan wat ze nog allemaal aan de zaak-Kira Mullan moest doen. Ze was moe maar zat ook vol rusteloze energie, wat vaak het geval was als ze net met een nieuw onderzoek was begonnen, en haar hersenen volop bezig waren allerlei puzzelstukjes aan elkaar te leggen. Ze keek naar Stuart en voelde weer even een tinteling, alsof ze na die lange periode van verdriet om Silas weer tot leven kwam. 'Eentje dan.'

Stuart was een ontspannen gesprekspartner, slim en grappig. Ze hadden het niet over eerdere relaties, en ook niet over hun werk, al gingen er wel een paar andere cursisten over de tong en bespraken ze welke juridische onderwerpen ze saai vonden. Tussendoor vertelden ze elkaar wat losse feitjes over hun leven. Hij kwam uit Dorset; zij uit Oost-Londen. Hij had één broer; zij vier. Zijn beide ouders leefden nog, al had zijn vader het aan zijn hart en zou hij het mogelijk niet lang meer maken; haar moeder was overleden toen zij nog een tiener was, en haar vader had zijn kinderen vervolgens in zijn eentje grootgebracht. Hij had een hekel aan Kerstmis; zij had een hekel aan goede voornemens voor het nieuwe jaar. Hij had een hekel aan vliegen en zij aan afgesloten ruimtes.

'Nog één?' zei hij, terwijl hij naar haar glas wees.

'Eentje is ook echt eentje.'

'Oké. Dan zien we elkaar over een paar dagen weer.'

'Nee, woensdag zien we elkaar weer: het laatste college van dit semester.'

'Woensdag kan ik niet.'

'Donderdag dan.'

Ze gingen naar buiten.

'Ik heb mijn fiets hier staan,' zei hij, en hij wees ernaar.

'Tot ziens dan.'

'Maud.'

'Wat?'

'Ik zou... Shit. Ik ben het een beetje verleerd.'

'Geeft niet.' Ze omhelsde hem, kuste hem op zijn mond en liet hem weer los. 'Doei,' zei ze, en ze liep weg met een brede glimlach die hij niet zag.

Even later fietste hij langs.

'Je achterlicht doet het niet!'

Hij stak een hand op en zwaaide.

61

Het was na achten 's ochtends. Felix zat gladgeschoren en met nat haar van het douchen in zijn ochtendjas aan tafel boter op een geroosterde boterham te smeren. Nancy zat tegenover hem.

'Ga je niet naar je werk?'

Hij keek even op, deed marmelade op zijn boterham, nam er krakend een hapje van, kauwde daar even op en slikte het toen door.

'Nee,' zei hij enkele ogenblikken later. Hij nam nog een hap, veegde zijn mond af met de punt van een keukenhanddoek en nam een slok thee. 'Voorlopig werk ik thuis. Ik heb het met mijn baas besproken; hij was heel begripvol. Vraag je niet waarom?'

'Oké. Waarom?'

'Ik ga niet naar mijn werk omdat ik je niet vertrouw. Ik kan er niet op vertrouwen dat je niet tegen me liegt en dat je geen rare dingen doet, dingen die verkeerd kunnen uitpakken. Weet je wel hoe weinig het scheelde of ik had je psychiater gebeld om hem te vertellen wat je hebt gedaan?'

Voordat ze zich kon beheersen sperde Nancy haar ogen wijd open en maakte ze een knijpgebaar met haar duim en wijsvinger, waarbij die elkaar nét niet raakten.

'Zó weinig?' Ze had er onmiddellijk spijt van.

'Probeer je me belachelijk te maken?'

'Nee, natuurlijk niet. Het was gewoon – ach, weet ik veel. Kijk me niet zo aan.'

‘Besef je wel hoeveel verdriet je me hebt gedaan, Nancy? Heb je enig idee van wat ik voor je over heb gehad, wat ik voor je heb opgegeven?’

‘Waarom ga je dan niet gewoon bij me weg?’

‘Ik hou van je,’ zei hij. ‘En nu ben ik verantwoordelijk voor je. Je realiseert het je nu niet, maar je hebt me nodig, Nancy. Je staat op het randje van een nieuwe catastrofe. Dat begrijp je toch hopelijk wel?’

‘Ja, hoor.’

‘En het klopt.’ Hij hield zijn duim en wijsvinger omhoog. ‘Zó weinig scheelde het maar.’

Hij nam weer een hap van zijn boterham. Krak, krak, krak. Kruimels op zijn kin, boter op zijn bovenlip.

‘Weet je wat we al heel lang niet meer hebben gedaan?’ vroeg hij.

‘Wat dan?’

‘Sinds vrijdag 11 november, om precies te zijn.’

‘Dat is inderdaad heel precies.’

‘En het is ook heel lang zonder seks.’

‘Er is ook zoveel gebeurd.’

‘Je hebt me niet eens echt gekust. Alsof je niet meer naar me verlangt.’

‘Dat komt door die medicijnen,’ zei ze. ‘Die hebben daar veel invloed op.’

‘Vast,’ zei hij. ‘En ik ben wat dat betreft óók begripvol geweest. Maar ik denk dat we elkaar opnieuw moeten leren vertrouwen, Nancy. Zeg me maar gewoon wat ik moet doen. En we hebben de hele avond, de hele nacht zelfs.’

Hij glimlachte naar haar. Zij glimlachte naar hem. Hij at de rest van zijn boterham op.

Het ging niet gebeuren. Ze kon het niet. Zelfs geen kus. En zelfs niet om haar hachje te redden.

Maud bekeek het huis tegenover Ealing Common eens goed. Het had een elegante negentiende-eeuwse voorgevel. Heel mooi. Heel duur. Op stand. De man woonde aanzienlijk beter dan zijn huurders. Ze liep naar de glanzende donkerblauwe voordeur en belde aan. Binnen klonken de tonen van een gong. Even later het geluid van voetstappen. De deur ging open. Voor haar stond een grote, kale man in een lila trainingspak dat er niet uitzag alsof er daadwerkelijk veel in getraind werd.

'William Goddard?' zei ze.

'Ze hebben al gebeld, van het bureau,' zei hij. 'Ik weet wie u bent.'

'Mooi.' Ze hield desondanks haar legitimatiebewijs voor hem omhoog.

Hij boog zich voorover en keek er aandachtig naar. 'Inspecteur,' zei hij.

Het was niet duidelijk of hij alleen maar hardop zei wat hij las of dat hij zich erover verbaasde.

'Mag ik even binnenkomen?'

Goddard leek serieus te overwegen of het gesprek niet gewoon hier bij de voordeur kon worden gevoerd. 'Ik heb niet veel tijd,' zei hij. 'Ik moet nog van alles doen.'

Hij ging Maud voor door een fraaie hal, met zwart-witte vloertegels en een ronde trap naar de eerste verdieping. Maud lachte schamper toen ze er onwillekeurig aan dacht hoe bizar klein Kira's appartement was in vergelijking met dit protserige herenhuis.

'Wat is er zo grappig?' vroeg Goddard.

'Groot huis,' zei Maud.

'Ik heb vier kinderen. Ze zijn nu op school maar als ze met kerst weer thuis zijn, is de sfeer hier heel anders, dat is een ding dat zeker is.'

'Kostschool?' zei Maud. 'De zaken gaan goed dus?'

'Dat klinkt alsof het iets is waarvoor ik me moet schamen.' Hij liet Maud een enorme woonkamer binnengaan, die volledig wit was ingericht: grote sofa's, een dik wit tapijt, een grote spiegel boven een open haard. 'Het is me niet komen aanwaaien. Ik heb hier keihard voor moeten werken, hoor.'

Hij gebaarde Maud op een van de sofa's plaats te nemen.

Het was een groot, zacht geval, waar ze diep in wegzakte. Ze moest op de rand gaan zitten om voldoende steun te hebben. 'We kijken nog eens opnieuw naar de dood van Kira Mullan.'

Maud wachtte op een reactie van Goddard, maar hij zei niets. 'Hebt u daar nog iets over te zeggen?'

Hij haalde zijn schouders op. 'Niet echt. Ik zou zeggen, vooruit met de geit.'

'Ik heb met uw huurders gesproken en het dossier bekeken. Uw naam wordt vaak genoemd. Ze hebben het over vochtproblemen en noodzakelijke reparaties die niet worden uitgevoerd.'

Goddard zuchtte luid. 'Bent u ook zo iemand die de huisbaas van alles de schuld geeft? Ik heb geen behoefte om het daar met u over te hebben. Die huurders doen niks dan klagen. Ik hou me aan alle regels. Als zij vinden dat dat niet zo is, kunnen ze contact met mijn advocaat opnemen.'

Hier zou sprake kunnen zijn van een onrechtmatige daad, dacht Maud; leuk om haar onlangs opgedane juridische kennis even aan de praktijk te toetsen.

'Waar het me om gaat is dat uw omgang met uw huurders soms wat agressief lijkt te zijn.'

Goddard legde zijn handen op zijn knieën. 'Ik blijf altijd redelijk,' zei hij tamelijk fel. 'Wat voor onzin me ook voor de voeten wordt geworpen.'

'En met Kira Mullan? Hoe was uw relatie met haar?'

'Hebt u misschien met die gestoorde vrouw in dat pand gesproken?'

'Ik heb met iedereen gesproken.'

'Weet u wat die heeft uitgespookt? Ze is verdorie die woning binnengeslopen toen de deur per ongeluk openstond, en daarbij is ze betrapt.' Verontwaardigd ging hij verder: 'En later is ze er nog een keer binnen geweest. Deed ze alsof ze die woning wilde huren. Als ik u was zou ik die mafketel nog eens aan de tand voelen. Ze zeggen toch weleens dat moordenaars altijd teruggaan naar de plaats van de moord?'

'Waarom denkt u dat het moord was?'

Daar had hij even niet van terug. 'U zei dat het om een moordonderzoek ging.'

Dat had ze niet gezegd, maar ze ging er verder niet op in. 'En Kira Mullan, wat was zij volgens u voor iemand?'

'Geen idee. Ze was gewoon een van de huurders.'

'U lijkt weinig met uw huurders op te hebben. Volgens u komen ze met allerlei ongegronde klachten. Deed zij dat ook?'

Hij aarzelde even. 'Kan ik me niet herinneren.'

'Heeft ze ooit geklaagd of gevraagd of iets kon worden gerepareerd?'

'Dat zou ik even op kantoor moeten nazoeken. Niet dat ik weet."

'Hoe gedroeg ze zich als u haar sprak?'

'Ik heb twaalf panden. Ik kan me niet van al die huurders herinneren hoe alle gesprekken met hen verliepen.'

William Goddard zei in feite helemaal niets. Maar Maud had wel door dat hij heel goed wist wat hij wel en niet moest zeggen tegen wetsdienaren. Nooit nee zeggen, tenzij dat volstrekt zonder risico is. Zeg in plaats daarvan: *kan ik me niet herinneren, niet dat ik weet, ik moet het nazoeken.*

'Dan wat betreft de sleutels van de woningen: hoeveel sleutels krijgt elke huurder?'

'Eén,' zei hij zonder enige aarzeling. 'Maar ze kunnen natuurlijk sleutels bij laten maken.'

'En voor de buitendeur van het hele pand?'

'Daar krijgen ze een aparte sleutel voor. Daarmee moeten ze die deur ook op het nachtslot doen. Maar volgens mij vergeten ze dat meestal.' Hij schudde afkeurend zijn hoofd.

'En Kira's sleutels? Waar zijn die? Hebt u die na haar dood weer ingenomen?'

'Ja.'

'Alleen die twee, of waren er duplicaten van?'

'Alleen die twee. Voor zover ik me kan herinneren.'

'Weet u of iemand anders ten tijde van haar dood over de sleutels van haar woning beschikte?'

'Nee.'

'Behalve uzelf, uiteraard.'

Hij keek haar even indringend aan en knikte toen. 'Lijkt me logisch,' zei hij. 'Ik ben de huisbaas. Ik moet in al mijn panden kunnen komen.'

'En hebt u ze vaak gebruikt?'

'U bedoelt om de woningen binnen te gaan?'

'Inderdaad.'

'Het is gebruikelijk om bij huurders langs te gaan als ze thuis zijn, maar dan wel van tevoren aangekondigd.'

'Dat is niet echt een antwoord.'

'Ik weet het niet meer,' zei hij. 'Ik kan alleen maar zeggen dat dat niet de normale gang van zaken zou zijn. Ik respecteer de privacy van mijn huurders, en daar gedraag ik me naar, tenzij ze zich niet aan het huurcontract houden.'

'Ik heb uw kantoor gemeld dat ik de sleutels van Kira's woning nodig had. Hebt u die hier?'

'Een van mijn werknemers zal u binnenlaten.' Hij keek op zijn horloge. 'Grote kans dat hij daar al is.'

'Bedankt.'

'Wilde u nog meer weten?'

'Wat deed u op zondag 13 november?'

Hij stond op. 'Ik moet nu naar kantoor. Als ik daar ben zal ik het in mijn agenda opzoeken.'

'Werkt u op zondag?'

'Soms.' Hij liep een beetje rood aan; hij was zichtbaar ontstemd.

'Ik had gehoopt dat u het me nu kon vertellen,' zei Maud. 'Voor zover u het zich kunt herinneren, uiteraard.'

‘Ik kan het beter even nakijken,’ zei hij. ‘Ik wil geen dingen zeggen die niet kloppen.’

62

Kira's voormalige appartement was benauwd en onaantrekkelijk. Er was weinig gedaan om de ruimte voor de nieuwe huurder wat op te frissen. Er zaten vochtplekken op de muren, de badkamer was zo te zien het domein van zilvervisjes, en hier en daar zaten de plinten los. De koelkast was een roestig geval en de kozijnen moesten worden gerepareerd. De nieuwe huurder, Sadie Emerson, was duidelijk nog niet klaar met uitpakken, maar het trof Maud hoe weinig spullen ze had en hoe kaal de woning dus nog zou zijn als ze die had ingericht. Alles maakte een naargeestige en ongastvrije indruk. Ze dacht aan het gezellige appartement dat zij en Silas korte tijd hadden gehad, waarop er een bijna lichamelijk verlangen door haar heen trok.

Langzaam liep ze van de ene naar de andere ruimte, waarbij ze alles goed in zich opnam. Forrester volgde haar op de voet, bleef staan waar zij bleef staan en bekeek wat zij bekeek. Alle bezittingen van Kira waren verdwenen, al haar sporen uitgewist. Maud stond onder de balk en keek omhoog. Hier had het lichaam van de jonge vrouw gehangen, vol in het zicht vanuit de hal als de deur openstond. Ze haalde zich het beeld weer voor de geest, het slap hangende lijk, het blauwe touw, de groene schoenen.

Uit haar versleten leren schoudertas haalde ze de politiefoto van Kira's kamer nadat het lichaam was losgesneden. De chaotische hoeveelheid kleren op de vloer, op de leunstoel en het bankje, de omgevallen kruk. Waar was die kruk?

Ze liep de slaapkamer in. Daar stond hij, naast het bed, met een potje gezichtscrème en eyeliner erop. Ze pakte haar meetlint en mat de hoogte, waarna ze tevreden maar somber glimlachte.

'Drieënveertig centimeter,' zei ze tegen Forrester. 'Noteer dat even. En vraag iemand van Forensisch om precies uit te vogelen welke hoogte Kira nodig had om zichzelf te kunnen ophangen. Dat kunnen ze ongetwijfeld aan de hand van de foto's doen. Vraag het aan Matthew Moran, als hij beschikbaar is.'

Forrester schreef het getal in zijn boekje.

'Wat ideaal zou zijn,' zei Maud, meer in zichzelf dan tegen hem, 'is dat er geen enkele twijfel mogelijk is. We willen niet dat iemand gaat beweren dat Kira op haar tenen stond.'

Ze herinnerde zich dat Nancy het had gehad over de blauwe draadjes die ze had gevonden en hurkte neer, inspecteerde de vloer grondig maar zag niets. Ze noteerde dat ze die bij Nancy moest ophalen.

Ze wilde vertrekken, liep naar de deur, maar aarzelde; haar hand had de kruk al vast. Er knaagde iets aan haar. Maar wat? Het vervloog, als de laatste beelden van een droom.

Ze liep de trap op en bleef voor de deur van Felix en Nancy staan. Binnen hoorde ze stemmen, maar ze verstond niet wat er werd gezegd. Ze dacht aan Nancy. Het was net of Nancy constant een soort dynamische energie in zich had. Maar toen Maud gisteren met Felix sprak, ontbrak die energie. Ze had vrijwel bewegingloos op een keukenstoel tegen de muur gezeten, zonder enige uitdrukking op haar gezicht.

Maud besloot anders. Ze draaide zich om en klopte op de deur van Felix' en Nancy's buren. Hij ging vrijwel meteen open.

'Dokter Harry Fisk?'

De man had rossig haar en sproeten, die zijn gezicht nog bleker deden lijken dan het al was. Hij zag er volkomen uitgeput uit. Achter hem liep Olga met de baby tegen haar borst door de kamer te ijsberen. Met allerlei geluidjes probeerde ze het kind stil te krijgen, wat niet lukte, want zo nu en dan steeg er een oorverdovend gekrijs op.

'Dat ben ik. Jullie zijn van de recherche?'

Maud maakte aanstalten om haar legitimatiebewijs tevoorschijn te halen, maar hij wuifde het weg.

'Ik verwachtte jullie al. Kunnen we misschien ergens naartoe gaan? Ik heb nauwelijks geslapen. Ik had allang in bed moeten liggen, maar Lydia blijft maar onrustig.'

'Iets verderop is een café.' Maud draaide zich om naar Forrester. 'Misschien kun jij even naar het souterrain gaan en tegen Seamus Tyrell zeggen dat ik over een uur bij hem langskom. Als je dan daarna naar het bureau gaat, Matthew Moran aan zijn jasje trekt en je notities uitwerkt? En o ja, probeer er dus ook achter te komen wat Goddard die zondag allemaal uitspookte,' fluisterde ze ten slotte.

Forrester keek een beetje beteuterd, alsof Maud hem niet mee wilde laten doen met een spelletje dat hij juist graag wilde spelen.

'Ik trakteer je op een kop koffie,' zei Maud tegen Harry. 'Tenzij je daardoor helemaal niet meer kunt slapen.'

'Ik slaap overal doorheen. Behalve door het gehuil van mijn dochter.'

Maud bestelde twee cappuccino. Ze zat zwijgend naar Harry te kijken terwijl hij zijn koffie naar binnen slurpte, het schuim van zijn mond veegde, het erbij geserveerde koekje verslond en de laatste kruimels met een vinger oppikte. Toen ging hij met een zucht achterover zitten. 'Heerlijk. Bedankt. Daar word je weer mens van. Althans, bijna.'

'Ik begrijp niet hoe je het allemaal kunt bolwerken.' Dat klopte niet helemaal. Zelf bleef ze soms ook een groot deel van de nacht op, in verband met haar werk of het huiswerk voor de colleges.

'Je went eraan,' zei hij. 'Zo erg is het nu ook weer niet. En ik heb het fijnste werk dat er bestaat. Alleen die baby, hè?' Hij haalde zijn schouders op. 'Olga probeert Lydia zo rustig mogelijk te houden als ik nachtdienst heb, maar dat kost haar veel moeite. Het zit me wel dwars dat ik niet genoeg kan bijdragen, dat ze het grotendeels in haar eentje moet doen.'

'Kan iemand van de familie niet helpen?'

Hij schudde zijn hoofd. 'Eigenlijk niet. Ze wonen allemaal ver weg.'

'Je hebt er al met al heel wat mee te stellen,' zei Maud, terwijl ze dacht aan wat Barney over Harry had gezegd – dat hij soms zo hard tegen Olga schreeuwde dat ze zijn getier zelfs in het souterrain konden horen.

'Maar je bent hier niet om het over mij te hebben. Het gaat over Kira. Jij denkt dat ze geen zelfmoord heeft gepleegd.'

'Dat weet ik niet,' zei Maud neutraal. 'Ik wil gewoon wat zaken duidelijker krijgen.' Ze sloeg haar notitieboekje open. Harry ging rechtop zitten.

'Hoe goed kende je haar?'

'Ik groette haar in de hal, dat was het zo ongeveer.'

'Ging je verder weleens met haar om?'

'Nee.'

'Ben je ooit bij haar binnen geweest?'

'Ik heb een keer een pakje voor haar aangenomen, en ze heeft me ook eens iets gevraagd over een lekkende leiding. Ze zei dat de huisbaas op geen enkel telefoontje of mailtje reageerde. Wat me niet verbaasde, want dat doet hij bij ons ook nooit, tenzij hij geld van ons wil.'

'Wanneer heb je haar voor het laatst gezien?'

Hij fronste zijn voorhoofd. 'Weet ik niet meer, sorry.'

'En op zondag 13 november?'

Hij schudde zijn hoofd. 'Toen heb ik haar in elk geval niet gezien.'

'Ben je op het feestje beneden geweest?'

'Niet echt.'

'Wat bedoel je daarmee?'

'Het is een beetje stom, maar ik ben misschien één minuut binnen geweest, om over het lawaai te klagen. Klinkt alsof ik een ouwe kniesoor ben, ik weet het. Maar als ze er al was, is ze me niet opgevallen. Het barstte er van de mensen en het was er ook vrij donker.'

'Wat heb je zelf op die zondag allemaal gedaan?'

'Ja, daar heb ik natuurlijk al over nagedacht, gezien wat er is gebeurd. Het idee dat wij gewoon thuis onze dingen deden terwijl zij...' Hij schudde langzaam zijn hoofd. ''s Ochtends heb ik gestudeerd. Binnenkort zijn de examens. Ik denk dat Olga even naar de winkel is geweest voor wat boodschappen, maar verder was ze gewoon thuis met Lydia. Het weer was niet al te best, en we voelden ons allebei een beetje opgesloten. 's Middags ben ik met Lydia gaan wandelen; Olga ging met een vriendin ergens koffiedrinken.'

'Hoe laat was dat?'

'Weet ik niet meer precies. Ik denk dat we zo tussen drie en kwart over drie samen zijn vertrokken, waarna ik wat rondwandelde tot Lydia in slaap viel. Daarna kwam Olga er ook weer aan en zijn we samen teruggelopen, en na ongeveer een kwartier waren we weer thuis.'

Hij zweeg even en haalde zijn telefoon tevoorschijn. 'Kijk, misschien heb je hier iets aan.' Hij tikte en scrolde wat op zijn telefoon. 'Ik heb honderden foto's van Lydia, en dit is er één van.'

Hij gaf de telefoon aan Maud. Ze zag een selfie van Harry, met een slapende Lydia en een gespannen ogende Olga.

'Ik kan zelfs zien hoe laat je hem hebt genomen,' zei Maud. 'Twee minuten voor vier.' Ze gaf de telefoon terug.

'Ik denk dat we rond kwart over vier, halfvijf terug waren.'

'Dat was het?'

'Ja. Ik ben verder alleen na de lunch nog een blokje om geweest, om mijn hoofd leeg te maken. We hadden door het feest beneden slecht geslapen en ik voelde me duf, ik kon me niet concentreren.' Er verscheen een grimas op zijn gezicht. 'Ik was een beetje chagrijnig. Volgens mij deed ik niet zo aardig tegen Olga.'

'Jullie gingen dus rond kwart over drie samen naar buiten en kwamen ongeveer een uur later samen weer terug?'

'Ja.'

'En toen?'

'Toen heb ik zitten studeren, en daarna ben ik naar Felix en Nancy gegaan om een borrel te drinken. Maar ik ben niet lang gebleven. Ik hoorde Lydia huilen en ik wilde niet dat Olga daar weer in haar eentje mee zat.'

Maud sloeg de bladzijde van haar notitieboekje om.

'Mag ik je iets over Nancy North vragen?'

'Nancy?' Hij keek stomverbaasd.

'Ja. Ik heb begrepen dat je vanuit je hoedanigheid als arts hebt verklaard dat ze een gevaar voor zichzelf of voor anderen vormde en dus gedwongen moest worden opgenomen.'

'Dat is niet juist. Michelle belde aan en vroeg me om raad, en het enige wat ik heb gezegd was dat áls Nancy echt een gevaar voor zichzelf of voor anderen vormde, dat gedwongen opname dan een mogelijkheid was die haar arts kon overwegen. Dat is totaal iets anders.'

'Inderdaad.'

'Ik zou nooit medisch advies geven op basis van anekdotisch bewijs van iemands gedrag.' Er lag een blos op zijn bleke wangen. 'Ik weet ook helemaal niet zoveel van geestesziektes. Daar ben ik niet in gespecialiseerd.'

'Oké.'

'Ik denk dat ze het mij kwalijk neemt, en dat snap ik ook wel als ze denkt dat ik er de hand in heb gehad. Maar dat is niet zo. Ik vind het allemaal heel sneu voor haar. Ze heeft een ellendige periode achter de rug. Dus volgens jou is Kira Mullan vermoord?'

'Dat heb ik niet gezegd.'

'Maakt niet uit. Het gaat erom dat als ze inderdaad vermoord is, dat Nancy dan al die tijd gelijk heeft gehad terwijl niemand van ons haar serieus nam. Dat moet beslist hebben bijgedragen aan haar paranoïde gevoelens.'

'Soms zijn paranoïde gevoelens terecht,' zei Maud.

'Misschien is iedereen wel een beetje paranoïde. Het is aannemelijk dat je ons allemaal op deze manier ondervraagt omdat we allemaal verdacht zijn, zo voelt het in elk geval. Wat op mij nogal idioot overkomt. Ik bedoel, wij zijn toch... allemaal maar...' Hij begon te hakkelen.

'Gewone mensen?'

'Ja.'

'En denk je dat gewone mensen geen verschrikkelijke dingen kunnen uithalen?'

'Nee,' zei hij met een zucht. 'Dat kunnen we allemaal zeker. Ik ook. Dat weet ik natuurlijk ook wel. Het voelt alleen zo raar. Neem Seamus, dat is wel een beetje een eikel, maar dat is volgens mij vooral bluf. Barney weet niet goed wat hij met zijn leven aan moet, maar hij zou nooit een vlieg kwaad doen. En Felix heeft zijn handen vol aan de zorg voor Nancy.'

'En jij?'

'Ik? Ik ben doodop en ik heb schulden, plus een vrouw en een baby die allebei van mij afhankelijk zijn. Bovendien verlies ik soms mijn geduld.' Hij keek haar even aan. 'Zoals je vast van iemand hebt gehoord.' Hij glimlachte. 'Ik wilde er nog aan toevoegen dat ik arts ben, maar dan zou jij vast hebben gezegd dat de beruchte moordenaar dokter Crippen óók arts was.'

Maud stond op. 'Ik denk dat je zo lekker moet gaan slapen.'

63

Nadat Harry was vertrokken bleef Maud even zitten. Er was nog wat tijd over en omdat het bijna lunchtijd was bestelde ze een wrap met gegrilde groenten en nog een kop koffie. Het was lekker warm in het café terwijl het buiten grijs en koud was; mensen in dikke jassen aan liepen voorbij, ineengedoken tegen de wind.

Een uur later was ze terug bij het huis, maar nu nam ze de metalen trap naar het souterrain. Seamus wist dat ze zou komen, en dus was ze verbaasd dat hij in een donsjack en met een sjaal om de deur opende. Hij glimlachte naar haar. Hij had een fraai wit gebit.

'U bent van de recherche?'

'Klopt. En u bent vast Seamus Tyrell.'

'Ja.'

Maud keek eens goed naar hem: groot, brede schouders, donker haar, licht blozend gelaat en een krachtige blik in de ogen. Barney had gezegd dat zijn huisgenoot dacht dat hij onweerstaanbaar was, en Maud had een grote aversie tegen mannen die zichzelf aantrekkelijk vonden.

'U ziet eruit alsof u op het punt staat om te vertrekken.'

'Ik heb een afspraak met een klant voor een work-out in het park.'

'Maar u wist toch dat ik langs zou komen?'

'Ik dacht, u kunt uw vragen ook wel stellen terwijl we die kant op lopen.'

Maud keek hem koeltjes aan en hij sloeg zijn ogen neer.

'Sorry,' mompelde hij beteuterd. 'Ik kan wel even bellen dat ik wat later kom.'

'Nee, het is oké,' zei Maud, want dat was het ook: mensen voelden zich vaak vrijer om te praten als ze niet recht tegenover je zaten. 'Laten we dat doen.'

Hij deed de deur achter zich dicht. Ze liepen de straat op; de wind blies hen in het gezicht, waardoor ze soms moeite moest doen om hem te verstaan.

'Hoe goed kende u Kira?'

'Niet heel goed.' Hij grijnsde even naar haar. 'We hebben iets met elkaar gehad, heel kort maar, maar dat wil niet zeggen dat ik haar goed kende. Al is het wel zo,' voegde hij eraan toe, waarbij hij plotseling een bedroefde uitdrukking op zijn gezicht toverde, 'dat het daardoor wel extra akelig voor me was toen ze ineens overleden bleek.'

'Wanneer speelde die verhouding?'

'Een week voordat ze zich, zeg maar, zo tragisch van het leven beroofde, heb ik het uitgemaakt.'

'En wat deed het met u dat ze ineens dood was?'

'Ik was bedroefd. Geschokt. Zeer bedroefd en geschokt. Uiteraard.'

Hij versnelde zijn pas, maar Maud bleef naast hem lopen. Ze wilde zijn gezicht zien.

'Geschokt en bedroefd.' Het klonk als iets uit een krantenkop.

'Ik vond het uiteraard verschrikkelijk. Ik vroeg me af of ik iets had kunnen doen. En of het kwam doordat ze het misschien niet meer zag zitten omdat het uit was gegaan.'

'U zei dat u het uit had gemaakt. Met Kira.'

'Zoveel stelde het niet voor,' zei Seamus. 'Het gebeurde gewoon, en toen was het ook weer afgelopen. U weet vast wel hoe die dingen gaan.' Hij glimlachte weer naar haar, nu met iets samenzweerderigs in zijn ogen.

‘Hoe zou u haar beschrijven?’

‘In dat soort dingen ben ik niet zo goed: gemiddelde lengte, mooi haar.’

‘Haar karakter bedoel ik.’

‘O,’ zei hij. ‘Pittig. Gezellig.’

Maud bleef neutraal kijken, al was ze zoals altijd geïrriteerd als mannen een vrouw als pittig omschreven.

‘Wanneer hebt u haar voor het laatst gezien?’

‘Op ons feest. Daar is ze een paar uur geweest. Ze leek me goed op dreef, zoals ze stond te kletsen, te drinken en te lachen. En te dansen. Maar ik heb eigenlijk niet met haar gepraat of zo.’ Hij zocht even haar blik. ‘Ik was met andere dingen bezig.’

‘Met een andere vrouw bedoelt u?’

‘Ik heb me wel afgevraagd of er daardoor iets bij haar is geknapt. Of dat het laatste zetje kan zijn geweest.’

‘Ik moet even melden dat ik er niet per se van overtuigd ben dat Kira Mullan zelfmoord heeft gepleegd.’

Seamus ging langzamer lopen. ‘Volgens Barney wilde u gewoon het beeld compleet krijgen.’

‘Had u een sleutel van Kira’s woning?’

‘Nee.’

‘Maar u bent wel bij haar binnen geweest?’

‘Een paar keer.’

‘U hebt haar die zondag na het feest niet gezien?’

‘Ik was er niet. Ik ben bijna de hele dag in de sportschool geweest. Ik ben fitnesscoach. Dat kunt u zo nagaan.’

‘Ja.’

‘Ik ben pas vlak voor die borrel bij Felix weer thuisgekomen. Ik had een behoorlijke kater, maar niet zo erg als Barney.’

‘U stond nog wel op vriendschappelijke voet met Kira?’

‘Zoals ik zei, het stelde allemaal niet zoveel voor.’

‘Volgens u hebt u het uitgemaakt.’

‘Klopt, ik wilde weer eens verder kijken.’

'Ik heb daar een andere lezing over gehoord.'

'Hoe bedoelt u?'

'Dat zij ú de bons heeft gegeven.'

Seamus keek haar met een door de kou rood aangelopen hoofd aan. 'Zei Barney dat?'

'Klopt het?'

'Hij is gewoon jaloers op me, omdat hij haar wel zag zitten maar zelf een blauwtje liep. Het is een soort *running gag* tussen ons.'

'Maar klopt het ook?'

'Waarom zou ik liegen?'

'Mannen kunnen zich vernederd voelen,' zei Maud. 'En er een andere draai aan geven.'

Hij bleef plotseling staan, en zij ook. 'Ze heeft me niet gedumpt.'

Maud meende niet zozeer boosheid als wel paniek in zijn stem te horen. 'En hoe zit het met Nancy North?'

'Met haar? Wat heeft ze gezegd, dan?'

'Ik ben vooral benieuwd naar wat u hebt gezegd.'

'Pardon?'

'U hebt tegenover haar partner, Felix, beweerd dat zij u probeerde te versieren.'

'Inderdaad, zo ging het. En als u uit haar mond iets anders hebt gehoord... U weet in wat voor toestand ze verkeert.'

'Volgens u moet ik dus noch uw huisgenoot noch uw buurvrouw geloven,' zei Maud nadenkend.

'We zijn er, iets verderop staat mijn klant te wachten. Tot ziens.' Hij liep verder.

Maud liet hem gaan.

64

Michelle zat te breien. De naalden tikten vliegensvlug tegen elkaar; de bol wol werd langzaam kleiner. Maud zat in de gezellige huiskamer van het echtpaar Strauss en keek naar Michelle terwijl die haar verhaal deed. Ze had een intelligent, uilachtig gezicht, een bril met ronde glazen en een elegant, vrij kort kapsel, met hier en daar wat grijs. Ze droeg een elegante broek met wijde pijpen en een los vallende linnen blouse. In alles maakte ze een nette, rustige indruk. Maud vond het opvallend hoe groot het contrast was met haar man Dylan, met zijn vettige haar tot op zijn schouders, zijn stoppels en verfomfaaide kleren. Ze dacht aan wat Barney over Dylans versiergedrag had gezegd en vroeg zich af hoeveel daarvan waar was.

Ja, zei Michelle, ze had Kira vrij goed gekend. Tik tik tik. Ze was een aantal keren bij Kira binnen geweest, en vice versa.

'Ze is hier een keer wezen eten. Ze zei dat ze zo'n heimwee naar huis had en het eten met haar familie miste.'

Michelle had een stem die permanent lichtelijk ironisch klonk, met een piepklein vraagtekentje achter elke zin. Ze deed Maud denken aan iemand die lesgaf en met opgetrokken wenkbrauwen en goed formulerend zei waar het op stond.

'Hoe zou u haar beschrijven?' vroeg Maud, zoals ze dat ook aan Seamus had gevraagd.

De breinaalden vielen even stil; Michelle dacht na.

'Ze had iets heel onschuldigs,' zei ze. 'Soms leek ze veel jonger dan ze was. Ze wilde het anderen graag naar de zin maken. Ik had het idee dat mannen dat weleens verkeerd opvatten. Ik vermoed dat haar levendige gedrag eigenlijk haar verlegenheid maskeerde. Ze heeft ons toevertrouwd dat ze vaak te veel dronk om zich in sociale situaties wat vrijer te voelen. Misschien nam ze ook wel drugs,' zei ze erachteraan, 'maar dat wilde ze waarschijnlijk niet aan ons kwijt omdat ze ons als een bejaard, degelijk stel zag.'

'En dat zijn jullie niet?' vroeg Maud. Michelle wierp haar even een geamuseerde blik toe en boog zich weer over haar breiwerk. 'Degelijk, bedoel ik.'

'Dylan is een ouwe hippie,' zei Michelle. 'Maar u hebt hem al ontmoet.'

Maud dacht aan het gesprek tussen Michelle en Dylan dat Nancy vanuit hun tuinschuur had gehoord: dat Michelle haar man voor de voeten wierp hoe hij naar Kira keek en zei dat ze hem niet altijd uit de penarie kon helpen.

Ze aarzelde even en vroeg toen: 'Konden uw man en Kira ook goed met elkaar opschieten?'

Een vriendelijke, geamuseerde blik. 'Ik neem aan dat u meer wilt weten over de schram op de neus van mijn man. Daar kan ik me niets van herinneren, maar ik weet wel dat hij altijd wel iets heeft. Hij is heel onhandig, laat dingen vallen en als hij in de tuin bezig is geweest heeft hij altijd wel ergens een kras of een schram.'

Tik tik tik.

'Hij heeft inderdaad gezegd dat dat tijdens het tuinieren moet zijn gebeurd.'

'Nou, ziet u wel? En wat betreft uw vraag: Dylan gedroeg zich als een goede buur tegenover Kira, net als ik.'

'En u? Bent u ook een ouwe hippie?'

Michelle grinnikte. 'Zie ik er zo uit?'

'Wat voor indruk maakte Kira in de week voor haar dood?'

'Als u bedoelt of je achteraf de indruk zou kunnen hebben dat ze aan zelfmoord dacht? Nee, absoluut niet. Maar volgens mij heb ik haar in die dagen niet gesproken, al moet ik haar beslist wel een paar keer hebben zien thuiskomen en weggaan.' Opnieuw die schrandere blik. 'U denkt niet dat ze zelfmoord heeft gepleegd, toch?'

'Wanneer hebt u haar voor het laatst gezien?'

'Dat weet ik niet precies. In ieder geval niet op de dag dat ze is gestorven. U wilt vast en zeker weten wat ik op die dag deed. Ik heb weinig toe te voegen aan wat Dylan u ongetwijfeld al heeft verteld. We gingen halverwege de ochtend samen lunchen en toen naar een tentoonstelling bij de Theems. Rond een uur of vier, halfvijf waren we weer thuis, en anderhalf uur later zijn we bij Felix wat gaan drinken.'

'Welke tentoonstelling?'

'Hedendaagse keramiek in de Hayward Gallery. Ik vond het wel boeiend. Dylan niet zo.'

'Hebt u de sleutels van Kira's woning?'

'Uiteraard. Ik heb de sleutels van alle woningen in dat pand. En ook die van een paar andere panden. Zoals u waarschijnlijk wel hebt gehoord ben ik de bemoeial van de straat en zijn we hier allemaal goede buren met elkaar. We hebben een WhatsApp-groep en elk jaar een feest, en verder proberen we een beetje op elkaar te letten. Dat ik die sleutels heb is gewoon handig. We kunnen pakketjes voor de buren aannemen, hun planten water geven, ze binnenlaten als ze hun sleutel kwijt zijn, wat regelmatig gebeurt, vooral Barney overkomt dat vaak. Ik werk parttime, maar Dylan is bijna altijd wel thuis.'

'Hebt u Kira's sleutel nog?'

'Ja. Wilt u hem hebben?'

'Misschien.'

'Hebt u hem ooit gebruikt?'

'Een paar keer.'

'Maar de laatste tijd niet.'

‘Ik weet niet meer wanneer dat voor het laatst is geweest. Een poosje geleden.’

‘Er is nog een ander punt.’

Michelle bleef doorbreien, zonder op te kijken. ‘U wilt me vast iets over Nancy vragen.’

‘Ja. U hebt tegen zowel haar partner als dokter Fisk gezegd dat Nancy u had bedreigd, en ook dat ze zei dat ze zichzelf misschien iets aan zou doen.’

‘Dat klopt.’

‘Nancy zegt dat u dat hebt verzonnen.’

‘Weet ik.’ Ze zweeg even om de draad van de steeds kleiner wordende bol af te wikkelen. ‘Het is voor ons allemaal hier een moeilijke tijd geweest, eerst Kira en toen Nancy’s rare beweringen, en toen begon ze zo vijandig tegen me te doen, alsof ik haar te grazen wilde nemen. Waarom zou ik me dat allemaal moeten laten aanleunen? Ik heb mijn uiterste best gedaan om vriendelijk en uitnodigend te zijn voor haar.’

‘Heeft ze u ooit opzettelijk van streek gemaakt?’

‘Afgezien van beweren dat ik over haar had gelogen, nee. Ik had met haar te doen, maar niet zo erg als met Felix.’

‘Uw man dan?’

‘Niet dat ik weet.’

‘Ze heeft tegen ons gezegd dat u een condoom uit een keukenla hebt weggegooid waarin ze het had verstopt; ze had het uit een vuilniszak van Kira gehaald.’

Michelle trok een vies gezicht. ‘Toen Nancy in de kliniek zat, heb ik mijn best gedaan om Felix een beetje bij te staan. Hij was erg overstuur. Toen hij een keer op zijn werk was heb ik wat schoongemaakt in zijn keuken. Ik heb ook koekjes voor hem gebakken, als troost. En zodoende heb ik dat vieze ding gevonden. Natuurlijk heb ik het weggegooid. Dat zou u toch ook hebben gedaan? Ik had geen idee waar het vandaan kwam.’

Plotseling legde Michelle haar breiwerk neer; ze leunde voorover en deed haar bril af. Ze zag er ineens ouder en minder onaantastbaar uit.

'Ik heb niet gelogen over Nancy,' zei ze. 'En echt, omwille van iedereen, inclusief Kira's arme moeder: het lijkt me geen goed idee om een zaak te heropenen die al gesloten was, alleen omdat één iemand, iemand die ook nog in de war is, zomaar wat roept. Daar is meer voor nodig dan wat vermoedens van die arme vrouw.'

'Ik had gelijk wat Kira betreft,' zei Nancy, die tegen een paar kussens aan met haar computer op schoot op bed zat. 'Die rechercheur gelooft me. Kira is vermoord.'

Ze probeerde de reactie van haar therapeut te peilen, maar die was niet meer dan een poppetje op een klein scherm, dat ze niet goed in de ogen kon kijken.

'Ik moet hier weg,' zei ze met gedempte stem, zodat Felix haar niet zou horen. Ze wist dat hij achter de slaapkamerdeur stond, als een gevangenbewaarder. 'Maar ik ben bang.'

65

Toen ze weer op straat was herinnerde Maud zich ineens iets. Ze liep terug naar het huis en drukte op een van de bellen. Even later hoorde ze een krakerige stem en zei: 'Maud O'Connor hier.'

De krakerige stem klonk weer, luider nu.

'Sorry. Ik kan u niet verstaan.'

De persoon praatte door. Maud drukte nog maar eens op de bel, hoorde toen een klik en duwde de buitendeur open. Ze liep de trap op. Boven aangekomen zag ze Felix in de deuropening staan. Hij keek haar met een ijzige blik aan.

'Is er iets gebeurd?'

'Als er iets is wat voor jullie van belang is, laat ik het weten.'

'U komt onaangekondigd terug, daarom nam ik aan dat er iets belangrijks was.'

Met hernieuwde belangstelling keek ze naar Felix. Haar ervaring was dat mensen meestal nerveus werden als er iemand van de politie aan de deur kwam. Ze voelden zich dan op de een of andere manier schuldig, ook al hadden ze absoluut niets gedaan. Ze reageerden door te zwijgen of begonnen juist allerlei onzin uit te kramen. Maar Felix leek totaal niet geïntimideerd. Hij was boos en deed een beetje neerbuigend.

Eigenlijk wist ze niet goed wat ze daarvan moest denken. Het enige wat ze zei was een neutraal en formeel: 'Ik kom voor Nancy.'

'Nancy!' zei Felix op luide toon. Ondertussen bleef hij Maud strak aankijken. Het klonk alsof hij een hond riep, die te ver was afgedwaald.

'Kunt u me gewoon even zeggen waar ze is?'

'U kunt haar niet zo overvallen. Ze is in de slaapkamer. Misschien is ze helemaal niet in staat om iemand te zien.'

De deur van de slaapkamer ging open en Nancy kwam tevoorschijn. Haar gezicht was bleek.

'Wat is er?'

'Ik wil nog even met je praten.' Met een strenge blik op Felix probeerde ze hem duidelijk te maken dat ze Nancy alleen wilde spreken.

Hij keek afkeurend. 'Toen u mij ondervroeg was het blijkbaar geen probleem dat Nancy erbij zat.'

Maud negeerde hem en richtte zich tot Nancy. 'Kan het even in de slaapkamer?'

Meteen ging Nancy haar voor en ze deed de slaapkamerdeur achter hen dicht. Ze ging ertegenaan staan, alsof het nodig was hem met dat extra gewicht gesloten te houden. 'Het helpt niet echt als je hem boos maakt.'

'Dat was ook helemaal niet de bedoeling. Ik wilde alleen even zeker weten of alles in orde met je was.'

'Ben je daarom teruggekomen, om dat te vragen?'

'Nee, ik kwam voor die blauwe draadjes uit dat touw waar je het over had. Heb je die nog?'

Nancy trok een la van een kast open, rommelde er wat in, duwde hem weer dicht en opende een andere la. 'Die moeten wel ergens liggen. Ja, hier.' Ze hield een plastic zakje met de draadjes erin omhoog. 'Ik had het idee dat het beter was om ze ergens in te doen. Ik weet niet of het geldig bewijs is.'

'Ook als het dat niet is, kan het toch een aanwijzing zijn,' zei Maud, terwijl ze het zakje aannam en opborg. 'Je hebt mijn vraag trouwens nog niet beantwoord.'

‘Welke vraag?’

‘Of alles in orde is.’

Ze antwoordde niet onmiddellijk. In plaats daarvan draaide ze zich om, liep naar het raam en keek naar buiten.

‘Is er iets wat je me wilt vertellen?’

Nancy keek haar met een plotselinge alerte blik aan. ‘Je hebt vast wel gemerkt dat ik hier weg moet. Zo snel mogelijk. Is het goed als ik nu direct samen met jou wegga?’ Ze glimlachte. ‘Ik bedoel niet met je mee naar het bureau of zoiets. Ik bedoel dat we hier samen de deur uit gaan en een stukje met elkaar oplopen totdat ik een eind van huis ben.’

‘Lijkt me een goed idee,’ zei Maud.

‘Als je nog even hebt? Dan pak ik snel wat dingen in.’

‘Doe rustig aan.’

Maar het was zo gepiept; ze had het immers al eens eerder gedaan. Ze trok haar weekendtas onder het bed vandaan en vijf minuten later deed ze de deur van de slaapkamer open. Ze liet Maud voorgaan.

Felix stond midden in de woonkamer; het was duidelijk dat hij op hen wachtte. Ze vroegen zich allebei af of hij misschien aan de deur had staan luisteren.

‘Nou, dat duurde best lang,’ zei hij, en toen hij zag dat Nancy haar weekendtas bij zich had: ‘Wat ga je doen?’

‘Ik ga weg,’ zei Nancy.

Felix deed een paar stappen opzij, waardoor hij tussen de twee vrouwen en de voordeur kwam te staan. ‘Dat is belachelijk. Je kunt niet zomaar ineens vertrekken.’

‘Toch wel.’

Felix keek naar Maud. ‘Heb jij hier iets mee te maken? Als dat zo is stap ik naar je baas.’

Maud glimlachte. ‘Mijn baas? Hoe oud denk je dat Nancy is, een kleuter of zo?’

‘Nee, dat niet,’ zei Felix op ijzige toon. ‘Maar ze is wel een uiterst kwetsbare vrouw die tot twee keer toe opgenomen is geweest, niet alleen ter bescherming van anderen, maar ook van zichzelf. En ze is laatst nog opgenomen omdat ze een buurvrouw dreigde om te brengen en daarna zichzelf.'

'Wil je alsjeblieft opzij gaan? Of probeer je ons met geweld tegen te houden?'

Onmiddellijk deed Felix een stap naar voren, iets wat Maud bedreigend vond, ook al was ze als rechercheur wel iets gewend.

'Besef je wel wat je aan het doen bent?' zei hij fel.

'Nancy vroeg of ze mee kon lopen als ik weer wegging.' Ze klonk volkomen kalm. 'Dat wekt de indruk dat ze bang was dat jij haar niet zou laten gaan. En afgaande op wat je net zei kan ik daar wel in komen.'

'Dat is geen antwoord op mijn vraag.'

'Het was naar mijn idee geen echte vraag.'

'Nou, dat was het wel degelijk. Nancy is niet in orde en er kan zomaar iets gebeuren. Ik heb de laatste maanden mijn handen vol gehad aan haar welzijn en haar veiligheid. Als ze hier de deur uit gaat en iemand iets aandoet of problemen veroorzaakt, dan ben jij daar verantwoordelijk voor. Dat komt op jóúw bordje.'

Niemand zei iets. Nancy keek naar Maud. Zou ze er dadelijk dan toch weer alleen voor staan?

'Wil je nu opzij gaan?' vroeg Maud.

'Ik heb sterk de neiging om dat niet te doen.'

'Dat zou een heel slecht idee zijn.'

'Waar ga je naartoe?' vroeg Felix op iets minder boze toon.

'Maak je daar maar geen zorgen over,' antwoordde Nancy.

'Daar moet ik me wél zorgen over maken. Ik wil zeker weten dat je niet over straat gaat zwerven.'

'Dat zal niet gebeuren.'

Felix produceerde een vreemd lachje. 'Jullie hebben dit allemaal achter mijn rug om bekokstoofd, hè!' Toen, tegen Maud: 'Hoeveel weet jij eigenlijk over haar? Toen ze in die kliniek zat, heeft ze zich er met allerlei leugens uit weten te praten. Ze zei gewoon tegen die lui wat ze wilden horen. En zoals je nu merkt heeft ze ook tegen mij gelogen. Waarom zou ze dan als ze bij jou aan komt zetten met dat verhaal over die zogenaamde moord ineens wél de waarheid spreken?'

Maud was helemaal niet van plan geweest om het gesprek met hem aan te gaan; ze wilde hier alleen maar weg. Maar ze kon het toch niet laten om iets terug te zeggen. 'Je hebt het over de vrouw met wie je samenwoont,' zei ze. 'Iemand van wie je hield, naar ik aanneem. Je praat over haar alsof ze er niet bij is.'

'Iemand van wie ik híéld? Hoe durf je! Dat doe ik nog steeds. Ik heb zó verschrikkelijk veel voor haar gedaan.'

'Daar staat ze,' zei Maud, beheerst maar wel op luidere toon. 'Praat niet over haar alsof ze je hond is.'

'Oké,' zei Felix, bijna theatraal nu, en hij richtte zich tot Nancy. 'Je hebt een ziekte, Nancy. Vergelijk het met diabetes of kanker. Als je doet alsof die ziekte er niet is, zal dat je einde betekenen.'

Nancy keek hem recht aan. Haar stem klonk helder en krachtig; ze straalde bijna. 'Jij maakt deel uit van mijn ziekte, Felix.'

Met een gezicht alsof hij 'zie je wat ik bedoel?' wilde zeggen keek Felix naar de rechercheur. Daarna keek hij weer naar Nancy. 'Waar kan ik je post naartoe sturen?'

'Ik regel wel iets. Maakt niet uit. Er komt hier trouwens zelden post voor mij.' Ze wurmde zich langs Felix, die achteruit stapte en zijn handen omhoog deed, alsof hij de twee toestemming gaf om te vertrekken.

Zodra ze op straat stonden wilde Maud weten: 'En nu?'

'Vertel ik je zo.' Nancy pakte haar telefoon, koos een nummer en wendde zich van Maud af; Maud hoorde haar alleen wat excuses maken. Toen Nancy zich weer naar haar toe draaide, zag ze er duidelijk opgelucht uit.

'Ik heb een vriendin in West Hampstead. Die had ik al gebeld toen ik de vorige keer wilde weggaan, nadat ik jou had gesproken op het bureau. Ze vond het vast vreemd dat ik niet kwam opdagen, maar ik kan nog steeds bij haar terecht. Het is maar voor een paar dagen, tot ik zelf iets heb gevonden.'

'Prima.'

'Mag ik je nog één ding vragen? Wil je met me mee naar de bushalte lopen en blijven wachten tot de bus er is? Gewoon voor de zekerheid.'

'Denk je echt dat hij gevaarlijk voor je is?'

Verrast keek Nancy haar aan. 'Ja, dat weet ik zelfs zeker. Hij heeft me in die kliniek laten opsluiten.' Toen Maud iets begon te zeggen, onderbrak ze haar. 'Zeg nu niet dat hij dat voor mijn eigen bestwil heeft gedaan. Je hebt toch gezien hoe hij net tegen me deed?'

Maud glimlachte. 'Dat was ik ook helemaal niet van plan, en ik heb inderdaad gezien hoe hij tegen je deed. Volgens mij heb je de juiste keuze gemaakt.'

'Wat wilde je net tegen me zeggen?'

'Dat Felix wat één punt betreft gelijk heeft. Je bent ziek geweest en je moet goed op jezelf passen.'

Nancy haalde een hand uit haar jaszak. Ze had een potje pillen vast, waarmee ze even demonstratief rammelde. 'Maak je geen zorgen. Ik blijf trouw mijn medicijnen slikken.'

'Ik ben met de auto,' zei Maud. 'Ik kan je bij die vriendin afzetten als je wilt.'

'Het is best een eind weg. Ik ga wel met de bus.'

66

'Goed,' zei Matt Moran. 'Wil je de korte of de lange versie?'

Moran was een lange, wat slungelige man met vaalbruin haar dat vaak voor zijn ogen hing maar er nu uitzag alsof hij het met een schaar had bewerkt, met een scheve pony als resultaat. Hij droeg een dikke trui met een zigzagpatroon, een gat in een van de ellebogen en een comfortabel uitziende ribbroek.

'De lange natuurlijk,' zei Maud.

'Oké.'

Hij haalde zijn laptop uit de hoes, zette hem op tafel en klapte hem open. Hij trok een stoel bij, zodat ze samen op het scherm konden kijken.

'Eerst maar eens over hoe ze daar hing,' zei hij terwijl de computer opstartte. 'Ik heb een grafiek.'

'Heerlijk, grafieken.'

'Maar allereerst een tabel met wat gegevens. Van de autopsie. Kira Mullan was 165,2 centimeter lang – in aanmerking genomen dat een nek in zo'n geval altijd wat uitrekt. Dat is je misschien al wel opgevallen.'

Maud knikte.

'De hakhoogte van haar schoenen, die ik niet heb kunnen meten maar op basis van de foto's heb geschat...'

'Geschat? Is dat betrouwbaar dan?'

'Bij mij wel,' zei Moran op beledigde toon. 'Natuurlijk is dat betrouwbaar. De geschatte hakhoogte is ongeveer 3,5 centimeter, wat haar totale lengte op 168,7 centimeter brengt. De kruk is 43 centimeter hoog. Op de foto is te zien dat Kira aan een balk hangt. Die bevindt zich 248,5 centimeter boven de vloer, en dus 205,5 centimeter boven de kruk. Het stuk touw,' vervolgde hij, 'van de knoop om haar nek tot de balk, was, met een marge van een paar millimeter, 53 centimeter lang. 53 centimeter. Laat dit allemaal even tot je doordringen.'

De concentratie was van Mauds gezicht af te lezen. 'Ik neem het graag van je aan.'

Moran dubbelklikte op het volgende bestand. 'Dit is de grafiek.'

'Dat zie ik. En wat kunnen we hieruit opmaken?'

'Dat deze vrouw zich niet met behulp van deze kruk kan hebben verhangen.'

'Zelfs niet door op haar tenen te gaan staan?'

'Zelfs niet door op haar tenen te gaan staan.'

'Heel fijn,' zei Maud. 'Ik bedoel, verschrikkelijk natuurlijk, maar dit was precies wat ik nodig had.'

'Ik heb er ook nog vanuit een ander perspectief naar gekeken.'

'In welke zin?'

'Ik ben geen patholoog-anatoom, en ik wil de debiel die deze obductie heeft uitgevoerd ook niet belachelijk maken...'

'Ga door.'

'Het lichaam is natuurlijk al gecremeerd. Maar afgaande op de foto's staat het voor mij buiten kijf dat Kira Mullan door wurging om het leven is gekomen en niet door zich te verhangen. Die rode vlekjes rond haar ogen – "petechiae" worden die genoemd, mocht je notities willen maken – die vormen daar een zeer duidelijke aanwijzing voor. Die zie je normaal nooit bij een verhanging, behalve als het lichaam nog gedeeltelijk ondersteund is geweest. En dat was hier zoals we weten niet aan de orde. Naar mijn stellige overtuiging is Kira Mullan gewurgd en daarna aan die balk opgehangen, waarschijnlijk met een en hetzelfde touw, al is dat niet aan te tonen.'

'Wow,' zei Maud.

Moran klapte de laptop dicht. 'Echt, zo klaar als een klontje.'

'De korte versie is dus dat Kira Mullan geen zelfmoord heeft gepleegd.'

'Yep.'

'Nou, hier heeft Weller voorlopig niet van terug.'

'Ik mail je de pdf.'

'Fantastisch. Bedankt Matt.'

'Geen dank. Altijd leuk om te doen.'

67

'Heb je die DNA-afname geregeld?'

'Ze zijn ermee bezig.'

'Zit ze maar flink achter de vodden.' Maud duwde een paar pijpenkrullen achter haar oor. 'Laten we alles nog eens even op een rijtje zetten. Het belangrijkste is dat we een zo duidelijk mogelijk beeld krijgen van Kira's laatste dagen, van het tijdstip waarop mensen haar nog hebben gezien of nog met haar hebben gesproken of iets over haar hebben gehoord, en ook van haar gemoedstoestand. Als ik volgens jou iets vergeet of als je een ingeving krijgt, moet je het meteen zeggen.'

Forrester knikte en schoof naar voren op zijn stoel; hij wiebelde een beetje met zijn linkerbeen.

Maud keek op van het dossier dat ze voor zich had liggen. 'Op zaterdag 12 november verschijnt Kira op het feest van Seamus en Barney. Ze maakt een zorgeloze, levendige indruk, maar niemand van de mensen die we hebben gesproken lijkt ook maar één woord met haar te hebben gewisseld.'

'Weten we wanneer ze weer weg is gegaan?'

'Goeie vraag. Nee, dat weten we niet. Het is net alsof ze er tegelijk wel en niet was.'

Maud nam een slok water en ging verder. 'Op zondag 13 november heeft Kira van ongeveer halfelf 's ochtends tot iets na het middaguur een gesprek gehad met haar werkgever, Viv Melville, in een zaak genaamd The Cornerstone, waar Kira op dat moment tien maanden werkte. Ze was behoorlijk over haar toeren, maar ze wil niet zeggen waarom – de politie ziet dit als ondersteunend bewijs voor haar slechte mentale gesteldheid op dat moment.'

Ze keek Forrester aan. 'Valt je iets op?'

Forrester liet zijn tong nerveus langs zijn bovenlip glijden. Hij zei niets.

'De vraag ligt voor de hand,' zei Maud. 'Op het feestje was ze heel vrolijk en de volgende ochtend was het helemaal mis met haar. Wat is er in de tussentijd gebeurd?'

'Ja,' herhaalde Forrester. 'Wat is er in de tussentijd gebeurd?'

'Daarna is Kira nog één keer gezien, namelijk om een uur of drie, op straat voor het pand Fielding Road 99. Volgens Nancy was Kira erg overstuur of bang.'

'Of allebei.'

'Daarna, volgens de telefoongegevens om kwart over drie, heeft Viv Melville haar gebeld. Kira heeft niet opgenomen, en ongeveer een halfuur later, om drie uur zevenenveertig, heeft Kira een WhatsApp aan haar moeder gestuurd, waarin ze zegt dat ze van haar houdt – ook dit ziet de politie als ondersteunend bewijs voor suïcide.'

Forrester bromde afkeurend.

Maud fronste haar wenkbrauwen en ging verder. 'Daarna is er niets meer van Kira vernomen en heeft niemand haar, voor zover we weten, nog gezien. De volgende dag, aan het begin van de avond, is haar lichaam ontdekt. Het hing aan een stalen balk in haar woonkamer; bij haar voeten lag een omgevallen kruk. Overal kleren. Volgens de schatting van de patholoog-anatoom was ze toen al minstens vierentwintig uur dood, en waarschijnlijk nog langer – wat betekent dat ze in elk geval op zondag 13 november om een uur of zes, halfzeven 's avonds al niet meer in leven was. Braaksporen zijn niet gevonden.'

'Ze overleed tussen drie uur zevenenveertig en een uur of zes, halfzeven?'

'Klopt.'

Maud nam nog een slok water. Ze had Forrester hier eigenlijk helemaal niet bij nodig, maar door dit zo hardop te resumeren kwam alles haar duidelijker voor ogen te staan.

'We moeten erachter zien te komen wat iedereen die toegang had tot het pand en haar woning gedurende die tijd heeft gedaan. Het gaat om de andere bewoners van Fielding Road 99, huisbaas William Goddard en Michelle en Dylan Strauss van nummer 101.'

Forrester zweeg.

Maud kreeg de indruk dat hij het er niet helemaal mee eens was. 'Zeg eens wat.'

'Waarom ga je ervan uit dat Kira is vermoord door iemand die toegang had tot haar woning?'

'Goeie vraag. Het antwoord is dat ik daar niet van uitga, maar ik begin toch bij deze mensen, en wel om twee redenen. Een daarvan is dat er geen braaksporen zijn, dat niemand daar een andere persoon heeft gezien, en dat het dus heel aannemelijk is dat het om iemand gaat die zonder op te vallen het pand in en uit kon gaan.'

Forrester begon tegen te sputteren, maar Maud was hem voor.

'Je hebt gelijk, dat is niet genoeg. De andere reden is dat Nancy North gedwongen werd opgenomen nadat ze had beweerd dat Kira geen zelfmoord had gepleegd. Daarmee was ze "onschadelijk gemaakt". Maar zelfs toen ze nog niet was opgenomen werd ze al niet geloofd.'

'En volgens jou is daar een verband tussen?'

'Inderdaad.'

'Ook al is Nancy inderdaad niet erg geloofwaardig?'

'Ik denk dat ze behoorlijk geloofwaardig is. Ik weet dat ze wanen heeft gehad, maar over die wanen vertelde ze beslist geloofwaardig, voor zover dat nog logisch klinkt.'

'Ik geloof het wel.'

'De volgende vraag is dan: wie heeft theoretisch de kans gehad om het te doen?' Maud zweeg even om haar gedachten te ordenen. 'Nancy North zegt dat ze ongeveer om halfdrie de deur uit ging, terwijl Felix nog thuis was, waarna ze rond drie uur weer terugkwam en Kira beneden bij de voordeur heeft gezien. Ze ging toen naar boven en is een dutje gaan doen; toen ze wakker werd was Felix thuis, samen met een vriend. Dit stemt overeen met wat Felix tegen ons heeft gezegd: dat hij nog thuis was toen Nancy vertrok en vlak voor drie uur zelf ook naar buiten ging om wat spullen te kopen...'

'Dat bonnetje heb ik inmiddels,' zei Forrester. 'Het klopt met wat hij beweerde.'

'Prima. En toen is hij met die vriend wat gaan drinken, waarna ze aan het eind van de middag samen naar huis gingen; Nancy sliep toen nog.'

'Gary Overton heeft dit bevestigd. Felix kan het dus niet zijn geweest.'

'Harry en Olga Fisk waren de hele ochtend bij elkaar,' zei Maud. 'Aan het begin van de middag is Harry even een luchtje gaan scheppen, waarna ze samen zijn vertrokken en later ook weer samen thuiskwamen.'

'Maar in de tussentijd waren ze niet samen.'

'Klopt. Harry zegt dat hij met Lydia is gaan wandelen terwijl Olga even met een vriendin koffie ging drinken. Wil jij nagaan hoelang hij erover kan hebben gedaan om terug naar huis te gaan en daarna Olga weer bij het café te treffen?'

'En hij had dus een buggy bij zich. Lijkt me lastig om iemand te vermoorden met een huilende baby op sleeptouw.'

'Ze zeggen allebei dat het ongeveer een kwartier lopen was. Dat precies checken zal lastig zijn, maar we moeten het wel proberen. Seamus zegt dat hij bijna de hele dag in de sportschool was. Dat kun je ook nagaan. Ze hebben er vast bewakingscamera's hangen.'

Forrester knikte en schreef het op in zijn notitieboekje.

'Barney zegt dat hij het grootste deel van de dag bij zijn moeder was, wat we ook moeten checken. En ik zal nog eens naar de verklaringen van Michelle en Dylan kijken; volgens hen gingen ze eerst lunchen en daarna naar een tentoonstelling.' Ze leunde achterover. 'En vervolgens gingen ze allemaal iets drinken bij Felix en Nancy.'

'Toen Kira waarschijnlijk al dood was,' zei Forrester. 'Al kan ze ook vermoord zijn terwijl ze daar allemaal zaten te borrelen.'

'Weet je al wat Goddard die dag deed?'

'Ja. Hij zou met zijn vrouw de hele dag bij zijn broer en zijn gezin in Essex zijn geweest. Die heb ik nog niet te pakken gekregen.' Hij beet op zijn pen. 'Maar als dat waar is...'

'Ja?'

'Als dat waar is lijkt het erop dat niemand van ons lijstje Kira kan hebben vermoord. Op één iemand na, natuurlijk. Nancy North.'

Nancy zat met haar blote voeten op de bank; ze hield een mok groene thee in haar handen en keek naar Megan Hutchens, die tegenover haar met opgetrokken benen in een leunstoel zat en ook een mok vasthield. Ze waren aan het bijpraten. Megan had anderhalf jaar lang door Zuid-Amerika gereisd en was inmiddels weer aan de slag als inval-leerkracht.

'En jij?' vroeg Megan opgewekt nadat ze over haar belevenissen had verteld. 'Waarom was je zo plotseling op zoek naar onderdak?'

Nancy slikte. Ze had zich voorgenomen zo eerlijk mogelijk te zijn. Maar nu het zover was vond ze het ineens moeilijk om alles ook echt uit te spreken. Terwijl ze vertelde over hoe ze Felix had leren kennen, over haar ziekte en haar eerste opname in de kliniek, over de dood van Kira, haar gedwongen opname en hoe ze uit de kliniek had weten te komen en naar de politie was gegaan, zag ze de glimlach op Megans gezicht langzaam plaatsmaken voor verbijstering. Zelfs op haarzelf kwam het over als een bizarre reeks van gebeurtenissen, alsof er iemand anders zat te praten, iemand die je nauwelijks echt kon geloven.

Toen Nancy haar verhaal had gedaan, zei Megan eerst helemaal niets. Ze staarde alleen maar naar haar thee. 'Koud geworden,' zei ze. 'Ik vergat gewoon te drinken.' Ze boog zich voorover en zette de mok op het tafeltje vlak voor haar neer.

'Je snapt nu vast waarom ik contact met je opgenomen heb. Ik ben je ontzettend dankbaar.'

'Doe niet zo gek, joh. Het is...' Megan onderbrak zichzelf. 'Ik heb zóveel vragen. Ik weet gewoon niet waar ik moet beginnen. Die vriend van je...'

'Felix.'

'Ja, Felix, was je bang voor hem? Ik bedoel, fysiek bang?'

'Dat laatste weet ik niet. Ik moest daar gewoon weg.'

Nancy wierp een blik op haar telefoon, om voor de honderdste keer te checken of hij niet had gebeld of geappt. Nee dus. Niet dat ze iets van hem wilde horen, ze was zelfs van plan om hem te blokkeren als hij contact met haar probeerde te zoeken, maar ze begreep deze radiostilte niet. Wat betekende die? Wat dacht hij, deed hij, wat was hij van plan?

'Weet hij waar je bent?'

'Nee. En dat mag hij ook niet te weten komen. Ik wil hem gewoon nooit meer zien.'

'Londen is een grote stad. Het lijkt me heel lastig voor hem om jou op te sporen.'

'Ik wil gewoon mijn leven op orde krijgen en een baantje vinden. Nogmaals, ik ben je ontzettend dankbaar en ik zal je gewoon huur betalen.'

'Doe niet zo gek. Je kunt blijven zo lang je wilt.'

'Dag mam,' zei Nancy. 'Met mij.'

'Is er iets aan de hand?'

'Nee. Ik dacht alleen...'

Wat dacht ze ook alweer? Waarom dacht ze dat ze haar moeder kon helpen, terwijl haar moeder helemaal niet geholpen wilde worden?

'Ik dacht dat we het misschien over bepaalde dingen konden hebben,' zei ze zwakjes. 'Ik snap niet waarom we dat nooit hebben gedaan. Het is toch niet goed als dat taboe is? Zal ik langskomen? In ieder geval moet je weten dat ik bij Felix weg ben, en ook dat ik...'

Ze zweeg even en hoorde helemaal niets aan de andere kant.

'Mam? Ben je daar nog?'

Haar moeder had opgehangen.

Nancy legde haar telefoon op het nachtkastje en ging weer liggen. Eén ding tegelijk doen, zei ze tegen zichzelf.

Maud lag in bed; ze was moe maar had geen slaap. Er maalde van alles door haar hoofd. Risicoaansprakelijkheid en rechtsbeginselen; haar lege koelkast; haar plannen voor het weekend die waarschijnlijk niet doorgingen; Stuart, languit op het ijs, die haar tevreden en met een glimlach aankeek; dat afschuwelijke huis vol mensen met allemaal een alibi, en dan nog iets wat maar bleef knagen: Nancy North die met een weekendtas aan haar schouder en met opgeheven hoofd dat huis uit liep. 'Jij maakt deel uit van mijn ziekte,' had ze tegen Felix gezegd, waarop Maud wel had willen juichen.

Ze glimlachte in het donker. Ze voelde sympathie voor Nancy North, voor haar pit, haar koppigheid, haar moed en haar doortastendheid. Ze zou haar niet laten stikken. Hier ben ik rechercheur voor geworden, dacht ze. Ik kan dit oplossen.

Kilometers verderop, in West Hampstead, lag Nancy ook in bed, helemaal ineengedoken. Ze had het koud en was moe, maar ze was vrij! Ze had weten te ontsnappen. Ze zou Felix nooit meer zien en ze zou hem uit haar geheugen wissen. Hij had haar niet langer in zijn macht. Ze dacht aan hoe ze zich had gevoeld toen ze samen met de rechercheur het huis uit was gelopen en zijn dreigende ogen in haar rug had voelen priemen, toen haar hart zo tekeerging dat het bijna pijn deed. Maar het was haar gelukt. Morgen zou ze een baantje zoeken, het maakte niet uit wat. Het was bijna kerst, en ze wist dat pubs en cafés om extra personeel zaten te springen, vooral om ervaren krachten. Ze zou haar pillen blijven slikken, vrienden en vriendinnen opzoeken die ze kon vertrouwen en zo haar leven weer helemaal op de rails krijgen. Het belangrijkste was dat ze weer veilig was. Haar angst was nu alleen nog maar een herinnering. De hoop die ze voelde was als smeltend ijs. Pijnlijk. Ze wilde het zó graag: leven.

68

De volgende ochtend maakte Maud al vroeg haar opwachting bij The Cornerstone, een bar annex café in West Kilburn, op ongeveer drie kilometer afstand van Fielding Road 99. De zaak was nog niet open, maar er stond in de schaars verlichte ruimte wel een vrouw met stoelen te schuiven. Maud klopte aan. De vrouw keek op, liep naar de deur en deed hem van het slot.

Viv Melville was in de vijftig; ze had brede schouders, grijzend donker haar, donkere ogen en een gegroefd, doorleefd gezicht met een begin van hangwangen.

Maud liet haar legitimatiebewijs zien. De vrouw knikte.

The Cornerstone bestond uit twee vrij donkere ruimtes vol met allerhande bankjes en stoelen, met daartussen een paar ingezakte fauteuils en banken. Overal hingen hangplanten, concertposters van lang geleden en spiegels met het weer erin. Er scharrelde een ruwharige terriër rond die begon te grommen, even aan Mauds hand likte en toen weer afdroop. Rond een pilaar in het midden van de zaak hing een lampjessnoer – de enige concessie die aan kerst was gedaan.

'Koffie?'

'Lekker.'

'Wat voor?'

'Flat white, als dat niet te ingewikkeld is.' Ze trok haar dikke jas uit en deed haar sjaal af, waarna ze aan een tafel ging zitten en haar notitieboekje openklapte. Ze keek toe terwijl Viv Melville de knoppen van het koffieapparaat bediende, waarna het ding begon te gorgelen en te sissen.

'Kijk eens.'

'Bedankt.' Maud nam een slok. 'Daar was ik wel aan toe.'

'U komt in verband met Kira?'

'Ja.'

'En waarom?'

'We hebben de zaak heropend.'

'U denkt dat het geen zelfmoord was?'

'Dat weet ik zelfs zeker,' zei Maud.

Viv Melville ging tegenover haar zitten. Ze maakte een zelfverzekerde, bedaarde indruk. 'Wat kan ik voor u doen?'

'Ik hoor graag eerst het een en ander over Kira zelf. Hoelang heeft ze hier gewerkt?'

'Ongeveer negen maanden. In het begin parttime maar op het laatst meestal hele dagen. Ze deed het geweldig. Al was ze weleens te laat.' Viv Melville lachte even bij de herinnering. 'Maar dan liep ze altijd over van de excuses. En als ze hier was werkte ze keihard en ze klaagde nooit. De klanten waren dol op haar. Ze maakte altijd een praatje met ze. Heel belangstellend, voor iedereen. Ze kon de mensen aan het lachen maken.' Ze keek Maud aan. 'Het was een ontzéttend leuke meid.'

'Was ze meestal opgewekt?'

'Ze had heimwee. En ze kon zomaar in huilen uitbarsten, net als kinderen ook wel doen. Maar somber was ze nooit, en ze was ook altijd zo weer vrolijk. Als u wilt weten of ze ooit een depressieve indruk maakte, dan is het antwoord nee.'

'Vertelde ze weleens over haar privéleven?'

'Soms maakte ze zich vrolijk om de malle situaties die ze met mannen meemaakte. Ik had de indruk dat ze best veel avontuurtjes had. De laatste keer dat ze hier werkte, op vrijdagavond, zei ze dat ze net een heerlijke dag met iemand had doorgebracht.'

'Met een man, bedoelt u?'

'Ja.'

'Een seksuele relatie?'

'Absoluut.'

'Hoe weet u dat zo zeker?'

'Dat zag je al van verre. Ze was heel uitgelaten en ook een beetje dromerig. Ze keek steeds in de spiegel. Ze zei dat het nog pril was, maar ze had een goed gevoel bij hem.'

'U weet niet om wie het ging?'

'Dat heeft ze niet gezegd.'

'Geen enkel aanknopingspunt?'

'Nee. Behalve dat hij blijkbaar een paar dagen weg zou gaan maar beloofd had haar te bellen zodra hij terug was.'

Maud schreef het op in haar boekje.

'Dus die vrijdag was ze opgetogen?'

'Heel erg, ja.'

'En de zondag erna was ze hier weer. Kunt u daar iets over vertellen?'

Viv haalde diep adem. 'Ze was er totaal anders aan toe. Om een uur of halfelf kwam ze hier aanzetten.'

Maud noteerde de tijd en omcirkelde die.

'Ze zou die dag niet werken en ik wist dat ze de avond ervoor naar een feest zou gaan. Ik was verbaasd haar te zien. Het zat hier stampvol. Op zondagochtend komen hier ontzettend veel mensen brunchen; soms staat er een rij tot om de hoek van de straat. Ik zag direct dat er iets aan de hand was. Ze stond te snikken. Ik nam haar mee naar achteren.' Viv Melville knikte met haar hoofd richting de deur in de andere ruimte. 'Eerst zat ze gewoon een poosje te janken. Ik kon geen zinnig woord uit haar krijgen. Steeds als ze tot bedaren leek te komen begon ze weer opnieuw. Ik heb haar een paar keer even alleen gelaten om te kijken of Finn en Robbie zich wisten te redden en om zelf ook hier en daar wat borden op tafel te zetten.'

'En zei ze uiteindelijk nog iets?'

'Eerst kwam ze niet verder dan wat excuses. *Sorry sorry sorry, je hebt het veel te druk*. Dat soort dingen. Langzamerhand kalmeerde ze een beetje. Ik heb thee voor haar gezet, die ze opdronk, en toen snoot ze haar neus en zei ze dat ze niet had moeten komen. Ik vroeg wat er was gebeurd, maar ze zei alleen maar dat ze niet wist wat ze moest doen. Toen vroeg ik: doen vanwege wat dan? Maar dat kon ze me niet duidelijk maken.'

'Kunt u zich iets specifieks herinneren van wat ze zei? Iets wat duidelijkheid kan geven over haar gemoedstoestand?'

Viv Melville schudde haar hoofd.

'U weet dus alleen nog dat ze zei dat ze niet wist wat ze moest doen?'

'Volgens mij... maar weet ik het niet zeker...'

'Wat?'

'Volgens mij zei ze dat ze zich schaamde.'

'Zich schaamde.'

'Ja. Of bang was. Of allebei. Dat ze zich schaamde en bang was.'

'Meer niet?'

'Nee.'

'Dus: ze schaamde zich, ze was bang en wist niet wat ze moest doen.'

'Het kan best dat ze nog meer heeft gezegd, maar ze zat de hele tijd te snikken en te snotteren. Ik gaf haar steeds maar knuffels en zei dat alles in orde kwam en dat ik bij haar was. Van die dingen. Daar had ze natuurlijk niks aan.'

'En wanneer ging ze weer weg?'

'Iets na halftwee, denk ik. Ik heb erop gestaan dat ze eerst iets at. Toast met gebakken champignons, daar was ze dol op. Het was haar vaste snack na het werk, 's avonds. Daarna zei ze dat ze zich wat beter voelde. Dat het goed gingen komen en dat ze nu wist wat ze moest doen.'

'Namelijk?'

De vrouw trok haar schouders op, als gebaar van machteloosheid. 'Ik weet het niet. Wist ik het maar.'

'U zei dat u direct zag dat er iets met Kira aan de hand was. Hoe zag ze eruit?'

'Verschrikkelijk. Alsof ze nauwelijks had geslapen, uitgelopen mascara, haar haar door de war. Ze had rode ogen en zag er pafferig uit.'

'Pafferig?'

'Van het huilen, neem ik aan. Maar ik weet het niet.'

'Sporen van geweld?'

'Nee, volgens mij niet.'

'Wat had ze aan?'

'Wat ze aanhad? Geen idee. Kan ik me niet herinneren.'

'Op de avond ervoor was ze op een feest. Had ze nog iets aan wat duidelijk daarvoor bedoeld was?'

'Absoluut niet. Ik weet nog dat ik dacht dat ik haar nog nooit zo sjofel gekleed had gezien. Normaal kwam ze altijd behoorlijk opgetut naar het werk.'

'Een broek? Een jurk?'

'Een broek, denk ik. Ik weet het niet zeker, sorry. Het enige wat ik wel zeker weet is dat ze haar groene schoenen droeg.' Er verscheen even een glimlach op haar gezicht. 'Daar was ze zó wijs mee. Ze had er behoorlijk voor gespaard.'

Maud knikte en dacht aan de foto van Kira's bungelende lichaam, aan de groene schoenen met de gele veters.

'Weet u waar ze naartoe ging toen ze weer vertrok?'

'Nee. Maar we hadden afgesproken dat ze die avond bij mij zou logeren.'

Maud wist even niet hoe ze het had. 'Ze zou bij u logeren?'

'Ja.'

'Maar dat hebt u de politie helemaal niet verteld.'

'Volgens mij wel. Ik weet het bijna zeker.'

'Had u dat aangeboden, of vroeg zij erom?'

'Ze vroeg het me direct toen ze hier binnenkwam. Ze had ook al wat dingen bij zich, ondergoed en een tandenborstel. En ik zei natuurlijk dat dat prima was.'

'U zegt dus dat Kira van plan was om bij u te blijven maar toch weer wegging.'

'Ik had het idee dat ze eerst nog iets moest doen. Die indruk kreeg ik. Het ging allemaal nogal rommelig, en ik moest ook het café in de gaten houden. Ze zei dat ze over een paar uur terug zou zijn.'

'En u weet dus niet waar het om ging?'

'Nee.'

'Ze noemde geen namen?'

'Volgens mij niet.'

'Maar het was wel duidelijk dat ze hier later terug zou komen.'

'Niet hier. Ze zou naar mijn huis gaan, een kwartiertje lopen van hier. Op zondag gaan we om vijf uur dicht en ze zei dat ze daarna bij mij thuis zou komen.'

'Was u niet verbaasd dat ze niet kwam opdagen?'

'Ik nam aan dat ze inmiddels opgeknapt was. Ik baalde er wel een beetje van dat ze niks van zich liet horen. Ik heb geprobeerd haar te bellen, maar ze nam niet op.' Ze keek verdrietig. 'Logisch dat ze niet opnam. Ik had haar trouwens al eerder gebeld, om te vragen wanneer ze precies dacht te komen, zodat ik er zou zijn. Maar ook toen nam ze niet op.'

'Hoe laat was dat?'

'Weet ik niet precies. Halverwege de middag.'

Maud zat even zwijgend naar haar aantekeningen te kijken. 'Zijn er nog meer zaken die u zich herinnert?'

'Ik geloof het niet.'

'Voorlopig is dit het. Dank u wel voor uw tijd. U bent heel behulpzaam geweest.'

'Was dat maar waar.' Viv Melville staarde naar haar grote, sterke handen, die gevouwen op haar schoot lagen. Toen ze weer opkeek had ze een sombere blik in haar ogen. 'Ik was erg op haar gesteld. Ze was een lieve meid. En ze is door iemand vermoord.' Ze zweeg even. 'Denkt u dat u de dader zult vinden?'

Maud keek haar aan en knikte. 'Ja, dat denk ik wel.'

69

'Dachten jullie nou werkelijk dat we dit niet zouden natrekken? We trekken alles na.'

Michelle en Dylan zaten naast elkaar op hun bank. Michelle rechtop, met samengetrokken knieën, Dylan achterovergeleund, met zijn armen over elkaar en zijn benen uitgestrekt voor zich. Ze keken Maud allebei sprakeloos aan.

'En dat ik jullie zomaar zou geloven?' vroeg Maud. 'Het heeft me een halve dag gekost om die bewakingsbeelden te bekijken en een rapport te schrijven. Dat was niet bepaald leuk om te doen.'

Nadat Maud bij Viv Melville was geweest had ze in een akelig kantoortje zonder ramen ergens onder in het pand van de Hayward Gallery gezeten. De beelden waren al voor haar klaargezet, en met behulp van de pijltjestoetsen schoof ze zo snel mogelijk door de ochtend van die dag. De expositieruimte stroomde vol met mensen die als nijvere insecten rondscharrelden, kriskras door de zaal schoten en weer vertrokken. Het was een hele opluchting om de beelden bij 13:29 te kunnen vertragen; daar, zo had ze besloten, zou ze voor de zekerheid beginnen. Michelle en Dylan hadden immers gezegd dat ze eerst hadden geluncht en daarna de tentoonstelling over hedendaagse keramiek hadden bezocht. Zo nu en dan was de ruimte helemaal leeg, maar soms stond het er ook helemaal vol, en dan moest ze het beeld stilzetten om alle gezichten stuk voor stuk te bekijken. Telkens als er een stel binnenkwam, bestudeerde ze het scherm extra aandachtig.

'Wat denken jullie dat ik op de bewakingsbeelden van de Hayward van zondag 13 november heb gezien?' vroeg Maud aan Dylan en Michelle. 'Of beter gezegd, níét heb gezien?'

'Dat ga je ons nu vast vertellen,' zei Michelle. Ze leek volstrekt niet van de wijs gebracht.

'Om veertien uur drieëntwintig zag ik jou, Michelle, zaal twee binnenkomen, gevolgd door een lange man met een parka aan, een ouder echtpaar en een vrouw met een baby in een draagzak. Jouw echtgenoot was er niet bij.'

'Mensen lopen niet altijd hand in hand op een tentoonstelling rond.'

'Ik heb de beelden van de andere zalen ook bekeken. Dat was een heel karwei. Ik heb je overal gevolgd, ik moest daar verschillende bestanden voor openen, en je was de hele tijd in je eentje.'

'Is dit zo'n moment waarop je om een advocaat gaat vragen?'

'Het staat jullie vrij om wanneer je maar wilt een advocaat te raadplegen. Maar ik ben hier nu om informeel met jullie te praten. Als jullie daar bezwaar tegen hebben kan het ook formeler. Dan wordt het een officieel verhoor en kan ik jullie zelfs aanhouden.'

'Belachelijk,' zei Dylan. 'Aanhouden op grond van wat?'

'Obstructie van de rechtsgang. Om mee te beginnen...'

'Het was ook oerstom van ons,' zei Dylan, terwijl hij Michelle een boze blik toewierp. 'Ik ben natuurlijk nergens schuldig aan, maar ik had geen alibi voor die zondag. Michelle ging naar die tentoonstelling, en ik niet. Oude vazen interesseren me geen lor. Ze zien er wat mij betreft allemaal hetzelfde uit. Ik ben gewoon thuisgebleven.' Hij bloosde. Michelle vertrok echter geen spier.

'En waarom zou je dan een alibi nodig hebben? Toen dacht men immers nog dat Kira zelfmoord had gepleegd.'

'We voelden ons er ongemakkelijk bij. Een beetje bang ook,' zei Dylan.

'Een vrouw maakt pal naast jullie ogenschijnlijk een eind aan haar leven, en jullie doen alsof jullie op dat moment kilometers van huis waren.'

'Dat klinkt heel dom.'

'Dat ís heel dom.'

'Mijn oprechte excuses dan voor wat we hebben gedaan; het was stom en onjuist,' zei Michelle. 'Maar jij draait de zaak in feite om: als we ook maar één ogenblik hadden vermoed dat Kira geen zelfmoord had gepleegd maar dat ze was vermoord, dan zouden we uiteraard nooit...' Haar rappe tong liet haar even in de steek. Ze zocht naar het juiste woord.

'Hebben gelogen,' zei Maud.

Michelle boog haar hoofd.

'En hoewel jullie wisten dat we de zaak hadden heropend, hebben jullie dit niet gemeld.' Maud keek Dylan aan. 'Heeft iemand je hier gezien?'

'Nee.'

'Wat heb je gedaan?'

'Weet ik niet meer precies. Beetje aangerommeld. Ik heb vast ook tv gekeken.'

'Naar welk programma?'

'Ik weet het niet,' zei Dylan geïrriteerd. 'Kan het me niet herinneren.'

Terwijl hij dit zei keek zijn vrouw strak voor zich uit. Aan niets was te merken dat ze hoorde wat hij zei.

Maud richtte zich tot haar. 'En jij? Waarom heb je deze valse verklaring van je echtgenoot ondersteund terwijl je inmiddels wist dat het om moord ging? Je hebt hem een alibi verschaft terwijl je wist dat het niet klopte.'

'Dat is duidelijk. Je gaf het antwoord zelf al. Omdat hij mijn echtgenoot is.'

'Dat was niet het antwoord dat ik verwachtte,' zei Maud.

'En dat was?'

'Dat je erin mee was gegaan omdat je zeker wist dat hij onschuldig was.'

'Dat spreekt toch voor zich.'

'Het sprak voor zich,' zei Maud, 'doordat jij het achterwege liet.'

'Maar ik hoefde dat toch ook helemaal niet te zeggen?'

'O nee?'

Michelle en Dylan zaten naast elkaar maar hielden elkaars hand niet vast en keken ook niet naar elkaar. Ze leken zich zelfs niet bewust van elkaars aanwezigheid.

'Volgens mij weet ik nu ook waarom je het condoom dat je bij Felix en Nancy in de keukenla vond hebt weggegooid,' zei Maud.

Dylan keek verschrikt op. 'Wat de fuck? Een condoom?'

Michelle zei niets; perste alleen haar lippen op elkaar.

'Wil je daar geen antwoord op geven?'

'Het was geen vraag,' zei Michelle. 'Dus een antwoord leek me niet nodig. Ik gooi zoveel dingen weg.'

Maud zuchtte diep. 'Ik maak het jullie makkelijk door hier te komen en zo met jullie te praten. Als je hier nu moeilijk over gaat doen kunnen we er een verhoor van maken, in een verhoorkamer met getuigen en opnameapparatuur; jullie kunnen dan desgewenst een advocaat inschakelen. In dat geval wordt er van mij ook wat verwacht, en dat betekent dat jullie officieel worden aangeklaagd.'

'Hoe zit dat met dat condoom?' vroeg Dylan.

'Doe jezelf een plezier en hou je bek.' Michelle deed geen poging meer om zich in te houden.

Meteen ging Dylan rechterop zitten. 'We hebben alles verteld wat maar van belang kon zijn. Ik heb me aan een leugentje bezondigd om te voorkomen dat het allemaal te ingewikkeld werd, en mijn vrouw heeft dat bevestigd, zoals elke vrouw zou doen.' Hij legde zijn hand op Michelles dijbeen.

Met een blik vol walging duwde ze hem weg. Daarna richtte ze zich weer tot Maud. 'Als je écht wilt weten hoe het zit, zal ik er geen doekjes meer om winden. Toen Dylan en ik elkaar ontmoetten, geloofden we allebei niet in...' Ze gebaarde met haar hand alsof ze over de juiste formulering nadacht, 'de noodzaak elkaar altijd trouw te zijn. Dat voelde toen heel makkelijk en modern. In het begin had ik zo nu en dan een verhouding. Ach, zo zou je het eigenlijk niet eens kunnen noemen. Zag ik weleens iemand. Laat ik het zo noemen. Maar op een gegeven moment vond ik het niet leuk meer. Ik had er genoeg van...'

'Michelle, in vredesnaam...'

'Ik beantwoord gewoon de vraag van de inspecteur, Dylan. Ik doe mijn burgerplicht.'

'Jezelf vernederen lijkt me geen burgerplicht.'

'Ik verneder mezélf niet.' Michelle zei dit tegen haar echtgenoot maar bleef Maud strak aankijken. 'Wat zei ik ook alweer? O ja, ik had er genoeg van, maar Dylan had er geen genoeg van. Heb ik het ooit spannend gevonden? Ik weet het niet. Ik maakte mezelf wijs dat dat wel zo was. Ik raakte er in elk geval aan gewend dat Dylan op feestjes stond te flirten, als je het tenminste zo kunt noemen. Je weet wel, een beetje te dichtbij gaan staan, een beetje aanraken, te hard om iemands grapjes lachen.'

'Hou toch alsjeblieft op, zeg...'

'Ik vond het niet iets waarvoor je je hoefde te schamen. We hebben er altijd heel nuchter over gedaan. Als ik zulk gedrag van een man van middelbare leeftijd al een beetje zielig vond, dan heb ik dat nooit hardop gezegd.'

'Waarom vertel je dit allemaal?' vroeg Maud.

'Ik wilde even wat achtergrondinformatie geven voordat ik je vraag beantwoord. Ja, ik heb dat condoom weggegooid, zoals ik jarenlang van alles heb weggegooid, heb toegedekt en zogenaamd niet in de gaten had.'

Dylan onderbrak haar. 'Zou het iets uitmaken als ik zei dat ik helemaal niets met dat verdomde condoom te maken heb?'

Michelle sprak verder alsof hij niks had gezegd. 'Ik snap wel waarom je die vraag stelt. Je vraagt je af of ik dat deed omdat ik vermoedde dat hij seks met die arme meid had gehad en haar daarna had vermoord, en dat ik het bewijs wilde laten verdwijnen.' Ze zweeg en leek erover na te denken alsof het een volkomen nieuw idee was. 'Ik zag Dylan weleens met haar praten, haar buiten lastigvallen.'

'Ik heb haar verdorie helemaal nóóit lastiggevallen.'

'Ze was mooi en aardig, en ik wist dat hij een oogje op haar had.'

'Ik had geen oogje op haar!'

'Denk ik dat hij met haar heeft geneukt? Hij had het gedaan als hij de kans had gekregen, dat weet ik zeker. Zou ze hem die kans hebben geboden? Misschien. Als hij zijn best doet kan hij nog best aantrekkelijk overkomen.'

'Zijn eventuele ontrouw interesseert me niet,' zei Maud. 'Behalve als het om Kira zou gaan.'

'Je vraagt je af of ik denk dat hij haar heeft vermoord.' Ze draaide zich naar haar echtgenoot toe en schudde toen langzaam haar hoofd. 'Als ik het nuchter probeer te bekijken denk ik dat Dylan wel het temperament heeft om het te doen maar niet de beheerstheid om het te verhullen. Ik denk niet dat hij in staat zou zijn geweest het voor iedereen verborgen te houden, en dan voor mij in het bijzonder. Ik ken hem door en door. Heb ik gelijk of niet?'

Dylan was inmiddels zo vuurrood aangelopen dat het er ongezond uit begon te zien. Zijn gezicht leek helemaal opgezwollen en zijn kaak leek breder dan ooit. Zijn ogen puilden uit.

'Ik weet niet zeker of ik dit wel geloof.' Mauds stem sneed koel en helder door de akelige sfeer in de kamer.

Ze keken haar allebei aan, Michelle onaangedaan en minachtend, Dylan verhit door ingehouden woede.

'Het is de waarheid,' zei Michelle.

'En desondanks heb je veel moeite gedaan om Nancy North opgenomen te krijgen.'

'Niet dát weer.'

'Toch wel.'

'Nancy North lijdt aan psychotische wanen.'

'Nee,' zei Maud gedecideerd. 'Ze had geen wanen. Kira Mullan is vermoord. Jij hebt geprobeerd Nancy koest te houden. Zij had de indruk dat jullie bevriend waren en jij hebt over haar gelogen.'

'Jij dacht dat ik het had gedaan,' zei Dylan. 'Jij dacht dat ik Kira had vermoord.'

Michelle leek een besluit te nemen. 'Interessant dat je de verleden tijd gebruikt,' zei ze met een gemene glimlach.

Maud verroerde zich niet en zei geen woord.

'En waarom ook niet?' zei Michelle. 'Je dringt je op aan vrouwen die niet in jou geïnteresseerd zijn. Je drinkt te veel. Je hebt woedeaanvallen. Je hebt jezelf soms niet in de hand.' Ze richtte zich tot Maud. 'En jij hebt hier vast genoeg van. Je komt er zelf wel uit, neem ik aan?'

'Wat me intrigeert,' zei Maud, 'is waarom je je man probeert te beschermen terwijl je zo over hem denkt.'

'Goeie vraag.'

70

'Hallo!' riep Nancy, nadat ze de deur met moeite open had gekregen; de sleutel die ze had laten kopiëren gleed nog niet zo soepel in het slot. 'Ik ben er weer. Waar ben je?'

'In de keuken.'

Nancy zeulde twee uitpuilende boodschappentassen het keukentje in, waar Megan bij het aanrecht stond af te wassen.

'Ik heb spullen voor het eten gekocht,' zei Nancy. 'Ik zal wel koken. En ook wat extra dingen.'

Ze begon de tassen uit te pakken. Ze legde mandarijnen en nectarines in een fruitschaal, twee flessen wijn in de koelkast, samen met een stuk schimmelkaas, een paar zakjes sla, trostomaten, venkel en een bakje misopasta. 'En ik ga ook iets bakken,' zei ze uitgelaten. 'Ik word weer kok. Ik heb een baantje in een restaurant in Dalston. Vlak bij waar ik gewoond heb. Geen chique tent of zo, maar voorlopig prima. Morgen begin ik.'

'Oké,' zei Megan, zonder Nancy aan te kijken. Ze ging stug door met afwassen en zette het ene bord na het andere in het druiprek.

Nancy stopte met het uitpakken van de boodschappen. 'Gaat het? Ja, sorry, ik kom binnenstuiven alsof ik hier thuis ben. Is er iets?'

Megan waste het laatste bord af en draaide zich toen om. Ze droogde haar handen uitgebreid met een theedoek. Ze ontweek nog steeds Nancy's blik. 'Ik ben van gedachten veranderd,' zei ze kortaf, terwijl ze uit het raam keek.

'Wat?'

'Ik heb het verkeerd ingeschat. Je kunt hier niet blijven.' Ze keek naar Nancy's verbijsterde gezicht en wendde haar blik weer af. 'Je moet weer gaan.'

'Hier weg, bedoel je?'

'Ja.'

'Waarom?'

'Het is wel erg kort dag, dat snap ik.'

'Je wilt dat ik nú direct opstap?'

Megan begon met veel toewijding de borden af te drogen. 'Dat lijkt me het beste.'

'Maar wat heb ik dan gedaan?'

'Je hebt helemaal niks gedaan. Maar ik kan je hier gewoon niet hebben.'

'Wat is er dan gebeurd? Zeg het gewoon, Megan.'

Megan draaide de theedoek verwoed in een beker rond. 'Jezus, Nancy! Het is míjn huis. Ik heb in een opwelling ja gezegd, maar bij nader inzien vind ik het toch geen goed idee. Dat is alles.'

Plotseling drong het tot Nancy door. Het werd ineens donkerder en kouder in de keuken. 'Dat komt door Felix, hè?'

Megan zette de beker in een kastje en draaide zich naar haar toe. Rode vlekken in haar gezicht. 'Ik wil het er niet over hebben.'

'Hij heeft je benaderd. Wat zei hij?'

Megan antwoordde niet.

'Wat het ook was, er klopt niets van.'

'Het is mijn eigen beslissing,' zei Megan enigszins timide.

Nancy wilde iets terugzeggen maar bedacht zich toen. Het had geen zin. Haar geweldige humeur was verdwenen; ze voelde zich leeg en mat.

'Zoals je wilt. Ik hoef nauwelijks iets in te pakken. Over een paar minuten kan ik aftaaien. De boodschappen mag je houden. En hierbij deze ook terug.' Ze legde de huissleutel op tafel.

'Waar ga je naartoe?'

'Dat is jouw probleem niet, toch?'

'Zo, dat was het,' zei de docent. 'We zien elkaar volgend semester weer.'

Maud vertrok snel en liep in gedachten verzonken door de donkere, winderige nacht terug naar haar appartement. Thuis moest ze alles wat door haar hoofd ging snel in haar Moleskin-notitieboekje opschrijven.

Arme Kira, dacht ze. Ze wist dat ze de zaak bijna rond had.

Nancy overnachtte in een bed and breakfast in Kilburn. Het was een sjofel, slecht onderhouden pand vlak bij Kilburn High Street, met een bord KAMERS VRIJ achter een raam, tralies voor de vensters, de geur van gebakken vis in de gang, en een smalle trap met een leuning waarin hier en daar spijlen ontbraken. Een huis voor buitenlanders en einzelgängers, mensen die buiten de boot waren gevallen, mensen die nergens terechtkonden, mensen die nog nét niet op straat sliepen.

De vrouw die haar voorging was zwijgzaam, de kamer was koud en kaal. Maar Nancy had nog maar weinig te besteden, en dus moest ze het er maar mee doen. Het was immers maar voor één nacht, zei ze tegen zichzelf terwijl ze op het metalen bed zat. Morgen zou ze bedenken wat ze moest doen en waar ze naartoe kon gaan. Nu moest ze gewoon een slaapplek hebben.

Ze had honger en liep naar de winkelstraat in de buurt. Ze overwoog een Indiaas eethuisje binnen te stappen maar koos uiteindelijk voor een buurtsuper, waar ze een zak chips, een blikje gemberbier en een reep chocola kocht. In haar kamer at ze de chips en een deel van de reep op; haar pillen spoelde ze weg met het gemberbier. Ze luisterde naar de trippelgeluiden die vanaf het plafond kwamen, misschien wel van ratten, waar ze maar liever niet te veel over nadacht. Haar andere gedachten, die als wilde zwarte vleermuizen door haar brein zwermden, kon ze niet van zich afzetten.

Wat had Felix tegen Megan gezegd? Maar belangrijker nog – en dat realiseerde ze zich nu pas –, hoe was hij erachter gekomen waar ze was? De reden dat ze Megan had gevraagd in plaats van een van haar andere vriendinnen was dat Felix nauwelijks van haar bestaan wist. Megan had vast contact met hem gezocht, dacht ze – maar waarom? Had een van hun gemeenschappelijke vriendinnen haar misschien voor Nancy gewaarschuwd?

Ze keek op haar telefoon en scrolde door alle ongelezen berichten. Niets van Felix. Dat zou een goed teken moeten zijn, maar het voelde helemaal niet goed. Het voelde eng.

Wat was ze toch vreselijk alleen. Ze wist niet meer wie ze kon vertrouwen, wat voorlopig betekende dat ze dus niemand vertrouwde. Ze was helemaal op zichzelf aangewezen. Ze liep over de gang naar de badkamer en probeerde niet naar de vegen in de wc-pot en de haren in de wasbak te kijken. Ze poetste haar tanden en waste haar gezicht. Ze liep weer naar haar kamer, ging voor het raam staan en staarde de nacht in.

Ze voelde de angst in zich opwellen maar verzette zich ertegen. Ze had Maud O'Connor er immers van weten te overtuigen dat ze haar moest geloven en dat het onderzoek naar de dood van Kira moest worden heropend; ze was Felix ontvlucht en zou hem nooit meer terugzien; ze had een baantje in een restaurant gevonden. Al met al voldoende om haar leven weer op de rails te krijgen.

Toch kon ze de slaap niet vatten. Haar hart bonsde de hele nacht door, en haar dromen zaten vol goederentreinen die knarsend over eindeloze rails denderden.

71

Maud was de volgende ochtend om halfzeven al op haar werk. Ze legde de bagel voor zich neer, trok voorzichtig het deksel van haar kartonnen koffiebeker en zette de computer aan. Ze was om vijf uur wakker geworden met het knagende gevoel dat ze iets had gemist wat ze wel onder ogen had gehad.

Ze laadde de foto's van de plaats delict nog maar weer eens, nam een grote slok koffie en een hap van haar bagel, en bestudeerde de beelden opnieuw. Ze had ze vaak genoeg bekeken en ze had het idee dat ze alles wat er te zien was goed in zich had opgenomen. Het lijk dat als een grote pop boven de chaos in de kamer bungelde. De omgevallen kruk, te laag, naar was gebleken, om als opstap te kunnen dienen, de afwezigheid van andere voorwerpen die voor extra hoogte hadden kunnen zorgen, de her en der verspreid liggende kleren.

Maud keek er nog eens extra goed naar: ondergoed, nauwsluitende jurkjes, felgekleurde blouses, de inhoud van de klerenkast van een jonge vrouw. Waarom was dat allemaal zo in het rond gestrooid? Het was echt een grote puinhoop. Was dat Kira's werk, of dat van iemand anders, en zo ja, met welk doel? Maud gaf zelf het antwoord. Iemand had naar iets gezocht. Maar naar wat?

Ze klikte verder, naar het lijk bij de obductie. Het lijk: hoe snel kan een persoon toch een voorwerp worden, een ding dat vol aanwijzingen zit. Ze keek naar de lichte zwelling van het gezicht en de uitstekende tong, beide tekenen van ophanging, en de striem rond de hals waar het touw had gezeten. Ze dacht aan Kira's moeder, die haar dochter zo had moeten zien.

Zaterdag ging het heel goed met haar, zondag heel slecht, en de maandag was voor haar nooit aangebroken.

Maud bladerde van de ene foto naar de andere tot ze bijna betekenisloos werden. Wat had haar onbewust dwarsgezeten?

Ze stopte met bladeren. Ja, dát was het, dáár was ze zonder het zich te realiseren naar op zoek geweest. Een dun, vaag reepje schaduw op een van de foto's van de kamer, helemaal tegen de rechterrand aan: dat leek het resultaat van een vreemde lichtval, maar het was iets echts, een donkere vorm. Ze boog naar voren en keek er gebiologeerd naar: een enigszins schuine lijn, een soort wigvorm. Wat was het?

Ze ging weer achterover zitten, at de rest van de bagel op en nam nog een slok koffie. Ze bleef maar naar de foto staren. Toen verscheen er een vage glimlach op haar gezicht.

'Môgge.'

Ze keek om. Forrester. Hij had zich bij het scheren gesneden; zijn gezicht was rood en bloot.

Maud wees naar het scherm. 'Wat is dit volgens jou?'

Zijn blik schoot over alle elementen op de foto.

'Daar in de hoek. Het is maar op één foto te zien, daarom was het me niet opgevallen.'

'Kan het een schaduw van iets zijn?'

'Nee. Dat klopt niet met de lichtval.'

Hij keek peinzend.

'Ik denk dat het een mobieltje is,' zei Maud. 'Een deel van een mobieltje op de vloer.'

'Is dat iets positiefs?'

'Het is iets interessants.'

Maud hoorde een bekend geluid en realiseerde zich dat het haar ringtoon was. Ze keek op het scherm wie het was en nam op. 'Hallo, Nancy.'

'Sorry dat ik je lastigval. Ik zou je op de hoogte houden van mijn verblijfplaats. Ik geef even door dat ik niet meer op het adres zit dat ik je heb gegeven.'

'Wat is je adres nu dan?'

'Dat heb ik niet. Ik zit in de bus, op weg naar een paar mogelijke onderkomens in Dalston.'

'Dat is een eind weg.'

'Ik wil wat afstand creëren tussen mezelf en dat huis. En het is mijn oude stukje Londen.'

'Alles goed?'

Nancy zweeg even. 'Ik heb een baan in een restaurant.'

'Hartstikke goed.'

'Maar ik ben wel een vriendin kwijtgeraakt. Hoe dan ook, ik laat het je weten als ik iets heb gevonden.'

Maud zat zwijgend toe te kijken terwijl hoofdinspecteur Craig Weller op zijn computer het rapport doornam. Af en toe bromde of mompelde hij iets, mogelijk als reactie op wat hij las, maar Maud kon er weinig mee. Toen hij klaar was draaide hij zijn stoel naar haar toe. 'Je verwacht nu vast dat ik excuses maak en zeg dat je gelijk had.'

'Dat heb ik toch helemaal niet gezegd.'

'Ik zei ook niet dat je dat zei. Ik zei dat je dat verwacht.'

Maud kon eigenlijk niet geloven dat ze zich nu moest verdedigen tegen iets wat ze volgens Craig Weller verwachtte. 'Ik heb je gewoon een rapport gestuurd over het onderzoek,' zei ze ten slotte. 'Het enige wat ik dacht was dat je op de hoogte moest blijven.'

'Je hoeft niet zo in de verdediging te schieten,' zei Weller. 'Als je je meer als teamspeler had opgesteld, zou die indruk van jou ook niet bestaan.'

'Welke indruk?'

'Dat je geen teamspeler bent.'

'Oké,' zei Maud, die zo rustig en beleefd mogelijk een ander onderwerp wilde aansnijden. 'Het rapport dan.'

'Inderdaad. Een moordonderzoek. We moeten er een volledig team op zetten.'

'Daar wilde ik het even over hebben.'

'Geen zorgen, Maud, geen zorgen. Jij houdt de leiding. Althans tot Kemp terug is van verlof. Het was immers zijn zaak.'

Maud bleef hem neutraal aankijken. 'Daar ging het me niet om.'

Weller keek haar argwanend aan. 'Waar ging het je dan wel om?'

'Volgens mij is dat van dat team geen goed idee. Ik wil er graag gewoon zo mee doorgaan.'

'Is er een arrestatie ophanden?'

'Daar wil ik nu niet te veel over zeggen. Maar ik verwacht zoiets binnen een paar dagen, een dag of drie, denk ik.'

'Het is die buurman, toch?'

'Als je nog een paar dagen wacht?'

'Wat is er verkeerd aan een team?'

'Als we dat nu gaan opzetten, kost het zeker een dag om mensen te kiezen, er een plek voor in te richten en iedereen aan het werk te zetten. Tijdverspilling. Ik heb er op dit moment gewoon niemand bij nodig.'

'Zo doen we dat hier nu eenmaal, Maud. Waarom zou jij het beter kunnen dan de rest?'

'Dat is helemaal niet zo en ik heb op zich ook niets tegen die manier van werken. Maar ik ben er bijna. En als ik het bij het verkeerde eind heb, kunnen we alsnog in een paar dagen een team samenstellen.'

'Over tijdverspilling gesproken...'

'We horen altijd maar dat we niet genoeg mensen hebben. Wat dat betreft zou het dus ook goed uitkomen.'

'Bij een moordonderzoek ligt dat anders,' zei Weller streng. 'Maar ik snap wat je bedoelt. Zorg dat je het niet verknoeit. Er is een vrouw vermoord. We moeten laten zien dat we dat serieus aanpakken.'

'Nou, ik ben zelf een vrouw. Dat lijkt me al een stap in de goede richting.'

Weller keek haar achterdochtig aan, alsof hij vermoedde dat ze dat sarcastisch bedoelde. 'Oké. Hup, aan de slag.'

72

'Ik ga vanmiddag naar Hathersage, naar Kira's moeder. Even met haar praten,' zei Maud tegen Forrester. 'Ik wil graag dat je meegaat. Kun je om één uur met de auto klaarstaan?'

Ze vroeg zich af of ze Stuart moest afzeggen, met wie ze om acht uur had afgesproken. Na een snelle berekening van de tijd die het haar vandaag zou kosten, leek het aannemelijk dat ze dat ruimschoots zou halen.

Forrester wilde iets zeggen, maar Maud was al met Nancy aan het bellen. 'Ik wil je iets vragen,' begon ze plompverloren.

'Wat dan?' vroeg Nancy.

'Dat kan beter onder vier ogen.'

'Oké. Maar ik ben nu horrorkamers aan het bekijken in Dalston, en daarna moet ik in het restaurant zijn. Niet handig om op je eerste werkdag te laat te beginnen.'

'Ik kan wel naar jou toe komen, als je me een halfuurtje geeft.'

'Kan dat dan bij dat restaurant? Als ik vroeg ben, is er nog niemand anders.'

'Dan wordt dan over ongeveer een uur.'

The Pen zat in een obscuur achterafstraatje vlak bij het metrostation, ingeklemd tussen een pakhuis en een bakkerij. De zaak ging pas om halfeen open; het metalen rolluik was nog naar beneden en er brandde geen licht. Een bel ontbrak. Maud klopte hard op de deur en wachtte af. Toen hoorde ze voetstappen, gevolgd door het geknerp van een slot.

Nancy droeg een katoenen broek en had een wit schort voor. Ze had haar haar in een strakke knot, waar geen enkel lokje uit had weten te ontsnappen. Ze zag er netjes uit en maakte een wilskrachtige indruk.

'Ziet er niet onaardig uit,' zei Maud, terwijl ze de donkere ruimte binnenstapte.

'Voor nu is het oké.'

'Heb je een slaapplek gevonden?'

'Een akelige kamer, met muizen of ratten, maar ik ben niet van plan daar lang te blijven. In elk geval zit ik niet meer in Fielding Road.'

'Geen contact met Felix gehad?'

'Nee.'

'Er zit je iets dwars.'

'Ik wil het daar nu niet over hebben.' Nancy drukte op een schakelaar. De ruimte baadde plotseling in het licht: houten tafels met banken, aan één kant een bar, achterin twee openstaande klapdeuren, waardoor de keuken te zien was. Er stond al een pan op het fornuis, waar kringeltjes stoom uit ontsnapten. De bar was versierd met hulst en langs de plank met flessen hing een lichtsnoer.

Maud wees naar een tafel bij het raam en ze gingen tegenover elkaar zitten. Ze haalde een plastic map met foto's uit haar tas, maar liet de foto's in de map zitten.

'Heb je iets ontdekt?'

'Ik wil alles nog een keer met je doornemen.'

'Maar ik heb al verteld wat ik weet.'

'Ik wil het speciaal hebben over dat je Kira tegenkwam. Denk daar nog eens heel goed aan terug.'

Nancy knikte. Ze kneep haar ogen stijf dicht, alsof ze die dag in haar geheugen opriep. Toen deed ze ze weer open en begon te vertellen. Ze keek niet naar Maud, maar naar het smalle, in de regen glinsterende straatje.

'Het was heel kort, een paar seconden maar. Ik was bijna bij de voordeur, en toen botste ze tegen me aan en liet haar tas vallen. Haar spullen vielen op de grond.'

'Wacht even. Was je nog op de stoep of al op dat paadje naar de voordeur?'

'Bijna honderd procent zeker op dat paadje.'

'En botste ze van achter tegen je aan of frontaal?'

'Waarom is dat van belang?'

'Als je het niet meer weet begrijp ik dat volkomen.'

Nancy kneep haar ogen nogmaals stijf dicht. 'Ik denk van achteren. Ik werd een beetje opzij geduwd, ze schoot tegen me aan, tegen mijn schouder. De deur ging niet open of dicht. Ik neem aan dat ze achter me was.'

'Dus ze liep naar de voordeur?'

'Ik denk het. Zo precies heb ik er niet aan gedacht.'

'Ga door.'

'Ze zag er verwilderd uit. Haar in de war, uitgelopen mascara. En ze rook naar zweet en naar sigarettenrook, dat weet ik nog.' Nancy fronste. 'Alsof ze de hele nacht had doorgehaald en zich nog niet had gewassen.'

Maud knikte en boog zich een beetje naar haar toe.

'Dus ze botste tegen me aan en toen zei ik dat er niks aan de hand was, dat het niet erg was of zoiets. En zij zei dat het wel erg was.'

'Dat het wel erg was?'

'Inderdaad. En toen zei ze: "Help me." Dat weet ik zeker. Want ze had spullen op de grond laten vallen.'

'Help me,' herhaalde Maud. 'Weet je heel zeker dat ze het over die spullen had?'

'Ja, dat dacht ik tenminste.'

'Kan ze ook iets anders hebben bedoeld?'

'Zoals?'

Maud zei niets.

Nancy keek weer naar het straatje, waar een verfomfaaide duif ergens in liep te pikken. 'Help me,' herhaalde ze.

'Misschien had ze ergens anders hulp bij nodig,' zei Maud peinzend.

'Ja, dat weet ik niet. Zou best kunnen inderdaad. Shit. Heb ik haar laten zitten?'

'Nee,' zei Maud. 'Je hebt haar niet laten zitten. Je was in feite gewoon een voorbijganger, buiten op straat, met je eigen problemen. Zei ze daarna nog iets?'

Nancy dwong zichzelf weer terug te keren naar de akelige nachtmerrie van die middag. Ze concentreerde zich zo sterk dat ze het gevoel had weer tegenover Kira Mullan op dat pad te staan.

'Ze zei: "ophouden" en "weg". Dat zei ze volgens mij. Maar ik kon haar moeilijk verstaan. Lastig om onderscheid te maken tussen wat zij zei en wat ik in mijn hoofd hoorde.'

Maud knikte. 'Wat denk je dat dat betekende?'

'Dat zij wegging, of dat ík weg moest gaan.'

'En toen?'

'Toen heb ik haar geholpen met het oprapen van de spullen die ze had laten vallen.'

'Wat voor spullen?'

'Portemonnee, ondergoed, tandenborstel, tandpasta, zulke dingen.'

'Spullen voor als je ergens gaat overnachten?'

'Ja,' zei Nancy. 'Net als ik.'

'Maar toch dacht je dat ze niet vertrok, maar het huis juist weer binnenging. Wat had ze aan?'

Nancy wreef haar handen over haar gezicht en probeerde zich alles weer helder voor de geest te halen. 'Ik weet het niet meer. Er is me niets bijzonders opgevallen, behalve dus die coole groene schoenen met gele veters. Daardoor wist ik dat zij het was, later, toen ik die zag... hangen.' Nancy's stem brak.

Even was het stil.

'En toen zei ze nog dat ik voorzichtig moest zijn.'

'Voorzichtig moest zijn?'

'Ja.' Nancy drukte haar vingers tegen haar slaap. 'Ga jij me nu ook nog iets vertellen?' vroeg ze bijna vinnig. 'Mag ik ook weten wat er aan de hand is?'

'Ik denk gewoon na over wat je net tegen me hebt gezegd.'

'Zoveel was dat niet.'

'Jawel. Bijvoorbeeld dat Kira spullen bij zich had om elders te overnachten. Maar dat ze niet het huis uit ging toen je haar tegenkwam. Ze ging juist naar binnen.'

'Maakt dat iets uit?'

'Het is interessant.' Maud sloeg haar plastic map open, schoof de foto's over de tafel en spreidde ze in een waaiervorm voor Nancy uit.

'Deze heb je allemaal al gezien,' zei ze. 'De vorige keer dat we elkaar spraken ging het vooral over de kruk. Nu ben ik vooral geïnteresseerd in die kleren. Waarom zijn die daar zo rondgestrooid?'

'Geen idee.'

'Als ze gewoon wat in haar klerenkast had gegrasduind, zouden ze dan zo door de hele kamer liggen?'

'Misschien zocht ze iets?'

'Of misschien zocht iemand anders iets?'

'De moordenaar?'

'Niet onmogelijk.'

'En wat zou dat dan zijn?'

'Dat is de grote vraag.' Maud tikte even op de donkere vorm aan de rand van de foto aan. 'Volgens mij is dit haar telefoon.'

Nancy snoof. 'Is dat zo belangrijk?'

'Ik denk het wel. Waarom lag die op die plek, zo dicht bij de deur?'

'Uit haar broekzak gevallen toen ze daar hing?'

'Nee. Onmogelijk; daarvoor ligt hij te ver van haar af.'

'Of ze heeft hem daar al eerder laten vallen?'

'Zou kunnen.'

'Wat denk je zelf?'

Maud glimlachte en stond op. 'Ik denk dat ik je voor nu verder met rust moet laten.'

73

Maud liet haar legitimatiebewijs aan de vrouw achter de balie zien. 'Kan ik Seamus Tyrell spreken?'

'Hij is met iemand bezig.'

'Het hoeft niet lang te duren.'

De vrouw stond zuchtend op en liep weg. Een minuut later kwam ze terug, samen met Seamus in een sportbroekje en dito hemd; zijn gespierde armen glommen van het zweet.

Boos keek hij haar aan. 'Niet erg handig, dit. De halve sportschool weet nu dat de politie me hier vragen komt stellen.'

Maud stak meteen van wal. 'Wat droeg Kira op jullie feestje?'

'Hoe moet ik dat verdomme weten?'

'Ze was op dat feestje. U hebt haar gezien.'

'Ik weet het niet. Een jurk, denk ik. Iets korts. Veel been te zien. Of een broek met een strak topje, kan ook.'

'Wat voor kleur?'

'Kleur?'

'Ja, kleur.'

'Heb ik niet op gelet.'

'Felle kleur? Gedempt?'

'Kom je me daarvoor hier lastigvallen?'

'Ja.'

'Dan denk ik dat we allebei wel iets beters te doen hebben.'

'Wat droeg Kira op jullie feestje?'

Barney zag eruit alsof Maud hem bij zijn middagdutje had gestoord. Zijn ogen waren wat gezwollen en hij droeg een flodderige trainingsbroek en een fleece trui. Het leek of hij zich een paar dagen niet had geschoren.

'Dat weet ik niet.'

'Jurk? Rok? Broek?'

'Zou kunnen.'

'Een broek zou kunnen?'

'Jurk en rok kunnen ook.'

'Dus je weet het niet?'

'Sorry.'

Hier werd ze niets wijzer van. Een vrouw zou dit vast beter hebben onthouden. Maud belde aan bij het echtpaar Strauss en deed een stap achteruit. Ze hoopte dat Michelle en niet Dylan open zou doen. Ze bofte.

'Wat wil je weten? Heb je nou nóg meer vragen?'

'Eentje maar. Ik weet dat je er zelf niet was, maar weet je toevallig wat Kira aanhad op het feest van Seamus en Barney? Mogelijk heb je haar daar naar binnen zien gaan.'

Michelle keek ontzet. 'Ja.'

'Ja, je zag het of ja, je weet het?'

'Ik weet wat ze aanhad. Ze had het die zaterdagmiddag gekocht en we kwamen elkaar toevallig op straat tegen toen ze terugliep. Een strak geval. Een groen, glinsterend jurkje met lovertjes. Weinig verhullend. Ze was er heel blij mee.'

'Bedankt.'

'Dat was alles?'

'Dat was alles.'

74

‘Mooi zeg,’ zei Forrester terwijl rotsachtige heuvels, kale bossen, ruisende beekjes en duifgrijze cottages aan hen voorbijtrokken. ‘Ik zou later best ergens in Yorkshire willen wonen.’

‘Derbyshire.’

‘Als ik me ga settelen met vrouw en kinderen,’ zei hij zelfvoldaan. ‘Wat zouden de huizen hier kosten?’

‘In elk geval een stuk minder dan in Londen.’

‘En jij?’

‘Als je bedoelt of ik in zo’n omgeving zou willen wonen? Nee.’

‘Je wilt in Londen blijven?’

‘Ja. Hier afslaan.’

Hathersage was een lieflijk dorpje, vond Maud, zó lieflijk dat het bijna potsierlijk was. Het lag in een licht glooiend dal, omringd door heuvels van zandsteen, met daarachter de ruige *moors*. Ruth Mullan woonde niet in het oude centrum maar aan de rand van het dorp, in een moderne bungalow met uitzicht op de kerk.

Forrester reed over knarsend gravel de oprit op, en nog voordat ze tot stilstand waren gekomen deed Ruth Mullan al open. Ze was tamelijk lang van stuk, had grijzend haar en een grauw, ietwat uitgezakt gezicht. Maud wist dat ze in de vijftig was, maar ze zag er wel tien jaar ouder uit, alsof haar verdriet het verouderingsproces had versneld. Ze kwam niet naar buiten maar wenkte hen om binnen te komen en deed haar armen over elkaar tegen de kou.

'Welkom,' zei ze. 'Binnen is het warm.'

Ze stapten de hal binnen, waar het naar allesreiniger met dennengeur rook. Het was er brandschoon. De houten vloer glansde. De huiskamer was ook onberispelijk, met opgeschudde kussens op de bank en alles glimmend gepoetst. Op de schoorsteenmantel boven de houtkachel stond een goudkleurige lijst met een foto van Kira erin.

'Nog gecondoleerd met uw dochter,' zei Maud.

Ruth Mullan knikte zwijgend. In haar vermoeide ogen welden tranen op.

'Ook namens mij,' zei Forrester.

De deur ging open. Er kwam een jonge vrouw binnen die zó sterk het evenbeeld van Kira was dat het even leek alsof het een geestverschijning was.

'Dit is Connie,' zei Ruth Mullan. 'Kira's zus. Deze mensen zijn van de politie.'

Connie knikte kort en keek hen nors aan.

'Ik vind het heel erg van je zus,' zei Maud tegen haar.

'Thee?' vroeg Ruth aan Maud en Forrester.

'Graag.'

'Ik zet het wel even,' zei Connie.

'Ze studeert, is met haar master bezig,' zei Ruth nadat haar dochter de kamer uit was gelopen. 'Maar haar motivatie is helemaal weg. Ze is erg boos. Op de hond, op mij, op Kira, op alles en iedereen. Maar ze heeft geen traan gelaten. Zelfs op de crematie niet.'

'Hebben jullie begeleiding aangeboden gekregen?' vroeg Maud.

'Ja. En, weten jullie het al?'

'Weten we wat?'

'Wat er met Kira is gebeurd.'

'Dat zijn we nog aan het onderzoeken.'

'Maar jullie weten zeker dat ze het niet zelf heeft gedaan?'

'Ja. En ik kan me voorstellen dat dat hard aankomt.'

Ruth Mullan schudde heftig haar hoofd; haar lange, steile haar zwiepte rond haar gezicht.

'Maakt het iets uit? De gedachte dat je dochter zelfmoord heeft gepleegd of dat iemand haar heeft vermoord: het is allebei even erg.' Ze kreeg tranen in haar ogen. 'Klinkt het idioot als ik zeg dat ik bijna blij ben dat ze is vermoord? Dan hoef ik namelijk niet te denken dat ze ten einde raad was en ik haar had kunnen helpen maar het niet heb gedaan.'

'Nee, dat klinkt helemaal niet idioot.' Maud zweeg even en zei toen: 'Ze heeft u een appje gestuurd op de dag dat ze stierf.'

Ruth Mullan knikte en probeerde al knipperend haar tranen te bedwingen.

'Waarin ze zei dat ze van u hield.'

Weer een zwijgende knik.

'Paste dat bij haar, om zoiets te zeggen?'

'Ze was heel lief. Onbevangen. Dat zei een van haar docenten over haar. Ze werkte zich weleens in de nesten, maar had altijd het beste met iedereen voor. Maar sorry, over dat berichtje. Ja. Meestal zette ze er ook een hele rij emoji's bij. Hartjes, smileys en champagneflessen, van die dingen.' Ze pakte Maud bij haar arm. 'Kunnen jullie erachter komen wie het gedaan heeft?'

'Ja,' zei Maud, zó stellig dat Forrester haar verbaasd aankeek.

'Hoe kan ik jullie helpen?'

'We willen graag de spullen bekijken die u uit haar huis hebt meegenomen. Hebt u die nog?'

Ruth Mullan ging hen voor, de huiskamer uit en via de gang langs de keuken, waar Connie onder het gerammel van bekers en het geknal van keukenkastdeurtjes met de thee bezig was, naar een kleine slaapkamer met uitzicht op de moors.

'Dit is haar kamer.'

De gordijnen waren open; het winterlicht viel naar binnen. Het bed was opgemaakt, aan de deur hing een nachtpon en onder een rieten stoel stonden slippers. Aan het plafond hing een windgong, precies zo een als ze in Londen had gehad.

Ruth Mullan wees naar de vier losjes dichtgeknoopte vuilniszakken op de vloer, met ernaast een rieten prullenmand, die Maud van de foto's herkende, en een gitaar.

'Daar staat het allemaal.'

'Hebt u nog niets uitgepakt?'

Ruth kreeg opnieuw tranen in haar ogen, die ze met de rug van haar hand wegveegde. 'Nog niet. Ik vind dat nog te moeilijk.'

'Is dit alles wat daar in huis was?'

'Alles. Moet u het allemaal meenemen?'

'Niet als u er geen bezwaar tegen hebt dat we er nu een kijkje in nemen.'

Ruth Mullan keek naar de vuilniszakken en schudde haar hoofd. 'Nee,' zei ze. 'Dan laat ik jullie maar even alleen. Doen jullie alles wel weer terug in de zakken?'

'Natuurlijk,' zei Maud. Toen, tegen Forrester: 'Kun je het koffertje even pakken?'

Maud trok plastic handschoenen aan, ging op haar hurken bij de eerste vuilniszak zitten en maakte hem open. Beddengoed, handdoeken en een halfkaal teddybeertje met nog maar één oog. Ze vouwde alles weer netjes op en stopte het terug in de zak. De tweede zat erg vol en scheurde bijna open. De inhoud was ook veel diverser: de windgong, een paar in kranten gewikkelde bekers, boeken, tijdschriften, een grote make-uptas vol cosmetica, verschillende soorten deodorant, body- en handlotion, shampoo voor droog haar, diverse parfumflesjes, een haardroger en een stijltang. Verder het een en ander aan schoeisel: gymschoenen, laarsjes en sandalen met heel smalle hakken.

'Waar zijn we naar op zoek?' vroeg Forrester.

'In elk geval haar telefoon.'

Die telefoon kwam, zonder oplader, maar wel met een barst in het scherm, uit de derde zak tevoorschijn. Hij zat in een vilten hoes samen met haar laptop. Ze haalde de telefoon eruit en probeerde hem aan te zetten, maar de batterij was leeg.

'Inpakken,' zei Maud. Ze liep naar de woonkamer en vroeg Ruth Mullan of ze de pincode van de telefoon van haar dochter wist.

'Geen idee.'

Terug in de slaapkamer begon Maud een voor een de kledingstukken uit de laatste zak te halen. Kira had een grote garderobe gehad. Het meeste was tamelijk flamboyant: een gele en een roze trui van angorawol, een rood satijnen shirt, een rode, laag uitgesneden jurk, diverse spijkerbroeken, T-shirts met teksten als HERE COMES THE SUN en CHOOSE LOVE. De prullenmand zat vol petten en sjaaltjes, met daaronder ondergoed en een trekkoordtasje met sieraden. Maud bekeek alles goed en legde wat ze gezien had naast zich neer. 'Zit er niet bij.'

'Wat zit er niet bij?' vroeg iemand achter hen.

Connie was stil met twee kopjes thee de kamer binnengekomen. Ze zette ze op het nachtkastje, waarbij ze behoorlijk morste van het trillen.

Maud keek haar aan. 'Een jurk.'

'Wat voor jurk?'

'Een die ze net had gekocht, een strakke, groen en met lovertjes.' Ze kreeg ineens een ingeving. 'Heb jij die toevallig gezien?'

Connie schudde haar hoofd. Toen begon ze te fluisteren. 'Niet tegen mijn moeder zeggen hoor, anders wordt ze nog woester dan ze al is, maar ik heb er ook paar spullen van Kira uit gehaald, om zelf te houden.'

Maud knikte.

'Was dat stom?'

Maud schudde haar hoofd.

'We hebben altijd elkaars kleren gedragen. Kira was dol op mooie kleren. En ik wilde graag wat spullen van haar hebben. Snapt u?'

'Ja.'

'Een shirt. Een ketting. Haar lievelingstrui. Maar zo'n jurk niet.'

‘Weet je het zeker?’

‘Ja. Waarom is die zo belangrijk?’

Maud aarzelde even. ‘We denken dat die jurk een van de laatste dingen is die ze heeft gedragen.’

‘Waarom is dat van belang?’

‘Ik weet nog niet eens óf dat van belang is.’

‘Haar pincode is trouwens 140999.’

Forrester schreef het op. ‘Haar geboortedatum?’

‘Yep. Veel bijzonders zult u er trouwens niet op aantreffen.’

‘Jij hebt ook al gekeken?’

‘Natuurlijk. Meerdere keren zelfs, als u het per se wilt weten. Het leek dan steeds alsof ze niet echt dood was. Zou u dat niet ook hebben gedaan als het om uw dode zus ging?’

‘Vast. En heb je er ook iets mee gedaan?’

Connie haalde haar schouders op. ‘Ik heb een paar foto’s van ons samen naar mijn eigen telefoon doorgestuurd. En ik had bijna een appje gestuurd naar een zekere Ollie, een vent die haar steeds berichtjes stuurde om met haar af te spreken. Maar ineens hield dat op, dus heb ik het niet gedaan. Kan dat van belang zijn?’

‘Nee.’

‘Ik zie haar steeds voor me,’ zei Connie ineens.

‘Je zus?’

‘Ja. Hebben andere mensen dat ook?’

‘Volgens mij vaak wel. Het is niet gek. Rouw kan heel veel met mensen doen.’

‘Denkt u dat er iets mis is met mij?’

‘Niemand zou zo jong een zus moeten verliezen. Dat is wat er mis is.’

‘Ik droom over haar. Elke nacht droom ik over haar, soms zit ze in de problemen, maar soms is ze heel gewoon, alsof er niks aan de hand is. Soms zitten we over stomme dingen te kibbelen, zoals vroeger ook zo vaak. En als ik wakker word denk ik dat ze nog leeft en moet ik mezelf er weer aan herinneren dat dat niet zo is en dat ik nu enig kind ben en dat mijn moeder langzaam gek wordt en dat het allemaal één grote klotezooi is.'

'Dat is het ook,' zei Maud.

'Wonderlijk toch,' zei ze vijf minuten later tegen Forrester toen ze in de schemering de oprit af reden, 'dat die jurk verdwenen is.'

'Ja, vreemd,' mompelde hij. Even later vroeg hij: 'Was het wel een goed idee om tegen haar moeder te zeggen dat we erachter kunnen komen wie de dader is? Hoe weet je dat zo zeker?'

'Omdat ik weet wie het gedaan heeft.' Ze keek naar het klokje op het dashboard. Jammer, ze zou te laat komen voor de afspraak met Stuart.

Iets na zeven uur was ze weer thuis; voordat ze weer weg moest had ze nog net tijd om snel te douchen en haar jumpsuit en haar stevige laarzen aan te trekken. Haar haar was nog een beetje nat toen ze om elf over acht het door Stuart uitgekozen Vietnamese restaurantje binnenstapte.

'Sorry,' zei ze meteen, terwijl ze op de stoel tegenover hem neerplofte.

'Nou, je hebt me in elk geval niet laten zitten.'

'Drukke dag geweest. Ik moest naar Derbyshire.'

'Aha, het land van de pottenbakkers. Ik heb aan je gedacht.'

'Ik moest langs bij de moeder van een overleden jonge vrouw.' Ze keek naar de uitdrukking op zijn gezicht. 'Geen olifant in de kamer graag,' ging ze verder. 'Jij zit in de reclame en volgens mij heb ik daar geen moeite mee. Ik ben rechercheur bij de Metropolitan Police: dat is mijn werk. Als je daar niet tegen kunt, kan ik beter nu vertrekken.'

'Niet doen.'

'Ik weet best wat mensen van de Metropolitan Police vinden.'

'Hebben ze geen gelijk?'

'In die zin dat het nog erger is dan ze denken. Ze kennen alleen de verhalen die het nieuws halen. Een giftige cultuur is het. Soms ben ik het eens met de mensen die zeggen dat we die hele boel moeten afschaffen en met een schone lei moeten beginnen.'

'Hoe kun je daar dan nog mee omgaan?'

Maud dacht na. Er kwam een ober aan die hun elk een menu aanreikte.

'Soms denk ik dat ik er ook niet mee kan omgaan. Of niet zou moeten kunnen,' zei ze aarzelend.

'Maar?'

'Maar ik ben er goed in. Dat weet ik. Ik doe mijn werk goed en zorgvuldig. De zaak waar ik nu aan werk is door een van mijn collega's totaal verprutst, hij ging heel slordig te werk en miste allerlei aanwijzingen. Maar ik sta op het punt die zaak op te lossen en ik denk dat we er dan iets beter voor staan. Als ik was vertrokken omdat ik niet meer in zo'n organisatie wilde werken, zou dat niet zijn gelukt.'

Stuart knikte.

'Soms ben ik boos,' zei Maud, 'en soms ben ik uitgeput en heb ik het gevoel dat ik er niet meer tegen kan. Maar waar het uiteindelijk om gaat is dat ik gewoon een goede rechercheur ben.'

'Ongetwijfeld,' zei Stuart. 'Kom, we gaan bestellen.'

'Ik weet al wat ik wil. Sesamnoedels. En gebroken rijst.'

'Heb je nog aan mij gedacht?'

Maud had aan Kira Mullan en Nancy North gedacht, aan de bewoners van Fielding Road 99, aan een condoom en een jurk, aan een telefoon met een barst erin en al die waterdichte alibi's, aan de naam die nu in haar hoofd zat. Ze glimlachte alleen maar even en pakte zijn hand vast.

Een uur later stonden ze weer samen buiten. Hij kuste haar; zijn lippen waren koel en smaakten naar peper, gember en bier. Ze legde een hand op zijn nek en hij streelde haar door haar wilde krullen.

'Bij mij?' fluisterde hij. 'Of bij jou?'

Maud deinsde terug. 'Nu niet.'

'Wanneer zien we elkaar weer?'

'Binnenkort.' Want binnenkort zou deze zaak rond zijn en kon ze even vrijaf nemen, tot de volgende zaak haar weer volledig in beslag zou nemen.

'Wat doe je zaterdag?'

'Iets met jou?'

75

William Goddard keek haar ontstemd aan.

'Mag ik even binnenkomen?' vroeg Maud.

'Zit het juridisch niet zo in elkaar dat u me van tevoren moet laten weten dat u me wilt ondervragen?'

'Ik wil alleen wat informatie.'

'Ben ik wettelijk verplicht uw vragen te beantwoorden?'

Maud moest nu even haar tanden laten zien. Dit was de William Goddard die pas iets aan een lekkend dak, een blootliggende elektriciteitsdraad of een scheur in de muur deed als er een juridische stok achter de deur was, en doordat hij wel advocaten had en zijn huurders niet kwam die stok er nooit. Er was van alles wat Maud tegen Goddard wilde zeggen en ook van alles wat ze hem wilde laten doen, maar ze had bepaalde informatie nodig en dat ging op het ogenblik even voor.

'We kunnen best een discussie beginnen over wat u wettelijk verplicht bent,' zei ze. 'Maar dat soort discussies krijgen soms een vervelende wending. Ik wil alleen maar een paar vragen stellen.'

'Daar heb ik op zich geen probleem mee,' zei hij, milder nu. 'Ik laat me alleen niet graag commanderen, vandaar.'

Ja, dacht Maud. Bij Goddard draait elk gesprek, elke interactie, om macht. Het was eten of gegeten worden.

Terwijl hij haar voorging wees hij haar op de verfraaiingen die hij onlangs aan zijn huis had laten aanbrengen: marmeren tegels, bronzen deurbeslag.

'Handgemaakt,' zei hij. 'Wel duurder, maar de prijs dubbel en dwars waard. Je voelt letterlijk het vakmanschap als je je hand op de deurknop legt.'

Met behulp van een enorm horeca-achtig espressoapparaat zette hij koffie voor hen beiden. Hij trok een grote schuifdeur open en liep met haar het terras op, waar een diepe tuin op aansloot. Hij wees naar de gigantische boom helemaal aan het eind ervan.

'Haagbeuk. Honderdvijftig jaar oud.'

'Ik wil u iets vragen over Kira's woning,' zei Maud.

'Daar heb ik alles al over gezegd,' protesteerde hij.

'Ik bedoel niet de woning zelf. Ik bedoel Kira's persoonlijke eigendommen die er nog lagen.'

'Die zijn door haar familie opgehaald.'

'Ja, die heb ik al gesproken. Maar er blijft altijd het een en ander achter.'

'Breek me de bek niet open,' zei Goddard. 'Als je eens wist wat voor troep ik in de loop der jaren heb moeten afvoeren.'

'Wat heeft haar familie in dit geval achtergelaten?'

Goddard haalde zijn neus op. 'Losse dingetjes. Afwasborstel, een paar glazen, bestek.'

'En kleren?'

'Er lag hier en daar nog wat in een la. Sokken, T-shirts, wat losse dingen.'

'Wat hebt u daarmee gedaan?'

'Wat denkt u? In een vuilniszak gepropt en weggegooid.'

'Echt alles?'

Hij keek haar argwanend aan. 'Hoe bedoelt u dat? Denkt u nou dat ik dingen achterover heb gedrukt? Er zat echt niets bij wat de moeite van het inpikken waard was!'

'Ook geen jurk?'

'Ik kan me geen jurk herinneren.'

'Moet ik hem beschrijven?'

Hij keek ineens verbolgen. 'Ik heb geen jurk gezien en dus hoeft u dat ding ook niet voor me te beschrijven.'

'Ik beschuldig u nergens van. Maar als u hem wel hebt, zou ik hem graag even willen zien.'

'Ik heb verdomme geen jurk meegenomen. Dat zei ik al! Zijn we klaar?'

'Bijna. Hebt u de woning door een schoonmaakbedrijf laten reinigen?'

'Ik heb een paar vrouwen laten schoonmaken.'

'Maar niet heel grondig?'

'Wat is dat voor vraag? Wat hebt u daarmee te maken? Het is normaal gesproken aan de vertrekkende huurder om de woning netjes achter te laten.'

'Wat in dit geval duidelijk niet mogelijk was.'

'Het was een plaats delict. Ik dacht dat de politie niet graag zag dat er te veel in gerommeld was.'

'Een plaats delict,' zei Maud. 'Interessant dat u dat zo zegt.'

'Hoezo interessant? U bent toch met een moordonderzoek bezig?'

'Ik heb de leiding van een onderzoek dat heropend is. Maar op het moment dat u een nieuwe huurder voor de woning had gevonden was daar nog helemaal geen sprake van.'

'Ik begrijp hier niks van. Hebt u nou commentaar op me omdat ik de woning niet goed heb schoongemaakt?'

'Wie heeft het over commentaar hebben? Ik stelde gewoon een vraag.'

'Oké. Het antwoord op uw vraag is dat ik, gezien al het gedoe toen, geen tijd had om de woning grondig te laten reinigen. En volgens mij wilde de nieuwe jongedame er ook maar al te graag in.'

'Hebben de schoonmaaksters nog dingen weggegooid?'

'Ik heb gezegd dat ze alle afval bij het vuilnis moesten zetten. Ik neem aan dat ze dat ook hebben gedaan. Vraag het ze gerust zelf, maar ik kan u verzekeren dat het alleen om oude tijdschriften, bedorven etenswaren, lege bierblikjes en dat soort zaken ging. Geen jurken.'

'Goed,' zei Maud. 'Dat was het wat mij betreft.'

'Het zou verplicht moeten zijn,' zei Sadie Emerson. Ze stond samen met Maud in de woonkamer van wat ooit Kira's woning was, die zij nu had betrokken. Ze zag er moe uit.

'Wat?' zei Maud.

'Dat ze het je van tevoren vertellen als er iets gebeurd is. Ik kan er niet van slapen. Volgens mij spookt het hier echt. Als ik in bed lig hoor ik de muren en de vloer kraken.'

'Dat komt gewoon doordat het een oud huis is. Daar zit altijd beweging in.'

'U hebt makkelijk praten. U hoeft hier niet te wonen. Ik zie haar bij wijze van spreken steeds op haar blote voeten rondlopen.'

'Ik vroeg me af of er iets van haar is achtergebleven. Kleren bijvoorbeeld?'

Sadie keek verbaasd. 'Natuurlijk niet.'

'Helemaal niets?'

Sadie haalde haar schouders op. 'Alleen wat dingen in het badkamerkastje.'

'Wat voor dingen?'

'Ach, gewoon, tandenstokers, watjes, dat soort dingen. Ik heb het allemaal weggegooid. Ik werd er naar van, van het idee dat ze die had aangeraakt.'

'Dus geen kleren? Het gaat me om een jurk. Denk nog eens goed na. Het is belangrijk.'

'Daar hoef ik helemaal niet over na te denken. Een jurk zou ik toch onthouden hebben? Bovendien zou ik hem dan aan de familie hebben gegeven. Of hebben verbrand, zodat-ie écht weg was.'

'En bij het schoonmaken, achter de kasten...?'

'Echt schoongemaakt heb ik nog niet en dat ga ik ook niet doen.

Ik wil zo snel mogelijk weer verhuizen. Ik ben op zoek naar een onderhuurder.'

'Vertel je die dan wél wat er is gebeurd?'

Sadie begon te blozen. 'Zoals ik al zei, u hebt makkelijk praten.'

76

Het zat stampvol in The Pen op die vrijdag tijdens lunchtijd – behalve vaste gasten waren er ook mensen die het einde van hun werkweek vierden of voor wie de kerstvakantie al begonnen was. Vanuit de keuken hoorde Nancy het geroezemoes van stemmen en het getik en gerinkel van bestek en glazen. Angie, die achter haar stond af te wassen, moest niezen. De koeling bromde. Hier kon ze al haar zorgen even vergeten.

Na twee dagen had ze redelijk door hoe ze het restaurantje soepel moest laten draaien. Er werden maar een paar simpele gerechten geserveerd en het meeste werk werd 's ochtends al gedaan: de brownies bakken waar The Pen bekend om stond, de dikke tomatensaus maken die nadat er een ei boven was stukgeslagen veranderde in shakshuka, uien en knoflook pellen, heel veel chili-olie maken, komkommer in dunne plakjes snijden en die marineren in soja en rijstazijn. Tegen de tijd dat de eerste klanten arriveerden hoefde ze alleen nog maar halloumi te grillen, oesterzwammen te bakken en noedels in kokend water te gooien.

Het geroezemoes werd minder; het was inmiddels tegen drieën, en het restaurant liep langzaam leeg. Straks zou ze samen met Angie en Carter, de ober, een snelle lunchhap nemen.

De keukendeur zwaaide open en de manager, tevens eigenaar, stak zijn hoofd om de hoek. Het was een stevige man met een glimmend gezicht en hij was meestal goed gehumeurd, totdat er iets misging. Dan was de kans groot dat hij paars aanliep en het op een brullen zette.

'Alles oké?'

'Zeker,' zei Nancy. 'Nog meer bestellingen?'

'Volgens mij niet. Kun je even komen? Er wordt naar je gevraagd.'

Nancy liep de keuken uit en achter hem de zaak in, waar nog maar een paar klanten zaten. Hij wees. 'Iemand wil de kok een compliment geven.' Hij duwde haar min of meer naar een tafeltje voor twee bij het raam, waar Nancy, met haar schort nog voor en haar haar strak naar achteren, tegen de rug van een man aan keek.

'Hier is de kok,' zei de manager. 'Kunt u 't haar zelf zeggen.'

Ze wist het al voordat de man zich omdraaide. Ze deinsde achteruit.

Hij stond op, glimlachend. 'Het was heerlijk. En dat wilde ik even persoonlijk melden.'

Nancy probeerde iets terug te zeggen, maar haar mond was droog en ze kreeg een waas voor haar ogen.

'Heb je even?' vroeg Felix, nog steeds uiterst vriendelijk en formeel.

'Nee.'

'Natuurlijk wel,' zei de manager, en hij legde zijn grote hand op haar schouder en duwde haar naar voren. 'Je bent tot vanavond vrij.' Hij fluisterde haar geërgerd toe: 'Beetje beleefd doen, graag.'

'Bedankt,' wist Nancy met moeite uit te brengen. Ze ging op de stoel tegenover Felix zitten.

'Ze is gisteren pas begonnen,' zei de manager. 'Mooi op tijd voor de kerstdrukte.'

'Wat goed zeg,' zei Felix, terwijl hij zijn mond met een papieren servet afveegde.

'Bent u hier voor het eerst? Ik heb u niet eerder gezien geloof ik.'

'Ja, maar zeker niet voor het laatst,' zei Felix. 'Ik kom beslist nog eens terug. Wie weet word ik wel een vaste klant.'

De manager liep tevreden weg. Nancy maakte aanstalten om ook op te staan, maar Felix legde een hand op haar arm. 'Ik wil even met je praten.'

'We hebben niets te bespreken.'

'We hebben van alles te bespreken. Als je dat niet wilt, houdt het op. Maar ik vraag me af hoe je baas zal reageren als hij op de hoogte is van je verleden. Iemand die stemmen hoort, paranoïde wanen heeft, onlangs nog gedwongen opgenomen is geweest en gewelddadig is, die vindt vast niet zo makkelijk een baan.'

'Onvoorstelbaar dat je dit doet.'

'Ik wil alleen maar praten.'

'Waarover dan?'

Hij boog zich naar haar toe, met zijn ellebogen op tafel. 'Hoe gaat het met je, Nancy? Ik maak me zorgen.'

'Goed.'

'Echt? Het spijt me dat ik het moet zeggen, maar je ziet er nog steeds een beetje kwetsbaar uit.'

'Het gaat goed,' herhaalde ze. 'Hoe heb je me weten te vinden?'

'Neem je je medicijnen? Ik ben bang dat je ze niet neemt als ik je er niet aan herinner, en dan... Nou ja, we weten allebei wat er dan gebeurt, toch?'

Ze antwoordde niet. Ze kreeg van paniek een bittere smaak in haar mond, haar hart bonsde en ze hoorde een schril gefluit in haar hoofd, alsof er een krekel in opgesloten zat.

'En eet je wel goed?' ging hij door.

'Ben je daarom hier? Om te vragen of ik mijn pillen wel slik en of ik wel goed eet?'

'En hoe gaat het met je grote vriendin de rechercheur?' vroeg Felix.

'Ik moet verder.'

'Hoe verloopt het onderzoek?' Hij kwam nog dichterbij. Ze zag de vlekjes in zijn irissen en de stoppeltjes op zijn kin.

'Vraag het haar zelf.'

'Ik vraag het jou.' Hij wendde zijn blik af en glimlachte naar de manager, die bij de bar naar hen stond te kijken.

Nancy's paniek ebde plotseling weg. In plaats daarvan kwam er een woede in haar op die zuiver en heerlijk aanvoelde. Ze boog zich ook naar voren, zodat hun gezichten elkaar bijna raakten.

'Volgens mij denkt ze dat een van de buren het heeft gedaan,' zei ze langzaam en duidelijk. Ze zag hoe zijn glimlach verstrakte en overging in een grimmige trek. 'Uit ons huis of het huis naast ons.'

Ze draaide zich om naar de manager. 'Meneer wil graag de rekening,' zei ze, en ze stond op. 'Heel fijn dat het u goed heeft gesmaakt.'

Zonder om te kijken liep ze weg, niet de keuken in maar naar de dames-wc, waar ze haar schort af deed en begon te kotsen tot ze helemaal leeg was.

77

Aan de andere kant van Londen zat Maud aan haar bureau met Kira's volledig opgeladen telefoon voor zich. Ze deed haar jasje uit, trok haar haar nog strakker achterover en pakte de pincode erbij die Connie Mullan haar de dag ervoor had gegeven: 140999. Kira's geboortedag: ze was maar drieëntwintig geworden. Bedachtzaam liet ze haar wijsvinger over de barst in het schermpje glijden. Toen toetste ze de cijfers in. De telefoon kwam onder geping en gebliep tot leven, en er verscheen een stroom berichtjes.

Forrester kon later alles eens goed bekijken, de apps, Kira's Instagramaccount, haar foto's. Nu ging het Maud vooral om de laatste ogenblikken uit het leven van de jonge vrouw.

Ze scrolde terug door de berichtjes van na Kira's dood. *Wat doe je vanavond? Waar ben je? Hoe was het feestje? Bel me even* – tot ze aankwam bij het whatsappje dat Kira om 15:47 naar haar moeder had gestuurd. *Je bent de liefste moeder die er is. Ik hou superveel van je.*

Maud beet nadenkend op haar onderlip: de politie had dit als ondersteunend bewijs voor haar zelfmoord beschouwd.

Vóór dat bericht was er een gemiste oproep van Viv Melville, om 15:16, vanuit The Cornerstone. Kira had haar niet teruggebeld.

Maud scrolde door de telefoongesprekken van die dag, en toen door alle berichtjes. Ze scrolde verder naar de dag na Kira's dood en zag diverse gemiste oproepen en berichtjes van een zekere Ollie.

Ze noteerde het nummer en nam zich voor deze Ollie later eens op te bellen.

Toen bladerde ze kort door de foto's. Er zat niets van die zondag bij. De laatste was van zaterdag aan het eind van de middag, een selfie van Kira in haar lovertjesjurk. Ze zag er jong en blakend van gezondheid uit: een frisse blos, een lichte glimlach op haar gezicht en kuiltjes in haar wangen. Vierentwintig uur later zou ze dood zijn.

Het appje van 15:47 was het laatste levensteken van Kira. Drie kwartier eerder was Nancy vlak voor het huis tegen haar aangebotst. Maud overwoog wat er in die vijfenveertig minuten kon zijn gebeurd en voelde bijna hoe er in het mechaniek van haar hoofd van alles op zijn plaats klikte.

Ze opende het menu Instellingen en tikte op de optie Privacy. Voor mensen als Kira, die zich niet om dat soort dingen bekommerden, kwam het eigenlijk vooral neer op de instellingen voor 'Gebrek aan privacy'. Ze bladerde door de opgeslagen locatiegegevens, van de ene plek naar de andere, tot ze ergens kwam waar Kira nooit was geweest. Ze wist waarschijnlijk niet eens dat die plek bestond, maar toch zei die veel over haar.

Om kwart voor vier op die zondagmiddag was Kira in Mill Gate Road geweest. Maud kon de exacte locatie zien van waaraf het bericht was verstuurd. Ze stond op, trok haar jasje en haar lange gewatteerde jas aan en zette haar wollen muts op. Ze liep het bureau uit zonder dat iemand haar zag en haastte zich over straat. In de verte hoorde ze het geratel van goederentreinen. De koude wind bezorgde haar tranen in de ogen en deed pijn aan haar gezicht.

Even later bevond ze zich in een doodlopend steegje, dat eindigde bij een hoog metalen hek met erachter een wirwar van rails. Het begon al donker te worden. Er denderde een trein langs, de ene roestige wagon na de andere, met veel geknars van metaal op metaal. Toen hij eindelijk voorbij was pakte ze haar eigen telefoon en tikte als bestemming Fielding Road 99 in. Zestien minuten lopen van de plek waar ze stond.

'Dus,' zei ze tegen Forrester terwijl ze met een beker koffie in beide handen op haar bureaublad ging zitten. 'Dat berichtje van vijftien uur zevenenveertig.'

'Ja?' vroeg hij gretig.

'Een dwaalspoor.'

'Snap ik niet.'

Ze glimlachte bijna dromerig naar hem; hij fronste zijn voorhoofd, in afwachting van een verklaring.

'Ga je nog zeggen wat je denkt?' vroeg hij ten slotte.

Ze stond op het punt antwoord te geven toen ze voelde dat er iemand achter haar stond. Ze keek om en zag een jonge agent staan.

'Er is iemand die je wil spreken,' zei hij.

Maud schudde ongeduldig haar hoofd. 'Ik ben bezig. Er is vast wel een collega die tijd heeft.'

'Ze vroeg speciaal om jou. En ze ziet er niet al te best uit. Maar ik kan haar wegsturen, als je dat wilt?' Hij grijnsde. 'Als je gehuil van beneden hoort komen, negeer dat dan maar.'

'Nee,' zei Maud bits. 'Stuur haar naar boven.'

Nancy pakte de beker thee die ze had gekregen met beide handen op. Ze probeerde hem naar haar lippen te brengen, maar haar handen trilden zo hevig dat ze hem weer moest neerzetten.

'Geeft niet,' zei Maud. 'Doe maar rustig aan.'

'Hij heeft me gevonden,' zei Nancy. 'Felix kwam naar mijn werk – naar mijn wérk – en hij bedreigde me.'

'Hoe ging dat precies?'

Hakkelend en met veel herhalingen, en onderbroken door vragen van Maud en Forrester, vertelde Nancy wat er in het restaurant was gebeurd.

'Ik ga eraan onderdoor,' zei Nancy toen ze haar verhaal had gedaan 'Eerst heeft hij Megan opgespoord. Ze gaf het niet toe maar ik weet het zeker. Waarom zou ze me anders zo plotseling wegsturen?' Ze tikte met haar wijsvinger op Mauds bureau. 'Ik had zo mijn best gedaan om ervoor te zorgen dat hij geen idee had waar ik kon zijn. Ik had Megan uitgekozen omdat ik al met haar bevriend was voordat ik Felix leerde kennen. Zij kenden elkaar niet. Maar hij wist haar toch op de een of andere manier op te sporen. En daarna dus mijn werk. Londen is zó groot, bijna een land op zich. Ik dacht dat ik me echt kon schuilhouden en dat hij me nooit zou vinden, maar toen zat hij ineens met een brede grijns aan een tafeltje en dreigde van alles over me tegen mijn baas te zeggen.' Ze greep met beide handen haar hoofd vast. 'Het lijkt wel alsof hij in mijn hóófd is gekropen. Hij weet waar ik ben, hij weet alles van me. Wat moet ik in godsnaam doen? Daarom ben ik maar hiernaartoe gegaan, maar ik weet eigenlijk niet eens waarom. Jullie kunnen vast ook niks doen.'

Maud nam Nancy met een bezorgde blik op. Zo had ze haar nog niet eerder gezien.

'Dat is niet waar.'

'Ik wil alleen maar zeggen dat als jullie denken dat Felix het heeft gedaan, dat je dan snel in actie moet komen, want volgens mij probeert hij mij in zijn val mee te slepen.'

'Waar is hij nu?'

'Felix? Op zijn werk, neem ik aan.'

'Waar is dat?'

'In Shepherd's Bush. Het adres weet ik niet precies. Het bedrijf heet Court7. Kun je zo googelen.'

'Goed, blijf jij maar hier bij mijn collega.'

Forrester keek verbaasd en lichtelijk geïrriteerd. 'Ga je hem arresteren?'

'Daar kan ik nu niets over zeggen,' zei Maud. 'Ondertussen kun jij iets voor me doen.'

'Ja?'

'Onderzoek Nancy's telefoon eens goed. Haal er desnoods iemand van de technische recherche bij als je er niet uit komt.'

'Waarom is dat nodig?' vroeg Nancy.

'Ik kan het mis hebben, maar ik heb sterk het vermoeden dat

Felix ermee heeft geknoeid. Hoe wist hij anders waar je was?'

'O,' zei Nancy zacht. En daarna: 'Natuurlijk, waarom heb ik daar zelf niet aan gedacht? Die klootzak. Die ellendige klootzak.'

'Kun je hem even voor me ontgrendelen, zodat ik eens kan kijken?' vroeg Forrester.

Nancy tikte haar pincode in en gaf hem de telefoon aan.

'Ik bel je zo gauw mogelijk,' zei Maud tegen Forrester.

Zijn vingers dansten over het scherm; hij leek haar niet te horen. 'Ik zie het al.'

'Wat?' zei Maud. 'Zo snel?'

'Je weet dat er zoiets als de "Zoek mijn iPhone"-functie bestaat?'

'Daar heb ik geloof ik weleens van gehoord.'

'Heb je die met Felix gedeeld?'

'Natuurlijk niet. Ik wist zelf nauwelijks dat dat kon.'

'Nou, dat is wel gebeurd. Jouw locatie wordt aan hem doorgegeven.'

'Dus hij kon steeds weten waar ik was?'

'In elk geval waar je telefoon was.'

'Kun je dat uitzetten?' zei Maud.

Forrester glimlachte. 'Ja, dat kan. Maar dan moet ik nog wel wat dingen checken. Er kan nog nog andere, verborgen *stalkerware* aanwezig zijn.'

'Stalkerware?' zei Maud. 'Dat dat woord überhaupt moet bestaan... Bah.' Ze keek om zich heen en zag een jonge agente in uniform met wie ze onlangs had samengewerkt. 'Hattie?'

De vrouw keek op. 'Kun jij even met me meegaan? Maximaal een uurtje.'

'Waar ga je naartoe?' vroeg Nancy.

'Ik bel je nog.'

78

Het pand van Court7 was één grote reclame-uiting voor zichzelf: een woeste potpourri van beton, felgekleurde metalen buizen en glas.

'Wow,' zei Hattie.

'Inderdaad,' zei Maud.

'Waarom wilde je eigenlijk dat ik meeging?'

'Ik heb iemand in uniform nodig. Iemand die ernstig en afkeurend kan kijken en verder zwijgt.'

'Dat gaat me wel lukken,' zei Hattie vrolijk. Ze was blij dat ze even het bureau uit kon.

Ze liepen door de zware glazen deuren naar binnen en stapten op de balie af, waar een jonge vrouw met een perfect gestyled kapsel achter zat die hen glimlachend aankeek. Toen ze Hatties uniform zag, betrok haar gezicht.

'Ik moet de heer Felix Lindberg even spreken,' zei Maud.

'Ik zal zeggen dat u er bent.'

'Nee,' zei Maud. Ze haalde haar legitimatiebewijs tevoorschijn en toonde het aan de receptioniste. 'Ik wil niet dat u zegt dat ik er ben. Ik wil dat iemand ons naar hem toe brengt zonder dat hij weet dat we eraan komen.'

'Het kan zijn dat hij in bespreking zit.'

'Maakt niet uit. Als hij hier aanwezig is, moet iemand ons naar hem toe brengen.'

De receptioniste keek ongemakkelijk en leek even niet te weten wat ze moest doen. Toen pakte ze een telefoon en begon erin te praten; ze draaide zich opzij zodat ze niet te verstaan was. Een minuut later verscheen er een beveiliger. De receptioniste stond op, liep om de balie heen en fluisterde hem iets toe, terwijl ze omhoog wees. Hij knikte en keek naar de twee politiemensen. 'Als u mij wilt volgen...'

Op een van de bovenverdiepingen stapten ze vanuit de lift een grote kantoortuin binnen. De beveiliger liep voor hen uit tussen de bureaus door. Hiervoor had Maud een agent in uniform meegenomen. Als ze alleen was geweest, in haar gewone kleren, had niemand haar enige aandacht geschonken. Maar het uniform viel op. Gesprekken verstomden; mensen keken met onverhulde nieuwsgierigheid naar hen.

Maud zag Felix voordat hij haar zag. Hij zat over een bureau heen gebogen met een vrouw in een grijs pak te praten. Tussen hen in stond een klein scherm. Felix droeg canvas schoenen, een donkerbruine corduroy broek en een groen overhemd met een print. Hij zag er relaxed en zelfverzekerd uit en leek zich prima op zijn gemak te voelen. Maud begreep ineens, al duurde het maar heel even, waarom Nancy ooit voor hem was gevallen.

Hij zag de uitdrukking op het gezicht van zijn gesprekspartner en draaide zich om. Hij werd vuurrood.

'Wat doen jullie hier, verdomme,' beet hij hun toe, alsof hij hoopte dat niemand iets in de gaten had. Maar het was doodstil in de kantoortuin en het was duidelijk dat iedereen met interesse toekeek.

'Ik wil even met u praten.'

'Jullie kunnen niet zomaar onaangekondigd op mijn werk voor mijn neus staan.'

'U bedoelt, u op uw werkplek in verlegenheid brengen?' zei Maud neutraal. 'Dat was echt niet bedoeling. Het hoeft niet lang te duren.'

'Ik hoef helemaal niet met u te praten.'

'Denkt u dat?'

'Oké. We hebben wel een aparte ruimte.'

Felix ging hen voor en liep een vergaderzaaltje pal naast de kantoortuin binnen. Hij deed de deur achter zich dicht. Er drong geen geluid vanuit het kantoor door, maar de tussenwand was van glas. Hij stond met zijn rug tegen de deur. Zo zouden zijn collega's in elk geval niet kunnen zien hoe hij reageerde.

'Hier ga ik een klacht over indienen,' zei hij, rustiger nu.

Er stond een tafel met een zwart blad, met stoelen eromheen. Maud en Hattie gingen aan de verste kant ervan zitten, met hun rug naar het buitenraam en tegenover Felix.

'Ik heb Nancy gesproken,' zei Maud.

'Ik maak me zorgen over haar welzijn,' zei Felix.

'Ik ook. Toen ze bij u vertrok had ze er alles aan gedaan om geheim te houden waar ze naartoe ging. Maar desondanks wist u haar nieuwe verblijfplaats te achterhalen, en later ook waar ze werkte. We hoefden maar even in haar telefoon te kijken om dat mysterie op te lossen.'

'Dit klinkt als een gesprek waar een advocaat bij aanwezig moet zijn.'

'Zover kan het inderdaad komen, maar het gaat me nu om haar veiligheid. We hebben hier voorlopig alleen nog maar een gesprekje over. Ik wil Nancy helpen, maar misschien help ik u daar ook mee. Vroeger vonden mensen het romantisch of grappig als een man zich aan een vrouw opdrong. En daar was wettelijk ook niet veel tegen te doen. Maar dat is veranderd. Ik ben hier om u te waarschuwen. Het is niet onaannemelijk dat u een strafbaar feit hebt gepleegd op grond van de Antistalkingswet uit 1997.'

'Belachelijk,' zei Felix. 'Ik sta volkomen in mijn recht om degene met wie ik de afgelopen jaren heb samengewoond even te willen spreken. Ze is labiel en kwetsbaar, en ik wil zeker weten dat het goed met haar gaat.'

'Dat argument zou ik niet in de rechtbank gebruiken. Met iemand praten die met rust gelaten wil worden, met bekenden van die persoon praten, die persoon volgen, dat zijn in principe allemaal vormen van stalking.' Hij wilde iets zeggen, maar zij schudde haar hoofd. 'Stop. Ik wil niet dat u hier verder iets over zegt. De volgende keer gaat dit met een advocaat erbij. Ik ben hier om u te informeren. Als u nog één keer met haar of met iemand uit haar omgeving in contact probeert te komen, als u ook maar íéts doet wat haar angstig maakt, klaag ik u aan wegens stalking. De maximumstraf voor een lichte vorm daarvan is overigens zes maanden gevangenis. Maar als er dreigen met geweld of ernstig psychisch leed bij komt kijken, kan dat oplopen tot tien jaar.'

'Hier krijgt u spijt van,' zei Felix ijzig kalm.

Maud draaide zich naar haar collega. 'Heb je dat gehoord?'

'Zeker.'

Ze keek weer naar Felix. 'Een van de verzwarende factoren die tot een hogere straf kunnen leiden is voorbedachten rade. Ik weet al dat uw naam is toegevoegd aan Nancy's contacten in de "Zoek mijn iPhone"-functie.'

'Dat heeft ze vast zelf gedaan.'

'Volgens haar niet.'

'Ze kan je van alles op de mouw spelden.'

'Als we ontdekken dat er nog meer met Nancy's telefoon is geknoeid, en die wordt op dit moment grondig onderzocht, hebben we onze verzwarende factor al.'

'U bent hier op mijn werk gekomen om me alleen maar te waarschuwen, klopt dat?'

'Is het gelukt?'

'U hebt in elk geval mijn dag verpest, als u dat bedoelt.'

'Was dat serieus?' vroeg Hattie nieuwsgierig toen ze eenmaal weer buiten stonden voor het pand van Court7.

'Wat bedoel je precies?'

'Die aanklacht wegens stalking?'

'Dat zou fijn zijn,' zei Maud. 'Maar ik heb op dit moment heel andere dingen aan mijn hoofd.' Ze pakte haar telefoon en belde Forrester. 'En?' vroeg ze toen die had opgenomen.

'Je had gelijk. Hij heeft er stalkerware op geïnstalleerd. Dat wil zeggen, iemand heeft er stalkerware op geïnstalleerd.'

'Dat verbaast me niks. Hoe gaat het met Nancy?'

'Ze is woest.'

'Goed zo. Ze kan wel weer gaan. Kom jij naar Fielding Road? Zie ik je daar.'

'Soms,' zei Nancy tegen Helena, 'is het alleen maar realistisch om een beetje paranoïde te doen.'

Ze spraken elkaar nu weer persoonlijk en niet meer als twee platte poppetjes op een scherm. Helena had haar op deze korte termijn willen ontvangen omdat Nancy had gezegd dat het dringend was. Maar nu voelde ze zich bezwaard omdat Helena tijd voor haar had vrijgemaakt. Ze realiseerde zich ineens, en ze schrok ervan dat ze dit niet eerder had opgemerkt, dat Helena al behoorlijk oud was. Hoewel ze kalm en met haar handen op haar schoot gevouwen in dezelfde stoel als altijd zat, vond Nancy dat ze er vermoeid uitzag.

'Ik heb over mijn stemmen zitten denken,' ging Nancy verder.

'En?'

'Ze zeggen vaak dat ik bang moet zijn of weg moet vluchten, en daar hadden ze gelijk in.' Ze fronste haar wenkbrauwen. 'Ze hadden gelijk, en ík had gelijk; alsof ik iets tegelijk wel en niet wist. Die stemmen zeiden dat ik iets onder ogen moest zien. Waarom heeft me dat zoveel tijd gekost? Twee jaar lang heb ik met een man samengeleefd die macht over me wilde uitoefenen. Hij vond de helft van mijn vriendinnen niet leuk. Hij vond het niet leuk dat ik zonder hem uitging. Hij vond het fijn dat ik ziek was. Hij heeft me laten opnemen en toen ik weer terug was begon hij mijn gangen na te gaan, hij ging me stalken. En dat deed hij misschien daarvoor ook al. Ik zat in een gevangenis.'

'Maar nu ben je weer vrij.'

'Ja. Al voelt het soms alsof hij nog steeds in mijn hoofd zit, bijvoorbeeld als ik schrik van voetstappen achter me of 's nachts met hartkloppingen wakker word.'

'Dat kost tijd, Nancy.'

'Tijd en actie,' zei Nancy. 'Ik weet het. Ik ben er klaar voor.'

79

Ze gingen niet direct naar binnen. In plaats daarvan liep Maud met Forrester weg van nummer 99, langs het huis van Michelle en Dylan, naar het centrum van de wijk.

'Waar gaan we naartoe?' vroeg Forrester.

'Ik moet iets uitzoeken.'

Vanuit de grote winkelstraat sloegen ze een zijstraat in en liepen langs dichtgetimmerde winkels, een wedkantoortje, een nachtwinkel, een nagelstudio, een kapper, een geldwisselkantoor en een zaak waar ze zo te zien alleen ouderwetse paraplu's en telescopen verkochten.

'Hier.' Maud bleef staan bij een discountwinkel, waarvoor allerlei spullen uitgestald stonden: trapjes, kruiwagens, plastic opbergbakken, bezems, rolkoffers die vastzaten aan een lange ketting, zakken compost, plastic kerstboompjes en zelfs, al was het december, strandemmertjes en schepjes.

Tevreden bekeek ze de spullen en ze ging naar binnen. De winkel stond vol stellingen, met nauwe gangpaden ertussen. Er was van alles te koop, van batterijen, pruiken, gardes en allerlei ander keukengerei tot poppen, hengels, hondensnoepjes, plastic bloemen, kerstslingers en heel veel andere kerstversieringen. Er leek geen enkele logica in de indeling van de schappen te zitten.

Samen met Forrester liep ze naar de eerste stelling, al moesten ze direct al weer achteruit schuifelen toen er een vrouw met een buggy van de andere kant kwam. Nadat ze weer verder waren gelopen en het tweede gangpad in geslagen waren bleef Maud staan. 'Kijk,' zei ze, en ze wees omlaag.

Op de onderste plank lagen, naast een bak vol spijkers en schroeven, diverse rollen blauw touw. Maud pakte er een en bekeek hem aandachtig. 'Ja, dit lijkt hetzelfde touw.'

Ze liep naar de toonbank, waar een man omringd door kraslo-ten, blikjes frisdrank, vapes en sigaretten een krant zat te lezen.

'Dit touw,' zei Nancy, terwijl ze de rol omhooghield.

'Vijf veertig,' zei de man. 'Alles onder een tientje contant afrekenen.'

'Weet u nog of iemand op zondag 13 november hier zo'n rol touw heeft gekocht?'

Hij keek haar wezenloos aan.

'Ik ben van de recherche,' zei ze, en ze toonde haar legitimatiebewijs.

'Dat is een maand geleden. Natuurlijk niet.'

'Wordt dit soort touw vaak gekocht?'

'Er wordt van alles gekocht.'

'Hebt u een bewakingscamera?'

'Nee.'

'Houdt u precies bij wat u verkoopt?'

'Nee.'

Maud trok haar portemonnee en haalde er een biljet van tien uit. Dit touw graag.'

Een paar minuten later stonden Maud en Forrester in Kira's oude woning. Maud had Sadie gevraagd hen even alleen te laten, even ergens koffie te gaan drinken. In eerste instantie stond ze alleen maar te staan, alsof ze aan het mediteren was. Toen ze uiteindelijk iets zei, sprak ze zowel in zichzelf als tegen Forrester. Ze bleef de situatie telkens voor zichzelf herhalen.

'Denk aan Kira,' zei ze. 'Je zou verwachten dat ze wegvluchtte maar toen ze tegen Nancy botste kwam ze juist terug. Dat lijkt me belangrijk. En dan al die kleren overal.'

'Kan Kira dat laatste niet zelf hebben gedaan, omdat ze op zoek was naar die jurk, als ze die tenminste zocht – met de nadruk op "als" –, maar hem niet kon vinden?'

Maud schudde haar hoofd. 'Als ze daarvoor terug was gegaan en als dat ding inderdaad belangrijk voor haar was, had ze waarschijnlijk wel geweten waar hij lag.'

'Het kan ook de moordenaar zijn geweest. Hij – of zij – kan hem hebben meegenomen en vernietigd.'

Maud schudde opnieuw haar hoofd, maar nu trager, nog steeds diep in gedachten.

'Wie weet,' zei ze. 'Niet te achterhalen. Maar die kleren op de vloer, dat lijkt me niet het resultaat van normaal zoekgedrag. Als je iets wilt vinden en dat lukt niet, dan ga je toch gewoon opnieuw overal zoeken, ook al heb je daar al eerder gekeken?'

'Het was maar een idee.'

'Snap ik. Mijn idee is dat Kira terugging voor die jurk omdat dat haar enige wapen was. Ik denk dat ze hem ergens heeft verstopt en dat hij noch door de moordenaar noch door iemand anders is gevonden. En dat hij dus nog steeds hier ergens is. Dat wil zeggen, ik hoop dat het zo is gegaan.'

'Alles wat je nu zegt is dus gebaseerd op hoop en vermoedens.'

'Op bewijs.'

'Of niet.'

Maud glimlachte. Forrester was in een ongewoon recalcitrante bui. Ze vroeg zich af wat de andere rechercheurs over haar hadden gezegd. En hoe Forrester daarop had gereageerd.

Hij gebaarde om zich heen. 'Zo groot is het hier niet. Waar kun je zo'n ding verstoppen? Wat ben je van plan? De vloer eruit slopen?'

'Misschien draait het daar wel op uit,' zei Maud. 'Maar hopelijk is dat niet nodig.'

'Waar wil je beginnen?'

Peinzend keek ze de kamer rond. 'Het enige wat we nu kunnen doen is de hele woning minutieus nalopen en kijken of er plekken zijn waar ze een jurk tussen kan hebben gepropt. Achter de stortbak van de wc, ik noem maar wat. Als jij in de badkamer begint, neem ik de slaapkamer. Daarna kunnen we hier verder zoeken.'

Ze trokken allebei handschoenen aan. Forrester verdween in het badkamertje. Maud hoorde een gedempte vloek toen hij zich blijkbaar ergens aan stootte. Ze ging de slaapkamer binnen.

Systematisch en bedachtzaam doorzocht ze alles; ze knielde op de vloer om onder het bed te kijken, ging op haar tenen staan om te voelen of er iets op de kast lag – wat het geval was, maar alleen een kapotte slipper, een sportpetje en een heleboel dode vliegen. Ze opende de kastdeur, schoof een paar jurken en shirts van Sadie opzij en trok wat schoenen naar voren om zich ervan te vergewissen dat er niets achter lag dat onopgemerkt was gebleven.

'Achter de stortbak in elk geval niet,' riep Forrester. 'Ik haal de panelen van de badombouw even los om te zien of ze hem daar heeft verstopt.'

'Pas wel op dat je niets beschadigt,' riep Maud toen ze een bons en een scheurend geluid hoorde.

Ze trok de laden van de houten ladekast een voor een open en voelde steeds met haar hand of de jurk niet in een of andere holte was weggestopt. Toen trok ze de hele kast naar voren. In de muur zat een ventilatierooster; ze ging op haar hurken zitten om het ding goed te bekijken. Het rooster was slordig vastgeschroefd en je kon het zo wegtrekken en voelen of er een jurk achter verstopt zat. Niets, afgezien van wat viezigheid en muizenkeutels. Ze trok de vuil geworden handschoenen uit en deed een nieuw paar aan.

'Niets,' riep Forrester. 'Wel een groot zilvervisjesprobleem hier.'

Ze troffen elkaar weer in de woonkamer.

'Als jij hier kijkt,' zei Maud, 'doe ik de keukenhoek.'

In een smal kastje zat een kleine, roestige boiler die zo te zien nodig moest worden vervangen. Ze tuurde eroverheen en probeerde erachter te voelen, maar een jurk zou je daar nooit kwijt kunnen. Ze haalde de zwabber en een oude stofzuiger uit de kast, en daarna een prop plastic zakken. Met de hulp van Forrester wist ze de vettige oven een stuk naar voren te trekken, maar de oogst beperkte zich tot stofnesten, nog meer dode vliegen en nog meer muizenkeutels. Ze deden hetzelfde met de koelkast en de wasmachine. De huisbaas had beslist de waarheid gesproken toen hij zei dat de woning niet grondig was gereinigd.

Ze hurkte om het gootsteenkastje te inspecteren. Achter haar pakte Forrester de kussens van de bank en keek achter de radiator. Maud haalde een gebarsten emmer tevoorschijn, een paar dweilen die hun beste tijd hadden gehad, een lege fles vloerreiniger, een bijna lege fles spiritus, een spuitbus tegen zilvervisjes en ander ongedierte, vlekkenverwijderaar en bleekmiddel. Niets.

'Volgens mij kan deze er wel af,' zei Forrester, die naast haar op de vloer hurkte. Hij trok zonder dat er beweging in kwam aan de plint onder het kastje.

'Toch niet, zo te zien,' zei Maud. 'Heb je al in die bovenkastjes gekeken?' Ze stak haar hand in de smoezelige ruimte achter de afvoerpijp en bewoog hem heen en weer. Haar vingers raakten iets.

'Hier ook niets,' zei Forrester.

Ze had iets van plastic te pakken. Toen ze eraan trok hoorde ze een vaag, metalig geluid. Het bleek een opgerolde witte tas met rode hengsels. Ze ging op haar hurken zitten en maakte hem voorzichtig open.

Forrester zat op zijn knieën naast haar. 'Ja, zeg! Ongelooflijk!'

Maud trok de jurk eruit. Groen, klein en glimmend, met lovertjes die schitterden in het licht.

'Fuck... Je had gewoon gelijk!'

Ze hield het kledingstuk een paar tellen tussen duim en wijsvinger vast. Toen liet ze het weer in de tas glijden en stond op. 'Dit is iets voor Matt Moran.'

'Hoelang gaat dat duren?'

'Minstens acht uur, als we kunnen doordrukken dat er spoed bij is. Maar het is nu al aan de late kant. Morgenochtend, denk ik. Komen we voor terug.'

'Morgen is het zaterdag. Dan moet ik voetballen.'

'Prima, dan zie ik je maandag weer, als je dat wilt.'

'Ik bel wel af.'

Maud moest voordat ze naar huis ging nog één ding doen, en dat was Ollie bellen. Hij nam niet op. Ze sprak een kort bericht in. Tien minuten later belde hij terug.

'Ja?' zei hij. 'U wilde me iets vragen over Kira?'

'Inderdaad.'

'Waarom?'

Maud dacht even na. 'Waar bent u?'

'Ik kom net uit mijn werk. Vlak bij Paddington.'

'Kunt u nog even naar het politiebureau in Harlesden komen? Voor een kort gesprekje?'

Vijfendertig minuten later was hij er. Hij liep te hijgen, alsof hij zich had gehaast.

'Fijn dat u er bent,' zei Maud toen hij was gaan zitten. 'Als het goed is duurt het niet lang, maar het leek me beter om u even persoonlijk te spreken.'

Hij knikte.

'U was bevriend met Kira,' zei Maud.

'Ja.'

'Wat was de aard van uw relatie met haar?'

'Ik vond haar leuk,' zei hij openhartig. 'Ik bedoel, écht leuk.'

'Kende u haar goed?'

'Nee. Ik zag haar een keer in The Cornerstone toen ik daar met vrienden een avondje uit was. Ze serveerde ons en we kletsten een beetje. Later ben ik een paar keer teruggegaan, vanwege haar. En toen heb ik haar op date gevraagd.'

'Wanneer was dat?'

'Die date? Donderdag 10 november,' zei hij direct. 'Ik ben bij haar blijven slapen, en de de dag erna, vrijdag, was ik daar het grootste deel van de dag ook nog.'

'Bij haar thuis?'

'Ja.' Hij keek naar zijn handen, die gevouwen op zijn schoot lagen. 'Het was erg leuk,' zei hij.

'En hebt u haar daarna nog gezien?'

'Nee. Ze moest die avond werken en de volgende ochtend ben ik heel vroeg voor een paar dagen naar Barcelona gegaan. Een vrijgezellenfeest. Toen ik terug was heb ik haar gebeld en geappt, maar ze reageerde niet. Ik dacht dat ze zich had bedacht wat mij betreft, maar ik vond het niets voor haar om dat niet eerlijk te zeggen. Ik ben nog naar The Cornerstone gegaan, maar daar was ze niet, en ik ben ook bij haar huis langs geweest. En daar vertelde iemand me dat ze dood was. Ik was verbijsterd. Al vroeg ik me af of ik wel kon afgaan op wat die vrouw zei – ik moest naar de politie, maar mocht haar naam niet noemen. Dat heb ik niet gedaan. Ik bedoel, wat kon ik er verder over zeggen?'

'Gebruikte u een condoom?'

Hij bloosde. 'Ja,' zei hij. 'Een paar zelfs.'

Het mysterie van het condoom was dus opgelost, dacht Maud. In plaats van het bewijs van een misdrijf was het het bewijs van een paar fijne uurtjes met een man die haar leuk vond. Maud was blij dat dit losse eindje was opgehelderd, en ook blij dat Kira dat nog had mogen meemaken.

80

Maud en Forrester liepen zwijgend over Fielding Road. De motregen van de vorige dag was gestopt. Het was een koude, heldere ochtend, en de kale takken van de platanen staken donker af tegen een strakblauwe lucht.

Toen ze bij het huis aankwamen bleven ze eerst een paar seconden staan, om zich voor te bereiden op wat komen ging. Maud knikte naar Forrester, waarna hij op de bel drukte. Zonder dat er om hun naam werd gevraagd begon het slot te zoemen. Ze liepen naar binnen.

De deur van de woning ging een centimeter of tien open, en er verscheen een deel van een gezicht.

'Ja?'

'Is uw man ook thuis?'

Een korte stilte. De deur ging verder open, en daar stond Olga, nog in pyjama en met loshangend haar. 'Hij heeft weer nachtdienst. Er was iemand ziek en hij heeft die dienst overgenomen. Ik denk dat hij zo thuiskomt.'

'We wachten wel even.'

'Hier?'

'Als dat goed is.'

Olga liet hen binnen. Ze zagen de baby in een wipstoeltje in de keuken zitten; Olga's ontbijtboel stond nog op tafel.

'Koffie?' vroeg ze handenwringend.

'Nee, bedankt.'

'Waarom willen jullie hem spreken?'

Maud antwoordde niet. Ze trok een stoel bij, ging aan de tafel zitten en keek naar de baby, die voor de verandering eens niet huilde. Ze lachte zelfs naar haar, met haar hele gezichtje. Maud stak haar hand naar haar uit en tikte zachtjes tegen haar wang.

'Hij heeft het gedaan, hè?' Olga zei het meer als een constatering dan als een vraag.

Het werd heel stil in de kamer. Maud voelde haar hart kloppen, voelde hoe het bloed door haar aderen werd gepompt.

'Waarom zegt u dat?'

Olga deed een stap naar voren en legde een hand op tafel, om zich te ondersteunen. Haar ogen stonden fel en haar wangen waren rood, alsof ze koorts had.

'We moeten hem wat vragen stellen,' zei Maud.

'U hoeft niet tegen me te liegen.' Olga trok de mouw van haar pyjamajasje omhoog. Op haar pols was een rode striem te zien.

'Heeft hij dat gedaan?'

'En niet alleen dat. Hij kan woedend worden. Hij is moe. Ik ben moe. Lydia huilt. Hij zegt dat hij er niet aan kan ontsnappen, dat hij gevangenzit.'

'En dat reageert hij op u af.'

'Sinds de dood van Kira nog meer,' zei Olga mat. 'Toen ik jullie voor de deur zag staan, wist ik genoeg.' Terwijl ze het zei schudde ze haar hoofd. Opeens keek ze woest. 'Lafaard die ik ben! Ik heb het eigenlijk steeds geweten. Maar hoe weten jullie het?'

Maud aarzelde even, maar nam toen een besluit. 'U hebt gelijk. Als uw man thuiskomt arresteren we hem voor de moord op Kira Mullan. Harry was eerst geen verdachte omdat Kira schijnbaar een berichtje naar haar moeder had gestuurd. Op het tijdstip waarop dat verstuurd werd was Harry met Lydia op weg naar u; hij kon onmogelijk eerst naar haar huis zijn gegaan, met Lydia in de buggy,

Kira hebben vermoord en vervolgens terug zijn gegaan naar waar u was.'

Olga knikte.

'Maar Kira was al dood toen het berichtje werd verstuurd. Wij denken dat Harry haar tegenkwam toen hij om een uur of drie een blokje omging. Kira liep toen net naar huis nadat ze een vriendin had gesproken. Ik denk dat ze besloten had om naar de politie te gaan om aangifte te doen van wat haar de avond ervoor was overkomen. Dat heeft ze toen tegen Harry gezegd, en ook dat ze iets had om het te bewijzen.'

'Wát te bewijzen?' vroeg Olga schor.

'Wat denkt u?' zei Maud kalm. Ze zag hoe Olga's gezicht verstrakte. Lydia kirde even. Olga boog zich voorover, tilde haar op en nam haar in haar armen, maar ze bleef Maud aanstaren.

'En toen?' vroeg ze.

'Iemand wurgen is zo gebeurd. Harry had precies genoeg tijd om naar de winkelstraat te lopen, een rol touw te kopen en terug te gaan naar Kira's huis. En zij had precies genoeg tijd om het bewijs dat ze wilde ophalen te verstoppen voordat hij haar ombracht. Kira's woning lag bezaaid met kleren, maar de jurk die ze aanhad toen hij haar verkrachtte ontbrak. Die jurk had ze die middag net gekocht, voor het feest. Zijn DNA is er waarschijnlijk die avond op gekomen.'

'Zijn sperma,' zei Olga schijnbaar emotieloos.

'Ja.'

Olga gaf Lydia een kus op haar hoofdje en mompelde haar iets in het Pools toe.

'Toen pakte hij haar telefoon,' ging Maud verder, 'en ging weer naar boven. Een halfuur later vertrokken jullie samen met Lydia in de buggy, waarna u met die vriendin koffie ging drinken. Hij liep met Lydia naar dat doodlopende straatje bij het spoor en stuurde een whatsapp naar Kira's moeder.'

'Wacht eens even, hoe heeft hij Kira's telefoon dan ontgrendeld?'

Forrester viel haar gespannen in de rede.

'Daar heb ik over nagedacht. Als er gezichtsherkenning op dat toestel zat, heeft hij hem waarschijnlijk gewoon voor Kira's gezicht gehouden terwijl ze voor haar leven vocht, waarna hij er vervolgens steeds voor zorgde dat hij niet in de slaapstand ging. Het is een gevoelloosheid die we in zijn latere gedrag terugzien.' Ze keek weer naar Olga. 'Toen jullie later samen thuiskwamen heeft hij de telefoon door Kira's brievenbus geduwd. Er zit een barst in het scherm, waarschijnlijk door de val op de harde vloer.'

'Slim,' zei Forrester.

'U zegt een paar keer "waarschijnlijk",' zei Olga. 'Waarschijnlijk heeft hij dit, waarschijnlijk heeft hij dat. Dus hij kán het gedaan hebben.'

'U klinkt als een advocaat,' zei Maud.

'Die advocaat, die komt er zeker,' zei Olga. 'Ik zei gewoon wat hij of zij ook zal zeggen.'

'Ik was nog niet klaar,' zei Maud. 'Harry had niet één telefoon bij zich, maar twee. Die van Kira en z'n eigen. We hoeven alleen maar te wachten tot hij thuiskomt; we zullen zijn telefoon laten onderzoeken en dan weten we of beide telefoons toen tegelijkertijd op die plek zijn geweest.'

Er viel een lange stilte. Olga staarde Maud aan. 'Maar als hij zijn telefoon nu niet bij zich had?'

Maud draaide zich om naar Forrester, die ineens geschrokken keek, uit vrees dat de hele theorie nu in duigen viel. Toen keek ze weer naar Olga. 'Hij had hem wel degelijk bij zich,' zei ze stellig. 'Hij heeft me een foto van jullie drieën laten zien. Als bewijs dat hij inderdaad was geweest waar hij had beweerd dat hij was. Ik vermoed dat hij op dat moment zeker wist dat het hem gelukt was, dat hij ermee weg kwam. Ik weet niet waarom, en ik kan het denk ik ook niet bewijzen, maar hij kwam op mij toen nét wat te gehaaid over. Alsof hij met zijn perfecte alibi te koop liep.'

Weer een lange stilte.

‘Ik moet naar de wc,’ zei Olga langzaam. ‘Kunnen jullie even op Lydia letten?’

‘Je gaat daar toch niet je man bellen om te zeggen dat hij zijn telefoon moet weggooien,’ zei Maud. ‘Iemand die jou met regelmaat mishandelt. Maar voor de zekerheid ga ik toch even met je mee. Mijn collega is prima in staat een paar minuten op een baby te letten.’

Forrester keek een beetje ongemakkelijk bij dat vooruitzicht.

Olga ging niet naar de wc. Niemand zei iets. Twintig minuten lang zaten Maud, Forrester en Olga zwijgend te wachten. De kraan drupte. Lydia werd slap en zwaar in haar moeders armen; ze knipperde met haar ogen en viel in slaap.

Toen hoorden ze voetstappen. Een sleutel gleed zacht in het slot.

81

Maud zat aan haar keukentafel achter een geroosterde boterham met boter en een kop thee. Ze was moe. Alle energie van de laatste dagen was uit haar weggevloeid. Het had haar somber gemaakt. De zaak was opgelost; er was een man aangeklaagd wegens moord. Maar ze werd er niet vrolijk van. Het was zo'n triest verhaal, en het kwam haar ook allemaal zo bekend voor.

Haar telefoon ging. Craig Weller, zag ze. Ze schrok er zo van dat ze even moed moest verzamelen voordat ze opnam.

'Is er iets?'

'Ook goedemiddag,' zei Weller.

'O, ik was gewoon verbaasd.'

'Ik wil graag dat je naar het bureau komt.'

'Wat? Nu?'

'Er komt een persconferentie.'

'Op zaterdagmiddag?'

'Kom maar gewoon zo snel mogelijk hiernaartoe.'

Ze nam snel een douche en trok kleren aan die wat geschikter waren voor een persconferentie. Ze deed haar haar in een staart en deed lipgloss op. Toen pakte ze de brief die ze had geschreven en stopte hem in haar jaszak.

Twintig minuten later stapte ze het kantoor van Weller binnen. Op weg ernaartoe had ze overwogen te vragen wat het nut ervan kon zijn. Een persconferentie op zaterdag was een goed idee als je ergens zo min mogelijk aandacht voor wilde, niet als je trots was op een behaald resultaat. Maar het had geen zin om het daar met Weller over te hebben. Het was al geregeld, een voldongen feit, en ach, wat maakte het ook uit. Maar toen ze het kantoor binnenstapte zag ze dat er behalve Weller nog iemand anders zat. Het was inspecteur Kemp. De twee mannen zaten samen te lachen, alsof ze net een leuke mop hadden gehoord. Ze keken op.

'Fijn dat je er bent, Maud,' zei Weller vriendelijk. 'Ik hoop dat we je niet bij een voetbalwedstrijd hebben gestoord.'

'Nee hoor, ik keek geen voetbal.'

'Nee, daar hou je vast niet van.'

'Ik doe het liever zelf dan dat ik ernaar kijk.'

'Werkelijk?' zei Weller, terwijl hij een wenkbrauw optrok. 'Knap hoor. Vrouwenvoetbal stelde toen ik jong was niks voor, maar tegenwoordig zie je het zelfs op tv.'

'Over die persconferentie,' zei Maud. Ze keek naar Kemp. 'Ik dacht dat je met verlof was.'

'Dat ben ik ook.'

'Danny is zo goed geweest om zijn vakantie te onderbreken,' zei Weller. 'Hij heeft per slot van rekening in eerste instantie het onderzoek geleid.'

'Welk onderzoek?'

'Het onderzoek naar de moord op Kira Mullan natuurlijk.'

'Ik wist niet dat er sprake was van zo'n onderzoek. Ik bedoel, voordat ik het startte.'

Craig Weller begon te lachen. Hij maakte een uitzonderlijk goedgemutste indruk. 'Dat is maar hoe je het bekijkt,' zei hij. 'Wat ik bedoel is dat het onderzoek dat heeft geleid tot de aanhouding van Harold Fisk onder leiding van Danny is begonnen.'

'Hij heet gewoon Harry,' zei Maud. 'Harold is zijn officiële voornaam, geen roepnaam.' Ze keek naar Kemp. 'Ik zie dat je je begrafenispak weer aanhebt.'

Hij lachte vijandig naar haar. 'Het is ook mijn persconferentie-pak.'

'Juist.' Weller keek opeens een stuk serieuzer. 'We doen dit vooral om ons als politie-eenheid te profileren. We willen laten zien dat we een team zijn. Het draait allemaal om teamwork.'

'Inderdaad,' zei Kemp. 'Teamwork.'

'Het gaat me om ons hele bureau, Maud,' zei Weller. 'Maar het gaat me ook om jou. Ik wil niet dat je altijd maar wordt gezien als iemand die voor onrust zorgt, die haar collega's vertelt hoe ze hun werk moeten doen.'

'Dit begrijp ik niet,' zei Maud langzaam, al begon ze het wel degelijk te begrijpen. 'Ik ga alleen melden dat er iemand is opgepakt wegens moord. Meer mogen we ook niet zeggen, toch?'

'Tja, wat dat betreft...' zei Weller. 'Je moet er ábsoluut bij zijn. Het hele team moet erbij zijn. Maar ik denk dat het goed is dat Danny het woord doet.'

Maud was geschokt, al had ze het gevoel dat ze nog veel geschokter zou moeten zijn. 'Ben je wel op de hoogte van alle details?' vroeg ze zo kalm als ze kon.

Kemp lachte. 'Ik heb het dossier ingekeken. Allemaal zo klaar als een klontje, toch? In elk geval, we moeten dit echt eens gaan vieren. Een goeie borrel met alle collega's.'

'Heb je Forrester gevraagd?'

'Wat zou ik hem moeten vragen?'

'Om bij de persconferentie aanwezig te zijn. Als lid van het team.'

'Nee,' zei Weller. 'Het leek me een goed idee om hem zijn vrije dag te gunnen. Op zaterdagmiddag zullen er toch niet veel mensen op een persconferentie afkomen.'

Maud overwoog om te vragen waarom ze dan voor een zaterdagmiddag hadden gekozen, maar ze zag ervan af – ze wist namelijk wel waarom. Het was dan te laat voor de zondagskranten en op maandag zouden er niet meer dan een paar regeltjes over verschijnen, waar niemand veel aandacht aan zou schenken. Voor hun bureau was het geen zaak om echt trots op te zijn, een moord die eerst was gemist en vervolgens door de verkeerde rechercheur was opgelost. Misschien maar zo snel mogelijk vergeten.

Het was niet voor het eerst dat Maud op het punt had gestaan om ontslag te nemen. De woorden lagen haar al op de tong. Ontslag nemen zou haar makkelijk afgaan, en wat zou het een opluchting zijn! Ze keek eerst naar Weller en toen naar Kemp, en ze zag duidelijk dat ze niet zouden proberen haar over te halen om te blijven; ze zouden het zelfs toejuichen. Ze was een lastige vrouw, deed altijd moeilijk en was nooit 'one of the guys' geweest. Een oogje dichtknijpen was er bij haar niet bij.

Ze wachtte even en zag hoe ze naar haar keken. Toen slikte ze haar bittere woorden in en knikte vriendelijk. 'Ik zal zelf ook niet bij de persconferentie aanwezig zijn.'

Nu keek Weller pas echt geïrriteerd. 'Vind je dat je te weinig lof toegezwaaid hebt gekregen? Het zal wel een beetje een rare indruk maken als je er niet bij bent.'

'Nee hoor. Ik heb een date.'

'Een date?'

'Ja.'

'Die kan vast wel even wachten.'

'Jullie hebben het toch altijd over de juiste balans tussen werk en privé? Ik weet zeker dat Danny het prima zal doen. En vergeet niet dat Kira Mullan een vrouw was, geen meid.'

82

Stuart zette de twee droge martini's op tafel. Ze zaten in een bar in Westbourne Grove, een ruimte met een kale houten vloer, stalen balken en ruwe bakstenen muren.

'Ik heb gezegd dat ze droger dan droog moesten zijn, zoals je had gevraagd.'

'Prima.'

'Dat betekent sterker, toch?'

'Klopt.'

Ze pakten hun glas, namen een slok en huiverden allebei even.

'Wow,' zei Stuart. 'Goeiemorgen zeg!'

'Ik heb het even nodig. En ik wil er minstens twee. Vanavond ga ik me lichtelijk bezatten.'

'Hoe loopt die zaak?' vroeg Stuart. 'Al iemand opgepakt?'

'We hebben vanochtend een man gearresteerd.'

'Toe maar! Ik dacht dat de politie geen boeven meer wist te vangen.'

'Hij is al aangeklaagd. Er komt een rechtszaak.'

'Maar heeft hij het gedaan?'

De vraag ontlokte Maud een vage glimlach. 'Daar kan ik geen commentaar op geven. Maar het OM zet zoiets niet door als ze er geen kansrijke zaak in zien.'

'Dan moet je dat vieren!'

'Dat ben ik ook aan het doen.' Ze hief haar glas. 'Hiermee.'

'Ik voel me vereerd,' zei Stuart. 'Als je tenminste de dader hebt gearresteerd. En hij niet tot een achtergestelde minderheid behoort.'

'Hij is arts. Hij pleegde de moord om een verkrachting te verhullen. En ja, hij is echt de dader.'

'Dat is niet niks,' zei Stuart. 'Ik ben...' Hij aarzelde even en keek Maud onderzoekend aan. 'Dat moet heftig voor je zijn geweest.'

'Sommige van mijn collega's,' zei Maud, terwijl ze aan Danny Kemp met zijn bolle ogen en akelige glimlach dacht, 'vergeten vaak dat misbruikte, verkrachte of vermoorde slachtoffers gewoon mensen zijn als jij en ik. Voor hen zijn het een soort bewijsstukken. Ik denk dat dat hun manier is om alle ellende, chaos en wreedheid te verwerken waar ze dag in dag uit mee te maken krijgen. Als ik ooit ook zo word, neem ik ontslag. Ik kende Kira niet, maar ik weet dat ze jong, lief en gelukkig was, en dat haar moeder en zus helemaal kapot zijn van haar dood. Als zoiets me niet meer aangrijpt ben ik een drempel overgegaan, ben ik net zo geworden als de mensen die ik probeer te bestrijden.'

Ze nam een grote slok en voelde hoe die haar even in brand zette. 'Heerlijk,' zei ze.

Stuart nam een bescheidener slokje. 'Mmm,' zei hij. En toen, vanuit het niets: 'Ik heb trouwens een zoontje.'

'Een zoontje?'

'Alfie. Drie jaar is-ie.'

Mauds hart sloeg over. Ze staarde naar haar glas. 'Heb je ook een vrouw?'

'Nee, Maud. Die heb ik niet.'

Hij pakte haar hand vast en gaf er een kus op.

'Hoe vaak zie je hem?'

'Om het weekend.' Hij wilde zijn glas pakken maar stootte het om. 'Fuck.' Hij greep een paar servetten en veegde de tafel af. 'Ik haal even een nieuwe, ook een voor jou.'

Maud keek hem na. Ze dronk haar glas leeg; de wereld werd

milder, de onrust in haar hoofd zakte weg. Ze was zo in gedachten verzonken dat ze eerst niet in de gaten had dat er een man aan hun tafeltje kwam zitten.

'Verrassing,' hoorde ze opeens, en toen ze opkeek zag ze dat het niet Stuart was die nu tegenover haar zat. Felix boog zich over de tafel naar haar toe. 'Wat heb jij mij genaaid,' zei hij zacht.

'Het lijkt me beter dat je weggaat,' zei Maud.

Felix glimlachte. 'Ik ben toevallig in deze bar, zie een bekende en maak er even een praatje mee. Is dat strafbaar?'

'Je bent hier niet toevallig. Ga weg.'

Hij boog nog verder naar haar toe. 'Jij hebt me genaaid, je hebt me voor schut gezet.'

'Prima,' zei Maud. 'Donder op.'

Hij glimlachte weer. 'Er gebeuren soms vreemde dingen. Meer zeg ik niet. Vreemde dingen. Wacht maar af.' Hij hief zijn rechterhand en priemde met zijn wijsvinger tegen Mauds borstkas.

'Wat is hier aan de hand?'

Felix keek op. Stuart stond naast hem, met twee martini's in zijn handen.

'Rot op,' zei Felix.

'Ik zat daar.'

Razendsnel kwam Felix overeind en hij gaf Stuart een duw. Er klotste martini op de vloer. Stuart leek te verbaasd om te reageren. Nogmaals gaf Felix hem een duw en daarna sloeg hij hem. Stuart wankelde naar achteren; een glas viel op de vloer kapot.

Wanhopig keek Maud om zich heen, maar ze zag alleen maar het bestek op tafel. Op hetzelfde moment zag ze Stuart zijn arm naar achteren bewegen, alsof hij wilde uithalen. Hij had een glas in zijn hand. En ze wist wat dat kon aanrichten.

'Stop,' schreeuwde ze. Ze griste een vork van tafel en schoot overeind. Op het moment dat Felix zich naar haar toe draaide duwde ze de vork keihard tegen zijn hals en bleef duwen, zodat hij naar achteren schuifelde tot hij tegen de muur stond. Ze wist dat hij veel sterker was dan zij en zette nog meer druk achter de vork. Zijn gezicht was heel dicht bij het hare, alsof ze op het punt stonden elkaar te kussen. Ze had geen idee wat er om haar heen gebeurde.

'Ik kan dit ding zo je keel in rammen,' fluisterde ze, 'en dat zal als noodweer gelden. Dus. Donder je nú op?'

Hij kon niets uitbrengen en knikte alleen maar.

'Nu direct?'

Nog een knik.

Langzaam haalde ze de vork weg. Ze was bang dat hij nog iets zou proberen, maar dat deed hij niet.

'Daar krijg je ongelóóflijk veel spijt van,' zei hij heel kalm. Toen draaide hij zich om en liep de bar uit.

'Wat was dat?' vroef Stuart gespannen.

'Laten we maar gaan.'

Toen ze even later buiten waren, was Stuart nog steeds in shock. Maud gaf hem een arm. 'Kom, we gaan naar mijn huis,' zei ze. 'Nemen we daar nog een drankje. Maar eerst moet ik nog even een belletje plegen.'

83

Nancy trok net een schaal met cranberry's gevulde camembert uit de oven toen ze haar telefoon in haar broekzak voelde trillen. Ze negeerde het. Een paar seconden later opnieuw aanhoudend getril; ze legde de half gesmolten kaasjes op een werkblad, haalde haar telefoon tevoorschijn en keek wie er belde. Maud.

'Ik weet dat dit een onhandig tijdstip is om je te bellen.'

'Inderdaad.'

'Is Felix bij jou geweest?'

Nancy voelde de schrik door haar lijf jagen. 'Nee. Hoezo?'

'Hij is in een heel slechte bui. Het kan zijn dat hij je daar opzoekt. Dat je het even weet.'

Felix kwam niet opdagen. Nancy probeerde hem uit haar hoofd te zetten en vooral te genieten van de gezellige zaterdagavonddrukte. Ze was hem ontvlucht, maar hij leek nog steeds als een voortwoekerende infectie in haar bloed te zitten. Telkens als ze aan hem dacht was het alsof hij een kleine, smerige overwinning op haar boekte. Na het werk bestelde ze een Uber, al was het maar tien minuten lopen naar haar huis. Toen ze bij de voordeur stond keek ze om zich heen en meende vreemde schaduwen te zien in de steegjes en de portieken en achter de container vol aarde en puin naast het pand waar ze woonde. Maar er was niemand, er reed alleen een bestelwagen langs, en ze zag een paar tegen elkaar aan hangende, dronken tieners en een vos tussen de vuilnisbakken.

De woonruimte die ze had gehuurd was op de tweede verdieping; ze moest twee smalle trappen op. Het licht op de overloop deed het niet en ze moest de sleutel op de tast in het slot zien te krijgen voordat ze naar binnen kon.

Het was een koude, ongezellige kamer, die nauwelijks genoeg plaats bood voor het bed met het doorgezakte matras en de houten ladekast. Het piepkleine balkonnetje achter het raam vormde een wonderlijke vlag op een modderschuit. De badkamer was een hokje met een douche die kuren had, een wc-pot en een wastafeltje, en de keuken bestond uit een kookplaat, een koelkast die vreemde geluiden maakte en een uitklapbaar tafelblad aan de muur. Er was geen bergruimte, maar Nancy had toch niks om op te bergen. Al haar spullen lagen nog in de woning in Fielding Road, en ze was niet van plan daar nog naartoe te gaan. Alles wat ze had was de weekendtas met kleren die ze bij zich had toen ze daar met Maud de deur uit liep. Daarna had ze alleen nog een paar T-shirts en wat ondergoed bij de Primark gekocht.

Maar dat gaf allemaal niets. Haar leven had een nieuwe wending genomen, en dat gaf haar een heel bijzonder gevoel. Dit keer zou ze het allemaal beter aanpakken. Ze stapte onder de douche, waar het water eerst lauw en vervolgens loeiheet uit pruttelde en spetterde, poetste haar tanden, en trok haar pyjamabroek en een T-shirt aan. Ze maakte water warm en vulde de kruik die ze de dag ervoor had gekocht. Het uitzicht was het enige wat haar beviel aan deze kleine ruimte: je keek uit over daken en schoorstenen, en daartussenin zag je hier en daar een binnenplaats of een tuintje. Voor ze de gordijnen dichttrok wierp Nancy nog een snelle blik op de spaarzaam verlichte straat. Niets.

Ze ging in bed liggen. De nacht was vol geluiden. Verkeer, gedempt feestgedruis dat waarschijnlijk tot in de kleine uurtjes door zou gaan, gekrijs van een dier.

Ze nam een paar slokken water uit het glas naast haar bed en zei tegen zichzelf dat ze veilig was. Ze dacht dat ze niet zou kunnen slapen, maar voelde zich al snel in de armen van Morpheus wegzakken, op weg naar een heerlijk vergeten.

Maud en Stuart liepen snel vanaf de bushalte naar haar huis. Toen ze de trap hadden genomen en binnen waren, zoenden ze elkaar. Maud trok Stuarts jas uit, deed zijn sjaal af en hing ze aan de kapstok, daarna hing ze haar eigen jas op. 'Kom mee.'

Hij was eerst wat nerveus, zij niet. Het was ook veel te lang geleden – een mond op haar mond, een lijf tegen haar lijf, een hand door haar haar, haar naam in haar oor. Ze voelde dat een ingedut deel van haar weer tot leven kwam. Ze was onbevangen, weerloos, gelukzalig.

Na afloop lagen ze uitgeteld in bed, dicht bij elkaar maar niet tegen elkaar aan.

'Wie was die vent eigenlijk?' vroeg Stuart na een poosje.

'Een zelfingenomen engerd,' zei Maud. 'Maar wel een gevaarlijke.'

'Ik heb nog nooit iemand een klap verkocht,' zei Stuart. 'Ik ben doodsbang voor fysiek geweld.'

'Heel goed.'

'Mag ik hier blijven slapen?'

Maud, die met haar ogen half dicht op haar rug lag, draaide haar hoofd naar hem toe. 'Ja hoor.'

'Dan kunnen we morgen samen ontbijten.'

Ze kwam overeind en zwaaide haar benen over de rand van het bed. 'Maar eerst die tweede borrel. De nacht is nog jong.'

84

Nancy droomde dat ze mensen hoorde schreeuwen. Ze droomde dat haar mond vol spinnenwebben en harige motvlinders zat, en dat ze nauwelijks lucht kon krijgen. Ze werd half wakker, versuft en oververhit. Ze schopte de kruik uit bed. Haar gesloten oogleden prikten en ze begon zo hevig te hoesten dat haar keel er rauw van werd. Elke ademteug maakte het erger.

Na een worsteling met het dekbed, dat strak om haar heen was gedraaid, slaagde ze erin zich half op te richten. Ze had er veel te veel kostbare seconden voor nodig om zich te realiseren dat de kamer vol rook stond, dat ze rook in haar longen had, dat haar ogen traanden.

Door de kieren om de deur kwam een fel, flakkerend licht en er klonk gesis, gekraak.

Ze greep het kussen, gooide het glas water naast haar bed erover leeg, en hield het natte kussen voor haar mond. Ze schoot op de deur af, maar bedacht zich. Onmogelijk. Eén grote vuurzee daar. De hitte werd nog intenser. Ze hoestte en kokhalsde. De deur leek te bewegen door de openspattende blaasjes in de verf.

Ze wankelde naar het raam en trok het open. Als het vuur eenmaal in de kamer was zou de verse lucht van buiten het alleen nog maar meer aanwakkeren, maar dit was haar enige kans. Beneden zag ze mensen die geschokt omhoogkeken.

Ze was in doodsnood, ze hijgde, hapte naar adem, de paniek schoot door haar aderen, haar ogen traanden en haar keel en borstkas werden dichtgedrukt: ze dreigde te stikken. Maar iets in haar bleef bij zinnen, ze zag zichzelf in de raamopening staan en wist dat de mensen daarbeneden haar zagen.

En dat deel van haar zag heel duidelijk één gezicht tussen al die andere gezichten, één gezicht dat naar haar keek. Dat gezicht keek niet ontzet, de mond was niet uit afschuw opengesperd. Dat gezicht staarde haar kalm, nieuwsgierig en berekenend aan.

Felix. Hij stond toe te kijken terwijl zij hier doodging.

Hun blikken kruisten elkaar. Hij glimlachte en knikte even.

Die knik was als een plens koud water over haar heen; meteen was ze alert. Met een razendsnelle beweging greep ze haar telefoon en maakte een foto van hem. Hij zag het en deed snel zijn hand voor zijn gezicht, maar het was al te laat.

Ze klom uit het raam en stapte op het aftandse balkonnetje, dat vervaarlijk kraakte onder haar gewicht. Ze voelde het wegzakken, voelde dat de roestige schroeven en scharnieren langzaam uit de muur werden getrokken. Ze boog voorover en wierp haar telefoon naar de mensen op straat, ver van de plek waar Felix stond. Iemand wist hem op te vangen.

Ze richtte haar blik op de container vol aarde. Het balkonnetje zakte nog verder naar beneden. Achter haar knalde de deur open, woest likkende vlammen bulderden naar binnen.

'Spring,' zei de stem in het duister. 'Spring voor je leven. Spring alsof je kunt vliegen.'

Nancy zette haar voet op de balustrade en sprong met alle kracht en hoop die ze in zich had naar beneden. Een smachtende schreeuw, armen als vleugels gespreid, longen vol zalige lucht, en ogen op de hemel gericht. Vrij.

85

Het was een heerlijke voorjaarsavond; de schemering had ingezet en hier en daar waren al een paar sterren te zien. Er stond een bleke maansikkel. Terwijl Maud O'Connor en Stuart Nemsky samen over straat liepen raakten hun vingers elkaar zo nu en dan even aan. Ze zwegen. Maud keek recht voor zich uit, maar voelde dat hij haar blik zocht.

'Daar om de hoek is mijn bushalte,' zei ze ten slotte. 'Laten we hier maar afscheid nemen.'

'Ik mis je nu al,' zei hij. 'Binnenkort zit ik aan de andere kant van de wereld. Als ik wakker ben, lig jij te slapen en te dromen.'

Hij ging samen met zijn zoontje drie weken naar Nieuw-Zeeland, waar een tante van hem woonde.

'Je gaat een fantastische tijd tegemoet,' zei ze. 'Vooral zo samen met Alfie.'

'Ik ben ook snel weer terug.'

Ze kuste hem op zijn heerlijke mond. Hij stak zijn handen tussen haar wilde krullen en trok haar naar zich toe. 'Vergeet me niet, hè?'

'Hoe zou ik dat kunnen?' Ze draaide zich om en liep vlug en zonder om te kijken weg. Voordat ze de hoek omging stak ze een hand op, als een laatste groet.

En plotseling realiseerde ze zich dat dit afscheid voorgoed zou zijn. Het was leuk geweest. Het was érg leuk geweest. Ze hadden naar elkaar verlangd, waren veel bij elkaar geweest, hadden van elkaars lichaam genoten en na afloop heerlijk gepraat, geplaagd en gedold. Hij was iemand van wie ze opgewonden raakte, zich bij op haar gemak voelde, plezier mee had. Was dat niet genoeg? Was dat niet wat iedereen wilde?

Nee, het was niet genoeg. Silas was voor haar de ware geweest, maar dat was op de een of andere manier helemaal misgelopen. Stuart was grappig en aantrekkelijk; hij was lief voor haar geweest en ze hoopte dat zij lief genoeg voor hem geweest was, maar ze wist dat er iets ontbrak en dat ze daar niet overheen kon stappen. Dan maar alleen, dan maar weer vrij zijn.

Maar ze wilde niet op deze manier uit zijn leven verdwijnen. Ze moest het tegen hem zeggen, en snel ook. In haar hoofd was ze al met een brief bezig, hoe pijnlijk ze het zelf ook vond: *Allerliefste Stuart. Ik vind het vreselijk moeilijk om je dit te schrijven, maar...*

Maud liep vanaf de bushalte naar een klein pand in een niet erg hippe buitenwijk van Stoke Newington. De kozijnen hadden zo te zien net een nieuwe lik verf gekregen, en bij de ingang stond een bloembak. De jaloezieën waren half open en ze zag niemand, maar voordat ze kon aankloppen ging de deur al open.

'Kom binnen.'

Nancy gedroeg zich wat formeel, een beetje verlegen zelfs. Op haar ene wang zat een brandwond waarvan het litteken altijd te zien zou blijven, al zou het op termijn wel minder gaan opvallen. Hoewel het gips om haar been er al af was, liep ze nog steeds moeilijk. Maar mager was ze niet meer. Haar gezicht was voller, haar trekken zachter. Ze zag er goed uit. Ze had weer wat meer kleur gekregen, en sproetjes op haar neus.

Maud ging naar binnen, trok haar jas uit en keek goedkeurend om zich heen. Het was een kleine ruimte, met maar plaats voor een paar tafeltjes, maar alles maakte een schone, frisse indruk; er was een open keuken met een glanzende roestvrijstalen koeling en een hele serie potten en pannen aan een stang aan de muur. In de keuken was een deur naar een binnenplaats, waar iemand duidelijk bezig was geweest de gebarsten tegels weer plat te leggen.

'Gaat het?' Nancy keek haar onderzoekend aan.

'Ja hoor,' zei Maud. 'Ik moest even aan iemand denken.' Ze vermande zich en begon te glimlachen. 'Dit ziet er goed uit, zeg.'

'Als alles volgens plan verloopt kunnen de mensen 's zomers ook op de binnenplaats eten.'

'Je hebt je zo te zien uit de naad gewerkt.'

'Niet alleen ik. Ik doe dit samen met Sam en Delie, die ook in mijn vorige restaurant werkten. En mijn ouders hebben de borg betaald. Ze hadden iets goed te maken, zullen we maar zeggen. Kwam uitstekend van pas.'

'En hoe gaat het met jou?'

'Met mij? Goed.' Ze wierp Maud een tevreden blik toe. 'Felix blijft voorlopig vastzitten.'

'Dat heb ik gehoord,' zei Maud. 'Hij komt er nog wel achter dat brandstichting geen kattenpis is.'

'Ik blijf het gevoel houden dat hij door mij zo is doorgedraaid,' zei Nancy, 'dat ik verantwoordelijk ben voor wat hij heeft gedaan.'

'Als je dát maar uit je hoofd zet.' Maud gebaarde om zich heen. 'Je hebt hier al genoeg om je verantwoordelijk voor te voelen.'

Nancy haalde een witte schort uit een la en bond hem om haar middel. 'Ben je er klaar voor?'

'Zeker weten.'

'Het wordt een restaurant met maar weinig keuzemogelijkheden – en alles wordt vers bereid, met lokale ingrediënten van het seizoen. Vanavond maak ik voor ons wat ik vrijdag ook bij de opening ga serveren.'

'En wat staat er dan op het menu?'

'We beginnen met gnocchi met brandnetel, schapenkaas en boter. Daarna gepocheerde zeebrasem met gestoomde voorjaarsgroenten.' Ze keek even bezorgd. 'Klinkt dat oké?'

‘Dat klinkt fantastisch. Normaal leef ik zo’n beetje op pizza en afhaalmaaltijden.’

‘Geen bezwaar tegen brandnetel?’

‘Heb ik nog nooit gegeten. Gnocchi trouwens ook niet.’

‘Ga zitten. Ik heb witte wijn in de koeling staan.’

Maud koos een tafeltje zo dicht mogelijk bij de keuken, terwijl Nancy een kaars aanstak. Even later bracht ze haar een glas wijn en ging aan de slag.

Aandachtig volgde Maud Nancy’s werkzaamheden in de keuken. Ze had Nancy altijd geassocieerd met beweeglijkheid, met rusteloosheid, met veel, zij het soms wat wispelturige, energie. Maar nu leek de jonge vrouw de beheerstheid zelve, ook al was ze druk aan het werk. Ze wreef gekookte aardappels door een zeef, splitste vakkundig een paar eieren waarna ze de eidooiers door de gepureerde aardappels roerde, en raspte daar vervolgens kaas overheen. Tegelijkertijd, althans zo leek het, hakte ze zo snel groenten dat Maud het geflits van het mes nauwelijks kon volgen, roosterde ze zaadjes en strooide ze kruiden in een grote pan kokend water. Tussendoor proefde ze steeds, voegde ze zout en peper toe, keek peinzend, knikte goedkeurend en zag zelfs nog kans Mauds glas bij te vullen.

Het was zo goed als stil in de zaak, op het getik van het mes en het gepruttel van de bouillon na. Alle verschillende deelklusjes leken tot één gecoördineerde activiteit samen te vloeien. Maud zat geboeid toe te kijken en werd er opvallend genoeg helemaal rustig van.

Het leek wel een soort meditatie, en terwijl ze daar zo zat viel er van alles van haar af. De verkrachting en de moord in Fielding Road, de brand waar Nancy ternauwernood aan was ontsnapt, de bedwelmende verhouding met Stuart en de wetenschap dat die nu op zijn einde liep en dat ze binnenkort weer single zou zijn: het begon allemaal op iets uit een droom te lijken. Dit, waar ze nu was, was het hier en nu: het geflakker van de kaars op de houten tafel, de geur van knoflook en gember, de jonge vrouw met schort die een paar meter van haar af in haar pannen stond te roeren, op-en-top geconcentreerd en na alle verschrikkingen die ze had moeten doorstaan weer helemaal zichzelf.

Daar kwam de eerste gang.

'De vis is over een kwartiertje klaar,' zei Nancy. 'Maar eerst dit voorafje.' Ze zette twee dampende bordjes op tafel, knoopte haar schort los en schonk voor hen allebei nog wat wijn in. Toen ging ze tegenover Maud zitten. Ze pakten hun vork en mes en glimlachten even naar elkaar.

'Bedankt voor alles,' zei Nancy. De tranen sprongen haar in de ogen.

Maud knikte bemoedigend, al zat ze zelf ook vol emotie. 'Ik deed gewoon mijn werk. Nou, eet smakelijk!'

DANKWOORD

Eén auteur maakt nog geen boek. In ons geval hebben we elkaar nodig en daarnaast nog vele briljante mensen die ons terzijde staan.

We zijn eeuwige dank verschuldigd aan de fantastische agenten die onze steun en toeverlaat zijn: Sarah Ballard en Eli Keren van United Agents, en Sam Edenborough van Greyhound Literary.

We zijn bijzonder gelukkig dat we al zo lang deel uitmaken van de fijne, ondersteunende en hartelijke Ambo|Anthos-familie, met een team dat zich over dit boek en over ons heeft ontfermd. Onze welgemeende dank gaat uit naar Tanja Hendriks, Jennifer Boomkamp, Kanta van Zonneveld, Maartje de Jong, Bertine Schipper, Cécile van Son, Monique Boot, en naar Vé Bobelyn en Christine Van Steerteghem in België.

Boekhandelaren werken in de frontlinie. We bedanken ze allemaal, of we ze nu hebben ontmoet of niet, voor hun enthousiasme en hun inspanningen, en voor hun liefde voor boeken. Zoals de meeste auteurs komen we in de loop der tijd op zowel kleinere als grotere bijeenkomsten, en we zijn telkens weer diep onder de indruk van de warmte en het onvermoeibare enthousiasme dat we daar ervaren. Boeken komen tot stand door de auteurs, maar ook door hun lezers: zij vormen de aarde waarin ze kunnen groeien.

Misdaad mag dan duister en misantropisch zijn, misdaadauteurs vormen een aardige, genereuze, stimulerende en ronduit lieve groep mensen. We bedanken ze allemaal!

Tot slot een andere familie: onze eigen turbulente club, onze levensader. Onze kinderen en hun partners, onze broers en zussen, en onze enige nog levende ouder, ze zijn dit jaar belachelijk lief voor ons geweest. Sommigen hebben ons verwelkomd in hun huis, maar allemaal hebben ze ons veel steun en vreugde gegeven. En met onze kleinkinderen zijn we ronduit dolgelukkig.